BLYTHE GIFFORD

Secretos
en la corte

Editado por Harlequin Ibérica.
Una división de HarperCollins Ibérica, S.A.
Avenida de Burgos, 8B - Planta 18
28036 Madrid
www.harquiniberica.com

© 2026 Harlequin Ibérica, una división de HarperCollins Ibérica, S.A.
N.º 90 - 5.1.26

© 2014 Wendy B. Gifford
Secretos en la corte
Título original: Secrets at Court
Publicada originalmente por Harlequin Enterprises, Ltd.

© 2005 Theresa S. Brisbin
La amante del rey
Título original: The King's Mistress
Publicada originalmente por Harlequin Enterprises, Ltd.
Estos títulos fueron publicados originalmente en español en 2014 y 2005

I.S.B.N.: 979-13-7017-043-1
Depósito legal: M-20708-2025
Impreso en España por Liber Digital
Fecha impresión para Argentina: 4.7.26
Distribuidor exclusivo para España: LOGISTA
Distribuidores para Argentina: Interior, DGP, S.A. Pienovi 211 - Avellaneda
Cap. Fed./Buenos Aires y Gran Buenos Aires, VACCARO HNOS.

MIXTO
Papel | Apoyando la
silvicultura responsable
FSC™ C134275

Nota de la autora

¡Boda real! Incluso las palabras suenan mágicas.

Al contrario que Cenicienta, sin embargo, la mayor parte de las novias reales entran en el matrimonio por una alianza de Estado, que no de corazón. Hay excepciones, y dos de las más fascinantes fueron las de los hijos de Eduardo III, el decimocuarto rey inglés. Tanto su hijo primogénito como su hija mayor fueron autorizados a casarse por amor: algo insólito en una casa real por aquel tiempo, y que no volvería a repetirse hasta siglos después.

Este libro y el siguiente están ambientados en el mundo que rodea estos matrimonios, donde el verdadero dramatismo se produce entre bastidores. Porque la novia del Príncipe Negro tiene secretos que esconder: secretos que Anne, su compañera de toda la vida, debe asegurarse de que sir Nicholas Lovayne no descubra nunca…

Dedicatoria

A todos aquellos que luchan por superar el pasado.

Agradecimientos

Gracias por su apoyo a los Hermit y a los Hussie, dos de mis favoritos clanes de escritores.

Uno

Castillo de Windsor. Finales de marzo, 1361

—Vamos, rápido —un susurro, urgente. Turbando sus sueños.

Anne sintió una mano apretándole un hombro. Abrió los ojos, parpadeando, para descubrir a la condesa inclinada sobre ella sosteniendo una vela.

Cerró los ojos y se volvió del otro lado. No era más que un sueño. Lady Joan nunca se levantaría en mitad de la noche. Eso siempre se lo dejaba a Anne.

Unos dedos finos le pellizcaron la mejilla.

—¿Estás despierta, Anne?

De repente lo estuvo. Apartó las mantas y buscó enseguida algo para calzarse.

—¿Qué sucede? —¿los había sorprendido la peste? ¿O quizá los franceses?—. ¿Qué hora es?

—Tarde. Está oscuro —agarrándole una mano, tiró de ella—. Vamos, te necesito.

Anne intentó levantarse. Torpemente, más inestable que lo usual. Palpó la cama en busca de su muleta.

7

—Aquí —la condesa se la puso en la mano. Luego, ya con mayor paciencia, le ofreció su hombro para ayudarla a levantarse.

Su dama tenía esas amabilidades, sobre todo cuando menos las esperaba Anne. O cuando menos las deseaba. Con la muleta cómodamente encajada bajo su brazo izquierdo, Anne avanzó bamboleante por los corredores del castillo. Era consciente del gesto de lady Joan ordenándole silencio con un dedo sobre los labios mientras le hacía señas de que se apresurase. Como si Anne pudiera hacer cualquiera de las dos cosas: entre las muletas y las escaleras, no podía darse prisa si no quería rodar por ellas y arriesgar su pierna sana en el proceso.

Lady Joan la guio hacia los aposentos reales y entró en la capilla, iluminada por una única vela que sostenía alguien que se hallaba de pie ante el altar. Era un hombre, alto y fuerte. Eduardo de Woodstock, primogénito del rey, príncipe de Inglaterra, sonreía: nada que ver con el feroz guerrero que Anne, o mejor dicho, toda Inglaterra y Francia, conocían.

Lady Joan también tenía una expresión radiante. Sin mirar a Anne, se adelantó para tomar la mano del príncipe.

—Aquí y ahora. Con un testigo.

No. No podía ser... Pero lady Joan, precisamente, sabía lo que había que hacer y conocía la importancia de contar con un testigo. El príncipe le quitó la vela y colocó las dos sobre la mesa de caballete que servía de altar. Las temblorosas llamas iluminaron sus rostros, realzando la expresión de alivio del príncipe y dulcificando la sonrisa de la dama. Juntaron luego sus manos, una sobre otra, con fuerza.

—Yo, Eduardo, te tomo a ti, Joan, como esposa.

Anne tragó saliva, muda. ¿Querría Dios que ella hablara, para impedir aquel sacrilegio?

—Para amarte y protegerte, como debe amar y proteger un hombre a su mujer...

Por fin Anne encontró la voz.

—¡No debéis! ¡No podéis! El rey, vos estáis estrechamente emparentada...

El ceño del príncipe interrumpió su discurso. Ambos conocían de sobra la verdad, mejor que ella, ya que compartían un mismo abuelo, antiguo rey. Un parentesco demasiado estrecho como para que la iglesia permitiera aquel matrimonio.

—Todo será como tiene que ser —dijo lady Joan—. Tan pronto como hayamos pronunciado los votos, enviaremos una petición al papa. Su Santidad revocará el impedimento y después nos casaremos en el seno de la iglesia.

—Pero... —Anne no terminó su objeción. La condesa pensaba realmente que sería así de fácil. La lógica, la razón... todo eso no valía de nada. Lady Joan obraría como le pluguiera y el resto del mundo tendría que aguantarse. Así lo había hecho siempre.

El príncipe dejó de fruncir el ceño y se volvió de nuevo hacia la novia.

—... y te hago solemne promesa de matrimonio.

A continuación Anne oyó la voz de su señora. La dulce y seductora voz que Anne conocía tan bien:

—Yo, Joan, te tomo a ti, Eduardo, como esposo...

Era ya demasiado tarde para protestar. El frío de la capilla le calaba los huesos. Ella sería la única persona que conocería la verdad del matrimonio clandestino de lady Joan.

Una vez más.

A la vista de la costa inglesa, cuatro meses después

Las aguas del Canal de la Mancha no se agitaban tanto como habría sido de esperar en un día como aquel, si había que hacer caso del estómago de Nicholas.

La marea los acompañaba. Desembarcaría a mediodía y pisaría el castillo de Windsor antes de que acabara aquella semana, liberado ya de sus obligaciones.

Libre de toda responsabilidad.

Estaba cansado de su deber. Un momento de distracción y los caballos que uno mantenía en reserva empezaban a cojear, las vituallas se perdían o el cielo primaveral descargaba una tormenta de granizo, destruyendo comida, armamento, hombres y la decisiva victoria que el rey se había pasado veinte años buscando.

—¿Señor?

Dejó de contemplar la costa para mirar a su escudero, Eustace. El muchacho se había endurecido con el viaje. No era el único.

—¿Sí?

—Vuestro equipaje está preparado. Todo está dispuesto.

Una pregunta parecía latir al final de la frase.

—¿Excepto?

—Excepto vuestro caballo.

Suspiró. Los caballos estaban hechos para la tierra, no para el agua. En silencio, abandonó el fresco y tonificante aire del puente para bajar a las estrechas y pestilentes entrañas del navío. No le extrañaba que el caballo estuviera enfermo. Si él hubiera sido confinado a aquel pozo negro, también lo estaría.

La cabeza del caballo colgaba baja, casi tocando el suelo. Incapaz de arrojar el contenido de sus tripas como podía hacer un hombre, la pobre bestia solo podía permanecer quieta, triste, derramando lágrimas y sudor como si fuera lluvia.

Nicholas le acarició el cuello y el animal, apenas capaz de levantar la cabeza, pareció abrir los ojos y pestañear de gratitud.

No. Ese día no montaría aquel caballo. Los kilómetros finales de aquel viaje se extendían ante él, tan difíciles como lo habían sido los anteriores.

Pero los Eduardos, tanto el rey como el príncipe, no tenían paciencia para excusas. Príncipes y papas solo tenían que pronunciar algo para que se hiciera realidad, esperando que los simples mortales como Nicholas Lovayne hicieran el necesario milagro.

Y terminaba haciéndolo, una y otra vez. Siempre se aseguraba de que hubiera una ruta alternativa, siempre otra opción, siempre otra forma de alcanzar el objetivo, sin agotar nunca las posibilidades hasta que lograba la hazaña en cuestión. Encontraba su punto de orgullo en ello.

Pero su otro caballo había sucumbido al viaje, así que tendría que encontrar otra solución. Otra salida.

Dejando las tareas de descarga en manos de su escudero, Nicholas desembarcó y fue recibido por el guardián de Cinque Ports, la confederación de los cinco puertos. Él también había luchado con el príncipe en Francia, aunque Nicholas no lo conocía bien. No importaba. Los hombres que habían compartido una guerra siempre se conocían. Le facilitarían pues un caballo.

—¿Qué noticias ha habido durante mi ausencia? —inquirió Nicholas. Había tardado cerca de mes y medio en viajar hasta Aviñón y volver de allí: tiempo suficiente para que se hubieran montado tres intrigas y más en la corte. Debía prepararse para aquella eventualidad igual que se preparaba para la batalla, conociendo previamente el terreno y las tropas acumuladas.

—La peste sigue asolando las tierras.

Más de diez años habían pasado desde la última vez. Nicholas había creído, al igual que todo el mundo, que habían dejado atrás aquel azote de Dios.

—¿Está el rey en Windsor?

El guardián negó con la cabeza.

—Ha cerrado la corte y paralizado las actividades del erario público para que los hombres no necesiten viajar y ha ido al Bosque Nuevo.

El Bosque Nuevo. Le esperaba pues un viaje todavía más largo. Rezó para que no encontrara rastro alguno de la peste en el camino.

—¿Cómo le va al príncipe Eduardo?

El guardián se encogió de hombros,

—Es un príncipe, no un rey. Terminada ya la guerra, poco tiene que hacer aparte de retozar con sus amigas y con «la virgen de Kent».

Nicholas le lanzó una penetrante mirada. Pocos eran tan valientes como para hablar en términos tan explícitos de la amante de Eduardo.

—¿Y vos? —el guardián lo miró con abierta curiosidad—. ¿Habéis tenido éxito en vuestra misión?

¿Estaría todo el condado enterado de la razón de su viaje? Bueno, hasta que no hubiera visto al príncipe no pensaba hablar de ello con nadie. El enamorado príncipe, en lugar de entablar alianza con una novia de las Españas o de los Países Bajos, había arrojado todos aquellos planes por la borda por el amor de una mujer que le estaba prohibida por las leyes de la iglesia y por el sentido común.

—Solo puedo deciros que si no ha sido así, no me va a ir nada bien.

Eso era porque el príncipe Eduardo había esperado de su persona que consiguiera la bendición papal de un imbécil demasiado imbécil para ser perdonado. Y Nicholas era hombre que no soportaba a los imbéciles. Ni siquiera a los de sangre real.

Un castillo en el Bosque Nuevo, unos días más tarde

Todavía después de tantos años, Anne a veces intentaba correr, como lo hacía en sueños. Correr como podían hacerlo las otras mujeres de su edad: alegremente detrás de sus hijos, jugando con ellos al escondite... Pero, en lugar de ello, su paso era torpe, bamboleante. Incluso cuando caminaba, se alzaba y agachaba como un marinero borracho en un barco con la mar picada. La muleta, una tercera pierna que compensaba la inutilidad de la derecha, solo le ponía más difíciles las cosas. A veces tropezaba con su pierna coja y no podía reprimir los juramentos. De tanto caerse, había aprendido a rodar por el suelo para amortiguar el impacto.

Había tropezado cuando llegó el embajador del rey, pero afortunadamente el hombre no la había visto ni oído. Alto y estirado, el embajador desmontó de su caballo y entró en la torre del homenaje: la gracia de su paso fue como una burla para Anne.

Pobre Anne. Siempre anhelando otro cuerpo que aquel con el que había nacido. En ese momento, de pie ante la cámara de su señora, recuperó el aliento y empujó la puerta sin llamar. Ni siquiera aquella entrada tan brusca pudo borrar la eterna sonrisa de lady Joan. Algo que sí iban a conseguir las noticias de Anne.

—El embajador. Ha vuelto.

La sonrisa se tensó, como apretada por un torno. Intercambiaron una silenciosa mirada.

—Haz que venga a verme primero.

Anne se tragó una réplica. ¿Esperaría acaso su señora cambiar la noticia si no era de su gusto?

—Pero el rey...

—Claro. Por supuesto. El rey querrá verlo de inmediato —se levantó—. Debo ver a Eduardo.

Anne suspiró. Joan buscaría a su «marido» y, si la noticia era mala, la encajarían juntos.

—Y, Anne... —enarcó las cejas—. Ya sabes.

Era una advertencia.

—Descuidad, señora.

El bello rostro volvió a relajarse en su acostumbrada sonrisa. Inspiró profundamente.

—Todo será como tiene que ser.

Anne esperó a que la dama le hubiera dado la espalda para elevar los ojos al cielo suplicando le concediera paciencia. «Lo que tenía que ser» era lo que su señora quería que se hiciera. La acompañó fuera de la cámara, pero no hubo necesidad de buscar al príncipe Eduardo: ya había aparecido, como si hubiera percibido su necesidad. Tomándola en sus brazos, la besó en la frente y le murmuró algo al oído, como si no hubiera nadie cerca para verlos.

Anne frunció los labios, luchando contra una oleada de dolor. No en su pierna, no. Aquel otro dolor era constante, reconfortante en su fidelidad. Ese era diferente. Era el dolor de saber que ningún hombre la miraría nunca de aquella manera. «Disculpa mi ingratitud»: esa era su perpetua oración al Altísimo.

No tenía ninguna razón para quejarse. Su madre le había asegurado su futuro a una temprana edad, librándola de un destino seguro como mendiga en los caminos. En lugar de ello, era camarera de una dama que, si la noticia de aquella jornada se revelaba favorable, se sentaría algún día al lado del rey de Inglaterra.

Y, sin embargo, mientras los amantes se besaban,

Anne no pudo dejar de contemplarlos con abierta envidia. No era a Eduardo de Woodstock a quien deseaba. Pese a toda su gloria y fama, no era un hombre que la atrajera. Lo único que ella quería era que un hombre sonriera, resplandeciente su rostro, solo de mirarla.

Pero la realidad era otra. Anne era una mujer inteligente y discreta, y tenía un rostro en el que la mayoría de los hombres nunca reparaban. Como tampoco estaban reparando en ella el príncipe y su esposa cuando se dirigían hacia los aposentos del rey.

—Señora, ¿puedo...?

Sin molestarse en volverse, lady Joan la despachó con un gesto de su mano. Y mientras los dos se marchaban juntos para averiguar lo que les tenía reservado el destino, Anne quedó en el pasillo, sola.

Más tarde, entonces. Más tarde descubriría si el Papa había quedado convencido y si finalmente todo sería «lo que tenía que ser». Era mucho lo que había que enderezar. Y el hombre que había traído la noticia no se había mostrado muy risueño precisamente.

Nicholas, así era como lo habían llamado.

Sir Nicholas Lovayne había ensayado su discurso durante todo el trayecto desde el puerto hasta el Bosque Nuevo, a lomos de un caballo prestado. Tiempo más que suficiente para elegir las palabras adecuadas. Se alegró de que desde el primer momento en que llegó lo llevaran a los aposentos del rey, ante la pareja real, el príncipe Eduardo y Joan, la condesa de Kent. No había ya tiempo de ensayar más.

—¿Y bien? —empezó el propio rey Eduardo, de mirada penetrante como la de un halcón. A su lado, la reina le agarraba la mano.

Nicholas miró al príncipe Eduardo y a lady Joan, porque eran sus vidas las que estaban en juego.

—No serán excomulgados por haber violado las leyes matrimoniales de la iglesia.

El papa había tenido perfecto derecho a hacerlo, pero la persuasión de Nicholas y unos florines de oro bien colocados habían logrado salvar sus almas. No había sido poca hazaña: bastante más de lo que aquellos dos se merecían. Era ese uno de los privilegios de la realeza: el de verse recompensada por un comportamiento que condenaría a cualquier otro mortal.

Pero aquel solo era el primero de los milagros que Nicholas había obrado en Aviñón. Y no el que el príncipe tenía más deseos de escuchar.

—¿Pero se nos permitirá desposarnos? —inquirió el príncipe, ansioso como un muchacho a la espera de su primer retozón. Y eso que su «novia» y él llevaban meses compartiendo el lecho.

—Sí —en el mejor de los casos, la pareja habría necesitado la dispensa papal para casarse, dado que estaban estrechamente emparentados. Pero ellos habían empeorado, y mucho, la situación al casarse en secreto. Y luego habían arrojado sus pecados al regazo de Nicholas, esperando que él deshiciera el enredo a su satisfacción—. Su Santidad pasará por alto vuestro parentesco así como vuestro matrimonio clandestino. Se os permitirá casaros en ceremonia sagrada, sancionada por la iglesia.

Se les permitiría casarse y compartir sus vidas. Y el trono.

Vio el alivio en sus rostros: sus anteriores expresiones tensas y silentes se disolvieron. Ojos, bocas y lenguas se soltaron. Nicholas tuvo que alzar la voz para añadir con un tono de cautela:

—Su Santidad exige también que ambos levantéis y consagréis una capilla.

Ni el príncipe ni lady Joan se molestaron en responder a lo que no sería más que una inconveniencia menor. En lugar de ello, el príncipe Eduardo alargó la mano.

—El documento —era una exigencia—. Dádmelo.

—Será enviado directamente al arzobispo de Canterbury, que lo recibirá hacia San Miguel. Pero, hasta entonces, deberéis vivir separados.

El príncipe y su dama lo miraron como si hubiera sido él, y no el Papa, quien les hubiera prohibido encamarse. Y como si dos meses fueran toda una vida. Pero eso no era lo peor.

—Hay una cosa más.

Un tenso silencio volvió a cernirse sobre la sala. Todos quedaron callados, conscientes de que todavía quedaban más noticias y que aquella no iba a ser tan agradable cono la última.

—¿Qué? —fue el rey quien habló, por supuesto. Era él quien tenía el derecho a hablar primero—. ¿Qué más?

—Un mensaje privado acompañará el documento. Su Santidad me ha encargado que os comunique su contenido.

El rey solo necesitó una mirada. Los pocos criados que había se retiraron, dejándolo a solas con la familia real.

—Continuad.

—Antes de que se casen —empezó Nicholas—, Su Santidad exige... —ahora venían las palabras que había estado ensayando— la anulación del matrimonio de lady Joan con Salisbury.

El príncipe frunció el ceño.

—Hace años de eso. Es una vieja historia.

Nicholas miró a Joan, sorprendido de ver su impertérrita sonrisa.

—Aquel matrimonio fue anulado —continuó el príncipe— porque se alegó otro enlace anterior y secreto.

—Todos aquí sois conscientes de mi pasado —dijo la dama.

El rey y la reina se miraron. Todo el mundo en Inglaterra estaba al tanto del pasado de Joan. Lo cual no había puesto precisamente las cosas sencillas al príncipe en sus pretensiones de matrimonio.

Nicholas apretó los dientes. No había una manera fácil de decir lo que tenía que decir.

—Lady Joan, vos os desposasteis con dos hombres, uno de los cuales todavía vive —vio que se ruborizaba—. Su Santidad exige que, antes de que se celebre el matrimonio con el príncipe, se abra una investigación sobre el anterior.

—¿Por qué? —fue el príncipe quien preguntó esa vez, cegado a lo evidente por culpa del amor.

—Para estar seguros —dijo Nicholas, incapaz de

disimular su tono irritado— de que todo está en orden.

El príncipe avanzó hacia él con los puños levantados y, por un momento, Nicholas llegó a pensar que iba a castigarlo por las noticias que había llevado.

—¿Os atrevéis a insinuar que…?

El rey lo detuvo con un gesto.

—No es sir Nicholas quien ordena esa investigación.

Nicholas esperó a que el príncipe bajara las manos antes de continuar.

—Os estoy adelantando la noticia antes de que llegue la requisitoria oficial del Papa, para que dispongáis así de tiempo de prepararos.

La sonrisa de lady Joan no tembló en ningún momento. Tenía un rostro tan encantador que nadie se molestaba en preguntarse por lo que podía ocultar.

—Y para que cuando llegue el decreto oficial del Papa, podamos casarnos inmediatamente —dijo ella, y se volvió hacia el príncipe—. Nos ha hecho un favor. El asunto se resolverá con facilidad.

Era lo mismo que pensaba el Papa, pensó Nicholas. Porque la dispensa llegaría en poco más de dos meses, tiempo insuficiente para conducir una minuciosa investigación.

Lady Joan sonrió a Nicholas.

—Todo se hizo correctamente con la anulación de mi matrimonio con Salisbury.

La mayoría de las mujeres nunca se habrían arriesgado a un matrimonio clandestino. Aquella mujer, en cambio, se había atrevido a hacer dos. El primero, con Thomas Holland, veintiún años atrás, fue finalmente validado. Como resultado, se le permitió anular su subsiguiente unión con Salisbury y volver con Holland. Todo lo cual bastaba para confundir a los más sabios doctores de la iglesia.

—Su Santidad no está interesado solamente en aquel matrimonio —dijo Nicholas, temiendo ya lo que seguiría a continuación.

Todos se lo quedaron mirando como si hubiera estado hablando en griego.

—¿Qué queréis decir? —la voz de lady Joan tenía un matiz que Nicholas no había escuchado antes.

Evidentemente, no había captado el verdadero significado del mensaje.

—No solamente desea investigar la anulación. Desea sea confirmada la legitimidad de vuestro matrimonio secreto con Holland.

La dama abrió primero mucho los ojos y en seguida los entrecerró. Era una mujer acostumbrada a que nadie le pidiera cuentas. Ni siquiera para que demostrara algo tan sencillo como lo que ya había sido bendecido por el Papa anterior.

—No entiendo. El Papa, toda su gente… Tardaron años, pero quedaron satisfechos. No entiendo cómo puede ponerse en cuestión todo ello ahora…

—Se trata de una formalidad, sin duda —intervino el rey—. El arzobispo reunirá un sínodo de obispos. Ellos revisarán los documentos. Se hará como dice el Papa.

—El arzobispo tiene más de setenta años —le espetó el príncipe—. Dudo que pueda encontrar si-

21

quiera aquellos documentos, y mucho menos leerlos.

—Si no puede —dijo Nicholas—, quizá sí pueda tomar declaración a las partes implicadas.

En ese momento pudo ver por primera vez que los labios de Joan se fruncían, irradiando arrugas a su alrededor como los rayos del sol. Al fin y al cabo, hacía tiempo que la dama había cumplido los treinta años.

—Mi primer esposo está muerto. Yo soy la única que podría declarar.

No había habido testigos, por supuesto. La misma definición de matrimonio clandestino implicaba que los participantes pronunciaban sus votos sin ellos. Pero tenía que haber otras maneras. Otra salida. Siempre la había.

—Quizá alguien recuerde haberos visto a los dos juntos en aquel tiempo —quizá alguien había visto a lady Joan y a Thomas Holland besándose por las esquinas…

Miró a la reina, intentando descifrar su expresión. La joven Joan había formado parte de su séquito en aquel entonces: casi había sido una hija para ella. Resultaría incómodo, pero ya habían pasado por aquello antes. La reina, sin duda alguna, podría responder a cualquier pregunta.

Afortunadamente, ese no sería ya un problema suyo. Él ya había entregado su mensaje. Para la semana siguiente estaría de viaje rumbo a Francia, sin mayor responsabilidad que la de permanecer vivo.

—No entiendo —dijo lady Joan, mirando al príncipe como si él pudiera salvarla—. ¿Qué sentido puede tener todo esto?

La reina Filipa se inclinó para palmearle cariñosamente la mano.

—No habrá duda alguna.

—¿Duda sobre qué? —inquirió la condesa, quejosa como una niña. E igual de ingenua.

Nicholas no pudo menos de preguntarse si el amor ejercería ese efecto sobre todo el mundo. Se cuidó de mantenerse callado.

La reina miró a su marido y luego a lady Joan, de nuevo.

—Sobre los niños.

No debía existir la menor duda de que el príncipe y lady Joan se casarían ante Dios y que sus retoños serían por tanto legítimos, con pleno derecho a heredar el trono de Inglaterra. Eso si una mujer de más de treinta años continuaba siendo fértil…

Lady Joan se ruborizó y apretó los labios.

—Entiendo. Por supuesto.

El príncipe le tomó la otra mano y la apoyó sobre su muslo. Seguía siendo un misterio para Nicholas que un guerrero tan feroz pudiera sonreír como un niño embobado cuando lo miraba aquella mujer.

—Nicholas dirigirá personalmente la investigación.

No. Estaba cansado de cargar con los problemas de los demás. Acababa de obrar su último milagro. Solo quería ser un hombre de guerra cuya única preocupación consistiera en sobrevivir, y no conseguir como por arte de magia caballos, vino o dispensas papales.

—Vuestra Excelencia convendrá en que mi tarea ya…

Pero la expresión del rey lo acalló.

—Vuestra misión no terminará mientras no se haya celebrado el matrimonio.

Nicholas se tragó una réplica y asintió con la cabeza, brusco, preguntándose por dentro si realmente desearía el rey que tuviera éxito. Había otras mujeres, otras alianzas, que habrían convenido a los intereses de Inglaterra mucho mejor que aquella.

—Por supuesto, Excelencia —serían unas semanas más, entonces. Y todo porque algún dignatario del séquito papal necesitaba de una excusa para sacar otro florín—. Partiré mañana para Canterbury para entrevistarme con el arzobispo.

El príncipe miró a Nicholas, muy serio.

—Yo cabalgaré con vos.

Dos

Habitualmente lady Joan parecía flotar más que caminar. Cuando se sentaba, lo hacía con tanta delicadeza como un pajarillo posándose en una rama.

Pero ese día no. ¿Acaso las noticias no habían sido de su gusto?

—¿Qué ocurre, mi señora? —Anne se mordió la lengua. No debería haber hablado con tanta brusquedad.

La condesa rara vez se mostraba tan afectada. Cuando eso ocurría, Anne sabía cómo tranquilizarla: con agua caliente y aromática en las manos y en las sienes, o con un buen fuego de chimenea en invierno y la oferta de enseñarle su última baratija para distraerla. Si eso no lo conseguía, llamaba a Robert, el bufón, para que hiciera malabarismos y gracias por toda la habitación. Otras veces, pero solo si estaban limpios y no lloraban, ver a sus hijos conseguía devolverle su humor habitual.

Normalmente, su señora escondía sus preocupaciones detrás de una sonrisa y de unos ojos que con-

25

templaban adoradores al hombre que tenía delante. Pero ese día…

Anne dejó a un lado su labor mientras su ama seguía paseando de un lado a otro de la sala como una gata inquieta. Luego se acordó del rostro del embajador. Las noticias no debían de haber sido las que había esperado.

—¿Se trata de la decisión del Papa? ¿Os permitirá a vos y al príncipe…?

—Sí, sí. Pero primero quieren investigar mi matrimonio clandestino.

Aliviada, Anne recogió su aguja. Aquella había sido la razón de que la hubiera levantado en mitad de la noche.

—Yo fui testigo, por supuesto. Y así lo diré si me preguntan.

Los grandes ojos azules se volvieron hacia ella.

—Ese no.

Anne dejó de nuevo la costura, tragando saliva.

—¿Qué? ¿El otro? ¿Con qué propósito? Vos no tenéis enemigos.

Lady Joan se echó a reír, con aquella risa melodiosa que cautivaba a tantos hombres.

—Incluso a nuestros amigos les cuesta aceptar el matrimonio del príncipe con una inglesa viuda y madre, a punto además de dejar de ser fértil. Piensan que ambos estamos locos.

Locos lo estaban. Pero su señora siempre había estado loca o, más bien, enamorada. Ese era un privilegio que no estaba permitido a la mayoría de las mujeres de su rango y que, sin embargo, Joan buscaba y disfrutaba. Al fin y al cabo, era descendiente de un rey. ¿Por qué debería nadie negarle nada? Anne continuó bordando.

—Pero nosotros no podíamos esperar —dijo Joan, como si estuviera hablando sola—. Tú lo sabes.

—Sí, por supuesto —Anne asintió por pura costumbre, sin saber muy bien a qué matrimonio se refería lady Joan. Porque lo que no podía hacer nunca su señora era esperar.

—La peste nos envuelve. Podría caer sobre nosotros en cualquier momento. Nosotros queríamos…

Ah, ya. Se estaba refiriendo a Eduardo. Esa vez, la peste se había llevado a hombres crecidos y a niños pequeños. Incluso el amigo más anciano del rey había caído. El príncipe, cualquier miembro de la familia real, podría morir mañana mismo. El pensamiento le paralizó los dedos. Desde que nació, Anne había necesitado de toda su fortaleza para sobrevivir, para aferrarse a la vida.

—¿Tú crees que estamos locos, Anne?

La voz, en vez de exigirle una respuesta, tenía un tono melancólico, como el que había utilizado años atrás. Solo por un momento dejó de ser una mujer de sangre real, nacida para ordenar, para convertirse en una mujer enamorada, desesperada por creer que los milagros todavía eran posibles. Anne recordaba haber visto en su señora aquella misma expresión. Los ojos azules muy abiertos, los rubios rizos alrededor del rostro, el gesto suplicante, como si una sola persona pudiera significar toda la diferencia entre el cielo y el infierno.

¿Qué podía contestarle ella? Joan estaba efectivamente loca. Jugaba con las leyes de Dios y de los hombres como si tuviera todo el derecho a hacerlo. Y, de pronto, Anne anheló ferozmente poder hacer lo mismo.

Pero tales opciones no existían para una lisiada.

—No soy yo nadie para decirlo, mi señora.

Joan la obligó a soltar la aguja y le tomó tiernamente las manos, como cuando eran niñas.

—Pero yo quiero que seas feliz conmigo. Con nosotros.

Ah, sí. Así era Joan. Todavía capaz de persuadir y de enredar a cualquiera a voluntad. Así que Anne suspiró y la abrazó; le dijo que se alegraba mucho por ella y que todo saldría bien, sucumbiendo a su encanto como todo el mundo. Era ese su particular don: el de atraer el amor hacia su persona, como el mar atraía a los ríos.

—Todo arreglado, entonces —dijo Joan, de nuevo sonriente—. Todo será como tiene que ser.

—Por supuesto, mi señora —replicó de memoria. Una respuesta tan automática como el lema de su ama.

Pero lady Joan aún no había terminado.

—¿Lo has visto? ¿Al embajador del rey, sir Nicholas?

A Anne se le paró el corazón de recordarlo.

—De lejos.

—Así que él no te ha visto a ti.

Sacudió la cabeza, agradecida de que no la hubiera visto bambolearse con su muleta.

—Bien. Entonces esto es lo que tendrás que hacer por mí.

Anne bajó su labor y escuchó atentamente. Era un honor, por supuesto, la vida que llevaba. Muchas mujeres envidiarían su posición en la corte, rodeada de lujos. Y, sin embargo, algunos días, la sentía como una mazmorra, porque nunca le sería permitido abandonar a su señora.

Sabía demasiado.

De pie en un cuarto retirado que daba al gran salón del mayor de los cuatro castillos del rey, Nicholas veía a Eduardo y a Joan celebrar su unión como si ya estuvieran casados ante los ojos de Dios y de la iglesia.

Durante toda la tarde, los caballeros se le habían acercado para palmearle la espalda, como si la batalla hubiera acabado y él hubiera logrado una gran victoria.

Pero no había sido así. Aún no.

Unos tragos de clarete no lo ayudaban a tragar esa verdad, aunque tanto Eduardo como Joan no parecían tener problema alguno en ignorarla. Aun así, el mensaje del Papa había sido privado, con lo que Nicholas no estaba autorizado a compartirlo con nadie. No sería más que una formalidad. Unas pocas semanas de molestias y al fin conseguiría su libertad.

Barrió la sala con la mirada, impaciente por marcharse. El tratado con Francia tenía ya un año de antigüedad, pero Nicholas había pasado muy poco de ese tiempo en Inglaterra. El rey inglés tenía a los hijos del monarca francés como rehenes, y Nicholas había sido uno de los comisionados para el transporte de los prisioneros y del oro. En ese momento, en lugar de enfrentarse en batalla con los franceses, tan caballeroso como el legendario Arturo, el rey Eduardo los estaba agasajando como ilustres invitados y no como lo que eran: prisioneros de guerra. Incluso se había llevado a algunos de ellos a aquel refugio suyo del Bosque Nuevo, para protegerlos de la peste.

Al fin y al cabo, un prisionero vivo valía oro. Muerto, no valía nada. Y el propio rehén francés de Nicholas, bien custodiado en una mazmorra de Londres, terminaría valiendo algo. Con el tiempo.

El rey había organizado un baile y, en aquel momento, algunos de los prisioneros franceses que se habían incorporado a la fiesta estaban riendo y flirteando con la princesa Isabella, que tenía más o menos la edad del príncipe y seguía soltera. Se le antojaba extraño que un gobernante tan sabio como Eduardo aún no hubiera casado a sus dos hijos mayores. Demasiado acostumbrados a obrar a su antojo, ambos hermanos eran tan voluntariosos como aficionados a las travesuras.

Alguien chocó de pronto con Nicholas, con la fuerza suficiente para derramarle el vino de la copa y mancharle su última túnica limpia. Se giró ceñudo, dispuesto a reprochar su descuido al desmañado truhan.

Pero a quien vio fue a una mujer. Bueno, no la vio a ella exactamente. Lo primero que vio, y sintió cuando le rozó la mano, fue su cabello. Sedoso, rojizo, y con un leve aroma a especias.

La súbita punzada de deseo lo tomó desprevenido. Había pasado mucho tiempo desde la última vez que se había acostado con una mujer, o incluso que había pensado en una.

La mujer se había caído y Nicholas, que había tenido que tragarse su protesta, alargó una mano para ayudarla a levantarse.

—Mirad por donde vais.

La mujer levantó la mirada hacia él, con los ojos muy abiertos, para bajarla enseguida.

—Perdonadme.

Eran palabras humildes. Pero no lo era su tono. La mujer volvió a alzar los ojos y Nicholas pudo leer en sus profundidades que estaba acostumbrada a servir a los poderosos. Conocía la sensación y se preguntó a quién serviría.

—Lo siento —dijo ella en un tono que sugería que se había disculpado muchas veces—. Habitualmente no hay nadie aquí. Y es en este cuarto donde puedo disfrutar de un momento de tranquilidad.

—Perdonad vos mi brusquedad.

Le tomó la mano para ayudarla a levantarse, ignorando el ardiente contacto de su palma y esperando que ella lo soltara de inmediato.

Pero no lo hizo. Sus dedos continuaron en contacto con los suyos, pero no de una manera ligera, como si estuviera intentando seducirlo, sino con fuerza. Como si fuera a caerse si no se agarraba a él.

—¿Podéis sosteneros ya? —le preguntó, deseoso de recuperar su mano.

Sus ojos volvieron a encontrarse con los suyos, y esa vez no los desvió.

—Si me acercáis mi muleta...

Demasiado tarde la vio. Una muleta caída en el suelo.

Antes de que pudiera evitarlo, bajó la mirada hasta su falda y enseguida se obligó a mirarla de nuevo a los ojos. Vio que tenían una expresión cansada, como si no fuera él la primera persona en sentir curiosidad por su defecto.

—Tengo un pie flojo. Cojeo.

—Apoyaos en la pared. Ahora os entrego la muleta.

Así lo hizo ella y Nicholas se agachó, sintiéndose extrañamente inestable, como si él también estuviera cojo.

El movimiento hizo que primero su mano y luego su rostro se acercaran demasiado a su falda, y se descubrió preguntándose qué escondería debajo: no el pie del que ella le había hablado, sino otras partes ciertamente más femeninas...

Se incorporó rápidamente y le tendió la gastada muleta con el brazo estirado, procurando conservar las distancias. Casi como si temiera que ella pudiera leerle el pensamiento si se acercaba demasiado.

Ella agarró la muleta, se la encajó bajo el brazo y alargó luego la mano libre para rozar la mancha de su túnica.

—Mandaré que la laven.

Él le agarró los dedos y a punto estuvo de apartarle bruscamente la mano de su pecho.

—No hay necesidad —enseguida se avergonzó de lo que acababa de hacer. Temía que pensara que si lo había hecho había sido por causa de su pierna, cuando la verdadera razón era que sus dedos habían encendido un fuego en su piel—. Disculpad mi falta de galantería —había pasado demasiado tiempo en la guerra y demasiado poco en compañía de mujeres.

Ella se echó a reír de pronto. Una risa carente de alegría que, sin embargo, hizo temblar su pecho con la profunda vibración de una campana. Una campana que no lo llamaba a misa, sino a algo mucho más terrenal.

Cuando dejó de reír, sonrió.

—Yo no soy una mujer acostumbrada a las galanterías.

Se la quedó mirando, sorprendido. No habría llamado su atención en una sala. Tenía el pelo de un color apagado, como el de un tejido desteñido. Como si hubiera querido ser rojo pero no hubiera tenido la fuerza necesaria para conseguirlo. Y un rostro normal y corriente, salvo los ojos. Grandes y separados, hermosos, parecían apoderarse de toda la cara, y sin embargo no conseguía identificar su color exacto. ¿Azules? ¿Grises?

—¿A qué estáis acostumbrada? —preguntó.

No era una criada. Iba demasiado bien vestida para serlo y, a pesar de su primera impresión, tampoco tenía el acobardado comportamiento de una.

—Soy Anne de Stamford, camarera de la condesa de Kent.

La condesa de Kent. O, como no tardaría mucho en ser conocida, la princesa de Gales. La mujer cuya falta de discreción lo había enviado a él a Aviñón, en viaje de ida y vuelta.

—Yo soy sir Nicholas Lovayne —se presentó, aunque ella no había tenido la cortesía de preguntárselo.

—El embajador del rey ante Su Santidad —terminó ella, clavando los ojos en él—. Lo sé.

Retrocedió un paso. Su misión no era ningún secreto, pero su tono sugería que sabía más sobre él que los cortesanos que lo habían felicitado con palmaditas en la espalda.

Se preguntó por lo que le habría contado lady Joan.

—Conoceréis entonces —dijo, cauto— el motivo de esta celebración.

Ella contempló la sala, sin la sonrisa que él habría esperado.

—Habrá que esperar hasta que se hayan casado de verdad. Entonces lo celebraremos.

Había utilizado el plural. Como si ella y su dama fueran la misma persona. Lo que significaba que estaban muy unidas.

¿Por qué habría escogido lady Joan a una mujer así como estrecha compañera? Aparte de su cojera, nadie se habría dignado a mirar dos veces a Anne. O quizá fuera esa precisamente la razón. Quizá la condesa quería alguien que no hiciera sombra a su propia belleza.

Si era eso, había escogido bien.

—Entonces espero que podamos celebrarlo pronto de verdad —dijo Nicholas. Celebrarlo para que él pudiera marcharse para llevar la discreta vida que deseaba llevar.

—Pero eso dependerá de vos, ¿no?

Sí que debían de estar unidas, para haberle contado eso también. Apuró el último trago de clarete. Aquello era un desagradable recordatorio de la tarea que tenía entre manos. Una pérdida de tiempo, la de buscar cosas que hacía años que ya habían recibido la sanción del representante de Dios en la tierra…

—Dependerá más bien de lo que tarde el arzobispo en localizar un documento de doce años de antigüedad.

—¿Es eso todo lo que hay que hacer?

—Su Santidad no puede esperar otra cosa. Si no quiere hacer enfadar al rey.

—¿Y eso será difícil?

Demasiadas preguntas. Miró la mesa del final del salón. Las respuestas que diera a la camarera irían, sin duda, a los oídos de su señora.

—No.

—Todos tenemos ganas…de que esto acabe de una vez.

—Y yo —repuso. Se sentía como aquel héroe griego, Hércules. En cuanto terminaba un trabajo, empezaba otro. Por lo menos debía de haber hecho una docena.

Intercambiaron una sonrisa, como si fueran viejos amigos.

—Solo unas cuantas semanas —le aseguró—. Menos, si acabo antes.

—Parecéis tan deseoso como yo de que esto se

resuelva. ¿Qué responsabilidad os espera cuando hayáis terminado?

Ninguna. En esa libertad estribaba el atractivo.

—Volveré a cruzar el Canal de la Mancha.

—¿Otra obligación para con el príncipe?

Sacudió la cabeza. Estaba harto de obligaciones y responsabilidades.

—No esta vez. Se trata más bien de una obligación para conmigo mismo —era así de sencillo. Miró su copa vacía—. Bueno, me marcho para que disfrutéis de la tranquilidad que habíais venido a buscar aquí.

—Por mí no lo hagáis. A estas alturas, la condesa ya me estará echando de menos —dio un paso, apoyándose en la muleta.

—¿Necesitáis ayuda? —alargó una mano hacia ella, indeciso. ¿De qué manera se asistía a un lisiado?

Había puro acero en la sonrisa que ella le lanzó.

—Hago esto todos los días.

Quizá sí, pensó Nicholas, pero, mientras se alejaba, vio que apretaba los labios y fruncía el ceño. Cada día, cada paso, lo vivía en el dolor.

Recordó su frase: «todos estamos esperando…» Claro. El príncipe y lady Joan no eran los únicos que dependían de él para una rápida resolución del caso. También estaba la camarera de lady Joan, pensó mientras la veía alejarse, bamboleante.

Y se preguntó por qué eso a ella le importaría tanto.

Anne regresó al estrado donde se levantaba la mesa principal.

Esperó a que lady Joan pudiera acercarse para poder hablar discretamente con ella.

—¿Y bien? —pese a su sonrisa, el susurro de su señora tenía un tono urgente—. ¿Qué te ha dicho?

Anne negó con la cabeza.

—No sospecha nada —había desarrollado una especial sensibilidad. Sabía leer los tonos de voz, los gestos. Lo cual compensaba otras debilidades—. Solamente está interesado en terminar cuanto antes con la tarea. Piensa que el Papa solamente pretendía poner un obstáculo final a cambio de su bendición.

—Sí, por supuesto. Ha de ser eso. No hay otro motivo —susurró—. Todo será como tiene que ser. Ahora que ya lo sabemos, deberás evitar a sir Nicholas.

Eso ya lo sabía. Sabía que debía hacerlo por toda clase de razones. Pero su tozuda y pecaminosa ingratitud se agitó de nuevo. El resentimiento que bullía en su interior cuando lady Joan, por muy dulce que fuera, le exigía algo con el tono imperativo que solía usar con su caballo o con sus perros de caza.

Pero no, debería mostrarse agradecida. Y asintió con la cabeza.

Miró a sir Nicholas, al fondo de la sala. Alto, erguido, de buena planta. Con unos ojos que parecían capaces de perforar las paredes.

Y capaz de moverse… oh, Dios, de moverse a donde le pluguiera. De vuelta a Francia, por ejemplo, sin ningún motivo de peso… como quien entraba y salía de una habitación.

Había aprendido a sofocar su envidia cuando veía

a las mujeres bailar sobre las puntas de sus pies, o a los caballeros caminar sin bambolearse. Pero cuando aquel desconocido le tomó la mano, no había sido envidia lo que sintió.

Había sido algo peor. Atracción.

Se volvió para marcharse. Quizá la culpa no la tuviera aquel hombre, sino todo lo que la rodeaba. La boda, la ardiente necesidad que Joan y su Eduardo sentían el uno por el otro…

Ella nunca viviría eso, lo sabía bien, así que nunca se había permitido desearlo. Nunca se permitía mirar a un hombre y pensar en él de aquella forma. Si alguna vez llegaba a ser tan afortunada como para casarse, lo haría porque algún hombre se había apiadado de ella y comprometido a cargar con su persona, a cambio de una hermosa labor de costura y de una cabeza bien amueblada. Y si eso llegaba a ocurrir, a ella, por supuesto, no le quedaría otra opción que mostrarse humildemente agradecida.

Volvió a buscarlo con la mirada. No, no necesitaba que la animaran a evitar a sir Nicholas Lovayne. No quería que le recordaran todo aquello que nunca podría ser suyo.

Tres

Al día siguiente, antes del amanecer, Nicholas ya estaba a lomos de su caballo calculando la distancia que separaba el Bosque Nuevo de Canterbury. Su escudero, Eustace, había llegado la víspera con el caballo recuperado. Todo estaba empacado y dispuesto, con el corcel tan impaciente por partir como él.

La luz del sol empezaba a filtrarse entre los árboles.

Y el príncipe Eduardo seguía sin aparecer.

En lugar de él, quien apareció fue un paje con la noticia. La peste, aquel asesino colosal, todavía acechaba aquellas tierras. El rey había prohibido el viaje, según parecía, hasta que algún desgraciado mensajero suyo pudiera recorrer la ruta y volver, demostrando con ello que era lo suficiente segura como para que viajara su hijo y heredero.

Mordiéndose la lengua, Nicholas desmontó y dejó que su escudero llevara el caballo a las cuadras. Resultaban extraños los miedos de los hombres. Ni Eduardo padre ni su hijo habían vacilado en enfrentarse con la muerte en el campo de batalla, pero el rey parecía haberse acobardado con la perdida de su último amigo de juventud a manos de la peste. En ese momento el monarca se escondía en un bosque, como si la muerte no pudiera encontrar a su familia allí.

Nicholas, en cambio, nunca huía de la muerte. La muerte iría a buscarlo a él, como hacía con todos los hombres. Había sobrevivido a la guerra con los franceses, pero quedaban otras guerras por venir. En Italia, o incluso en Tierra Santa.

Inquieto y privado de su viaje, abandonó el castillo, demasiado pequeño para alojar cómodamente a la corte provisional, para vagar por los alrededores. Sacó las tres pelotas de trapo que llevaba en su faltriquera y se puso a hacer malabares, con tal de tener la vista y las manos ocupadas.

Tan distraído estaba que a punto estuvo de tropezar con Anne, sentada al sol en un pequeño banco. Su labor de costura cayó al suelo. Fue a recogerla, pero él fue más rápido. Después de sacudirle el polvo, se la entregó.

—Tal parece que recoger vuestras pertenencias del suelo se ha convertido en una costumbre para mí.

No bien hubo pronunciado las palabras, se dio cuenta de lo desafortunadas que eran. Ella recogió su labor sin rozarle los dedos. Ninguna sonrisa suavizó su severa expresión.

—Gracias.

Una vez que volvió a tener el bordado en sus manos, sus dedos volaron a una velocidad a la que jamás podrían hacerlo sus pies. Concentrada en su trabajo, lo ignoró. Era una labor preciosa, aunque Nicholas no era un experto en esas cosas. Un bordado de plata sobre negro. De repente lo reconoció. El príncipe usaba aquellos colores como emblema.

Volvió a guardarse las pelotas de trapo en la faltriquera.

—Es para la boda, ¿verdad?

Anne no levantó la vista de la labor.

—No se lo digáis al príncipe. Lady Joan quiere hacerle un regalo de celebración.

—Puedo ser muy discreto —le dijo, aunque se daba cuenta de que no lo había sido con ella la víspera.

—Me alegro por vos —repuso, todavía inclinada sobre su labor—. Todo será como tiene que ser.

«Extrañas palabras», pensó Nicholas.

—¿Y cómo tiene que ser?

Otra vez se le escapó la risa. Inesperadamente. Como si toda la belleza y la felicidad que le negaba su cuerpo estuvieran alojadas en su garganta.

—Tiene que ser como Dios, o mi señora, desean.

Nicholas pensó que toda su vida quedaba resumida en esa frase. Todo debía ser como el príncipe, y el rey, querían. Caballos para Calais. Vino a través del Sena. Documentos a Aviñón. Estaba cansado de satisfacer los deseos de los demás.

—¿Y coinciden los deseos de Dios con los de la condesa?

Una sonrisa asomó a los labios de Anne.

—Gracias al Papa y a sir Nicholas Lovayne, sí.

No pudo evitar sonreír a su vez. Sí, estaba dispuesto a librarse de las exigencias de los demás, pero hasta que lo consiguiera, las cumpliría todas. Incluida aquella última.

—¿Así que habrá una suntuosa boda en Canterbury?

Anne sacudió la cabeza y volvió a clavar la mirada en su labor.

—Ella quiere que se haga a la mayor rapidez.

—¿Sin boato ni ceremonias? —¿sin celebrar por todo lo alto todas la molestias que él se estaba tomando?—. La condesa es de sangre real y se casará con el futuro rey. No ha habido una boda tan importante desde… —¿cuándo? Antes de que él hubiera nacido.

Anne le lanzó una mirada punzante.

—Lo importante es que se casa con el hombre que desea.

—¿Que desea? —una expresión más urgente y terrenal habría sido «que ama», o incluso «que necesita»—. ¿He persuadido yo al Papa de que haga una excepción con las leyes de Dios por algo que ella simplemente desea?

No debió haber dicho eso. Se lo dijeron sus ojos, muy abiertos.

—Si vos fuisteis comisionado para ello —dijo ella con tono paciente, como si estuviera dictando una lección a un niño—, fue porque podíais cumplir la misión. Deberíais sentiros humildemente agradecido por la confianza depositada en vuestra persona.

—¿Agradecido? —no, no era así como se sentía.

En lugar de ello, lo que sentía era el más grave de los siete pecados capitales: orgullo—. Solo espero que merezca la pena.

—¿A vos?

Una lengua filada, la de Anne. Pese a sus sermones, sin embargo, no parecía más humildemente agradecida que él. Se aclaró la garganta.

—Por lo que a mí se refiere, sí que merecerá la pena —así era, ya que después se vería libre—. Me refería a ellos —solo el coste de la capilla valdría más dinero que el que Nicholas vería en toda su vida.

La aguja se detuvo, por primera vez. Alzó la mirada, pero no parecía verlo a él. Su expresión era soñadora.

—¿Y ser capaz de mirar a alguien así…?

—¿Como si no pudieran esperar a que caiga la noche? —eran palabras despiadadas, pero, en cuestión de semanas, dejaría de estar al servicio del príncipe.

Anne negó con la cabeza.

—Es más que deseo.

Eso no podía discutírselo. Era una locura.

—El príncipe está… —cada palabra que probaba a decir sonaba a insulto. El príncipe se comportaba como si estuviera hechizado. A su propio padre le había sucedido lo mismo, cuando se desposó con su segunda mujer. Hechizado y ciego a la verdadera personalidad de su esposa.

Ella lo miró, como si comprendiera el significado para el cual Nicholas carecía de palabras.

—Feliz. Y ella igual.

Nicholas meneó la cabeza. La felicidad no duraría. La de su padre no había durado.

—Nunca le había visto así antes. Pero tampoco antes había estado casado.

Volvió a mirarlo fijamente, con aquellos ojos cuyo color exacto seguía él sin identificar.

—¿Mientras que ella sí? ¿Es eso lo que queréis decir?

Parecía haberle leído el pensamiento. ¿Sería así de directa con la condesa? No debía de ser una compañía cómoda.

—¿Habéis entrado recientemente a su servicio? —no duraría mucho, si ese era el caso.

—No. Llevo con ella desde hace mucho tiempo.

Quizá la había acompañado a lo largo de todos sus matrimonios, oficiales y clandestinos. Y quizá pudiera ahorrarle a él un viaje a Canterbury.

—¿Estuvisteis con ella cuando se desposó con Thomas Holland?

Vio que se pinchaba un dedo y se lo metía en la boca. Su mirada se detuvo en sus labios durante más tiempo del necesario. Aquello le hizo pensar en deseos, en necesidades…

—Teníais razón —dijo ella al fin, bajando la mirada al bordado de los colores del príncipe, que se le había vuelto a caer al suelo—. Parece que siempre estoy dejando caer cosas a vuestros pies. ¿Podríais volver a recogerme la labor?

Por un momento, fue incapaz de desviar la mirada de sus labios.

Eran finos, sí, pero bellamente dibujados: una disculpa del Creador por lo que le había hecho a su pierna.

Se obligó por fin a desviar la vista y recogió por segunda vez su bordado, esforzándose por ordenar sus pensamientos.

—¿Sois juglar, sir Nicholas?

—Solo hago malabares para distraerme —solo entonces recordó la pregunta que le había hecho. ¿Habría pretendido ella que se olvidara?—. La boda de la condesa con Holland. ¿Estuviste presente vos?

—Sí, por supuesto. Fue una ceremonia discreta.

—Me refería a la primera vez.

—¿La primera vez? —desvió la vista—. ¿Su matrimonio con Salisbury, queréis decir?

—No. Su matrimonio con Holland. El secreto.

—Yo apenas tenía cuatro años —frunció sus finos labios—. No invitaron a una niña balbuceante.

Pensó en ella con cuatro años y se sonrió. Ella no.

—Disculpadme, pero tengo algunas obligaciones pendientes —guardó su labor en la faltriquera y requirió la muleta.

—Permitidme… —se apresuró a ayudarla, pero ella le lanzó una mirada helada.

—He vivido veinticinco años sin vuestra ayuda. No la necesito ahora.

Nicholas apretó los dientes para no soltarle un acre comentario.

—Entonces no volveré a ofrecérosla.

La observó mientras se alejaba. Sentía una mezcla de furia y de culpa hacia ella, cuando debería tenerle compasión. Y, sin embargo, compasión era lo último que sentía. Aquella mujer llevaba su cojera tan orgullosamente como un caballero las cicatrices ganadas en la batalla.

No, estaba sintiendo algo mucho más sorprendente. Deseo.

Sacudió la cabeza, en un intento por despejársela. Llevaba demasiado tiempo sin contacto con una mujer. Cuando viajara a Canterbury, daría un rodeo por Grape Lane y se buscaría una mujer rubia, de labios sensuales y ojos azules, que no le lanzara irritantes insultos.

Resultaba extraño, pensó mientas la veía dirigirse cojeando de vuelta al castillo, que lady Joan conservara a una mujer así a su lado, y no solo por su afilada lengua. Normalmente tales personas eran evitadas, cuando no se las escondía discretamente. Aquella mujer, en cambio, estaba en estrechas relaciones con su señora. Y aunque no podía realizar ágilmente ciertas tareas, parecía mandar sobre otras que sí podían.

Bueno, él no estaba allí para hacerse preguntas sobre una camarera. Estaba allí para asegurarse de que el príncipe pudiera casarse con su amada.

Después de eso, se marcharía.

—Vamos, siéntate —dijo Joan, palmeando el banco a su lado cuando Anne regresó a sus aposentos—. ¿Dónde te habías metido? Tenemos que hablar de todo lo que hay que hacer antes de la boda.

Anne se dirigió bamboleante al banco y, más que sentarse, se dejó caer en él, más cansada de lo habitual. Su primer pensamiento fue contarle a su señora que Nicholas le había estado haciendo preguntas peligrosas.

El segundo fue guardarse el secreto para sí misma.

Pero su señora, concentrada como estaba en la boda, nada le preguntó, así que Anne sacó su labor mientras la escuchaba.

Lady Joan le exigía toda su atención y más. Estaba inquieta como una gata, pensó Anne mientras la veía levantarse para pasear arriba y abajo por la cámara, saltando de una idea a otra, destruida su afamada calma.

Lady Joan no estaba acostumbrada a estar sin un hombre. Cuando Thomas Holland partió para la guerra... bueno, eso había sido diferente. Pero luego murió a finales de diciembre, en Normandía, con ella a su lado. Anne conservaba un borroso recuerdo de las semanas que siguieron a su muerte. El ajetreo de preparar el equipaje, la travesía del Canal de la Mancha... Había esperado tranquilas jornadas de duelo a su regreso a Inglaterra.

Pero ciertamente su señora no era mujer capaz de vivir mucho tiempo sin un marido. ¿Cuántas semanas habían transcurrido desde que regresaron antes de que se buscara un nuevo compañero? No las suficientes como para cumplir el duelo. Y Joan no solo era la mujer más hermosa de toda Inglaterra, sino también la más acaudalada. Tenía pretendientes a montones.

Pero esperó a conseguir el mejor partido de todos.

Un hombre al que había conocido cuando solo era un niño.

Anne no tenía ninguna opinión sobre Eduardo de Woodstock. No podía permitírselo. La gente se había hecho lenguas sobre su relación. La viuda alegre… pero si Anne hubiera estado en el lugar de su ama, el príncipe no habría despertado su deseo.

Sin quererlo, pensó en Nicholas. Nicholas, con su fuerte ceño, su nariz rota y aquellos labios que… Sacudió la cabeza. Los labios de aquel hombre no podían interesarle a no ser que pronunciaran alguna cosa relevante para su señora.

—Debemos organizar la celebración con sumo cuidado —estaba diciendo la condesa—. No debe ser excesivamente alegre para no pecar de irrespetuosos con aquellos cuya vida se ha llevado la peste, pero a la vez tiene que ser suntuosa y digna de un futuro rey y una futura reina —de repente frunció los labios en un mohín perplejo—. Y sin embargo habrá de ser la ceremonia de una pareja ya casada.

—No a los ojos del Papa —Anne tragó saliva, arrepentida de aquellas palabras. Sabía bien que no debía hablar de manera brusca con su ama. La conversación con sir Nicholas le había soltado la lengua.

Lady Joan parpadeó extrañada, como si de repente el monito que tenía por mascota le hubiese mordido.

—El Papa tendrá su capilla. Todo será como tiene que ser.

—Si es que sir Nicholas consigue la bendición del arzobispo.

Solo en ese momento la condesa se volvió para mirarla de frente.

—Tú me aseguraste que nada tendría que temer. ¿Has vuelto a hablar con él? ¿Ha cambiado algo?

«Sí», respondió para sus adentros. Sir Nicholas estaba haciendo preguntas, las mismas que ni ella, ni su señora, deseaban responder. Pero reconocer eso sería admitir que había estado conversando fuera, a pleno sol, con un apuesto caballero que se había fijado en ella. Y que, en lugar de rehuirlo, había estado hablando con él de deseos...

Se aclaró la garganta y sacudió la cabeza, bajando la mirada al bordado.

—Solo quería decir que si sir Nicholas se dedica a hurgar en el pasado, puede que se despierte su curiosidad. Podría hacer más preguntas.

Tranquilizada, la condesa hizo un gesto de indiferencia.

—Es poco lo que encontrará.

Eso, por supuesto, era lo que ella temía. Porque... ¿qué haría Nicholas Lovayne entonces? Indudablemente sería leal a su príncipe, al igual que ella lo era a su señora.

—¡Ya sé lo que haremos! —lady Joan dejó de pasear por la habitación—. Después de la boda, celebraremos un torneo. Un torneo delante de todo el mundo, para demostrar que hemos triunfado sobre la muerte que azota nuestro país.

Anne alisó los puntos de hilo de plata que acababa de dar, reprimiendo una punzante réplica. Solamente Jesucristo triunfaba sobre la muerte.

Pero su señora estaba hablando de vestidos…

—¿Asistirá él a la boda?

—¿Quién? —su señora volvió al banco y le puso su mano de dedos fríos sobre la frente—. ¿Estás enferma? Hoy no pareces tú misma.

No, efectivamente no lo parecía. Seguía aturdida de lo confusa que estaba.

—Me refería a sir Nicholas. Dado que él ayudará a hacerla posible.

—Supongo que sí —se encogió de hombros.

—¿Entonces cómo voy a hacer para evitarlo? Hasta que parta para Canterbury, no podré negarme a hablar con él sin despertar sospechas.

Lady Joan sonrió con aquella sonrisa suya, capaz siempre de disimular su pensamiento. Anne procuró componer adecuadamente su expresión, pero mentir no se le daba bien.

—Entiendo. Tienes razón. Ese hombre nos va a hacer un gran servicio —palmeó la mano de Anne—. Mantente cerca de él. Trátalo como si fuera una amistad cercana.

Solo había deseado perdón para un pecado ya cometido, no la obligación de buscar su compañía.

—No soy yo mujer que atraiga las atenciones de un hombre.

La expresión de compasión que vio en el rostro de lady Joan le hizo esbozar una mueca. No. Su señora tampoco dudaba de ello.

—Solo quería decir que lo mantuvieras distraído. En tiempo de paz, los guerreros como él deben mantenerse ocupados.

—Quizá sería mejor dejar esa tarea a alguien capaz de bailar con él —el pensamiento de acercarse deliberadamente a Nicholas Lovayne la inquietaba. Como si fuera a agitar sus alas, cual polilla, delante de una llama.

—Una mujer no necesita bailar con un hombre para tenerlo entretenido.

Anne sabía eso mejor que nadie. Sabía cómo distraer a la gente para que no se fijara en... otras cosas. Dio la puntada final al bordado del príncipe, contenta de haberlo terminado. Negro y plata eran colores macabros.

—Ya está acabado, mi señora.

—Bien. Ahora muéstrame cómo va la *aumônière*. ¿Estará lista la semana que viene?

Anne dejó a un lado la pieza para mostrarle la labor de aguja que se convertiría en una limosnera, una bolsa de tela para repartir limosnas. Ya que sus pies no funcionaban bien, sus manos trabajaban sin cesar. ¿Cuántas limosneras y faltriqueras había tejido a lo largo de su vida? ¿Cincuenta? Cada una había sido entregada a un hombre para que se la regalara a su dama, o a una dama para que encandilara a su caballero.

El bordado de aquel limosnero mostraba a dos amantes, lado a lado en un jardín, la dama rubia y sonriente.

—Tus bordados son tan delicados como el trabajo de un orfebre, Anne.

—Gracias, mi señora.

Precisamente porque complacía a su ama, Anne

no tenía necesidad que pedir limosnas a las damas y caballeros que portaban limosneras como aquella.

—¡Tengo una idea! Hazle una faltriquera a sir Nicholas para que se la entregue a su dama, en señal de agradecimiento de mi parte. Averigua quién es. Eso conseguirá distraerlo de otras cosas.

Su dama. Claro. Por supuesto que tenía que tener una.

—¿Pero y si no es así? —Anne lo conocía lo suficiente como para saber que no era ningún estúpido—. ¿Y si se le ocurre preguntar cosas que no debería saber?

Lady Joan se quedó mirando a Anne con expresión de no haber entendido la pregunta.

—Bueno, entonces le mentirás.

Cuatro

«Le mentirás».

¿Podría hacerlo? Cuando abriera la boca, ¿le saldrían las palabras?

Le saldrían, porque estaba obligada.

Se acordó de ello después de la cena, cuando buscó a Nicholas en el gran salón. Su ama le había pedido que se hiciera amiga de él, ignorando que la idea la atraía por más razones de las que imaginaba.

Como la vez anterior, lo vio de pie y solo en un rincón de la sala, contemplando a los bailarines. Se reunió con él, aliviada de ver que no se había movido de allí durante el tiempo que tardó en acercarse, bamboleante. Fácilmente habría podido escapar y ella difícilmente habría podido perseguirlo por el salón.

—Espero que no os moleste mi compañía —le dijo mientras se sentaba en el banco y apoyaba la espalda en la pared de piedra. Le dolía la pierna y le habría gustado poder frotársela.

—Me pregunto por qué vos habéis buscado la mía

—repuso él con tono amargo—. Parece que no soy capaz de otra cosa que de insultaros.

—Perdonadme —se disculpó, ruborizándose—. Debo mostrarme siempre agradable y complaciente con la condesa —sacó su labor de la faltriquera y empezó a trajinar con la aguja y el hilo—. Y por eso, a veces, me siento...

—¿Cansada de ello?

—¿Vos no? ¿No hay ocasiones en que os entran ganas de decirle al príncipe algo que sabéis que no le gustaría escuchar?

Se limitó a sonreír, tímido. Así que lo había sentido, pensó Anne. Y hacía poco.

—Ya veo que sí —se preguntó por aquello tan impropio que habría querido decirle al príncipe. Y si habría tenido algo que ver con su amada.

—Os guardaré vuestro secreto —le dijo él, sonriendo cálidamente esa vez—, si vos me guardáis el mío.

Anne tuvo que corresponder a su sonrisa y, por un momento, tuvo la sensación de que eran amigos en lugar de adversarios.

—Tenéis mi palabra.

Relaciones, palabras, lealtades. Al final, eso era todo lo que tenía un rey. Lo que le permitía gobernar. Lo que evitaba que el mundo se desmoronara y que Anne se muriera de hambre.

Nicholas era leal a Eduardo. Y por eso descubriría lo que Eduardo deseaba que descubriera. Todo sería como tenía que ser.

Mientras cosía, el bullicio de las diversiones que

seguían a la cena se animó. Robert, el bufón, atravesó la sala haciendo piruetas y fue a caer justo delante de ellos, para ponerse a hacer malabares con cinco pelotas de madera pintada.

—¡Vaya! ¿Quién es el nuevo invitado que tenemos delante?

—Un malabarista tan bueno como tú, viejo Robert —respondió Anne—. Sir Nicholas Lovayne.

Sir Nicholas se volvió para mirarla, ceñudo, pero ella lo ignoró.

—Ah —exclamó el bufón, sin dejar de mover las manos—, pero si es el hacedor de milagros del que he oído hablar… El único capaz de convertir a nuestra Eva en la Virgen María.

Anne se ruborizó, muda y avergonzada. Los bufones tenían licencia para decir todo tipo de cosas, pero la referencia a su ama no podía ser más descarada. Y muy poco halagadora. Esperaba que Joan nunca llegara a enterarse.

—¡Rápido, señor Hacedor de Milagros! —de repente el juglar lanzó una de las pelotas a Nicholas.

Anne vio asombrada que la cazaba al vuelo para devolvérsela. De repente bufón y caballero estaban haciendo malabares con las cinco bolas, con Nicholas sonriendo todo el rato.

Así hasta que perdió una pelota. Agachándose, la recogió del suelo y se la devolvió al viejo Robert.

—No soy rival para ti, bufón.

—Ah, pero eso depende del juego, ¿verdad? —les hizo un guiño y se alejó.

Anne se aclaró la garganta.

—Lleva muchos años con el rey. Tiene sus privilegios.

Sir Nicholas se encogió de hombros.

—Las palabras de un bufón nunca son dignas de ser repetidas.

Respirando aliviada, Anne volvió a concentrarse en su labor. Pero mirando a Nicholas por el rabillo del ojo. Leal como era al príncipe, no difundiría rumor alguno. Y, sin embargo, parecía obstinarse en mantenerse apartado de sus señores, padre e hijo, que en ese momento estaban jugando a los dados con otros nobles y caballeros.

Lo miró y le señaló con la cabeza el risueño grupo de la esquina.

—¿No os reunís con ellos?

Siguió la dirección de su mirada.

—La vida misma es un juego de azar. No busco a propósito las incertidumbres.

—Habéis pasado años en la guerra. Ese no es un mundo de certidumbres.

—Lo es, y más de lo que imagináis. Allí podemos estar seguros de cabalgar jornadas enteras, de tener hambre, de luchar. Yo controlo la mayor cantidad de variables posible, pero, al final, estoy seguro de esto: de que viviré o que moriré.

—Según la voluntad de Dios.

—O la del rey. O la de vuestra señora.

Debía de habérselo quedado mirando fijamente por un momento, sorprendida de sus palabras. Blasfemas, sin duda, pero reflejaban su propia vida, siempre a merced de otras personas.

—Y sin embargo volveréis a Francia —debía arreglárselas para que continuara hablando de sí mismo, de modo que no pudiera hacerle ninguna pregunta—. ¿Por qué?

Una expresión de anhelo cruzó fugazmente por su rostro.

—Para volver a la guerra.

—Pero la guerra ha terminado —se había firmado una tregua. La corte estaba llena de rehenes franceses.

—¿Eso creéis? —la miró desde arriba, con las cejas enarcadas, como si fuera una ignorante chiquilla, y se encogió de hombros—. Habrá otra. En alguna parte.

—¿Y no os importa dónde luchéis, ni por qué?

—Los hombres luchan por una sola razón. Para seguir vivos.

—¿No deseáis tener un hogar? –«¿una esposa?», añadió para sus adentros—. ¿Aquí, en Inglaterra?

—Prefiero seguir moviéndome.

—¿No pensáis casaros?

—Por supuesto que sí —respondió con tono cordial, pero también con un cierto matiz de amargura—. Con alguna acaudalada viuda.

—Ah —tragó saliva, avergonzada del rumbo de sus pensamientos. Por supuesto que se casaría. Era alto y fuerte. Sus piernas, largas y rectas, parecían un insulto en comparación con las suyas—. ¿Vendrá pronto aquí?

—¿Quién?

—Vuestra… —experimentó una punzada de celos

hacia la mujer que yacería en sus brazos—. La viuda —alguien para quien ella podría tejer una nueva limosnera.

Nicholas sacudió la cabeza.

—No hay ninguna viuda. ¿Pero no es eso es lo que quiere todo pobre caballero?

—Yo no sé lo quiere un pobre caballero —mantuvo la mirada fija en su labor, avergonzada de haberle hecho la pregunta. No habría hombre alguno para ella. Nunca. Y hacer embarazosas preguntas a un apuesto caballero no le serviría de nada.

—Os he respondido con rudeza. Vuestra pregunta era sincera. Lo que quiere este pobre caballero es el rescate de un prisionero francés.

—Así que tenéis un prisionero —que siguiera hablando de él. Debía evitar que le hiciera preguntas sobre ella o sobre su señora.

—Sí. La recompensa a tantos meses de combates.

Anne se volvió para mirar el salón, donde algunos de los rehenes franceses cruzaban detenidas e interesadas miradas con las damas.

—¿Está aquí?

—Está bien custodiado en Londres, y comiendo a mis expensas.

—Pero os pagarán bien por ello. Con el rescate.

—Los franceses vienen mostrándose lentos en el pago de sus rescates.

Anne asintió. Ya estaba al tanto de ello.

—Y mientras nosotros esperamos las *livres* francesas, los rehenes se entretienen comiendo, bebiendo vino y jugando.

—A nuestra costa. A veces me pregunto si a los franceses no les saldrá más barato pagar sus rescates que financiar sus gastos aquí.

Era una posibilidad que no se le había pasado por la cabeza. Sir Nicholas era un hombre acostumbrado a pensar en los costes de las cosas. Lady Joan nunca lo hacía, ni antes ni después de que le presentaran las facturas.

—Y sin embargo sois un hombre afortunado —le dijo—. Tenéis un rehén que os reportará oro.

—Disculpad mi ingratitud —de repente pareció avergonzado, y ella se dolió por ello—. Debo de pareceros un grosero. Simplemente tengo ganas de deshacerme de él y volver a Francia.

—¡No! Me gusta que no… refrenéis vuestra lengua —poca gente era tan directa como él—. Os envidio por vuestro viaje. A mí me encantaría ver… tantas cosas.

—¿Nunca habéis salido de Inglaterra?

—Sí, por supuesto. Lady Joan estuvo en Francia cuando su marido, lord Holland, murió —habían viajado y habían regresado cuando su ama había querido. Y, durante todo el tiempo, se había sentido tentada por aquellos inexplorados horizontes…

Se la había quedado mirando con expresión sagaz,

—Y cuando ella vuelva, vos también lo haréis.

—En la corte se habla de Aquitania. Un reino personal para el príncipe.

Nicholas gruñó y bebió un sorbo de clarete. De nuevo esperó Anne en vano a que hablara. Finalmente hizo otro intento.

—¿No lo aprobáis?

La miró, más sorprendido que desdeñoso.

—Mi opinión no cuenta nada.

Una sensación que ella conocía bien.

—Pero vos habéis estado allí —al ver que asentía con la cabeza, añadió—. ¿Y volveréis?

—No hay necesidad. Ya sometimos esas tierras.

Resultaba evidente que aquel hombre no conocía otra vida que la guerra.

—Me refería a que, ¿deberíamos nosotras…? Quiero decir, ¿debería el príncipe y mi ama marchar a Aquitania? ¿Será un lugar agradable donde vivir?

—Es una tierra llana, con ríos. Difícil de defender. Los puentes necesitan ser reconstruidos.

No mencionó si los ríos eran anchos y azules, o estrechos y espumosos. Ni una palabra sobre las verdes hojas o las flores amarillas, o si el sol era cálido, o si el vino era más dulce que el de su tierra.

—¿Es que no sabéis hablar más que de caballos, abastos o batallas?

—Es por eso por lo que yo estuve allí.

Había estado allí, sí, pero no con la mirada puesta en aquel país, sino en la mejor manera de recorrerlo y someterlo.

—Pero yo no iré allí por la guerra.

—El príncipe sí.

—Pero no su esposa. Espero que tengamos tiempo para ver otras cosas.

La estudió en silencio, pero intensamente.

—¿Qué cosas? ¿Qué clase de cosas desearíais ver?

Anne desvió la mirada, azorada por la sagacidad

de la pregunta. Si fuera tan alta y fuerte como él, y libre de escoger la vida que quería llevar, viajaría a Compostela a visitar la tumba del apóstol Santiago, y de allí a Roma, donde todavía se alzaban los antiguos monumentos de los emperadores. Y después a Castilla, o a Jerusalén, o incluso a Alejandría…

Pero aquellos sueños eran para los demás, no para una muchacha coja como ella.

—Yo solo voy a donde quiere mi señora —y afortunada que era de poder hacerlo.

Qué estúpida era… Había dejado que aquel hombre desviara sus propias preguntas hacia ella. Y había sido lo suficientemente estúpida como para contestarlas, además.

Inclinó la cabeza sobre su labor de costura, agradecida de que la música y la charla hubiesen enmascarado sus palabras. Necesitaba derivar de nuevo la conversación hacia él, antes de que se le escapara algo de lo que pudiera arrepentirse. Los bailarines se acercaron en ese momento a ellos, mientras los trovadores alzaban sus gaitas y fídulas, prestos a atacar otra melodía.

Volviéndose hacia Nicholas, le sonrió de oreja a oreja.

—¿Vos bailáis?

Nicholas miró a Anne sin saber qué responder. Cualquier cosa que dijera sería un insulto para una mujer que nunca conseguiría salir airosa de una contradanza.

—Hay poco baile en medio de una batalla.

Ella alzó la mirada de su labor y sonrió, como reparando en lo absurdo de la pregunta.

—¿No descansabais nunca del combate?

—El rey sacaba tiempo para practicar la cetrería —lo que significaba que él había tenido que ocuparse del cuidado y de la alimentación de sus aves favoritas, además del mantenimiento de sus hombres.

—Ah. Yo he cabalgado detrás de los halcones. Una vez. O dos.

Podía montar, entonces. Había llegado a dudarlo.

Su sorpresa debía de haberse reflejado en su rostro.

—No pongáis esa cara. Es el halconero quien hace la mayor parte del trabajo.

—Yo no pensaba…

—Sé lo que pensabais —dejó de dar puntadas.

Él, un hombre capaz de esconder sus sentimientos delante de reyes, había dejado que aquella mujer le leyera el pensamiento. Peligroso.

De repente, como si ella se hubiera apercibido de su consternación, le tocó suavemente una mano.

—Perdonadme. A veces me empeño en ignorar lo que es perfectamente obvio. Vos no habéis hecho nada malo.

Nicholas se preguntó si le habría hecho esa misma confesión a alguien más.

—Aceptáis vuestra… condición… con una calma admirable.

—No tengo elección. ¿Qué remedio me queda?

No tenía elección. Nicholas se estremeció. Él se

había pasado toda la vida asegurándose de que siempre hubiera otras elecciones, otras opciones, otras rutas que seguir.

—Podríais despotricar contra vuestro destino e insistir en un tratamiento especial —conocía a guerreros en buenas condiciones físicas que se mostraban perfectamente irritables y con menos motivos que ella.

—Eso no cambiaría nada.

No supo qué responder a eso y se hizo un silencio hasta que, acabada la música, se dio cuenta de que ella no había retirado los dedos del dorso de su mano. Anne fue consciente de ello a la vez que él y se apresuró a apartarlos, como si su contacto la hubiese quemado.

—¿Os sumaréis mañana a la cacería? —lo preguntó sin pensar, con tal de salvar aquel incómodo momento. Se trataba de una cacería de venado, un esfuerzo más exigente que el de la cetrería.

Y ardía en deseos de disfrutarlo, de cabalgar a galope tendido. De ese modo desahogaría toda la frustración que le producía estar encerrado allí, debido a las excesivas precauciones del rey.

Vio que sus dedos volvían a estar ocupados con la labor.

—Tienen muy poca paciencia conmigo en las cacerías.

—Las mujeres montan a caballo –«algunas», añadió para sus adentros—. Y no hay vergüenza alguna en que se queden rezagadas.

—Pero no tanto como yo.

¿Fue su sonrisa tan triste como imaginaba? Suponía que debía de ser una forma blanda de tortura: la de quedarse atrás, atrapada por sus propias limitaciones, mientras el resto de la corte se alejaba al galope en un soleado día de verano.

—Vamos —pronunció algo bruscamente. Ya había visto suficientes carnicerías en Francia. No necesitaba ser testigo de la muerte de cada ciervo—. Yo cabalgaré con vos.

La aguja tembló, pero sin perder una sola puntada.

—¿Compasión por la pobre lisiada?

De repente la agarró de la muñeca, interrumpiendo su labor y obligándola a mirarlo.

—No.

Lo miró con ojos interrogantes, y él se preguntó por lo que ella vería en los suyos. En verdad que no sabía por qué le había hecho aquel ofrecimiento. Más palabras solo conseguirían empeorar las cosas.

Finalmente esbozó una lenta, dulce sonrisa.

—Me encantaría.

—Hasta mañana, entonces —se levantó bruscamente y, tras hacerle una breve reverencia, se marchó.

Con la misma rapidez, se había comprometido a pasar su tiempo con una mujer que no haría otra cosa que retrasarlo.

Cinco

A la mañana siguiente, arrepentido de su impulso de la víspera, Nicholas se unió a la partida de caza que se había reunido a las puertas del castillo.

Había esperado que apareciera algún paje para comunicarle que Anne había cambiado de idea, dejándolo así liberado para desahogar su inquietud.

Y sin embargo allí estaba ella, ya montada, esperándolo al margen del caos que rodeaba el grupo de jinetes. Los sabuesos que seguirían el rastro del ciervo olfateaban ya el aire, impacientes. Los podencos que debían perseguir a su presa perseguían, no ya al ciervo, sino sus propias colas, de puro nerviosos. Vestido de verde, tal como convenía a la cacería, el rey parlamentaba con sus cazadores y trazaba su plan.

Y Anne, sentada a horcajadas en un caballo alazán, contemplaba fijamente la escena como si quisiera memorizarla.

Si le preguntara directamente si sería capaz de resistir un día entero montando a caballo, ¿se echaría para atrás? Sin abrir la boca, conocía la respuesta. Aun así, bien podría darle una oportunidad...

—Su Majestad caza con perros —dijo Nicholas mirando al rey, mientras apoyaba una mano en el cuello del caballo de Anne. Los perros significaban una cacería larga. Agotadora y además desagradable. Alzó la mirada hacia ella, ofreciéndole la oportunidad de que se retractara.

Anne asintió con la cabeza.

—Han localizado un ciervo de diez —se refería a un gran venado con astas de diez puntas—. Será un digno oponente.

No le extrañaba que el rey estuviera tan sonriente.

—Será una larga jornada, entonces —cazarían *par force*, como prefería el rey, persiguiendo a la bestia hasta el agotamiento. El trabajo había empezado la víspera para los cazadores, para continuar con una conversación durante el desayuno que Nicholas había preferido ahorrarse.

Primero tenían que soltar a los sabuesos para que olisquearan al animal. Una vez localizado, lo perseguirían los podencos.

Finalmente, al cabo de largas horas, cuando la presa estuviera acorralada, el rey tendría el honor de matar al ciervo y destazarlo, entregando los despojos a los perros como recompensa. Lo que significaba que no se bajarían del caballo por lo menos hasta que se hiciera casi de noche.

—Eso dice mi señora —señaló al príncipe y a su amada, que esperaban juntos, también montados. Lady Joan alzó una mano para saludar a Anne—. Sin la guerra, los hombres se vuelven inquietos —bajó la mirada hacia él—. ¿No es verdad?

Lo dijo como si supiera perfectamente las ganas que tenía de participar en la cacería.

—Sí —la respuesta sonó seca, casi grosera.

—Entonces es bueno que salgamos a cazar hoy —comentó con una sonrisa, y sin indicio alguno de que deseara desmontar.

Nicholas suspiró y montó el caballo de caza que le habían prestado en las cuadras del rey. El día se prometía más largo de lo que había esperado.

El rey Eduardo dio la señal y partieron lentamente al principio, mientras el cazador mayor y sus ayudantes se adelantaban para confirmar el rastro.

El Bosque Nuevo era el parque de caza del rey. Allí los animales podían vagar y reproducirse sin que les molestase nadie que no fuera la familia real. Salió el sol y cabalgaron bajo una exuberante bóveda de hojas verdes, agitadas por una brisa perfecta para llevar el olor del ciervo a los inquietos perros.

Miró a la mujer que cabalgaba a su lado. Lenta como era de pies, parecía encontrarse menos incómoda a lomos del caballo. Las cuatro patas de la bestia la transportaban mejor de lo que podían hacerlo sus dos piernas y la muleta. Adivinó que no era tanto la caza lo que disfrutaba como la libertad de correr y desplazarse a donde su pobre cuerpo no podía llevarla.

—Si no seguimos su ritmo —empezó—, nos perderemos la cacería. Espero que no os importe.

—Me gusta montar y respirar el aire fresco. Lo

que no me gusta es ver… —se volvió para mirarlo, y él leyó la sinceridad en sus ojos— cómo hacen daño a criaturas más débiles.

Criaturas más débiles. Como ella. Una mujer con su cojera, incluso un hombre, podía sufrir feroces ataques por semejante falla. Lo había visto. Hombres ciegos combatiendo a palos, por ejemplo, para divertimento de otros hombres.

De repente sintió verdadera furia hacia toda la gente ignorante que había hecho daño a Anne, o que se lo haría en un futuro. Un extraño e incómodo pensamiento.

Él había vivido como había querido durante mucho tiempo, pensando solamente en transportar hombres y caballos, o en conseguir que el Papa de Roma bendijera la unión del príncipe Eduardo. Hasta que percibió el dolor de la mujer que montaba a su lado, lo reconoció y, de algún modo, lo hizo suyo. Un sentimiento tan inusitado como molesto.

Un sentimiento que llevaba a la decepción. Al dolor por una madre que murió, y por otra madre que nunca lo quiso.

Pero aquella mujer no necesitaba su compasión. Se había desenvuelto muy bien hasta ahora y, una vez que su señora casara con el príncipe, llevaría una vida que la mayoría de la gente envidiaría. Pocos lisiados, ni siquiera un enano que hiciera de bufón real, podrían aspirar a tanto.

La miró. El dolor y la alegría parecían fundirse en su rostro. Los labios apretados hablaban de sus esfuerzos por mantenerse en el caballo, pero los ojos se embebían de la belleza del paisaje mientras la sonrisa suavizaba su boca. Por el momento se las estaba apañando bien, pero Nicholas sabía que no podría aguantar el ritmo cuando empezara la cacería.

Sonó un cuerno. El ciervo había sido localizado. Los hombres espolearon sus caballos, con los cascos de sus monturas haciendo temblar la tierra, mientras dejaban que las mujeres los acompañaran si así lo deseaban. El caballo de Nicholas empezó a trotar, tan dispuesto como su amo a sumarse a la cacería. Tiró de las riendas, refrenando al animal…y a sí mismo. No podía partir a la carrera y dejarla allí, con todos aquellos esfuerzos que estaba haciendo por no caerse de la montura.

¿Dónde estaba lady Joan? Si aparecía, podría dejar a Anne a su cargo. Pero cuando el príncipe se adelantó, Joan había urgido a su caballo a seguirlo.

Se volvió para mirar a Anne.

—¿Ella monta con él?

—Sí. Nunca se pierden de vista, a no ser que sea estrictamente necesario.

Isabella, la hija del rey, se adelantó también seguida de varias damas, manteniéndose lo suficientemente alejadas de los hombres como para no respirar el polvo de sus monturas.

Estaba atrapado.

Por un fugaz instante abrigó la esperanza de llevarla de vuelta al castillo para poder incorporarse luego a la cacería. Pero una mirada a su gesto de abatimiento acabó con aquella ocurrencia.

Él había pasado años subido a un caballo. Sus

muslos estaban acostumbrados a aferrarse a su montura, y sus pies a guiarla con un simple golpe de talón.

Pero ella no podía apoyar bien el pie derecho en el estribo, y cada bamboleo del caballo amenazaba con mandarla al suelo. Cabalgar así durante horas supondría un constante esfuerzo. Participar en la cacería sería imposible.

Y, sin embargo, lo había intentado.

El resto de los jinetes desaparecieron por fin de su vista. El eco de los cascos de los caballos se fue apagando hasta que no se oyó más ruido que el rumor de las hojas de los árboles. Suspiró.

—Venid —señaló un árbol caído—. Descansemos un poco.

—No hay necesidad —el temblor de su voz desmentía la tozudez de sus palabras.

La ignoró. Desmontando, se acercó a ayudarla. Ya había estado montada cuando la vio aquella mañana y no se le había ocurrido preguntarse cómo se las había arreglado para subir al caballo. ¿Sería capaz de montar y de desmontar sola?

Anne cruzó su pierna coja sobre la silla y se deslizó silla abajo hasta sus brazos. Cerca. Demasiado cerca. Sus senos se apretaron contra su pecho, su aliento le acarició la mejilla. Alcanzó a captar un aroma a naranjas, aquel fruto de España que había probado alguna vez, dulce a la vez que ácido.

Vio que se ruborizaba. Parecía como si estuviera conteniendo el aliento.

Como él.

Finalmente, Nicholas hizo lo que llevaba queriendo hacer desde que ella tropezó por primera vez con él en el gran salón del castillo. Tomándola de la barbilla, la besó en los labios.

Su primer pensamiento, si acaso podía llamarlo así, fue que sus labios eran más suaves y cálidos de lo que había imaginado. El segundo fue que empezaron a moverse ávidamente sobre los suyos, diciéndole cosas que ninguna otra parte de su cuerpo se atrevía a insinuarle.

Y supo, sin saber muy bien cómo, que ningún hombre la había besado nunca.

Sus bocas se apartaron lentamente, reacias. Él la soltó y ella se volvió rápidamente, requiriendo la muleta que había atado a la silla.

Nicholas esperó alguna tímida protesta de damisela. O una taimada y femenina sonrisa, prometiéndole secretos goces.

Ni una cosa ni la otra. Ninguna palabra. Ningún rubor. Ninguna sonrisa y ninguna protesta. Vio que se apoyaba en la muleta y daba un paso hacia el tronco caído como si no hubiera sucedido nada. Como si el beso no hubiera sido nada. Como si él no fuera nada.

Apretó los dientes, luchando contra la nada habitual sensación que le corría por la sangre. No era rabia. Ni siquiera deseo, aunque deseo había habido, naturalmente.

No. Era algo mucho menos familiar. Posesividad. Protección. Un enloquecido deseo de abrazarla y de reclamarla como suya.

Mientras que ella no parecía sentir nada en absoluto.

Anne le dio la espalda, temerosa de encontrarse con sus ojos, y avanzó otro paso.

Todo había sido un espejismo. Aquello no debía, no podía haber ocurrido. Y sin embargo lo había besado. Y ansiaba tanto seguir haciéndolo…

¿Por qué había acudido a la cita de la cacería? Para distraerlo, según le había instruido su señora, y no para tentarlo.

Recordó lo que le había dicho ella misma: «no soy yo mujer que atraiga las atenciones de un hombre».

Y, sin embargo, él la había besado. Deliberadamente.

Y ella le había dado la espalda porque, de no haberlo hecho, le habría devuelto el beso para no detenerse nunca.

Pero sus labios… esos labios no llenos, pero bellamente dibujados, parecían haber despertado su piel a la vida. Toda la fortaleza que había acumulado para resistir el dolor había sido inútil contra el placer que le proporcionó la simple caricia de aquellos labios.

Y, en ese momento, debía comportarse como si nada hubiera sucedido. Se sentó en el tronco caído con un suspiro de alivio.

—Debéis de estar cansada —le dijo él.

Ella, que nunca admitía la debilidad, asintió con una leve sonrisa.

—Anne —era la primera vez que la llamaba por su nombre—. Miradme.

Quiso fingir que no había pasado nada. Que no pasaría nada. Así que alzó la babilla y la miró, desafiándolo a que lo reconociera.

—Os perdono —eran palabras desdeñosas. Como si él la hubiera ofendido, en lugar de conmoverla.

—Yo no os he pedido perdón —recuperó el tono formal.

En aquel momento solo la estaba tocando con la mirada, pero era suficiente. El calor de sus ojos reavivaba el deseo que no debía, que no volvería a sentir.

—¿Qué es lo que queréis entonces? —preguntó, incapaz de mantener un tono firme de voz—. ¿Apiadaros de mí?

—¿Apiadarme? ¿Es eso lo que pensáis?

¿Era furia lo que oía en su voz?

—Lo que pienso —empezó— es que vos pensabais robarle un beso, o algo más, a una desvalida doncella.

Eso tenía por fuerza que explicar lo sucedido. Debería haberse dado cuenta de que no podía existir ninguna otra razón. Él debía de haberla tomado por una presa fácil para su deseo.

—Os equivocáis.

Anhelaba tanto estar equivocada…

—¿Por qué si no me habéis atraído hasta aquí? Sabíais que no podía mantener el ritmo de marcha de la cacería. Sabíais que nos quedaríamos rezagados y solos —de todo lo cual había sido perfectamente consciente antes de montar a caballo.

—¿Tantas maldades han cometido con vos como para que esperéis algo así de mí?

Al principio se sorprendió. Luego se avergonzó. Sacudió la cabeza.

—No. Mi señora siempre ha sido muy buena conmigo cada vez que no he podido hacer… lo que los otros pueden.

—Yo no sé bailar lo suficientemente bien como para hacerlo delante del rey. Pero eso no me convierte en menos hombre.

Abrió mucho los ojos al escuchar sus palabras. ¿Podía algún hombre, alguna persona, mirarla y no verla como una mujer disminuida?

Y, sin embargo, en sus ojos veía cosas que no había visto en los de ningún otro. El deseo… sí, eso resultaba evidente. Mezclado con furia y con un punto de… admiración. Nada que ver con la compasión o la repugnancia con las que tan frecuentemente tropezaba.

Con demasiada frecuencia, una vez que la gente sabía quién y quién era, hacía como que no la veía. Sus miradas resbalaban por ella como si fuera una piedra, o un árbol. Como resultado, a veces se sentía sola. Pero ser invisible podía también suponer un beneficio.

—Lamento —empezó— haberos atacado cuando solo estabais siendo… bueno conmigo —no se le ocurría ninguna otra palabra.

Algo en su mirada pareció cambiar. Como si acabara de tomar una decisión.

—Bueno, no ha pasado nada. Y ahora sentémonos

y hablemos de cosas sin importancia hasta que hayáis descansado lo suficiente como para volver a montar.

Ella no quería hablar con él, pero debía hacer lo que le había ordenado su señora y permanecer cerca, a riesgo incluso de…

No. Irguió la espalda. No corría ningún riesgo. Había vivido desde siempre sin un hombre. Eso no cambiaría porque un guerrero de paso le hubiera robado un beso.

Nicholas se sentó en el otro extremo del tronco, en silencio y satisfecho de que ella no volviera a abrir la boca, mientras se esforzaba por recuperarse.

Estúpido como era, la había besado. Y cuando lo hizo, el mundo pareció bascular fuera de su eje, ponerse cabeza abajo, revelando la íntima debilidad que había creído tan bien enterrada en su ser. La misma debilidad que había cegado a su padre a la verdad sobre la mujer con la que se había desposado por segunda vez.

Y sin embargo ella pensaba que él solo había querido flirtear un rato y luego olvidarse. Debería haber dejado que pensara eso. Aquella mujer tenía una manera especial de pasar de la dulzura a la furia y nuevamente a la dulzura antes de que él se diera cuenta de nada. Pero lo que resultaba evidente era que tenía tan pocas ganas como él de tener un enredo.

¿Por qué?

Al otro extremo del tronco, seguía sentada con la espalda bien recta, estudiando aquel rincón del bosque como si quisiera memorizarlo. ¿En qué estaría pensando en aquel momento?

Él era un hombre de acción y, sin embargo, había aprendido que comprender las razones e impulsos de una persona era la clave para ganar su colaboración. El hombre que vendía vino estrictamente por dinero podía ser persuadido de que lo vendiera por su justo precio. Había aprendido a conocer a tales hombres. ¿Pero y las mujeres? Bueno, ellas no eran ningún misterio. Al menos las pocas que había conocido...

—Se nota que no estáis acostumbrado a tratar a mujeres.

¿Acaso le había leído el pensamiento?

—Un hombre de armas tiene poco tiempo para las mujeres —y lo prefería así. Porque eran unas mentirosas, todas. Dispuestas a decir, o a hacer, lo que fuera para engatusar a un hombre para que se casara con ellas. Con la excepción de, según parecía, la que tenía delante.

—Y yo no estoy acostumbrada a tratar con hombres.

Nicholas supuso que aquello era lo más cercano a una disculpa a lo que podía llegar.

—Empezaremos de nuevo —propuso—. Ni vos me miraréis como hombre ni yo os miraré como mujer —le tranquilizaba ver que ella parecía tener tantas ganas de ello como él.

—Los hombres no suelen ver en mí a una mujer cuando me miran.

No había tristeza en aquella confesión y, una vez

más, Nicholas experimentó una punzada de furia e indignación.

—¿Vos no queréis lo que quieren las demás mujeres?

—¿El matrimonio? —bajó la mirada a su regazo y se volvió luego hacia él, enarcando las cejas con una media sonrisa tan llena de dolor como de placer—. Os tenía por un hombre más sagaz.

—Soy lo suficiente sagaz —«excepto por lo que se refiere a vos», añadió para sus adentros.

Seguramente el matrimonio la eludiría: de ahí que su pregunta no hubiera hecho más que recordarle ese hecho.

Pero por supuesto que querría casarse. Todas las mujeres lo querían,

No sabía cómo tratarla, ni qué decirle. Su respuesta a una pregunta tan sencilla le había hecho sentirse tan torpe e incómodo con sus palabras como ella se sentía con sus pies. Y sin embargo era una mujer. No había razón alguna para juzgarla diferente del resto. Ese pensamiento debería haberlo alarmado. Pero, en lugar de ello, lo había tranquilizado.

Anne miró a Nicholas, que sacudía la cabeza como si se estuviera esforzando por comprender el inglés de un nativo de Cornualles. Una vez más, según parecía, le había hecho sentirse incómodo, inquieto. No había sido algo deliberado, pero era preferible que sintiera curiosidad por su persona que por la de lady Joan.

Como también era preferible volver las preguntas contra él, en vez de dejarse interrogar.

—Además —empezó de nuevo—, para toda mujer que quiera casarse, tiene que haber un hombre. Pocos hombres habrían hecho la elección que vos.

Dejó la frase en el aire, esperando que él le ofreciera más razones. ¿Acaso lo había engañado alguna mujer? ¿O se dolería todavía de la muerte de una esposa?

—Pocos hombres tienen tanta experiencia del engaño de las mujeres como yo.

Anne abrió la boca para protestar. «Yo no soy así», quiso decirle. «Yo no soy como las otras mujeres que habéis conocido».

Pero, por supuesto, lo era. Y con sus protestas solo habría conseguido engrandecer la mentira.

De repente Nicholas se levantó y le tendió la mano.

—Si ya habéis descansado, podemos volver.

Él aceptó su mano, necesitada de su ayuda, pero la soltó lo más rápidamente que pudo, temiendo el momento en que tuviera que dejarse ayudar para subir al caballo.

Aquella era siempre una maniobra incómoda. Tan difícil era que prefería hacerla sola para que nadie la viera. Primero tenía que acercar el caballo a un tronco caído o una roca. Luego, una vez encaramada sobre ella, colocarse cuidadosamente para poder apoyar el pie izquierdo en el estribo y tomar impulso. Finalmente, si todavía le quedaban fuerzas, tenía que voltear la pierna derecha, que colgaba como muerta, por encima de la grupa del caballo, y además sin golpear al animal.

Era una maniobra tan difícil y tan desagradable de ver que, de no haber sido por el goce que le producía, habría renunciado a montar. Pero una vez que estaba montada podía moverse casi con tanta libertad como los demás. Solo por eso podía soportar el dolor.

Pero que él la viera así…

El caballo, bien entrenado, se acercó al tronco caído a una señal suya. Si se lo pedía cortésmente, ¿desviaría Nicholas la mirada para ahorrarle el bochorno? Tomó aire para pedírselo, pero antes de que pudiera hacerlo, él la levantó de la cintura, lo suficientemente cerca del caballo como para que no tuviera ningún problema en sentarse en la silla. Resultó muy fácil luego colocar el pie derecho en posición y acomodarse mejor.

Todo había sido tan rápido que no había tenido tiempo de preocuparse sobre su aspecto. Y tan fluido que sus cuerpos no habían estado en contacto el tiempo suficiente como para que la tentación volviera a despertarse.

—Gracias —era una palabra que odiaba pronunciar, pero él se la merecía.

Le lanzó una rápida mirada, como si estuviera tan poco acostumbrado a que le dieran las gracias como ella a darlas.

—Sois muy amable al agradecérmelo —repuso él con tono solemne, como si estuviera haciendo un juramento.

—Normalmente nadie… —dejó inconclusa la

frase. La habían ayudado criados, pajes o incluso algún escudero en alguna ocasión, pero jamás un caballero.

La observaba con unos ojos que parecían leer más profundamente en su alma de lo que a ella le hubiese gustado.

—Vamos —pronunció por fin, montando en su propio corcel—. Ya oiremos en el castillo el relato de cómo el rey mató a ese ciervo.

No. No era invisible a aquel hombre. Y eso lo volvía todavía más peligroso.

Seis

Volvieron al castillo y Anne se retiró a la cámara contigua a la de lady Joan, deseosa de poder descansar antes de que terminara la partida de caza y su señora volviera a requerir su presencia.

Lady Joan tenía una doncella, por supuesto, para que la ayudara a vestirse, pero era Anne quien tenía el honor de peinarla.

Así era como terminaban sus jornadas, con Anne sentada detrás de su señora, un privilegio únicamente concedido a las camareras como ella. Luego, mientras Anne le cepillaba los largos rizos rubios, lady Joan charlaba sobre los sucesos del día. Y de cuando en cuando le preguntaba por su impresión sobre tal o cual dama o caballero.

No, Anne no podía correr ni caminar bien, pero sí que podía observar y escuchar. Y eso, tratándose de ella, era un talento.

Así que Anne también hablaba y Joan escuchaba, atesorando cada mínima información para luego soltarla como quien ofrecía una golosina a un perrillo para que se sentara en su regazo. O expresaba una opinión similar a la que sabía tenía el caballero en cuestión, porque siempre se traba de un hombre. Con lo cual el caballero quedaba siempre encantado y comentaba que lady Joan era la mujer más maravillosa del mundo y la que lo entendía mejor.

Lady Joan no tardó en volver al castillo, con los ojos brillantes y las mejillas arreboladas por la cacería. Se sentó delante del espejo y Anne tomó asiento justo detrás, dispuesta a peinarla.

—¿Habéis disfrutado de la cacería, mi señora?

Se encogió de hombros.

—Solo voy porque a Eduardo le gusta. Fue él quien asaeteó al ciervo, con lo que su padre perdió la apuesta que habían hecho. Sí, ha sido un día alegre.

—Una día alegre, efectivamente, señora —repuso sin pensar.

Joan le lanzó una mirada por encima de su hombro.

—¿Y tu presa? ¿Qué es lo que has descubierto sobre sir Nicholas?

Era esa la razón, la única razón, por la que había cabalgado ese día junto a sir Nicholas. Así que bien podía responder a esa pregunta.

—No tiene dama, así que no necesita de regalo alguno para ella —y era probable que no fuera a necesitar ninguno, si lo había juzgado bien—. Tiene un rehén francés y proyecta volver a luchar cuando haya cumplido su obligación para con el príncipe.

«Y además me besó», añadió para sus adentros.

Pero su señora no debía saber nada sobre aquel beso.

Lady Joan asintió, distraída.

—El mensajero del rey ha vuelto.

Anne soltó un discreto suspiro, como para no traicionar su alivio. Su señora estaba satisfecha. No habría más preguntas sobre sir Nicholas por aquella noche.

—¿Tan pronto? Yo creía que tardaría cerca de quince días en viajar hasta Canterbury y volver.

—No ha viajado tan lejos. Se encontró con unos viajeros que le informaron de que el camino hasta Canterbury se halla libre de la peste.

—¿Entonces cuándo partirá sir Nicholas? ¿Mañana? —rezaba para que así fuera. Cada minuto que pasara con aquel hombre bajo un mismo techo se le antojaba una amenaza.

—Eso creo. Eduardo quiere viajar también, pero yo no quiero que vaya. No hay razón para que se arriesgue a la peste. Sir Nicholas inclinó al Papa a nuestro favor, seguro que podrá hacer lo mismo con el arzobispo —se volvió para mirar a Anne y sonrió—. Vamos. Déjame que te cepille el cabello.

—Mi trabajo es cepillar el vuestro, mi señora —le producía inquietud ser tratada con tanta amabilidad por lady Joan.

—Ah, eres siempre tan paciente con mis pequeñas flaquezas… Vamos. Vuélvete.

Anne le entregó el peine. Al principio experimentó una sensación de incomodidad por tener a su señora a la espalda, sin posibilidad de leer su expresión. Pero la dulzura de sus movimientos y la suavidad de sus manos parecían envolverla en un mundo tranquilo y seguro, presidido por la presencia de Joan. Un mundo donde todo era conforme tenía que ser.

—Tienes un cabello precioso, Anne.

No era verdad. Era demasiado fino y de un tono rojo pálido, como una ropa desteñida de tanto lavada. Pero su señora era muy buena al decírselo.

—Gracias, mi señora.

—Sujeta el espejo —le dijo lady Joan—. Mírate.

Al hacerlo, vio a las dos reflejadas allí. Aunque lady Joan era ocho años mayor que ella, era su rostro el que llamaba más la atención.

Se preguntó qué pensaría Nicholas de ello. Y sin embargo su señora estaba señalando su cara junto a la suya en el espejo.

—Todavía eres joven.

Más joven que ella, aunque Anne prefirió no recordárselo.

—Es cierto, tu pelo es más rojizo que rubio, tu boca es demasiado grande, tus mejillas y tus manos han perdido la tersura de las de una doncella.

Miró sus dedos y se frotó las callosidades que se le habían formado por la costura. Si sus manos no eran tan blancas y suaves como las de Joan, había una buena razón para ello.

—Pero tu frente es bella. Si arrancamos este pelo suelto de aquí y aplicamos a las mejillas un poco de polvo de alazor para que brillen más…

Anne por poco estuvo a punto de dejar caer el espejo.

—Todo eso no servirá para esconder mi pierna.

—No, pero llamará de todas formas la atención de un hombre.

Anne se echó a reír entonces, con una risa que había logrado perfeccionar con el tiempo. Ella podía deleitar el oído, pero no la vista.

—¿Pretendéis deshaceros de mí, mi señora?

—Claro que no. Le prometí a tu madre… —no terminó la frase. No había necesidad—. Pero soy tan feliz con Eduardo que quiero que tú también encuentres un marido.

Anne había sido testigo de toda clase de escenas de amor, deseo y felicidad conyugal sabiendo que jamás llegaría a vivir ninguna de ellas. Un hombre podía casarse con una mujer poco agraciada por dinero o para que engendrara hijos o gobernara una casa. Y podía casarse con una mujer hermosa por amor o por dinero.

Una coja, en cambio, era de poco uso para nadie. Excepto, quizá, para Dios.

Pero Anne nunca había querido llevar una vida enclaustrada, apartada de las delicias del mundo…

—Quizá otra peregrinación… —empezó lady Joan.

Anne sacudió la cabeza. Al principio, su madre había hecho muchas promesas a los santos. Tan pronto como se levantó de su lecho de parto, viajó al santuario de Santa Larinna con su bebé, esperando un milagro. Pero Larinna no se lo concedió. Como tampoco San Winifred, ni San Werburgh, ni Santa Etheldreda, ni la propia Virgen María.

El milagro que recibió no fue una cura. Fue la

protección de lady Joan. Uno que no podía cuestionar la sabiduría de Dios.

—Sí, estoy convencida —dijo lady Joan dejando la mitad del cabello de Anne sin peinar para ponerse a pasear de un lado a otro de la cámara—. Una peregrinación a Canterbury. Dios obrará el milagro.

¿De dónde habría sacado una idea tan extraña? Nunca antes había hablado Joan de curarla.

—Mi señora, no creo…

—Y podrías partir enseguida. ¡Mañana mismo! ¡Con sir Nicholas Lovayne!

Estuvo a punto de reírse de nuevo, pero no de júbilo, mientras se esforzaba por sofocar el deseo que aquel simple pensamiento le había despertado. Seguir al lado de Nicholas durante unos días más, esperando y temiendo a la vez que él pudiera…

—Sir Nicholas no necesita cargar conmigo cuando tiene que resolver la requisitoria del Papa sobre vuestra boda.

Nicholas, eso se lo había dejado claro, no deseaba cargar con nadie. Ni siquiera con una esposa.

Pero Joan se volvió para mirarla de nuevo, directamente, sonriendo.

—Tú no serás ninguna carga para él. Y a mí me serás de gran ayuda.

Solo entonces lo supo. No viajaría a Canterbury para curarse, sino para espirar al servicio de lady Joan.

Nicholas seguía pensando en Anne aquella noche mientras se preparaba para marcharse, pese a todos sus esfuerzos por sacársela de la cabeza. Él había cumplido con su deber. Había sido amable. No tenía mayores obligaciones. ¿El beso? Un error que ella había tenido el buen sentido de ignorar.

Y él también.

Al día siguiente cabalgaría rumbo a Canterbury, libre, sin necesidad de mirar hacia atrás por miedo a que Anne se hubiera caído del caballo.

Y cuando un paje se presentó de su parte para llamarlo a su cámara porque quería hablar con él, procuró decirse que no era algo tan extraño. Seguramente solo querría darle las gracias y desearle un feliz viaje.

Pero en cuanto la vio, con la costura sobre su regazo, el gesto tenso de su boca y de su barbilla no presagió nada bueno.

—¿Estáis ya recuperada de la cabalgada?

Ella asintió y levantó la cabeza. Dejó de coser.

—¿A qué hora marcháis mañana?

—Al romper el día. El viaje es largo y el tiempo corto.

—Enviad un paje cuando estéis dispuesto. Yo iré con vos.

No podía haber oído bien.

—¿Qué?

—Que viajaré con vos.

—¿Por qué? —sus palabras carecían de elegancia, pero lo cierto era que en su compañía había aprendido a ser directo. Vio que desviaba la mirada por un instante.

—No es… No espero…

Ya estaba. Ambos se habían quedado mudos, con

87

la lengua trabada. El recuerdo del beso flotaba entre ellos.

Anne volvió a alzar la barbilla, evaporado aquel momento de debilidad.

—No viajaremos solos.

Evidentemente habría un séquito, pequeño pero digno de la importancia de aquel viaje.

—No, claro —pero la tentación no era su única objeción. Recordaba sus esfuerzos a la hora de montar y desmontar. No tendría tiempo para eso ahora—. Sé que teníais ganas de viajar, pero yo debo…

—Debéis moveros con rapidez, lo sé. Ya hemos perdido suficiente tiempo esperando al mensajero.

Era una mujer sensata y sabía que supondría una carga para él. ¿Pero entonces por qué quería viajar? Aquello despertó sus sospechas. ¿Acaso el beso la había confundido de alguna manera? Unas pocas sonrisas, algunas palabras galantes, pero no podía esperar que todo eso pudiera significar algo más…

¿O sí?

La lealtad de Anne era para con su señora: apelaría a ella.

—Seguro que lady Joan no podrá prescindir de vos en este momento, con los preparativos tan cerca. Los de la boda.

—Fue precisamente idea suya que yo viajara. Pensó que quizás una peregrinación a Canterbury… —no se atrevió a mirarlo a los ojos.

Una peregrinación. La esperanza de una cura.

La culpa batallaba con su sentido del deber. ¿Cómo podía negar a aquella mujer, o a cualquiera en su estado, la esperanza de una visita a un santuario como Canterbury? Y sin embargo el viaje le llevaría al menos siete días, aunque él había tenido la esperanza de forzar los caballos. Lo cual sería imposible si ella cabalgaba con él.

Tragándose una brusca réplica, escogió cuidadosamente sus palabras.

—¿Entonces no habéis ido antes? ¿De peregrinación?

—No, pero mi madre sí. Más de una vez, cuando era pequeña, y luego... —se encogió de hombros—. No volvimos a hacerlo.

Y seguía cojeando.

—¿Por qué creéis que esta vez será diferente?

Pestañeó, resentida de aquellas groseras palabras,

—No lo creo, pero lady Joan siempre dice que todo será...

—... como tiene que ser —terminó la frase por ella.

Anne sonrió. Él no.

—Sí, exactamente.

De modo que lady Joan, con la soberbia de una mujer desentendida de todas las necesidades que no fueran las suyas, le había entregado a él el peso, la carga de las esperanzas de Anne. Y sin consultarle. Si no se marchaba en ese momento, terminaría diciendo algo de lo que podría arrepentirse después.

—Debo ocuparme de los caballos y de las provisiones —no tenía tiempo que perder discutiendo. Expondría el asunto ante Eduardo, le diría que era imposible que se llevara a Anne, y dejaría que el hombre se las arreglara con su esposa—. Y buscar al príncipe.

Giró sobre sus talones, disponiéndose a marcharse.

—Creo —dijo ella, con sus palabras flotando sobre sus hombros— que el príncipe os sorprenderá.

No volvió la mirada. Iba a ser Anne de Stamford la sorprendida.

Nicholas encontró al príncipe jugando a los dados. Acababa de ganar una tirada y se encontraba de mejor humor de lo que había temido.

El príncipe y su dama dormían ahora separadamente, tal como el Papa había ordenado, y Eduardo contaba los días hasta que pudieran casarse otra vez. No estaba dispuesto a tolerar retraso alguno en la consecución de la aprobación oficial, aunque Anne pensara otra cosa.

—Mi señor, partiremos al amanecer.

Sonriendo, Eduardo le dio unas palmaditas en la espalda.

—Buena suerte, amigo mío. Que tengáis un viaje salvo y seguro.

—Pero vos me acompañaréis, ¿no?

El príncipe sacudió la cabeza.

—No necesitáis ayuda de mí. Joan y yo esperaremos ansiosos vuestra vuelta.

Un viaje bien planificado desmontándose ante sus ojos y antes de que hubiera comenzado. ¿Era su fe en Nicholas o el miedo a la peste lo que disuadía al príncipe de viajar? No, la explicación era probablemente más sencilla. ¿Cómo lo había llamado Anne? Deseo. La perdición de tantos hombres, incluido su padre.

—Mi viaje no será tan rápido como había previsto. Una de las damas de lady Joan pretende viajar conmigo.

Le satisfizo ver que el príncipe se mostraba sorprendido.

—¿Quién? ¿Por qué?

—Anne. En peregrinación. Espera una cura para su pierna. Dice que lady Joan se lo sugirió.

Eduardo respondió al ceño de Nicholas con una sonrisa.

—Qué bondadosa es mi esposa. Siempre pensando en los demás.

No era eso lo que había esperado. ¿Acaso el amor convertía en imbéciles a todos los hombres?

—¿Queréis que ella vaya al santuario o queréis recibir vuestra respuesta lo antes posible?

Eduardo frunció el ceño, pero solo por un instante.

—Si Joan quiere que vaya, que vaya entonces. Tengo confianza en que sabréis tratar tan bien a una mujer coja como al arzobispo. No puede ser más difícil que los cuatro toneles de vino gascón que tuvisteis que contrabandear del monasterio de Saint Thierry.

Deseó, por un momento, que el príncipe tuviera menos fe en él. Era allí a donde le había llevado a Nicholas su orgullo. Su habilidad hacía que todo pareciera fácil, de modo que Eduardo no entendía las dificultades. O al menos no admitía que las entendía.

Mientras continuaba ideando argumentos para convencer al príncipe, se descubrió, por la fuerza de la costumbre, volviendo a calcular el número de jornadas del camino.

—Puedo llevarla allí y traerla de vuelta —dijo—, pero que cojee o corra después está en las manos de Dios, no en las mías.

—Pobre muchacha. Joan fue la única que la acogió cuando ninguna dama la quería y la ha conservado desde entonces. Qué tesoro de mujer es mi esposa. Qué dulce y bondadosa…

Nicholas dejó divagar al príncipe. Así que lady Joan la acogió… Y Anne evitó responderle cuando él le preguntó desde cuándo llevaba a su servicio. ¿Sabría algo de aquel enredo de matrimonio que se suponía que él tenía que desenredar?

—¿Cuánto tiempo? —inquirió, interrumpiendo al príncipe en mitad de una frase—. ¿Cuánto tiempo llevan juntas?

Eduardo se encogió de hombros.

—Quince años como poco. Su madre sirvió a Joan antes que ella.

—¿Cuando Joan estuvo casada con Salisbury, entonces?

Esa vez sí que frunció el ceño el príncipe. No parecía que le gustara que le recordaran que él era el tercer hombre en compartir el lecho conyugal de su esposa.

—Eso nada tiene que ver con que os la llevéis de viaje y la traigáis de vuelta.

No, pensó Nicholas, pero sentía curiosidad. Era mucho, mucho tiempo.

—¿Y su padre?

—Murió con honor en Francia. ¿Pero por qué lo preguntáis? Tales preguntas no servirán para acelerar vuestro viaje de ida y vuelta a Canterbury.

Y eso, por supuesto, era lo único que le preocupaba al príncipe.

Nicholas se despidió con una reverencia y abandonó la estancia. Si Anne llevaba tanto tiempo con su señora, tenía que haber estado a su lado no solo cuando su boda, sino también cuando Holland regresó para reclamar a su esposa.

Resultaba curioso que Anne no se lo hubiese mencionado.

Siete

Nicholas observó, receloso, cómo Anne aparecía puntualmente al día siguiente, ataviada para el viaje. ¿Sorprendería alguna taimada mirada en su rostro? ¿Un suspiro de anhelo? ¿Alguna señal de que esperaba volver de aquel viaje con un marido en lugar de con una curación?

—Entenderéis —empezó con su tono más severo—, que no disponemos de tiempo para que vayáis caminando hasta Canterbury.

Palabras crueles. Bien escogidas para mantener una prudente distancia.

Volvió a distinguir aquella expresión de dureza en sus ojos.

—Soy coja, no tonta.

Palabras muy poco adecuadas para provocar la sensual imaginación de un hombre. Nicholas apretó los dientes. Ella tenía esa costumbre. Cada vez que una oleada de culpa amenazaba con anegarlo, ella decía algo lo suficientemente punzante y sardónico como para provocarle furia y no compasión.

Aunque, en cierto modo, lo agradecía. Porque evitaba que pudiera pensar en ella de otras maneras…

—Como tampoco —continuó— tendremos tiempo para que vos hagáis vuestra santa voluntad, entreguéis a la plebe vuestros bienes terrenales, encarguéis una misa de agradecimiento o cualquier otra actividad de ese tipo.

Una peregrinación formal observaba tantos rituales como una misa, o como una cacería de ciervos. Era larga la lista de las cosas que Dios exigía antes de otorgar su misericordia.

—Si se trata de una advertencia para que no os eche la culpa de que Santo Tomás no me cure, no tenéis por qué preocuparos. Tanto mis oraciones como las de mi madre han sido ignoradas hasta ahora. No creo que una bendición más suponga alguna diferencia.

—¿Para qué ir entonces?

No hubo rápida réplica esa vez, lo cual, en el silencio que siguió, reforzó sus sospechas. ¿Habría algo más en aquel viaje que lo que le había dicho?

Finalmente parpadeó varias veces, como recuperándose.

—Hace más de quince años que no me aparto del lado de lady Joan.

Un pensamiento sorprendente. La corte estaba constantemente en movimiento. Para cuando Nicholas estuviera listo para regresar de Canterbury, el rey se habría movido a Clarendon, a Brockenhurst o Carisbrooke. Los miembros de la corte podían, individualmente, quedarse atrás o adelantarse. Que Anne nunca se hubiera separado de su señora en tanto tiempo era algo muy inusual.

No podía constatarlo. Pero su afección, por supuesto, convertía los viajes en monumentales obstáculos, haciendo preciso un carro como medio de transporte. De esa manera habría viajado seguramente con lady Joan, en condiciones cómodas y seguras.

Pero emprender aquel viaje en concreto, a caballo y acompañada únicamente de unos pocos caballeros y escuderos más una doncella, iba a requerir bastante más coraje por su parte.

—¿La echaréis de menos?

—Tendré tiempo para descubrirlo, ¿no os parece?

No veía rastro de miedo en sus ojos. Solo un anhelo que reavivó la punzada de emoción que sentía en su pecho casi siempre que la miraba.

Se esforzó por recuperar su expresión severa.

Oh, un rápido beso con una risueña doncella había sido una diversión inofensiva mientras estuvo atrapado en el Bosque Nuevo durante tres días. Habían compartido algunas palabras punzantes y varias risas, pero siempre había sabido que aquello tendría un final.

Y sin embargo, en ese momento, cuando estaba a punto de marcharse, allí estaba ella. Y allí seguiría estando, día tras día, acompañándolo en el camino.

Y, lo que era peor: no estaba seguro de que eso le molestara tanto.

Anne había cabalgado antes, pero nunca en una jornada tan larga. Mantenerse simplemente en la silla requería de toda su fortaleza. El pie derecho no podía apoyarlo en el estribo, así que procuraba apretar los muslos todo lo posible, rezando para no resbalar hasta el suelo. El caballo, percibiendo su tensión, parecía luchar contra ella, convirtiendo cada paso casi en un forcejeo.

Pasado el mediodía, le temblaban los músculos de dolor.

Y sin embargo todavía tenía ánimos para cantar.

Muchas veces había soñado que viajaba a los confines del mundo y veía cosas que escapaban a su imaginación, pero siempre había sabido que solo era eso: un sueño. Porque únicamente dentro del círculo protector de su señora podía vivir con seguridad. Y sin embargo allí estaba, en un maravilloso día de verano, lejos de la condesa. Y en lugar de miedo lo que pulsaba en sus venas era entusiasmo, euforia. Aspiraba el delicioso aroma de las flores y contemplaba admirada las suaves pendientes de los pastizales en el lindero del bosque. Quizá pasarían lo suficientemente cerca del río como para poder echar un vistazo.

Se sentía feliz, y libre. Porque ese día podía fingir que era la persona que realmente quería ser, capaz de viajar libre de cargas. Esa era la razón. Y no sir Nicholas Lovayne.

Sir Nicholas se retrasaba con frecuencia, sin llegar a ponerse a su altura, y la miraba por encima del hombro como para asegurarse de que no se había caído de la silla. Hasta que de repente se acercó aún más, como si le hubiera leído el pensamiento. No habían vuelto a hablar desde que ella había montado, proceso que resultó fácil con su ayuda. Tenía una manera de levantarla tan fácil y fluida que subirse al caballo había dejado de ser un forcejeo.

—¿Vais cómoda? ¿Queréis que nos detengamos a descansar?

Era muy amable al preguntárselo, pero no se había mostrado tan generoso aquella mañana. Aunque tuviera que atarse al caballo, no se rendiría.

—Lo dijisteis vos mismo: no tenemos tiempo. Además, ¿no se supone que un peregrino tiene que sufrir?

Y le sonrió, como para asegurarle que ella no estaba sufriendo. Esperaba que no pudiera ver sus dientes apretados.

—Vamos. Nos detendremos a descansar y comeremos.

Dio una serie de rápidas órdenes y su escudero Eustace se apresuró a extender una manta junto al arroyo mientras Agatha, la doncella que lady Joan le había prestado, desenvolvía la comida fría que llevaban. Viajaban con poco equipaje, escoltados solamente por dos caballeros y sus correspondientes escuderos.

Nicholas se encargó de organizarlo todo. Una tarea mucho más fácil, estaba segura de ello, que la de organizar el abastecimiento de centenares de hombres, como había hecho en Francia. Finalmente se acercó a ella para ayudarla a desmontar.

Sus brazos eran fuertes y duros. En el proceso, su cuerpo entró en contacto con el suyo: cerca, muy cerca, tanto como podían estarlo dos amantes. Pero en la manera que tenía que tratarla no había otra cosa que obligación, sentido del deber. Lo sabía perfectamente. Él era un hombre del príncipe, mientras que ella estaba vinculada a lady Joan. Aunque de alguna forma, lejos de la corte, se sentía como si se hubieran escapado para tener una cita amorosa.

En cuanto sus pies tocaron el irregular terreno, se tambaleó y tuvo que apoyarse en él para no caer.

—Os tengo. No os preocupéis.

Sintió la vibración de su voz. Cerró los ojos, solo para visualizar una fantasía durante largo tiempo prohibida. En esa fantasía ella era una mujer normal y corriente, que tenía un marido, un amante incluso. Si ella hubiera sido aquella mujer, habría escogido a aquel hombre. Seguramente si se sentía atraída por él era porque era el único que se había acercado lo suficiente para tocarla.

Alzó los ojos, murmurando unas palabras de agradecimiento, y quedó de nuevo deslumbrada ante su apostura. Era alto y delgado, sí. Eso lo había sabido desde el principio. De similar estatura a la del rey o a la del príncipe. Algo poco habitual.

Con sus manos en sus brazos, pudo sentir la secreta fuerza de sus músculos, parecida a la de su personalidad: una fuerza que utilizaba solamente como último recurso, nunca como el primero. Los labios bien dibujados contrastaban crudamente con una nariz que parecía haber soportado más de una batalla. Ambos rasgos le daban un inquietante aire diplomático y guerrero a la vez.

Lo miró a los ojos, tan hundidos en sus cuencas

que le resultaba difícil distinguir su color o descifrar su expresión. Demasiado tarde se dio cuenta de que él la estaba mirando con la misma fijeza.

—¿Qué estáis mirando? —le preguntó él.

—Vuestros ojos —era demasiado tarde para mentir.

Se echó hacia atrás, soltándola casi, pero sin desviar la mirada.

—¿Y vuestra conclusión?

Un ardor le incendió las mejillas y fue bajando por su piel. ¿Sería capaz de leerle el pensamiento?

No. Ciertamente que no.

—Creía que vuestros ojos eran marrones, pero ahora veo que no. Son…

Entrecerró los ojos. Seguía siendo incapaz de descifrar su color. Parecían verdes o marrones con aquella luz, y grises y dorados cuando volvía a mirarlo. Era un hombre tan escurridizo como una pluma que el viento hiciera volar fuera de su alcance.

—¿Anne? —volvió a llamarla por su nombre.

¿Cuánto tiempo llevaba mirando fijamente aquellos ojos, como si estuviera intentando seducirlo?

—No lo sé. Justo cuando estaba a punto de contestaros que verdes o azules, los vuelvo a mirar y el color ha cambiado.

—Eso me ha sido de gran ayuda cuando he tenido que regatear en mis negociaciones.

Ah, sí. Unos ojos que parecían mostrar un destello de su alma, pero que en realidad la escondían.

—¿De qué color decís vos que son? —era una pregunta ligera, despreocupada. Que habría podido lanzar una mujer normal y corriente.

Parpadeó varias veces, como si la pregunta lo hubiera sorprendido.

—Yo no puedo verme mis ojos. Y no suelo mirarme en los espejos. ¿Por qué queréis saberlo?

«Porque quiero saberlo todo sobre vos», pronunció para sus adentros. Solo en beneficio de su señora, por supuesto. Pero eso no podía decírselo. Mejor era que pensara que estaba practicando un juego de seducción con él, insustancial, no más serio que aquellos que las damas practicaban con los caballeros en el salón, después de cenar. Nada que sugiriera que existía una conexión entre aquello y el beso que le había dado.

—Vuestra madre, entonces. Según ella, ¿de qué color son?

Vio dolor en aquellos ojos. Irritación. Y algo más.

—¿De qué color decís que son los vuestros?

—¿Los míos? —se miraba frecuentemente al espejo, pero nunca con demasiada fijeza—. Yo no estudio mis propios ojos,

—Pues yo tampoco —el gesto de sus labios indicaba que no pensaba seguir hablando.

Anne requirió su muleta, como una excusa para desviar la mirada. Para pensar. Los demás ya se habían sentado en la manta para compartir pan y queso, y, de repente, la distancia que la separaba de ellos se le antojó imposiblemente larga.

Dio dos pasos, tres. Pero entonces sus piernas, que todavía temblaban de la fuerza que había tenido que hacer para agarrarse al caballo, se negaron a avanzar más y tuvo que apoyarse en los restos de un muro de piedra.

—Quedaos aquí —le dijo él—. Os traeré algo de comer.

Aliviada, se dejó atender. Nicholas volvió con pan, queso y cerveza. Para sorpresa de Anne, se sentó junto a ella mientras comía.

—De modo que lleváis quince años junto a lady Joan.

—¿Cómo lo sabéis?

—Porque esta mañana vos misma dijisteis que en todo ese tiempo no os habíais separado de ella ni una vez.

¿Cómo podía haber sido tan estúpida? Masticó el bocado de pan durante más tiempo del necesario mientras ideaba alguna forma de escabullirse. Eustace y Agatha estaban sentados en la manta, con las cabezas muy juntas.

—Bueno —dijo con energía mientras se sacudía las migas de los dedos—, dado que ninguno de nosotros sabe nombrar el color de sus propios ojos, vos me diréis de qué color son los míos y yo os diré el de los vuestros.

Una distracción con el fin de evitar que le hiciera preguntas por su pasado. Se inclinó hacia él y lo miró fijamente a los ojos, abriendo al mismo tiempo los suyos, como para facilitarle la labor. Finalmente batió las pestañas como si fueran las alas de un pájaro.

Nicholas intentó forzar una expresión severa, pero no pudo más y se rio por lo bajo.

—Me sorprende ese tono tan desenfadado en vos.

Había conseguido distraerlo, captar su atención. Lo que tenía que hacer ahora era retenerla.

—Oh, vamos, señor caballero. ¿No habéis mirado nunca fijamente a los ojos de una mujer? —se recordó que era una pregunta concebida únicamente para distraerlo, no porque tuviera algún interés personal por la respuesta.

Nicholas dejó de sonreír y la miró a los ojos, pero con una expresión seria y pensativa que no presagiaba la repetición del beso.

—Vuestros ojos son grises. Y… verdes también.

Grises. Verdes. No había poesía en aquellas palabras.

—Ahora los vuestros. Dejadme ver —sus ojos estaban como ocultos. Ensombrecidos por lo profundo de las cuencas como si estuvieran acechando desde su fondo, mirando sin ser vistos—. Los vuestros son del color de una nube gris azul, que ocultara la luz de la luna.

Nicholas sacudió la cabeza.

—Nunca antes os habíais mostrado tan… lírica.

Se sentía lírica. Tan ligera y atolondrada como la risa de Agatha, que parecía flotar con la brisa de verano, y no sabía si era porque se estaba alejando de la vida que tan bien conocía, o porque estaba intentando distraerlo, o porque con él se sentía… diferente.

—Demasiado aire fresco, quizá. O quizá sea…

«O quizá seáis vos». Se mordió el labio para no pronunciar la frase.

Mientras tanto, allí estaba él, escrutándola con la cabeza ladeada, fruncido levemente el fuerte ceño y con los labios apretados.

Desvió la vista. Carecía de habilidad con los hombres. No debió haber intentado algo para lo que no estaba capacitada.

—Y vos parecéis como si estuvierais examinando un caballo, para saber si es merecedor de ser montado por un hombre del rey —sintió inmediatamente que le ardían las mejillas. Había dicho «montar». Como un hombre que montara a una doncella… —. No he querido decir…

Lo había empeorado. De repente, la sombra que velaba sus ojos se levantó, como si hubiera salido la luna, y Anne tuvo la sensación de ver claramente lo que él estaba viendo. A él. A ella. Juntos. Mirándola como ella había visto a los hombres mirar a las mujeres que deseaban. De la manera en que a ella nunca la habían mirado.

De hecho, ni la veían.

Y aunque sabía que no debía hacerlo, volvió a mirarlo a los ojos, anhelante de vislumbrar aquel deseo, aunque solo fuera por un instante. No, eso era algo que no contaría con la aprobación del príncipe y su señora, pero si pudiera paladear…

Las nubes regresaron de golpe.

—Yo tampoco lo he pensado —y zanjó el equívoco con la misma decisión con la que ella había intentado hacerlo.

Había algo detrás de aquellas nubes, sin embargo. Algo agudo, brillante y claro, que hablaba de las lejanas tierras que había recorrido. Que hablaba de paisajes, sonidos y aromas que ella no podía comprender.

Y que no vería nunca.

De repente él se levantó y le tendió la mano.

—Vamos. Debemos continuar. Os prepararé un arnés para que os sujetéis mejor a la silla. Así podréis viajar más cómodamente.

Después de aquello, Nicholas guardó las distancias. Le fabricó un arnés especial con un cinturón, una cuerda y una tira de cuero para que pudiera ir más segura. Con eso, el caballo pareció tranquilizarse y él ya no tuvo necesidad de retrasarse y de mirar por encima de su hombro por miedo a que hubiera rodado por el suelo. Instruyó a los otros caballeros, incluso a los escuderos, para que la ayudaran a montar y desmontar, pero, para el día siguiente, no pudo soportar ya la torpeza de sus intentos. Los hombres se mostraban tan torpes con las hebillas del arnés como con ella. Si no intervenía, acabarían haciendo daño al caballo o incluso a la propia Anne.

Así que volvió a tomar la responsabilidad, aunque ello significara acercarse a ella y tocarla por lo menos una decena de veces al día. La maniobra le resultaba fácil, pero la efectuaba con rigidez, intentando guardar la mayor distancia posible. Pero seguía oliendo el aroma de su pelo, como un fruto aromático y prohibido, escondido en un profundo bosque.

Cuando eso sucedía, él tensaba los brazos y ella la columna, y aunque llegaban a tocarse, era como si un muro de paveses, altos escudos de batalla, se interpusiera entre ambos. Y lo suficientemente resistentes como para soportar una lluvia de dardos.

Intentó decirse que ella no era más que un obstáculo en su camino, como un río desbordado que hubiera que atravesar para seguir viaje, para dejar luego atrás. Lidiar con las limitaciones físicas de aquella mujer en el viaje no era más difícil que persuadir a un panadero francés de que vendiera su pan al enemigo inglés, o que localizar un puerto cerca del escenario de una batalla para sus barcos de abastecimiento. Había resuelto muchos desafíos y bastante más difíciles.

Pero aquellos problemas habían sido pasajeros, mientras que los pensamientos de Anne nunca lo abandonaban. Más allá de su responsabilidad de procurarle seguridades y comodidad, acechaba constantemente una mezcla de resentimiento y preocupación, teñida de un inquietante deseo.

Y luego la miraba y la veía sonreír, y eso le hacía feliz, pensando que de alguna forma él había sido responsable de ello.

Tardarían cerca de diez días en alcanzar Canterbury, demasiado tiempo. Nicholas procuraba apresurar el paso, vigilando sin cesar a Anne cuando ella no lo estaba mirando. ¿Sufriría, padecería dolores? Si ese era el caso, lo disimulaba bien. Era terca y orgullosa. Y estaba decidida a no retrasar su ritmo de viaje.

Para el final de la segunda jornada llegaron a Winchester. Mandó a su escudero y a los demás que prepararan habitaciones en la posada mientras ella se llevaba a Anne al albergue de los peregrinos, a la sombra de la catedral.

Allí descansaría poco, pensó mientras ella se establecía, pero al menos dormiría bajo techo. Las pesadas vigas de madera sostenían una bóveda que imitaba la de una catedral, y sin embargo el lugar carecía de la paz y de la serenidad de un templo. La sala, toda abierta, estaba atiborrada de viajeros y peregrinos dispersos por el suelo, buscando cada uno el imposible de un espacio propio separado de los demás.

Allí estaría a salvo, y él se alegraría de despedirse de ella hasta el día siguiente. Si la perdía de vista, seguramente sería capaz de dormir con un poco de tranquilidad.

—Aquí estaréis cómoda —le dijo, pensando ya en lo que haría si ella se negaba.

—Estoy acostumbrada, ya que la corte viaja regularmente —repuso ella con su habitual tono de autosuficiencia, tan resistente como la mejor armadura, aunque el agotamiento le pesaba sobre los hombros y pintaba ojeras bajo sus ojos—. Tengo a mi doncella. Ella podrá acompañarme.

—¿Acompañaros? ¿A dónde?

—A la iglesia de Greyfriars.

—¿Por qué? —estaba cansado. Y ella debía de estarlo más—. Acordasteis conmigo que renunciaríais a vuestros deberes de peregrina.

—Esto no forma parte de mi peregrinaje —lo miró—. El conde de Kent está enterrado allí. Mi señora me encargó que visitara su tumba.

—¿El antiguo marido de lady Joan? ¿No está enterrado en Francia?

—Él no. El hermano de mi señora.

—¿Su hermano? —si ella seguía insistiendo, no podría dejarla vagando sola por aquellas calles, ni siquiera con la compañía de su doncella. Un nuevo y difícil camino parecía abrirse entre él y la pinta de cerveza que le estaba esperando en la taberna—. ¿Se lo llevó la peste? —nadie le había mencionado la existencia de un hermano de lady Joan.

Anne sacudió la cabeza.

—Falleció hace nueve años. A los veintidós.

Veintidós años. Nicholas pensó que si el hombre estuviera vivo, en ese momento tendría su misma edad.

—¿En la guerra? —¿habría conocido él al conde? ¿Habría marchado o luchado a su lado? Intentó recordar. Aquel año figuraba en su recuerdo como una borrosa nube de treguas y de batallas, contra los escoceses y contra los franceses. Había habido tantas marchas en su vida, tantas batallas…

—No. Simplemente… murió. ¿Quién sabe cómo decide llevarse la muerte a algunos hombres?

Se la quedó mirando fijamente. ¿Habría algo más que lealtad en aquella devoción?

—¿Estabais… encariñada con él?

Se volvió para mirarlo con expresión de asombro.

—Estaba casado.

No se molestó en recordarle lo poco que significaba eso.

—¿Pero lo conocisteis?

—Por supuesto. Era el último hermano vivo de Joan. Cuando murió él, las tierras y el título pasaron a ser de ella.

Pero eso no explicaba su lealtad. En su experiencia, las mujeres no se consagraban tan desinteresadamente a los demás. Más bien, solo a sí mismas. Aun así, si ella alguna vez había tenido alguna querencia por algún hombre, el secreto era suyo y a él no le concernía. Se había tornado soñador, veleidoso. Las razones de Joan no le interesaban. Él simplemente tenía que limitarse a lidiar con sus consecuencias.

—Vuestra devoción a lady Joan es admirable — le dijo, pensando que su propia reacción de celos ante un hombre muerto no lo era tanto.

Joanne esbozó una mueca, señal de que no había conseguido engañarla.

—¿Nunca habéis sido leal a alguien?

—A Eduardo y al rey, por supuesto —y, sin embargo, su lealtad al príncipe y a su padre se confundían con el deber, la obligación y la supervivencia. No era el mismo vínculo emocional que parecía tener ella, y que iba más allá de la gratitud.

—¿Y a nadie más? ¿A vuestra familia?

—Mi familia no mereció semejante devoción — pensó que ella había pasado la mayor parte de su vida junto a su señora, mientras que él había abandonado a su familia años atrás.

Una expresión de consternación suavizó sus rasgos.

—Lo siento.

—Ya estoy lista —la voz de la doncella lo sorprendió—. Eustace me ha dicho que nos acompañará.

—No —Eustace, estaba seguro de ello, solo quería ir por Agatha. El muy estúpido se dedicaría a galantear con la doncella en lugar de velar por Anne—. Si queréis visitar la iglesia, os acompañaré yo.

—Pero...

—Si algo os sucede, lady Joan me hará despedazar —y lo mismo el príncipe, si su dama así se lo pedía. Despachó a la doncella y al escudero, que parecieron alegrarse mucho de quedarse solos, y tendió a Anne su muleta—. Tomad.

Mandó traer una carreta para evitar que Anne caminara o volviera a montar a caballo y la guio por las calles de la población rumbo a la iglesia. Una vez allí, la acompañó mientras entregaba a uno de los frailes una ofrenda de parte de lady Joan y observó cómo rezaba frente a la tumba.

Una escultura del difunto descansaba sobre el catafalco, como si el hombre se hubiera tornado de piedra en el lecho de muerte. Un joven caballero, con título, con tierras, muerto. Nacido el mismo año que Nicholas.

Una corriente de aire frío que se arrastraba por el suelo de piedra barrió sus pies para subirle por las pantorrillas. La muerte acechaba y se presentaba cuando quería. Nicholas sabía eso tan bien como cualquier hombre. Rápida o lentamente, de manera prevista o imprevista, él estaba preparado para ese momento.

O, al menos, eso era lo que se había dicho a sí mismo.

Cuando muriera, nada quedaría de él. Esa era la vida que había elegido. Una vida en la que nada le pesaba. Sin título ni tierras. Sin esposa. Sin hijos. Sin nadie que le llorara.

Ni siquiera alguien que se detuviera durante unos momentos ante su tumba para musitar una plegaria por su alma. Como Anne de Stamford.

Anne fue entonces a incorporarse y él le ofreció una mano. Cuando se levantó del todo, apoyada todavía en él, vio que estaba llorando.

Lágrimas. De una mujer que no se rendía nunca. ¿Estaría más estrechamente relacionada con aquella familia de lo que había pensado? ¿Sería una hija bastarda, o quizá una hermanastra? ¿Lloraría por un hermano, por algún amor perdido o sin esperanza, o tal vez simplemente por la tristeza que producía la muerte? En ese momento, para Nicholas, la diferencia no tenía importancia. Porque no podía soportar verla llorar.

Sin pensar, la atrajo hacia sí, le apoyó suavemente la cabeza sobre su hombro y le acarició el pelo. Su cuerpo parecía acomodarse perfectamente al suyo, desde los hombros hasta los pies, como si hubieran estado destinados a juntarse. Tensó los brazos, sintiendo la caricia de su aliento, sus lágrimas humedeciéndole la túnica. ¿Qué podía hacer un hombre para consolar a una mujer?

Finalmente Anne levantó la cabeza, con sus ojos enormes, nimbados de aquellas pestañas de color rojo claro que brillaban por las lágrimas. Su aliento casi se mezclaba con el suyo, todavía acelerado. Con solo inclinar levemente la cabeza, le rozaría los labios y...

Pero fue ella la que se puso de puntillas, le echó un brazo al cuello y lo besó.

Un beso tan rápido e inesperado como una flecha disparada por un enemigo oculto. Y casi igual de mortal.

Al contrario que la flecha, sin embargo, no le impidió moverse, sino que lo impulsó a acercarse aún más a ella, atenazado por el impulso de protegerla, de compartirlo todo, de darle su fuerza y de apoyarse a su vez en la suya.

Hasta que, con la misma rapidez, ella dejó de besarlo.

Lo miraba con los ojos muy abiertos, los ojos entre grises y verdes que hacía un momento habían tenido una expresión tan soñadora. Seguían siendo tan directos y penetrantes como la primera vez que los vio, solo que esa vez expresaban una nueva cautela, una vergüenza que jamás había esperado ver.

No era eso lo que había esperado de una mujer que había estado llorando ante la tumba de un hombre. Y tampoco lo que había esperado de sí mismo.

Ahora era él el que prácticamente se tambaleaba, mudo. Por un segundo había sentido algo que no era solamente físico. Algo que había tocado su fibra más profunda, detrás de la máscara que todo el mundo veía.

Pero no la soltó.

Ocho

Anne se separó de sus brazos y se dejó caer al suelo, rehuyendo su mirada.

—Perdonadme —los labios todavía le ardían, pero se contenía de tocárselos—. Yo… —se aclaró la garganta—. Yo no… es… no estoy segura.

Se estaba trabucando con las palabras como se trabucaba con los pies. ¿Qué había hecho? ¿Qué clase de locura se había apoderado de ella?

O se había apoderado de los dos. Porque él no la había rechazado. Durante aquellos instantes se había sentido como se habría sentido cualquier mujer, capaz de tocar, de besar y de amar a un hombre sin enfrentarse al rechazo.

Porque incluso su padre le había negado su regazo en las raras ocasiones en que había visitado su hogar.

Se secó las lágrimas con las manos y buscó su muleta, sintiéndose tan ciega como coja, pero fue Nicholas quien la encontró y se la alargó.

—¿Os encontráis bien? —le preguntó él, guardando las distancias.

Asintió con la cabeza. Solo en parte era eso cierto, porque sabía que ambos se sentían desorientados, indecisos en aquel nuevo terreno que estaban empezando a pisar. Se sentiría mejor solo cuando no pudiera ni verlo ni oírlo, ni oler su aroma en caso de que se acercara demasiado. Por el momento, el suelo era como un refugio y no pensaba levantarse del mismo.

Palabras. Debía encontrar palabras que lo tranquilizaran.

—Yo no… Yo no debí… Yo no pretendía…

—No fui consciente de lo muy profundo que era vuestro dolor por él.

Anne soltó un suspiro, agradecida de que hubiera supuesto que si lloraba era por un hombre muerto. No era así. El hermano de Joan había muerto hacía cerca de diez años. Si había ido allí había sido solamente porque su señora se lo había pedido.

No, el motivo de sus lágrimas era su propia debilidad. Lloraba porque quería, contra toda lógica, llevar una vida que era imposible. Y luego él la había tomado en sus brazos y ella había anhelado tanto que…

Le había dado un beso. Otro más.

Sabía que debía mirarlo. Debía fingir, una vez más, que no había habido beso verdadero, ni esperanza, ni deseo por su parte.

—Sois muy amable —parpadeando para resistir el indeseado picor de las lágrimas. Era amable, sin embargo, de una manera que ella no quería. Nunca se permitía aceptar tanta amabilidad de nadie, porque ello solo servía para reforzar sus limitaciones. Porque le recordaba demasiado lo que no podía hacer.

«No, no, Anne. Tú no puedes», solía decirle su madre. «Sola no puedes».

Pero cuando alguien la ayudaba, debía mostrarse agradecida. Tan agradecida…

—Gracias —pronunció al fin, atragantándose casi con la palabra.

Él no contestó.

Y cuando se atrevió a volver a mirarlo a los ojos, se vio atrapada por su prolongada y profunda mirada. Una mirada que parecía ver lo que ella no expresaba, escuchar lo que no decía.

—Yo no necesito que me deis las gracias. ¿Es que nunca dedicáis un solo pensamiento a vos misma?

Había indignación en sus palabras. ¿Cómo podía decirle que precisamente estaba pensando en sí misma? ¿En lo mucho que anhelaba su compañía, como una flor suspiraba por la lluvia?

—Al cuidar a mi señora, me cuido a mí misma.

Sacudió la cabeza.

—Sois demasiado leal.

No sabía él hasta qué punto.

—Y sin embargo vos servís al príncipe.

—Cumplo con mi obligación —había curiosidad en su tono—. En cambio vos…

«Distráelo», le recordó la voz de su señora, tan clara como si estuviera a su lado.

Se apoyó en la muleta, rechazando la mano que le tendía, y se levantó del suelo.

—¿Vuestra obligación? ¿Abrazar a mujeres llorosas?

¿Temblaba demasiado su sonrisa? Esperó que no lo notara.

—No —de nuevo se aclaró la garganta, como para encontrar la voz—. Al menos, no hasta ahora.

Ni tampoco lo había querido. Anne estaba segura de ello.

Dio un paso y resbaló. Por enésima vez, él la sujetó. Pero para entonces no estaba ya más atento que a su fragilidad, y Anne volvía a ser ella misma.

El resbaladizo suelo de piedra y los escalones de la iglesia requirieron de toda su atención hasta que salieron a la calle, bañada ya por la luz del crepúsculo.

La levantó para sentarla en la carreta, con tanta facilidad como la montaba y desmontaba en el caballo, y tomó las riendas para conducirla a través de las calles.

—¿Qué hacéis entonces, sir Nicholas... —no podía permitirse más lágrimas, ni más silencios explícitos— cuando no estáis ayudando a alguna desconsolada damisela?

—Resuelvo problemas —respondió con un suspiro que ella reconoció demasiado bien.

—Ah. Yo hago lo mismo.

—¿Vos?

—Ciertamente. Vos abastecéis al ejército. Yo debo encargarme de las vestimentas de Navidad de este año.

—¿Tan difícil es eso?

Resultaba evidente por su tono que aquel hombre no entendía las complejidades de esos asuntos.

—¿Este año? Sí. ¿Qué color elegiremos? La vestimenta de la princesa Isabella solo puede ser mejorada por la de su madre la reina, pero... ¡este año lady Joan se convertirá en princesa de Gales y superará en rango a Isabella! Ambas deberán quedar satisfechas y ninguna ofendida.

—¿Cómo puede ofender una ropa nueva?

—La familia entera debe lucir el mismo color, para que todos puedan combinar a la perfección. Incluso las libreas de los criados tienen que seguir esa pauta. Pero Joan prefiere el azul, que a Isabella no le gusta. Isabella quiere el amarillo y Joan lo rechaza. La reina, deseosa de que haya paz entre ambas, se niega a comprometerse, delegando en Cecily, la camarera de Isabella, y en mí la tarea de parlamentar con ellas para encontrar una solución.

De repente Nicholas se echó a reír. Un sonido, Anne estaba segura de ello, de que le resultaba a él tan poco familiar como a ella.

—¡Mujeres! Solo piensan en sí mismas. ¡Y yo que pensaba que conseguir comida y agua para diez mil hombres y treinta mil caballos era difícil!

Apretó los dientes para no soltarle una réplica cortante. Pero al menos había encontrado un tema para distraerlo.

—Abastecer a caballeros y arqueros no puede compararse con complacer a dos princesas. Me alegro de que lady Cecily y yo podamos reírnos juntas...

Y pasó a entretenerlo con anécdotas de pieles de armiño y varas de mediar telas, con lo que le hizo reír de nuevo. Su relación recuperó su justo lugar y la cómoda distancia fue restaurada.

No debía permitirse perderla de nuevo.

En las jornadas que transcurrieron entre Winchester y Canterbury, Nicholas aflojó el ritmo de marcha. Eduardo y Joan bien podían esperar un día más para casarse. No perjudicaría a Anne haciéndole pagar por la estupidez de aquellos dos. Y sin embargo el viaje seguía resultando duro y era poco el tiempo de que disponían, o el aliento, para descansar y charlar.

Nicholas, convencido de que Anne podía aguantar el ritmo, o fingir que podía, procuraba guardar las distancias. Y cuando ella se quedaba callada porque batallaba contra el dolor, fingía no notarlo.

Así era más seguro para ambos.

De modo que, una vez más, dejó que Eustace o alguno de los otros caballeros se encargaran de ayudarla a montar y a desmontar. Y eso pese a que los muy imbéciles la trataban como si fuera un saco de grano, en lugar de una mujer, porque no podía arriesgarse a volver a acercarse a ella.

Tan pronto lloraba por un hombre muerto como, al momento siguiente, besaba a uno vivo. ¿Por qué?

¿Pero quién sabía por qué las mujeres hacían algo cuando no era buscar su propio beneficio? En su experiencia, el interés que habían mostrado las mujeres por su persona había sido directamente proporcional a lo que él había podido ofrecerles. Las mujeres que seguían a los soldados siempre querían una tienda y suplementos de comida, de modo que él era el objeto de todo tipo de halagos y ofrecimientos que, habitualmente, rechazaba. Mujeres a la busca de un marido desfilaban ante Nicholas con intención de tentarlo, hasta que descubrían que no tenía riquezas que ofrecerles y, por tanto, la posibilidad de un matrimonio que mereciera la pena.

Lo cierto era que aunque el proceder de Anne era un enigma, Nicholas estaba más preocupado por el suyo propio. Cada vez que se acercaba a ella, algo lo impulsaba a perseverar, a descubrir, a comprender a aquella mujer cuyos ojos lo habían atrapado desde el primer momento. ¿Por qué la encontraba tan tentadora? Ni siquiera podía identificar el color exacto de sus ojos. Había decidido que eran grises, pero de repente cambiaba de opinión y le parecía que eran verdes, o azules. Y sin embargo, con otra luz…

Se quedaba contemplando sus ojos, el dibujo de sus cejas, el nacimiento de su pelo, la tentadora forma en que el cabello de las sienes le escondía la oreja…

Suspiró, pensando disgustado en la distancia que llevaba recorrida cavilando sobre algo que no era en absoluto importante, como si quisiera de verdad a aquella mujer.

Había poseído muy poco en la vida y quería aún menos. Un caballo, una armadura, trabajo. Comida y bebida. Lo suficiente para mantenerse fuerte de cuerpo y de espíritu, pero no para retenerlo en un mismo lugar. Porque nada podía disuadirlo de continuar siempre su camino.

Pero ninguna de aquellas cosas eran cosas que deseaba, que ansiaba, que anhelaba. Las contemplaba con la misma fría necesidad que lo convertía en un eficaz abastecedor de comida y armas. En un especialista en trazar planes, analizar y superar obstáculos sin permitir nunca que los sentimientos nublaran su buen juicio.

Al principio no había entendido ni reconocido que sentía algo por Anne. Ciertamente sin razón alguna para ello, ya que, en cuestión de edad, no era precisamente una ruborosa damisela. Y, sin que hubiera dado cuenta de ello, él ya había cumplido la treintena, con lo que había rebasado con creces la edad del matrimonio.

¿Cómo podía ser que hubiera acabado pensando en matrimonio cuando había estado pensando en Anne?

Y sin embargo no había hecho otra cosa que pensar en matrimonios, clandestinos o reales, durante los cuatro últimos meses. Al final de todo aquello habría una boda, una ceremonia, una celebración. Ese debía de ser el motivo por el cual sus pensamientos siempre volvían a Anne, porque la atracción que sentía por esa mujer era tan ridícula como inexplicable.

E imposible de ignorar.

Por tanto, cuanto menos tiempo estuviera con ella, mejor.

En teoría, Nicholas había sabido de los motivos que había tenido Anne para hacer aquella peregrinación, pero solo cuando se estaban acercando a la puerta Oeste de Canterbury se dio verdaderamente cuenta de por qué estaba ella allí.

Oh, había visto muchos peregrinos antes. Mendigos. El ciego, el tonto, el cojo. Gente sin la capacidad que tenía él para moverse por el mundo. Pero hasta que ese día no los vio invadir los caminos como un mar de hojas secas, no lo había entendido.

Anne bien podía haber sido uno de ellos.

Pero por sorprendente que fuera aquel pensamiento, el siguiente lo fue aún más.

Él nunca la había visto así, como una lisiada. Ni siquiera en un principio.

La miró subrepticiamente, cabalgando a su lado. Mantenía alta la barbilla y clavaba la mirada al frente, negándose a bajarla para mirar a aquellos desgraciados seres. Al principio le sorprendió su insensibilidad, pero luego reconoció otra cosa en aquel gesto. Día tras día se había mantenido en lo alto del caballo por pura fuerza de voluntad. Incluso con el arnés que él le había fabricado, las piernas le temblaban por el esfuerzo de mantenerse derecha, todo ello para no terminar rodando por el polvo como toda aquella gente.

No, ella tampoco se veía a sí misma como ellos.

Semejante coraje hacía empequeñecer cualquier otra cosa que hubiera visto en el campo de batalla. Y lo avergonzaba. Porque no hacía tanto tiempo que había estado dispuesto a descartarla como una carga, como un lastre. En realidad, el lastre habían sido sus propias dudas. Ella no soportaba la compasión: no la quería de nadie, y mucho menos de Nicholas. No quería nada de él.

Excepto un beso…

Afortunadamente, su llegada a la posada interrumpió ese pensamiento. En ese momento debía instalar a siete viajeros con sus monturas, mandar recado al arzobispo de su llegada y ocuparse de toda una multitud de detalles.

Se aseguró de dejar cómodamente sentada a Anne en el salón de la posada. Transcurrió más de una hora antes de que pudiera volver, para descubrirla sentada en el mismo rincón donde la había dejado, contemplando la calle repleta de ciegos, de cojos, de enfermos.

Llorando.

Lágrimas de nuevo, inundando sus ojos, resbalando por sus mejillas y cayendo sobre su vestido de lana, como una lluvia primaveral.

Se plantó frente a ella, protegiéndola de posibles miradas curiosas, y apoyó una mano en su hombro.

—¿Estáis bien? —le costó pronunciar las palabras. Como si tuviese algo atravesado en la garganta.

Anne se giró bruscamente, como si la hubiera agredido.

—¿Bien? ¿Que si estoy bien?

Escuchó el dolor que destilaban sus palabras. Un dolor que siempre había escondido antes.

Pero en ese momento había escapado. Las palabras brotaron rápidas, en un torrente:

—Estoy abrigada, bien comida y bien atendida, al contrario que esas pobres criaturas. Y no por méritos propios, sino por los de mi señora.

Su señora. Por supuesto. La verdadera razón de la gran devoción que le profesaba era tan clara, tan obvia, que le había pasado desapercibida. Anne le debía la vida a lady Joan.

Recordó la pregunta que le había hecho ella: «¿Nunca habéis sido leal a alguien?».

No. Nunca de esa forma. Para Nicholas, la lealtad venía a ser como un intercambio razonable. Su brazo, su espada, sus habilidades a cambio de dinero. Oh, estaba acostumbrado a que los hombres comprometieran sus vidas y recibieran protección a cambio, pero a esas alturas la guerra se había prolongado demasiado. Demasiados hombres llevaban en el campo de batalla durante demasiado tiempo. Solo las monedas podían mantener el ejército en marcha. Monedas para hombres y monedas para caballos y comida para alimentarlos.

—Pero vos le servís bien —empezó. Seguro que tenía que existir un comercio similar en su relación con lady Joan, al margen de la caridad—. No es como si estuvierais recibiendo limosna de ella —fue consciente de lo humillante que resultaría aquella expresión para una mujer tan orgullosa como Anne.

Vio que daba un respingo, como tocada por la crueldad de esas palabras.

No había sido intención de Nicholas, pero quizá habían sido, efectivamente, palabras crueles. Al fin y al cabo, ¿qué podía Anne ofrecerle a lady Joan a cambio de su protección? ¿Bolsas primorosamente tejidas? ¿Consejos en el asunto de las vestimentas para Navidad? ¿El cuidado de los niños durante su tiempo libre? Nada podía igualar a lo que lady Joan le había dado: la vida.

Había dejado de llorar. Sacudió la cabeza.

—No, es peor que eso, yo...

Se interrumpió de golpe y su expresión se transformó, como si un velo hubiera caído sobre su rostro. Y una vez volvió a ser la Anne que tan bien conocía: una mujer fuerte, tozuda, orgullosa.

Todo lo demás quedó oculto.

Bajo la mesa, Anne entrelazaba los dedos con fuerza y cerraba los ojos, dando las gracias a Dios por haberse interrumpido a tiempo en su conversación con Nicholas. A punto había estado de contarle todo lo que no debía saber.

¡En qué débil y pusilánime mujer se había convertido! Unos pocos días en la compañía de aquel hombre, lo suficientemente cerca como para tocarlo, para soñar... y se había olvidado de quién era realmente.

—¿Anne?

«Ahora. Debo mirarlo como siempre lo miro. No debo darle motivo alguno para que me pregunte», pensó.

Abrió los ojos y vio de nuevo las calles atestadas de Canterbury, llenas de peregrinos con heridas visibles e invisibles. Volviéndose, se enfrentó a Nicholas.

—Perdonadme. El hecho de estar aquí, rodeada de todo esto... El caso es que me he sentido abrumada.

Su señora, su madre y el secreto. Era eso lo único que se interponía entre ella y aquellas desgraciadas criaturas.

La mano de Nicholas, de repente se dio cuenta de ello, seguía sobre su hombro. Y se lo apretó en un gesto que se le antojó más íntimo que cualquier beso que hubieran compartido.

—Lo siento —dijo él—. Esto sí que no puedo solucionarlo.

Aquellas palabras tan sencillas estuvieron a punto de vencer su voluntad. ¿Cuándo le había dicho alguien algo tan dulce? Le cubrió la mano con la suya.

—Sois un hombre más bondadoso de lo que creéis, sir Nicholas Lovayne.

Para su alivio, vio que se erguía, rompiendo la intimidad del momento.

—Y vos sois una mujer más tierna de lo que aparentáis, Anne de Stamford.

No, no lo era. Era una mujer que sabía algo que debía ocultar a sir Nicholas Lovayne a cualquier precio. Esbozó una sonrisa.

—Todo será como tiene que ser —hizo un gesto de indiferencia—. Y ahora idos. No debéis preocuparos por mí.

«No debes mostrarte curiosa ni desconfiada, ni hacer más preguntas».

Guardar aquel secreto había sido, sencillamente, la razón de su vida. Y en ese momento debía guardarlo por otra razón.

Lo guardaría para que el cariño y la ternura que había visto en aquellos ojos gris azulado, y que jamás había recibido de ninguna otra persona, no se trocaran en desprecio.

Y mientras él se marchaba para preparar las camas y encargarse de los caballos, se lo quedó mirando con la garganta apretada por verdades que no se atrevía a pronunciar.

«Yo no soy la mujer que vos pensáis que soy. Soy una mujer cuya vida está basada en una mentira y que espera que no descubráis nunca la verdad sobre ella».

Nicholas se obligó a abandonar a Anne para sumergirse en la distracción de las cosas mundanas. Y dejando que la atendiera la moza de la posada. Necesitaba distancia, necesitaba romper aquella invisible cadena que seguía tirando de él.

Exactamente la clase de cadena que nunca había querido.

Aquello era lo mismo que había atrapado a su padre, impulsándole a casarse por segunda vez. No había habido lógica ni razón alguna en su elección. Y más tarde todos habían terminado arrepintiéndose de ello, incluso la mujer que le había puesto la venda en los ojos.

Pero, en aquel tiempo, su padre, ciego de amor y de deseo, no había sido capaz de pensar en nada que no hubiera sido aquella mujer.

Nicholas jamás cometería aquel mismo error. Con nadie. Y menos que nadie con Anne de Stamford.

Lo había llamado «bondadoso». No, no era bondadoso. No era un hombre inclinado a pasiones o sentimientos de ningún tipo.

Eran muchos los que sí lo eran. Hombres como su padre o el príncipe Eduardo estallaban de risa o de furor, amaban a quienes querían y cuando querían. Dejaban que su cerebro perdiera el control de su espada y se peleaban cegados por el deseo que les alborotaba la sangre, en lugar de mantener la clarividente serenidad necesaria para permanecer vivos. Mataban o mutilaban o, a la inversa, agasajaban a sus amigos con presentes merecedores de un rescate, se comportaban como lo habría hecho un animal, sin más dominio sobre su persona que el que tenía un lloriqueante bebé. Él nunca había sido así. La vida que había llevado su padre le había enseñado a no serlo.

En lugar de ello, observaba. Analizaba. Investigaba. Planeaba. Y, solo entonces, actuaba. Y cuando algo salía mal, porque algo siempre salía mal, volvía a analizarlo todo y cambiaba de plan.

Y si a veces la frustración o la indignación lo acometían, se las tragaba y seguía adelante. Aquel control era su fuerza, lo que lo mantenía alejado de los peligros de la furia excesiva. O del amor excesivo.

El espectro del joven de la tumba de Winchester se alzó para acosarlo de nuevo. Muerto. Desaparecido para siempre. Sin dejar un solo rastro en esta tierra.

Y, sin embargo, esa era la vida que Nicholas había escogido. Una vida sin nada que le pesara, que lo retuviera. Y, cuando todo hubiera terminado, se marcharía sin dejar nada detrás.

Así era como siempre había querido que fuera.

Y como seguía queriendo.

Nueve

A la mañana siguiente, después de las oraciones, Nicholas fue conducido a la abadía de la catedral y admitido en el despacho de Simon Islip, arzobispo de Canterbury.

Mientras clavaba la rodilla izquierda en tierra y besaba su anillo, contempló detenidamente al arzobispo. Era, tal como le había advertido el príncipe, un hombre de más de setenta años, y de carácter tan severo y quisquilloso como habría sido de esperar en la más alta autoridad eclesiástica del reino.

Nicholas se levantó. Ambos se miraron con suspicacia.

Solo esperaba que la tozuda mente de aquel anciano pudiera evocar los recuerdos que necesitaba.

Con palabras bien ensayadas, le presentó los respetos del rey y describió la requisitoria del Papa, teniendo buen cuidado de disimular su impaciencia. El propio viaje era sin duda la parte más difícil de aquella misión, y ya estaba medio hecho. Solamente necesitaba que el secretario del arzobispo localizara el documento para que su señor lo bendijera. Luego, lo único que se interpondría entre Nicholas y Francia sería el Canal de la Mancha.

Terminó de hablar y esperó. La expresión del arzobispo no cambió. Ni siquiera abrió la boca.

—Hacemos esto a requerimiento de Su Santidad —pronunció finalmente Nicholas, preguntándose si el hombre habría oído algo de todo lo que le había dicho.

En ese momento, el anciano frunció levemente los labios.

—¿Del Papa francés?

Nicholas parpadeó, levemente sorprendido. Palabras como aquellas nunca debían ser pronunciadas en voz alta.

—Y a requerimiento también de Su Majestad el rey.

Islip no siempre se había inclinado ante la autoridad real. Pese a ello, o quizá precisamente por ello, el monarca lo respetaba.

El arzobispo hizo un gesto desdeñoso.

—En cuanto un hombre se hace viejo, se le suelta la lengua —bajo sus cejas grises, sus ojos adoptaron una mirada lejana, triste—. Dios ha consentido que la peste se lleve a los obispos de Worcester, Londres y Ely. ¿Cómo voy yo a sustituir a tales hombres?

El arzobispo tenía sus propias preocupaciones, como todo el mundo. Era tarea de Nicholas distraerlo de ellas y procurar que se concentrara en el asunto que lo había llevado hasta allí.

—El príncipe me pidió que lo ayudara en todo lo

posible. Como podréis comprender, desea que todo esté en orden para cuando llegue la dispensa papal, deseoso como está de contraer matrimonio.

—Demasiado deseoso —le espetó Islip—. Y ahora espera que yo lo esté también.

Nicholas tuvo la inquietante sensación de que el anciano habría contestado lo mismo si hubiera estado hablando con el príncipe Eduardo en persona.

—Entiendo —dijo con el tono más tranquilo posible— que lo único que hay que hacer es localizar el documento, examinarlo y redactar una declaración. Estoy convencido de que eso es todo lo que Su Santidad espera.

—¿Todo lo que espera, decís? Que localicemos y examinemos el documento de… ¿cuándo?

—Hace catorce años —había sido entonces cuando la demanda de disolución del matrimonio de lady Joan con Salisbury había llegado a manos del Papa, invocando para ello la legitimidad de su matrimonio secreto con Holland.

Catorce años. Antes de la Peste Negra. Antes de que aquel hombre fuera arzobispo. Antes de que Nicholas fuera nombrado caballero. Intentó recordar al joven que había sido, a los diecisiete. Vinculado a la casa del príncipe, sí, pero más interesado en la recientemente fundada Orden de la Liga y más preocupado por la inminente peste que por el matrimonio, o que por la carencia del mismo, de una prima del rey.

El arzobispo hundió la frente entre sus manos y se frotó los ojos, como si todos los años que tenía hubiesen pesado de golpe sobre sus hombros.

—Explicádmelo de nuevo —dijo con un suspiro—. Lo del matrimonio.

Nicholas podía comprender la confusión del anciano. A él mismo se lo habían contado varias veces antes de que pudiera entender sus complejidades.

—Tal como yo lo entiendo —empezó—, lady Joan y Thomas Holland se casaron secretamente cuando ella tenía doce años. Después de eso, Holland partió para la guerra. Meses después, la madre de lady Joan la obligó a casarse con el conde de Salisbury.

—¿Estando ya casada la dama?

—Exactamente —parecía imposible, expresado de una manera tan sencilla.

—¿Cómo pudo ella consentir tal cosa? ¿Acaso no les dijo que había sido ya desposada a los ojos de Dios?

Las mismas preguntas le habían asaltado a Nicholas, pero las había ignorado.

—Yo no sé lo que lady Joan pudo haberle dicho a su madre o a Salisbury —o al rey y a la reina, que habían acogido a su prima lejana cuando su madre murió.

Islip soltó un suspiro.

—De modo que la dama, estando ya casada, se desposó con otro hombre con el permiso de su familia. ¿Qué sucedió entonces?

—Cuando Holland volvió a Inglaterra, defendió la legitimidad y primacía de su matrimonio y presentó su caso ante el Papa, que aprobó su demanda.

—¿Qué Papa?

131

¿Cómo podía saberlo Nicholas? ¿Y qué importaba eso? Estaba empezando a pensar que el caso era demasiado complicado para que un hombre de la edad de Islip pudiera comprenderlo.

—Dos años tardó su petición en ser satisfecha, así que fue hace doce.

—El Papa Clemente.

Al menos el arzobispo conservaba suficiente memoria como para acordarse.

—El Papa Clemente. De modo que ahora el Papa Inocencio desea verificar que todo está en orden y confirmada la disolución del matrimonio con Salisbury antes de que lady Joan se case con el príncipe.

El arzobispo se retrepó en su sillón de alto respaldo y cruzó los brazos.

—Dejadme a ver si lo entiendo. Lady Joan tuvo un matrimonio clandestino con un hombre y luego un matrimonio legítimo con otro. Resultando que, simultáneamente, llegó a estar casada con dos hombres distintos.

Era una manera muy cruda de expresarlo. No le sorprendió que el deseo del príncipe de hacer a la dama su esposa hubiera desatado rumores por todo el reino.

—Podría decirse que sí.

—¿Tuvo alguna razón Holland para casarse en secreto con ella?

Nicholas se encogió de hombros,

—¿Qué los padres de lady Joan deseaban otro matrimonio para su hija? —Holland era un caballero honorable, pero Salisbury estaba destinado a convertirse en un poderoso conde. Solo una joven y atolondrada damisela, o un viejo estúpido como el padre de Nicholas, habrían escogido a su candidato con el corazón.

—Así que el Papa otorgó a Holland su dispensa para un segundo matrimonio con el fin de marginar a Salisbury y recuperar a lady Joan.

Nicholas asintió.

—Y ahora el Papa solo desea confirmar que todo se hizo correctamente.

En el silencio que siguió, Islip tamborileó con los dedos en el curvo brazo de madera de su sillón.

—El conde de Salisbury volvió a casarse.

—Eso creo —Nicholas se preguntó qué importancia podía tener eso.

—Y ahora la viuda de Thomas Holland ha vuelto a casarse secretamente, con el príncipe. Solo que esta vez, al tratarse de tan alta persona, debería haberse molestado en preguntar si una unión así no estaría prohibida.

No debió haber dudado de la sagacidad del arzobispo. El hombre comprendía las complejidades de aquella situación mejor que él.

—Así es. Y por dos razones, que estoy seguro de que comprenderéis. Están estrechamente emparentados, dado que comparten un mismo abuelo, y además el príncipe es padrino de uno de sus hijos —ser padrino de una criatura equivalía casi a una relación de parentesco.

—De modo que, una vez más, la dama ignora las leyes de la Santa Iglesia. Y una vez más el santo padre de Aviñón bendice sus actos. ¿Y ahora Su Santidad me pregunta a mí si todo está en orden?

Nicholas reprimió una sonrisa y tosió discretamente, porque compartía la misma opinión del anciano.

—Creo que lo que deseaba el Papa era crear alguna molestia antes de otorgar su bendición final.

—Bueno, pues lo ha conseguido —replicó Islip—. Espero que haya quedado contento con la molestia que ha creado a la pareja en cuestión. O puede también que alguna otra persona interesada tomara cartas en el asunto. Yo ni siquiera era arzobispo por aquel entonces.

—¿Quién pudo ser? —preguntó Nicholas, aunque no se trataba de una información demasiado útil para un guerrero como él.

—John de Stratford —contestó Islip—. No hay hombre más íntegro que él. Llegó incluso a desafiar al rey en su defensa de los derechos de la iglesia.

Una extraña declaración. ¿Albergaba Islip alguna sospecha que no deseaba compartir con él?

—Presidió también el Consejo del Rey mientras Eduardo estuvo luchando en Francia.

Ese sería sin duda un dato interesante para Islip, pero no para Nicholas. Así que el arzobispo y el rey tenían una compleja relación. Algo de esperar cuando la cabeza del reino y la cabeza de la iglesia tenían que trabajar juntas.

—Lo único que necesitamos es encontrar el documento —dijo, intentando atraer nuevamente la atención del anciano hacia el asunto que tenían entre manos.

—¿Lo único, decís? Desde entonces hasta ahora ha habido tres arzobispos. ¿Cómo voy a encontrar yo ahora sus archivos? ¿Y si se han perdido?

—¿Perdido? ¿Qué queréis decir? —¿acaso no eran capaces sus archiveros de custodiar bien sus documentos?—. Uno no pierde así como así una comunicación con el Papa de Roma —le espetó—. Sobre todo cuando se refiere a un asunto tan delicado como este. Alguien tiene que acordarse. ¿Qué clérigos trabajaron para el arzobispo por aquel entonces? ¿Los conocéis?

—Sí —respondió Islip—. Yo estaba entre ellos.

Nicholas quedó asombrado. Aunque quizá no debería haberse sorprendido tanto.

—¿Y trabajasteis vos en aquel asunto?

Tardó en contestar.

—No.

No era de sorprender. Ciertamente lo habría reconocido desde el primer momento, si ese hubiera sido el caso. O quizá no. El arzobispo parecía tener ciertos problemas de memoria, tal y como había temido el príncipe. O quizá tuviera una memoria selectiva.

—Los documentos tienen que estar en algún sitio —algún polvoriento pergamino, como había dicho el príncipe—. Alguien debió copiar la petición antes de tramitarla.

—Encontrarlos llevará tiempo.

—Entonces será mejor que empecéis cuanto antes —replicó Nicholas—. Tiempo es lo único que no tenemos.

Le hizo una reverencia con la intención de marcharse. Quedó a la espera de que el arzobispo alzara la mano y murmurara una bendición, pero no lo hizo. Finalmente, Nicholas alzó la cabeza. Islip continuaba sentado, callado, entrecerrando los ojos como si estuviera concentrado en el pasado.

—De eso hace más de diez años —pronunció, convertida la voz en un murmullo—. Desde entonces hemos perdido un tercio de nuestro pueblo por culpa de la peste. Y más aún en la guerra en Francia. ¿Quién queda vivo que recuerde dónde puede estar un determinado pergamino? —miró a Nicholas, como si repente se hubiera dado cuenta de que no estaba solo—. ¿Y si no podemos encontrarlos?

Nicholas recordó las palabras del rey: «vuestra misión no terminará mientras no se haya celebrado el matrimonio». Un escalofrío de terror le recorrió la espalda. ¿Qué posibilidades había de que su misión no terminara nunca?

Miró al hombre a los ojos, para asegurarse de que lo entendiera bien.

—Si no podéis encontrarlo, os corresponderá entonces el honor de informar a la condesa y al príncipe de que deben cancelar la boda.

Agatha se había pasado toda la mañana parloteando mientras Anne, sentada junto a la ventana del salón de la posada, miraba alternativamente su labor de costura y la calle, al acecho del regreso de Nicholas.

La posada que él había elegido para ellas, a la vista de la catedral, estaba concebida para viajeros, no para peregrinos. A nadie le importaba que en vez de rezar se pusiera a coser, mientras esperaba.

Aunque también rezaba, en silencio pero fervientemente, para que Nicholas no descubriera nada que despertara sus dudas.

Todo sería como tenía que ser.

Pero cuando lo vio entrar, ceñudo, se mordió el labio y ordenó a Agatha con un gesto que los dejara solos. No veía rastro alguno de sospecha en su rostro, ningún motivo de temor, y sin embargo...

—No parecéis muy complacido.

Su mirada pareció suavizarse al encuentro con la suya, solo por un momento. ¿Por ella? No se atrevía a esperar tanto.

Se sentó en un banco de la posada y pidió cerveza.

—Me he pasado la mañana entera intentando que un tozudo anciano de más de setenta años recordara algo y se diera prisa. Supongo que era de esperar.

A Anne se le escapó una sonrisa. No había razón para temer nada. Por el momento.

—Pero todo será como tiene que ser —su voz, sin embargo, parecía contener una pregunta.

—¿Queréis decir que será como Eduardo y Joan desean que sea?

—Eso es.

Nicholas suspiró.

—Sí. El arzobispo encontrará lo que necesite para confirmar la previa disolución, o bien prescindirá de ello para bendecir la unión actual.

Anne sintió que se le aflojaba el nudo del estómago. El ceño de Nicholas era solo de impaciencia. No había nada que temer.

—Sé que no es un asunto fácil y os doy las gracias por ello —dijo—. Sé que Eduardo y Joan también lo harán.

—Hablando de otras cosas —dijo bruscamente—. ¿Qué habéis hecho hoy?

¿Que qué había hecho? Había esperado junto a la ventana, quieta como una estatua.

—Salté la muralla exterior y luego estuve bailando en corro con los peregrinos, frente a la puerta de la iglesia.

Una expresión de sorpresa se dibujó en su rostro al escuchar aquellas palabras. Eran palabras amargas que nunca habría usado con lady Joan. Pero había dejado que el resentimiento le soltara la lengua. ¿Qué habría podido hacer ella? Sin ayuda, absolutamente nada. En lugar de ello, había pensado en todo lo que quería hacer, tener, ser. En las cosas que nunca tendría.

Nicholas sacudió la cabeza.

—Era una pregunta estúpida.

—Y la mía una respuesta grosera. He estado haciendo labor de costura, un emblema para los cortinajes de cama de la nueva cámara de mi señora —y se lo mostró, repentinamente orgullosa de su trabajo y deseosa de que adornara el lecho conyugal de sus señores.

Él asintió, sin mirar realmente su trabajo.

—No os sintáis obligada a decírmelo solamente para complacerme.

Anne se sonrió.

—Es evidente que no es así.

—Vos me habéis oído decir cosas que…

—¿Que os alegráis de que yo no haya compartido con mi señora?

La sonrisa que esbozó la abrigó por dentro.

—Ambos hemos pasado, creo, muchos años midiendo cuidadosamente nuestras palabras.

Oh, sí. Tantos que hasta había llegado a pensar que nunca, jamás, llegaría a confiarse con alguien. Incluso en ese momento, revelar aunque fuera una fracción de todo lo que día tras días escondía al mundo era un preciado regalo. Tan preciado que hasta casi podía olvidarse de que ganarse la confianza de Nicholas no había sido más que una obligación impuesta por su señora.

—Y mucho me temo —añadió él, sin esperar su respuesta— que hoy he perdido la paciencia ante el arzobispo. Pero es que yo sabía poco más que él sobre los acontecimientos que rodearon la primera dispensa papal que consiguió lady Joan.

Anne murmuró una frase que pretendió sonara compasiva. Las campanas de la catedral repicaron de pronto, liberándola de la necesidad de llenar el silencio que siguió a sus palabras.

Él volvió a mirarla entonces, como si se le hubiera ocurrido una idea.

—¿Y vos?

Se quedó callada durante demasiado tiempo.

—¿Y vos, Anne?

Esa vez se apresuró a hablar, pero para no tener que responder a su pregunta.

—¿Qué hay del hombre que llevó la petición al Papa en su momento, al igual que hicisteis vos después? Ese hombre debía de saberlo todo.

—¿Quién se acuerda de ese hombre? ¿Sabéis vos quién fue?

Negó con la cabeza. Casi podía ver el funcionamiento de su cerebro mientras exploraba otras posibilidades, otros caminos.

—Pero tuvo que haber alguien —murmuró él—. ¿Quién redactó los documentos que fueron enviados? ¿Quién habló con lady Joan y con sir Thomas?

Anne quería ayudarlo. No, ayudar a su señora. Para terminar rápidamente con todo aquello.

—Yo no era más que una niña —esa era una verdad a medias. Tenía doce años por aquel entonces. La misma edad que Joan la primera vez que, con Holland…

—Anne, vos me ayudaríais mucho, ayudaríais a vuestra señora si pudierais contarme algo más sobre todo esto. Evidentemente el Papa concedió la petición y satisfizo la demanda, con el pleno apoyo del rey y de la reina. Sé que todo estaba en orden; solo necesito juntar todas las piezas y encajarlas. El príncipe me dijo que vos estuvisteis años con ella. ¿Os acordáis de cuándo volvió Holland? ¿Recordáis algo de aquella época?

—Yo… —tragó saliva—. Yo no estaba en la casa durante la mayor parte del tiempo. Estaba con mi señora.

La sorpresa volvió a dibujarse en su rostro.

—¿Y dónde estaba ella?

—En la torre.

Una mezcla de estupor, confusión y finalmente comprensión desfiló por sus rasgos.

—¿Qué queréis decir?

—Salisbury… la encerró allí.

—¿A su propia esposa?

—¿O era la esposa de Thomas Holland?

A la esposa de Salisbury, sí, y que por aquellas fechas ansiaba dejarlo, una vez que el fuerte guerrero Holland había regresado a su vida. Pero Salisbury, recién investido caballero, era todavía un joven estúpido y fogoso. Y había ideado que si la mantenía alejada de Holland, ella se olvidaría de él.

Como ya había hecho una vez antes.

—¿Hizo tal vez que su abogado la visitara allí? ¿Que le tomara declaración para que él pudiera representarla ante el Papa?

Anne sacudió la cabeza.

—Salisbury no lo permitió. Estaba bajo vigilancia… —el recuerdo de aquel año la hizo estremecerse. Ella había sido la única compañera de su señora durante meses. El encierro había estado a punto de volverlas locas a las dos.

—Pero la iglesia requería que ella testificara, que alguien le tomara declaración…

Anne se encogió de hombros. Ya había hablado demasiado. Y sabía muy poco de lo que había pasado más allá de las cuatro paredes de la torre mientras las dos esperaban juntas.

—¿Cuánto tiempo? —le preguntó, brusco—. ¿Durante cuánto tiempo se prolongó aquella situación?

A ella, en cualquier caso, se le había hecho eterno.

—No lo recuerdo. Un año, quizá.

—Pero finalmente Salisbury la dejó hablar.

—Sí —no debería haber dicho nada. Responder una pregunta siempre llevaba a otra, a todas aquellas que no debía contestar.

—¿Por qué? ¿Intervino el arzobispo? ¿O lo hizo el rey?

Responder a eso sería decirle demasiado. El rey, la reina, la madre de Joan: todos habían apoyado a Salisbury. Pero Holland, implacable, había enviado otra demanda al Papa, y otra, y otra más...

—Tales asuntos están más allá del conocimiento de una simple camarera.

Debía poner punto final a aquello. Inmediatamente.

Así que se levantó con rapidez. Nicholas lo hizo también, disponiéndose a ayudarla, y ella anheló y temió a la vez su cercanía. Solo ahora estaba empezando a comprender el ansia que había arrastrado a Eduardo y a Joan, el anhelo que había ignorado todo lo que se había interpuesto entre ellos.

—Bueno, sir Nicholas, ya estamos en Canterbury. Mientras el arzobispo recupera sus documentos y su memoria, ¿puedo yo visitar la tumba de Santo Tomás?

—Sí. Tendréis vuestra peregrinación.

La deshonesta peregrinación sin esperanza que ella no deseaba.

Diez

El camino que llevaba a la catedral se extendía ante ellos, lleno de peregrinos. Muy pocos caminaban. La mayoría se arrastraban, cojeaban, andaban sobre sus rodillas. Era como si el mismo suelo se moviera bajo sus pies.

Esperando. Esperando cada uno de ellos un milagro.

Anne no esperaba ninguno.

Nicholas, a su lado, le tocó el brazo: su apoyo era más fuerte que la muleta en la que se apoyaba. Señaló el camino con la cabeza.

—¿Queréis…?

—¿Arrastrarme? ¿Andar a cuatro patas como un perro? —no delante de Nicholas. Ni delante de nadie—. No. Dios me ha concedido la gracia de mantenerme de pie. Mantendré la cabeza alta.

Nicholas abrió los brazos, indeciso.

—¿Qué puedo hacer yo?

Su pregunta le bajó los humos. ¿Cuándo le había preguntado eso alguien? ¿Y con ese tono? No como si quisieran compadecerse de ella, u ocultarla, sino como si sus deseos merecieran ser honrados, y lo mismo su dolor.

—Os estaría agradecida —dijo ella, con una voz tan temblorosa como sus pies—, si caminarais a mi lado.

Nicholas asintió.

—No soy un peregrino, pero me encargaré de que lleguéis al santuario.

Pero no porque la quisiera, se recordó Anne. Solo porque era un hombre acostumbrado a buscar soluciones y a resolver problemas. Y sin embargo…

Juntos, se dirigieron hacia la catedral. Con Nicholas a su lado, se acercaría a la puerta del templo como si buscaran una bendición matrimonial.

Algo en lo que nunca debería pensar.

Todo aquello era un fraude. Un fingimiento, un pretexto que justificaba su presencia allí. Una distracción para que Nicholas no le hiciera más preguntas, ni descubriera más verdades. Y sin embargo, ahora que la gran catedral se levantaba ante ella, lo sentía todo como real, como verdadero. Más real y más importante que cualquier otra cosa que hubiera hecho en su vida.

Y, a pesar de su negativa a esperar, la esperanza nacía en su pecho. Cada paso le resultaba más fácil y la catedral más grande e imponente, como si fuera una enorme planta que creciera ante sus ojos estirándose hacia el sol.

Caminaban no en medio de un silencio respetuoso, sino rodeados de ruidos: gemidos, gritos de dolor, oraciones susurradas y canciones. Las canciones que entonaban los peregrinos para olvidar la larga distancia recorrida.

De pie en los bordes del camino, los vendedores de reliquias y medallas de recuerdo voceaban como verduleras en el mercado:

—¡Medallas! ¡Llevaos a casa una medalla! —el vendedor blandía una medallita de latón con la efigie en relieve de santo Tomás Becket, tocado con la mitra de obispo y enmarcado por unos arcos que reproducían los de la catedral.

Nicholas se detuvo.

—Permitidme que os compre una.

—Mirad —dijo el hombre, mostrándole un surtido—. Tengo al santo en un barco, y esta otra en la que aparece la tumba con todo detalle, ¿veis? Es un trabajo muy delicado. Y en esta otra están matando al mártir, cortándole la cabeza justo delante del altar.

—¿Cuál os gusta? —le preguntó Nicholas a Anne.

Y, de repente, ella deseó realmente una medalla. Deseó realmente algo personal que pudiera llevar, mirar. Que pudiera hacerle recordar que, un día, un apuesto y solícito caballero se la compró.

El vendedor sostenía su surtido de medallas enganchado en su brazo izquierdo, desde la manga hasta el codo. Ella las estudió y terminó decidiéndose por una en la que aparecía el santo a caballo.

—Esta.

—Para que os recuerde la cabalgada que hicisteis hasta aquí.

Lo había comprendido. La caminata era una penitencia para algunos peregrinos, pero ella había conseguido cabalgar una gran distancia: todo un éxito.

—Gracias —le costó pronunciar la palabra. Estaba cansada: toda la vida se la había pasado dando gracias. Pero no veía compasión alguna en sus ojos, ni desdén en su regalo.

Él sacó dinero suficiente para pagar dos medallas. Sorprendida, Anne vio que se guardaba una en la faltriquera y le entregaba a ella la otra, la que había elegido. La sintió inesperadamente ligera en la mano.

—¿Vos también sois peregrino?

—No —contestó mientras continuaban caminando—. Pero he viajado a múltiples lugares sin que me haya traído nada de ellos. Esta vez me llevaré un recuerdo.

Un recuerdo. ¿Habría querido tener un recuerdo de ella… o de Canterbury?

Se guardó la medalla de Santo Tomás en el bolsillo. Frente a ellos la cola se estrechaba, a paso lento, hacia la puerta de la catedral, donde un monje repetía la historia del martirio del santo a cada peregrino que entraba.

La cola avanzaba lentamente. Anne calculó que entrarían en el templo para cuando cayera la tarde, o incluso la noche. Miró luego a Nicholas, que parecía estar buscando otra entrada, o una salida. Inquieto. Como si quisiera darse prisa en marcharse.

—No necesitáis quedaros conmigo —le dijo. De hecho, ni siquiera había esperado que fuera.

Cuando la miró, pudo ver que lo había sorprendido pensando en escapar.

—No os abandonaré. No después de lo lejos que habéis llegado.

En ese momento fue Anne la que se avergonzó, porque ella no había ido allí por propia voluntad, sino por orden de su señora, para obrar un milagro personal: el milagro de evitar que Nicholas descubriera la verdad. Mientras que si él se encontraba allí era por orden de su señor, y del Papa, para hacer precisamente lo contrario.

Se preguntó a cuál bando de los dos favorecería finalmente Dios.

—No quiero haceros esperar —eso, al menos, era verdad.

—Es el arzobispo quien me está haciendo esperar, no vos. Podemos contarnos historias, mientras tanto.

Una sugerencia extraña. Ella no conocía historias.

—A no ser que prefiráis rezar —se apresuró a añadir él, al ver su gesto de perplejidad.

—No —dijo ella. No necesitaba más oraciones ni rogativas. Mejor era soñar con lo imposible que recordarle a Dios sus pecados—. Habladme de los lugares por los que habéis viajado. Habladme de Francia.

¿Francia? Nicholas rebuscó en sus recuerdos. ¿Qué tenía que decir sobre Francia? Se encogió de hombros.

—Al hombre que está en guerra todas las tierras le parecen iguales, excepto aquellas en las que los pantanos las vuelven peligrosas o las colinas las hacen mejor defendibles.

Ella lo miró como si estuviera bromeando.

—Tenéis que haber visto ríos, castillos, catedrales…

Llegados a las escaleras, él la ayudó a subir y se detuvieron ante el monje que, con voz monocorde, les contó la historia que ya sabían. Se dirigieron luego al transepto, donde Tomás Becket había sido asesinado. Anne devoraba cada detalle con los ojos muy abiertos, alzándolos hasta la altísima bóveda.

—Mirad —señaló los vitrales de colores—. Es como si el mismo Dios habitara esas alturas…

Nicholas siguió la dirección de su dedo, sorprendido del entusiasmo de su voz. Era una mujer que parecía conmoverse con poco. Y sin embargo aquella catedral…

Él nunca había sido hombre que pasara más tiempo en las iglesias del estrictamente obligado.

—Sí, he visto catedrales en Francia.

Y nunca se había llevado recuerdo alguno de ellas. Sin embargo, ese día se había llevado una medalla. El mismo hombre que nunca había querido cargarse con nada, había escogido una barata medalla de latón como recuerdo. ¿Para acordarse del santo?

¿O era a Anne a quien quería recordar?

—¿Qué catedrales? Decidme. ¿Visteis Chartres?

Chartres. Sí, reconocía el nombre. Por lo que recordaba, había visto Chartres justo después de la terrible tormenta de granizo que estalló cuando el rey decidió firmar un tratado de paz. Nicholas había estado buscando bancos y un copista, y fue en la catedral donde los encontró.

—Sí.

—¿Cómo era? ¿Era tan hermosa como esta?

Se alegró de que estuviera contemplando los vitrales y no a él, con los esfuerzos que estaba haciendo por recordar aquella iglesia. O cualquier otra.

Porque lo único que recordaba eran hombres muertos, caballos agotados y un interminable círculo de luz y de oscuridad. Había recorrido Francia sin cesar y no se acordaba de nada que no fuera la guerra que lo había acompañado.

Ella se volvió entonces para mirarlo, expectante.

—¿Y Nuestra Señora de París?

El espejo de su memoria estaba vacío.

—No fui allí a mirar iglesias.

Anne dejó de sonreír.

—¿Y los castillos? ¿Y las montañas? ¿Y el mar?

Sacudió la cabeza, sintiendo que le había fallado. Pero ella se apresuró a borrar la decepción de su rostro.

—Os hablaré entonces yo de mis viajes. Cuando estuve en Francia con lady Joan, vivíamos en un castillo de Normandía con dos torres redondas y una cuadrada. Cerca había una abadía, y en el capitel de una de las columnas había el relieve de un hombre salvaje con unos cabellos larguísimos…

Se echó a reír al recordarlo, y continuó describiéndole los ventanales de la abadía y la vistas desde la torre del castillo con tanto detalle que Nicholas tuvo la impresión de que podía verlas. Un castillo que seguramente debía de haber visitado, pero del que no tenía otro recuerdo que sus fuertes y curvas murallas.

149

Sí, había estado allí. Y en muchos otros lugares, pero concentrado únicamente en las necesidades del momento, porque le había preocupado más moverse que quedarse. Siempre había tenido que marchar a algún nuevo lugar.

Pero Anne, obligada a moverse lentamente, atrapada de alguna manera en cada sitio, había absorbido cada imagen como una gema: la había saboreado y retenido, la había atesorado y revisitado posteriormente en su recuerdo.

La pérdida de todo lo que había visto, sin verlo en realidad, lo dejó de pronto sin aliento. ¿Cuántos días, cuántas imágenes había perdido? Cuando se volvía para mirar los años que había dejado atrás, solo veía guerra, barro, cielos barridos por el viento.

En ese momento se encontraba en la catedral más venerada de toda Inglaterra. Ese día podría llevarse algo más que una medalla. Podía llevarse un recuerdo, una imagen que evocar más adelante, cuando estuviera a mucha distancia de allí. Algo que recordar durante toda su vida.

Miró a su alrededor, pero lo único que vio fue una nube de peregrinos. Lo único que escuchó fue el rumor de las oraciones y la descripción del monje de cómo los malvados decapitaron al santo.

Y, delante de él, Anne sonreía en silencio, porque se había dado cuenta de que había dejado de escuchar su descripción de la abadía.

—¿Cómo lo hacéis?

—¿Hacer el qué?

—Verlo todo con tanta claridad, recordarlo tan bien.

En ese momento estaban cerca de la Capilla de la Trinidad y de la propia tumba del santo, atestada de peregrinos.

—Decidme lo que veis —le pidió ella—. Ahora mismo. Bajad la mirada.

—Piedra. Losas de piedra —losas sobre las que caminar.

—No es solo eso. Mirad, esta piedra es más vieja, está más gastada. Y aquella de allá es más nueva. Más pulida.

Habían llegado a las escaleras y ella se agachó para tomar impulso. Uno, dos, tres, cuatro escalones. Todavía no habían llegado a la capilla, pero por encima de las cabezas de la multitud podía distinguir ya el túmulo de oro, como si estuviera llamándolos. En lugar de estudiar la tumba, sin embargo, se dedicó a contemplar la multitud buscando una ruta de escape. Eran tanta la gente que había, y estaba tan apelotonada, que no podía ver nada detrás. ¿Y si necesitaba sacar a Anne de allí? ¿Cómo lo haría?

A su lado, resollando un poco, Anne alzó la mirada a los vitrales y a las columnas labradas del túmulo, como si hubiera ido allí a admirar la catedral y no para curarse.

—Mirad aquellas vidrieras: muestran el martirio de Tomás Becket. Y los tres asesinos. Y aquel de allá muestra al santo curando a las hijas lisiadas de Godhold de Boxley.

Un instante antes había estado pensando únicamente en cómo conseguirían abrirse paso para salir de allí y en cómo podría protegerla con mayor eficacia. Pero en ese momento, cuando se fijó mejor, aquellos coloridos cristales se convirtieron en toda una historia.

Inesperadamente, se quedó maravillado. No por el santo y sus milagros, sino por los hombres que habían fabricado aquella obra de belleza imperecedera.

—¿Cuánto tiempo llevan ahí esas ventanas?

—No lo sé —Anne sacudió la cabeza—. Siglos.

Siglos. Él se había pasado la vida sintiéndose estúpidamente orgulloso de poder conseguir comida y suministros que bien podían evaporarse en un solo día, resolviendo detalles que para Navidad podrían quedar definitivamente olvidados. Y mientras tanto aquellos hombres anónimos, muertos hacía siglos, habían dejado algo que duraría hasta el regreso del Redentor.

¿Qué era lo que tenía a fin de cuentas? Nada más que lo que tenía en ese momento. Ni hogar, ni familia, ni siquiera recuerdos.

Nada sino una borrosa mancha de días y distancias recorridas, viajadas, pero no vividas.

Aliviada, Anne vio que habían llegado a los últimos escalones. ¿Había escuchado Nicholas algo de lo que ella le había dicho? No importaba ya. Unos pocos peldaños más y estaría ante el túmulo con los restos de Santo Tomás.

Más escalones. Uno, dos, tres… un interminable esfuerzo. Un buen recordatorio de que su vida era eso: esfuerzo, y no aquel momento de gozo. No aquel fuerte abrazo que la sostenía.

Se soltó de Nicholas.

—Iré sola.

—¿Estáis segura? —frunció el ceño.

Asintió y le dio la espalda. Sí, estaba segura. A lo largo de aquellos últimos días se había vuelto débil, floja. Sí, el viaje y la cabalgada habían sido difíciles, pero había sido capaz de apoyarse en aquel hombre, incluso soñar que él podía ver más allá de la pierna muerta que arrastraba…

Qué estúpida había sido. Nicholas no solo podía amenazarlo todo, sino que se marcharía pronto, al cabo de unas pocas semanas.

Se fijó bien en dónde ponía los pies, sin distraerse ya con los vitrales. Tenía que recordar que era afortunada por una única razón: una razón que no debía poner en peligro.

Otro escalón. Siete, ocho… ya casi estaba. Los peldaños eran irregulares, gastados por los pies de incontables peregrinos. Era demasiada gente la que la rodeaba en aquel momento, una multitud de humanidad lastimada, algunos con heridas visibles, otros con pecados que ella no podía ver.

En aquel instante, cercano a su objetivo final, la gente empezó a empujarse. Alguien chocó contra ella. Perdió la muleta y cayó con una rodilla en tierra, un golpe lo suficientemente doloroso como para que apretara los dientes y se mordiera la lengua.

«Nada de lágrimas. Nada de lágrimas», se ordenó.

La muleta rodó escalones abajo y la multitud pareció tragársela, tal como había hecho antes con Nicholas.

«¿Quieres arrastrarte?». Parecía que Dios insistía en que lo hiciera. Un buen recordatorio. Penitencia por el engaño que la había traído hasta allí.

Intentó levantarse, pero su dolorida rodilla protestó.

Alguien se arrastró sobre su mano, apoyada todavía en el suelo. Sus dedos se deslizaron por una piedra escurridiza como el hielo de puro gastada, y resbaló.

¿Dónde estaba Nicholas?

Pero solo veía un muro de cuerpos interponiéndose entre la tumba y ella. Por encima de sus cabezas, la corona del túmulo resplandecía como un sol engastado de rubíes, tan cerca que era como si Dios deseara que lo alcanzara de una vez. Pero, en lugar de ello, corría el peligro de rodar escalones abajo y ser pisoteada por la siguiente ola de peregrinos.

No era más que lo que se merecía.

Volvió a estirar una mano. Una vez más sus dedos resbalaron en la fría piedra…

Pero entonces alguien la levantó del suelo, sosteniéndola en sus brazos.

Los últimos escalones, los mismos que tanto le había costado subir, se disolvieron bajo sus pies y se encontró de repente arriba, de pie, con la muleta firmemente encajada bajo su axila. Se aferró a su manga.

—No había sido consciente, cuando me ofrecisteis vuestra ayuda, de lo mucho que la necesitaba —musitó. Más de lo que habría querido.

—No os abandonaré.

—Sé que no pretendíais…

Nicholas se encogió de hombros y le apretó la mano antes de colocarse detrás de ella.

—Ahora somos todos peregrinos.

No tuvo tiempo para mirar a su alrededor, para contemplar nada, para recordar nada. Los peregrinos que estaban delante cayeron de rodillas. Ella los imitó. Allí también miles de rodillas se habían arrastrado por aquellas piedras…

Un monje empezó a rezar.

Ella apenas lo escuchaba. Aquel viaje había sido una farsa, una pretensión, un elaborado engaño para poder permanecer al lado de Nicholas y espiarlo, siguiendo las órdenes de su señora. ¿Por qué debería entonces ayudarla Dios? Ella era una mentira viviente. Había utilizado aquella peregrinación como disfraz, en vez del acto piadoso que habría debido ser. No podía haber milagro alguno para Anne.

Hacía años que Dios había decretado su destino.

Pero, mientras las palabras flotaban en torno a ella, algo más la envolvió. Incienso. Una sensación de mareo. El espíritu del santo mismo, con sus restos allí enterrados, frente a ella. ¿Sería posible que…?

De pronto, toda pretensión y toda falsedad se evaporaron y solamente quedó la esperanza. El monje se detuvo ante ella y le alargó una mano con la palma hacia arriba. Ella le entregó la moneda que le había dado lady Joan. Luego el clérigo le acercó el pequeño frasco que contenía el agua bendecida por el santo.

Se humedeció los labios con ella. Quería más. Le agarró la mano e intentó beber.

Pero él retiró el frasco y le puso la mano sobre la frente.

—Con unas gotas bastará, si es que el santo decide ayudarte.

«Si es que el santo decide…»

¿Lo haría?

Lo único que tenía que hacer, para comprobarlo, era alzar la pierna y dar un paso.

Once

Los peregrinos lo rodeaban, orando sin cesar, pero Nicholas mantenía la mirada clavada en Anne. Alguien gritó, pero no miró para ver quién era, ni se preguntó si el grito era de dolor o de gozo.

Anne se mantenía arrodillada, con la mano del monje sobre su cabeza inclinada. Y rezó para que Dios pudiera obrar el milagro.

El monje retiró la mano. Ella levantó la cabeza.

Luego, incorporándose sobre su pierna buena, con la muleta sujeta bajo el brazo derecho, se incorporó. Por un momento se quedó inmóvil, y luego se tambaleó, insegura.

Desde su aventajada posición en el margen de la multitud, Nicholas contuvo el aliento mientras la veía alzar la pierna derecha, la coja, doblando la rodilla como si fuera realmente a apoyar su pobre e inútil pie.

Volvió a tambalearse. Nicholas la miraba con tanta fijeza que era casi como si, a pura fuerza de voluntad, pudiera levantarla en vilo y hacerla descender los escalones hacia él.

Vio que apoyaba el peso del cuerpo en el pie, aparentemente confiada en que la sostuviera...

Y se derrumbó en el suelo.

Antes de que pudiera alcanzarla, el resto de los peregrinos se apartó de la tumba para empezar a bajar los escalones, envolviéndolo como una ola. Se abrió paso a fuerza de empujones, estirando una mano.

Al pie del resplandeciente túmulo que se alzaba sobre ellos como un ataúd dorado, Anne yacía inmóvil, en silencio. Se acuclilló junto a ella, deslizó un brazo bajo sus corvas, otro bajo sus hombros y la levantó para bajar la traicionera escalera, lejos del santo también traidor que había frustrado sus esperanzas.

Y, como la ola anterior, solo que en sentido contrario, el siguiente grupo de peregrinos comenzó a subir los escalones.

Cuando Anne lo miró finalmente a los ojos, la trémula esperanza había desaparecido, sustituida por la habitual y fría expresión de resignación.

—Ya podéis bajarme —le dijo, con palabras carentes de vida—. Todo ha terminado.

Apenas unos minutos atrás, no se había tenido en pie de cansancio. En esos momentos su columna semejaba una espada: volvía a ser Anne, refractaria a toda piedad.

Reacio, la bajó al suelo y permaneció lo suficientemente cerca durante la larga andadura a lo largo de la nave. Esa vez ella no levantó la cabeza para estudiar el rosetón que coronaba la puerta, sino que mantuvo los ojos fijos en el suelo, como vigilando cada paso.

Nicholas mantuvo una mano cerca de su cintura mientras recorrían las calles que separaban la catedral de la posada, lentamente y sin pronunciar palabra. Su cojera era todavía más pronunciada que lo usual, ahora que la esperanza que la había mantenido derecha se había frustrado.

Y el tan cacareado dominio de sí de Nicholas era tan tembloroso como sus piernas. Todo su orgulloso distanciamiento había desaparecido. A esas alturas, era su corazón el que estaba al mando, el más peligroso de los órganos.

A la vista de la posada, Anne se detuvo.

—¿Podemos ir a alguna otra parte?

—Sí, por supuesto —¿a dónde querría ir? ¿Cómo podría él consolarla después del fracaso del santo?—. Hay otras catedrales.

—No quiero saber nada de iglesias.

Se aclaró la garganta y miró a su alrededor. ¿Qué era Canterbury sino iglesias, peregrinos y un recordatorio constante de que el milagro no había tenido lugar?

«Salté la muralla exterior de Canterbury», le había dicho. Bueno saltar no podía, pero ya buscaría él una manera de pasarla al otro lado.

—Venid.

Siguieron calle abajo, cruzaron el puente sobre el río y llegaron a la Puerta Oeste. Muchas de las piedras de sillar de la puerta, de los tiempos de los romanos, habían sido saqueadas. La puerta estaba abierta. La escalera, vacía.

Anne tomó aire y empezó a subir.

—Anne, permitidme...

—No —lo detuvo con una mirada, tozuda e impertérrita—. No estaréis a mi lado para ayudarme la próxima vez.

Él se tragó una réplica, consciente de que tenía razón. Detrás de ella, observó su lento progreso, consciente de que habría podido llegar arriba y volver a bajar antes de que ella hubiera terminado de subir los escalones.

Pero cuando llegaron arriba y Anne volvió a tomar aire, le entraron ganas de felicitarla, sintiéndose como se sentía extrañamente orgulloso de ella. Anne dio la espalda a la ciudad y se volvió hacia el Oeste, donde una banda de nubes anaranjadas anunciaba el final del día.

—¿Londres está en esta dirección?

Nicholas asintió.

—Y Windsor detrás.

Ella se volvió entonces hacia la izquierda.

—¿Y allí? ¿Qué hay allí?

Nicholas se orientó por el sol.

—Dover. El Canal. Francia. Italia.

Anne señaló en la otra dirección.

—¿Y allí? —era un juego para ella, señalar todos los lugares que nunca podría ver sin el permiso de su señora—. ¿Qué encontraría por allí?

—Más agua —una jornada de viaje, o menos, hacia el Norte, el Sur y el Este. Lo suficientemente cerca como para que pudiera oler la tentación del aire salado—. El mar, casi cualquier dirección excepto el Oeste —se apoyó en el muro junto a ella y contempló la ciudad. La catedral, inevitable, se levantaba ante él—. Desde aquí se ven claramente las torres.

Entrecerró los ojos, como si pretendiera capturar el recuerdo de aquel instante. La piedra al sol brillaba como si fuera cobre. Sí, recordaría aquella escena.

Anne, de espaldas a la ciudad, se negaba a volverse.

Aunque se hallaban solamente a unos metros de altura, la ciudad parecía diferente desde allí. La gente era más pequeña, más indistinta, como si no hubiera diferencia alguna entre ellos mientras buscaban abrigo al final del día. ¿Como podía Dios, tan misericordioso como era, establecer distinciones y fijarse en cada uno? Incluso los santos estaban terriblemente lejos de la tierra. ¿Qué les hacía pensar que Santo Tomás podía asomarse al mundo y descubrir a Anne de Stamford de rodillas, suplicando su atención?

Porque cuando Dios y los santos se dignaban mirar hacia la tierra, parecía que era únicamente para hacer llover de los cielos desgracias, destrucción. Como aquel día en Francia...

—Recuerdo algo —pronunció en voz baja—. Sobre Francia.

Ella se volvió hacia él y entreabrió los labios, expectante. Su pelo, iluminado por la misma luz rojiza que bañaba la catedral, brillaba como el oro de una noble y antigua moneda.

—Contadme.

Tragó saliva. De repente le entraron ganas de olvidar aquella historia de guerra. Quería atraer a Anne hacia sí y besarla de nuevo en los labios.

—No es una historia reconfortante —debería pensar en otra. Algún otro recuerdo que la hiciera reír, o concebir esperanzas.

Pero los labios de Anne dibujaron una sonrisa.

—Hasta una historia triste puede reconfortar.

¿Seguro? Nicholas se preguntó qué recordaría de él cuando se hubiera marchado.

—Esta no.

—Contádmela de todas formas,

Y porque ella se lo pidió, y porque nunca la había contado desde que sucedió, lo hizo.

—Habíamos sitiado París. Los franceses no salían a luchar, pero tampoco aceptaban las condiciones de un tratado de paz. Y nuestros hombres estaban hambrientos.

Lo estaban porque él había fallado en su misión. El grano que había encontrado para ellos se había acabado. Había organizado nuevas líneas de abastecimiento, encargado verduras y pescado en salazón, cereales y vino, todo ello para que llegara en barco. Y para asegurarse de que habría comida, si acaso no toda llegaba según lo programado, las tropas destacadas en Honfleur saquearían la campiña para abastecer al ejército de Eduardo.

Pero los barcos naufragaron o fueron atacados. Los saqueos en la campiña apenas bastaron para dar de comer al rey, sin que quedara nada para los caballos.

—¿Qué sucedió entonces? —le preguntó ella en voz baja.

—Tuvimos que retirarnos. Para el domingo tuvimos que escabullirnos como si fuéramos cobardes. Y marchamos todos hasta que, al día siguiente, divisamos a lo lejos las torres de Chartres, en la llanura abierta.

Evocó el momento, aunque no deseaba recordarlo. Aquel breve instante, en un tibio día de abril, con las afiladas torres apuntando hacia el cielo. Habían escapado, podían reagruparse para volver a luchar después. Pero entonces...

—Entonces los cielos se abrieron. Truenos. Lluvia. Barro. El viento empezó a soplar contra nosotros como si de repente la primavera se hubiera trocado en invierno. La lluvia se convirtió en aguanieve y luego en granizo... —grandes bolas de hielo acribillando la tierra como si el propio Dios se hubiera encarnizado con ellos—. Y el suelo se heló.

Las carretas se hundieron en un barro que acabó congelándose. Tiendas, sillas de montar, calderos de cocina quedaron abandonados porque no había vehículos ni caballos para transportarlos. Unas pocas provisiones llegaron, por fin. Pero demasiado escasas, y demasiado tarde. Hombres y caballos hambrientos que habían carecido de la fuerza suficiente para luchar contra el frío.

Y cuando todo hubo terminado, el camino quedó regado de los cadáveres de aquellos a los que él habría debido alimentar, comisionado como había sido para ello.

Apartó la mirada de la catedral, y del pasado, para encontrarse con la mirada de Anne.

—Eso es lo que recuerdo de Chartres. Las torres de la catedral envueltas en la lluvia de granizo y aguanieve, cerniéndose sobre un campo de barro helado. Pudimos haber derrotado a los franceses, pero, al final, Dios decretó quién sería su rey.

Anne frunció el ceño, confusa.

—Pero nosotros ganamos. Tomamos muchísimos rehenes. Y los franceses nos deben millones de marcos.

Nicholas sonrió, por pura costumbre. Se preguntó qué le habría contado el príncipe a lady Joan, porque, por supuesto, eso era lo que lady Joan le habría contado a Anne.

—Sí, claro. Ganamos. Pero Eduardo sigue sin ser rey de Francia.

—¿Y creéis que lo habría sido si sus hombres hubiesen sido alimentados y hubieran mantenido el sitio?

¿Lo creía? ¿Se consideraba acaso culpable, o responsable de ello? Ni el príncipe ni el rey le habían lanzado jamás un reproche en ese sentido, y sin embargo...

No quería volver a cargar con semejante responsabilidad.

—Creo —dijo irguiéndose y entregándole la muleta— que ya es hora de que volvamos a la posada.

Anne había caminado lentamente a su lado. Una vez que se encontró en su habitación, se metió en la cama y se arrebujó bajo las mantas, agradecida de aquella soledad.

Su propia tristeza y la de Nicholas parecían flotar

en el aire y la desesperación la acometía, como aplastándola contra el colchón relleno de paja. La pierna, irritada por la decepción sufrida, le dolía tanto que hasta se permitió llorar, aunque ignoraba si la causa de aquellas lágrimas era el dolor o la desesperanza.

Ambos, eso resultaba evidente, le harían compañía hasta la muerte.

Los médicos le habían recetado humores y sangrías, e incluso, cuando de niña había llorado de dolor por las noches, opio, aunque eso solo había conseguido separarla del mundo como si lo viera a través de una vaporosa cortina de seda. Como tampoco podía cambiar el hecho de que un pie torcido distorsionaba el resto de la pierna.

A veces, frotar y estirar los duros nudos la ayudaba.

A veces.

Estiro un brazo hacia abajo y se quitó la media y la liga, esperando que un buen masaje la ayudara esa noche.

Su madre le había hecho aquello, hacía mucho tiempo: estirarle los dedos uno a uno, aplicar presión en la planta del pie, prácticamente cada noche cuando era niña. A veces, después, el pie parecía mejorar. Podía mover el pie de lado a lado, y también los dedos. Pequeñas cosas. Cosas que cualquier otro niño habría hecho sin pensar.

Su padre nunca le había tocado el pie. En realidad, su padre jamás la había tocado.

Quince años contaba Anne cuando murió su madre. Nadie más volvió a frotar, a estirar, a tocarle el pie. Ni a vérselo siquiera.

Y, a esas alturas, ella tampoco quería que lo hicieran.

Así que por las noches, cuando todos los demás estaban dormidos, flexionaba la pierna izquierda, lo cual en sí ya le producía dolor, y se frotaba el pie hasta que se le cansaba y agarrotaba la mano. Y solo entonces, cuando tenía suerte, podía dormir.

Aquella era su vida. Comer, vestirse, trabajar, servir a su señora. Y aquel solitario dolor. Todo como resultado del trato que había hecho su madre para protegerla de un destino mucho peor.

En ese momento flexionó el pie, mordiéndose el labio para luchar contra el dolor.

—¿Anne?

Un golpe en la puerta. Nicholas.

—¿Sí?

—¿Puedo entrar?

Estiró las piernas, se cubrió bien con el camisón y se subió las mantas. Él no debía ver su pie tullido, su pierna.

—Sí. Adelante —afortunadamente las piernas de una mujer eran fáciles de esconder.

Pero las de los hombres no, se recordó cuando vio a Nicholas entrar en la habitación. Sus largas piernas, enfundadas en unas medias azules y reveladas por la corta túnica que llevaba, habrían atraído su mirada si no hubiera estado tan envidiosa de su fuerza.

—No debí haberte contado lo de Francia —le dijo él, tuteándola. Un comienzo brusco.

—Y yo no debí haberte pedido que recordaras —repuso ella. Su propio dolor resultaba más que evidente. Pero el de los demás no. Y si quería guardar sus secretos, debía respetar los de él.

Nicholas se acercó un par de pasos.

—¿Tienes hambre? ¿Necesitas algo?

Sacudió la cabeza. El pie no era la única parte de su persona que debía permanecer oculta. Había más, algo todavía menos visible.

La parte que lo miraba y mentía.

Nicholas se acercó al pie de la cama, recriminándose todavía por haber desvelado cosas que ella no había necesitado saber, sobre todo después de que hubiera visto frustradas sus esperanzas de curación.

—¿Estás... bien? —no quería admitir, ni siquiera para sí mismo, que él también seguía esperando un milagro.

—Una vez más has sido muy bondadoso conmigo. No solo por lo de hoy, sino por... esto —señaló con un gesto la habitación.

Se había gastado una escandalosa suma en asegurarse de que no tendría que compartir con nadie aquella estancia.

—No es para tanto —había sido su manera de disculparse por el fracaso del santo.

—Debo agradecerte sobre todo —había alzado la barbilla como si se resintiera de pronunciar las palabras— tu ayuda en el santuario.

—Lo lamento —pronunció al fin. Lamentaba todo aquello de su vida en lo que él no podía ayudarla. Eran palabras que detestaba pronunciar. Su trabajo consistía precisamente en no tener nunca que pronunciarlas. En superar todos los obstáculos.

Pero ni siquiera él podía luchar contra Dios. Eso había quedado demostrado más de una vez.

—No quiero tu compasión —replicó ella.

—Y no la tendrás —se preguntó si sería la furia lo que le daba aquella fuerza, día tras día—. No es compasión lo que siento por ti.

—¿Cómo lo llamarías entonces?

No lo sabía. O no quería saberlo.

—No necesita tener un nombre —nombrarlo sería peligroso. Nombrarlo sería admitir precisamente la debilidad contra la que había luchado durante toda su vida.

El silencio se prolongó.

Sabía que debía moverse. Marcharse. Ella estaba bien, o al menos tan bien como podía estarlo. No había razón alguna por la que debiera quedarse.

Y sin embargo sus pies seguían enraizados en el suelo.

Ella suspiró, por fin, e hizo un gesto con la mano invitándolo a sentarse en el borde de la cama.

—No he notado cambio alguno después de la visita al santuario. Estoy como siempre.

Eso ya lo sabía Nicholas.

—Pero, a veces, la curación sobreviene más tarde —o al menos eso le habían dicho. Y lo mismo creían los centenares de peregrinos que acudían a Canterbury para no marcharse ya nunca, esperando el milagro.

—¿Pretendes reconfortarme?

—Pensé que, quizá... —¿qué era lo que le había pasado por la cabeza? Al intentar infundirle esperanzas, había alimentado la suya propia. Y eso cuando sabía perfectamente que debía depender únicamente de sí mismo, y no de Dios.

—No —le espetó bruscamente ella—. Mira esto. No hay milagro alguno.

Y retiró la manta. Debajo del borde de su falda, el pie torcido quedó expuesto.

En verdad no tenía tan mal aspecto como había imaginado Nicholas. Deformado, pero no monstruoso. Parecía talmente el pie de un bebé, con los dedos encogidos, el tobillo torcido bruscamente hacia dentro, de manera que la planta del pie nunca pudiera apoyarse de lleno en tierra.

Estiró una mano...

—¡No! —escondió el pie entre la arrugada sábana y subió de nuevo la manta—. ¿Estás satisfecho?

Pero aun así quiso tocarle el pie, y cerró los dedos sobre él a través de la manta que lo escondía.

Ella alzó entonces una mano para posarla sobre su mejilla y le giró el rostro hacia el suyo, obligándolo a retirar la mirada del pie. Se lo quedó mirando fijamente a los ojos, a la espera de su veredicto.

¿Qué podría decirle? Minimizar el defecto, decirle que solamente era un pie torcido y no una monstruosa deformación que no había tenido por qué desencadenar el sufrimiento que había arrostrado durante toda su vida.

—¿Siempre ha sido así? —le preguntó, apoyando ligeramente la mano sobre su falda—. ¿Toda tu vida?

Vio que vacilaba.

—Sí —la palabra contenía una pregunta, como si su actitud la hubiera sorprendido.

—Entonces —volvió a alzar los ojos hacia ella—, como parte de tu persona, debo darle también la debida importancia.

Anne perdió el aliento.

Él le acunó entonces el rostro entre las manos y la besó.

Los labios de ella se movieron sobre los suyos, con ternura y suavidad, y, sorprendentemente, igual de tierno fue su beso. Un beso no de pasión, sino de sueños. Como si se sumergiera lentamente en algo inevitable e irresistible, para bien o para mal.

No se detuvo a preguntarse por qué estaba haciendo aquello. O por qué lo estaba haciendo ella. Si se paraba a pensar, él, ella, ambos acabarían por despertarse de aquel sueño. Y, por una vez, no era eso lo que quería.

Se separaron por un instante y fue Anne la que se apoderó esa vez de sus labios.

A partir de ese momento, Nicholas no pensó ya en nada más. O al menos sus pensamientos no encontraron palabras para expresarse.

Doce

El primer pensamiento de Anne fue luchar, no rendirse. Había luchado durante toda su vida contra la flaqueza de la carne, negándose a rendirse a la debilidad, a dejarse esclavizar por el dolor. No podía ignorar su pie zambo, pero sí que podía sobrellevarlo como sobrellevaba un caballero una cicatriz de batalla, consciente de haberla ganado con valentía.

El placer seguía siendo un enemigo poco familiar y, sin embargo, contra el placer podría haber triunfado. Era el anhelo de su corazón el que no podía vencer. El anhelo que él no debía ver. El anhelo que había enterrado tan profundamente en su ser que hasta se había olvidado de que existía, de modo que cuando reapareció, fiero y feroz como un dragón, no pudo defenderse. Simplemente se dejó besar.

Y después ella le devolvió el beso.

No pudo hacer nada contra el nudo de deseo que le cerró la garganta, contra las lágrimas que le quemaron los ojos al descubrir el deseo que alguien sentía por ella.

Al menos por una vez.

Uno de ellos, no sabía quién, tomó aire. Una pausa que interrumpió el beso apenas lo suficiente para que él volviera a apoderarse de su boca.

Pero, con aquella brevísima pausa, Anne volvió a ser ella misma. La Anne de cabello feo y pie zambo, que para colmo lo estaba engañando.

Apretó los labios, lo empujó y cerró los ojos para que él no pudiera ver la mirada de anhelo que había asomado a su mirada. No debió haberle besado. Ni la primera vez ni la segunda, y menos aún aquella tercera.

Era más seguro permanecer ignorada, invisible.

Él se puso de pie y se apartó, fuera de su alcance, buscando ganar tanta distancia como ella. Abrió la boca para hablar.

—¡No! —le ordenó Anne. Su fortaleza había desaparecido. El arrepentimiento que él pudiera expresar solo conseguiría agudizar el suyo propio—. No me digas que lo lamentas.

—¿Lamentarlo?

Ella contuvo el aliento, esperando a que rompiera el silencio.

—No lo lamento —dijo al fin—. No lo lamento en absoluto.

Si se hubiera acercado en ese momento para tocarla de nuevo, habría ardido en llamas. Llamas de deseo.

Pero no lo hizo. Abandonó la habitación, cerrando la puerta a su espalda, y hasta que dejó de escuchar sus pasos no pudo Anne volver a respirar.

No la había besado por compasión y tampoco lamentaba haberlo hecho, lo cual era lo más aterrador de todo.

Nicholas durmió poco aquella noche, así que cuando a la mañana siguiente el arzobispo lo convocó a la abadía, perdió poco tiempo en prepararse.

Tan pronto como hubo llegado, y sin ceremonia alguna, el anciano le puso un pergamino en las manos.

—Tomad.

Miró los renglones cuidadosamente escritos. Sabía algo de latín, más que los caballeros de su clase, así que se aplicó a leerlos intentando descifrar las palabras.

El silencio se prolongó.

—Dice —pronuncio finalmente el arzobispo— que dado que Thomas Holland y Joan contrajeron matrimonio delante de un testigo con anterioridad al matrimonio de ella con Salisbury, la iglesia afirma que la unión es válida, que la unión con Salisbury queda invalidada y que el Papa debería entender lo mismo.

Era todo lo que Nicholas había esperado.

—Así que el asunto ha quedado confirmado —dijo con una sorprendente sensación de alivio—. Y vos obraréis en consecuencia.

Hasta ese momento no se había dado cuenta de lo mucho que había temido que el arzobispo no fuera capaz de encontrar el documento.

—Reuniré a los obispos. Revisaremos el documento y...

—¿Revisarlo? ¿Es que hay alguna irregularidad?

Islip arrugó un entrecejo tan profundo como un surco de arado.

—Esperemos, por el bien de todos, que no la haya.

Era un comentario extraño, pero Nicholas desechó la preocupación. Nada podía salir mal. Lady Joan se había criado bajo la protección del rey y de la reina. El riesgo había sido muy alto en aquel entonces.

Y en ese momento lo era todavía más.

—Si no se detecta ninguna irregularidad, ¿cuánto tiempo llevará todo esto?

—¿Cuánto tiempo hasta que ellos puedan casarse formalmente, queréis decir?

«Cuánto tiempo hasta que yo pueda abandonar esta isla», pronunció para sus adentros, pero al final se limitó a asentir con la cabeza.

—La respuesta oficial de Aviñón se recibirá para después de San Miguel —faltaban menos de dos meses—. Estaremos preparados para entonces. Enviaré recado directamente al rey —la expresión del anciano se relajó—. Estoy impaciente por celebrar la ceremonia de la boda del príncipe —como máxima autoridad eclesiástica de Inglaterra, recaía sobre su persona aquel deber—. ¿Se casarán entonces en Windsor?

—Eso creo —Nicholas se encogió de hombros, indiferente. Su trabajo había terminado. Podía devolver a Anne a la corte y liberarse de todas las responsabilidades y complicaciones de aquellas últimas semanas. Los incómodos sentimientos que había experimentado por ella se desvanecerían, estaba seguro de ello, tan pronto como pusiera pie en un barco.

Se inclinó respetuosamente ante el arzobispo. Ya se disponía a marcharse cuando las palabras del anciano al exponer el resumen del documento resonaron en su cabeza. Palabras que antes le habían pasado desapercibidas, pero que, en aquel instante, al recordarlas, repicaron tan fuerte como la campana de una iglesia.

«Holland y Joan contrajeron matrimonio delante de un testigo...»

Se volvió hacia el arzobispo.

—El documento dice «delante de un testigo».

—Sí.

—¿Quién? ¿Cuál es su nombre?

Islip enarcó las cejas.

—¿Pretendéis interrogarlo?

—No será necesario, ¿verdad?

—Esperemos que no. El documento no recoge el nombre.

—¿No es costumbre nombrar al testigo?

—No —dijo Islip, volviendo a perder la paciencia—. ¡No es costumbre que en un matrimonio clandestino haya un testigo!

No era costumbre. Y sin embargo, en medio de una guerra y en una ciudad extranjera, una doncella de doce años y un hombre de veintiséis habían tenido

la precaución de procurarse un testigo, que conve-
nientemente aparecía y desaparecía. ¿Quién?

¿Y por qué?

Anne pasó toda la mañana sentada en el salón de
la posada, cosiendo otro emblema para los cortinajes
de la cama del príncipe. Y levantando de cuando en
cuando la vista para mirar a los esperanzados peregrinos que pasaban por la calle de camino a la catedral.

Agatha le había suplicado que la dejara marcharse
con Eustace para comprarse un recuerdo de su estancia en Canterbury, y Anne le había dado permiso para
hacerlo. Sospechaba que el súbito interés de la doncella por procurarse una medalla de peregrino tenía
más que ver con el escudero de Nicholas que con su
devoción, pero su ausencia le evitaba la necesidad de
hablar con ella.

Nicholas no tardaría en volver de su visita al arzobispo. Rezaba para que hubiera conseguido lo que
necesitaba y que pudieran volver a la corte, donde
nada podría sorprenderla y donde podría volver a ser
invisible.

Nicholas la había visto y no se había burlado, ni
la había injuriado, ni siquiera la había mirado con
compasión. La veía y la aceptaba como tal; incluso
respetaba lo que veía. Veía a Anne, y no su cojera.
¿Cuándo había hecho eso alguien con ella?

Su padre no había visto en ella más que su cojera.
Por eso no había querido verla en absoluto.

176

Incluso su madre había visto primero su cojera y organizado la vida de Anne alrededor de ella, sobre todo después de que muriera su padre, dejándoles bien poco. Cuando rebuscaba en los recuerdos que conservaba de su madre, lo único que encontraba eran preocupaciones. ¿Estaba Anne segura? ¿Le dolía algo? ¿De qué viviría Anne? Una compleja y retorcida red de secretos, y todo porque no había creído que su hija pudiera construirse una vida propia. Porque era Anne.

Porque era coja.

Suponía que debería sentirse agradecida por no haber muerto ahogada como un gatito, o de que la gente no la hubiera maldecido a ella, y a su madre, como si fueran un castigo de Dios.

Pero hasta que conoció a Nicholas, ¿cuánto tiempo había pasado desde que alguien la había tocado? Tantos años sola, desde la muerte de su madre... Años durante los cuales nadie, a excepción de lady Joan, se había acercado a ella lo suficiente como para rozarle la falda, o la piel. Se había cubierto con una invisible armadura, lo suficientemente fuerte como para protegerla de cualquier acercamiento. Como para hacer que la propia Anne desapareciera dentro de ella.

Mientras que lady Joan, la más bella mujer del reino, flotaba en un mar de miradas de admiración, nadie veía a Anne. Ningún caballero, ningún paje, ni siquiera el hombre que vaciaba su orinal de la noche se la había quedado mirando nunca.

Hasta ahora.

Sí, la gente había desviado la mirada. Y ella igual. Ella no había querido mirar su pie zambo.

Pero aquel hombre, que arrostraba su propia carga de dolor, había visto lo que estaba oculto, tocado lo intocable, reconocido lo que nadie más quería reconocer.

Peligroso. Era peligroso estar cerca de un hombre que la veía a ella de verdad, detrás de las apariencias, detrás de su cojera. Porque había cosas que no debía ver. Cosas que debían permanecer tan ocultas como su pie torcido.

Cosas que convertían a Nicholas en el más peligroso de los hombres.

Algo después, con el comienzo de la tarde, los rayos del sol entraban oblicuos por la ventana. Mirando a su alrededor para asegurarse de que no había nadie en el salón, se levantó las faldas para mirar su pie torcido, bien oculto bajo la media roja.

Como Nicholas había dicho, a veces las curaciones del santo no sucedían de manera inmediata. A veces la gente esperaba cerca del santuario hasta que se recuperaban. O morían.

Quizá...

Al oír la puerta, dejó caer la falda, recogió su labor de costura y alzó la mirada para descubrir a Nicholas, ceñudo, en el umbral.

—¿Qué pasa? —le preguntó ella, saltándose el saludo—. ¿El arzobispo no encontró el documento?

—Sí, lo encontró.

—¿Descubrió algo malo? —era una pregunta que no debería haber hecho. No podía haber nada malo. No al cabo de tantos años.

—No. El documento será bendecido con efectos inmediatos por un sínodo de obispos, puramente por montar un espectáculo

—Así que todo está bien.

—Para ellos, sí —gruñó.

—¿Y para ti?

—Hubo un testigo de aquella boda.

El corazón de Anne se aceleró, como si un fantasma hubiera escapado por fin de la mazmorra en la que había esperado que permaneciera para siempre.

—¿Cómo lo sabes? —las palabras le temblaron tanto como la pierna mala.

—Lo recoge el documento.

—¿Figura en él quién fue?

—No —la miró de repente, como si fuera la clave de todo lo que se le había escapado hasta ese momento—. ¿Lo sabes tú?

—¿Por qué iba a saberlo? —le entraban ganas de pedirle perdón por mentirle—. Yo tendría unos cuatro años por aquel entonces.

—¿Pero no lo encuentras extraño? ¿Que una boda clandestina tuviera un testigo?

Sacudió la cabeza y bajó la mirada a su labor, otro emblema del príncipe de Gales. Plumas blancas. La divisa *Ich Dien*: «Yo sirvo».

Y era eso lo que Anne continuaría haciendo. Servir.

—No es tan extraño —repuso. Sabía que era un riesgo, pero debía asumirlo. Debía distraerlo de aquella boda para que se concentrara en la actual—. Yo misma hice de testigo en su matrimonio con el príncipe.

Se la quedó mirando estupefacto, como embobado.

—¿Cómo? ¿Por qué?

—Porque ella me lo pidió.

El asombro se mezcló rápidamente con la furia.

—¿Y no me dijiste nada?

Un encogimiento de hombros. Como si no tuviera la menor importancia. «Ahora míralo a los ojos, como si no tuvieras nada que esconder».

—¿Acaso es importante? —el beso de la noche anterior todavía le quemaba en los labios. Los labios que usaría para contárselo todo sobre aquella boda, la última.

La que no importaba.

—Aquella noche, lady Joan me despertó y me pidió que la acompañara. No me dijo para qué. Pero cuando entramos en la capilla, vi al príncipe y entonces... —otro encogimiento de hombros— pronunciaron sus votos.

—Tú sabías que ese matrimonio estaba prohibido.

Recordó sus propias palabras: «¡No debéis! ¡No podéis! El rey, vos estáis estrechamente emparentada...».

—La corte entera lo sabía.

—¿Entonces por qué no los detuviste?

La carcajada le salió fácil.

—¿Quién soy yo para decirle al príncipe de Gales o a la condesa de Kent lo que tienen que hacer?

—¡Pero tú sabías lo que sucedería, lo grave que era el peligro que corrían sus almas, que corría el reino entero!

—Sí, lo sabía. Pero lo que no sabía era lo mucho que iba a preocuparle a sir Nicholas Lovayne que lo comisionaran para resolver este asunto —replicó.

Porque a juzgar por el exabrupto de Nicholas, parecía como si hubiera sido él, y no el reino, el afrentado.

—No es eso lo que me preocupa.

Fue una réplica rápida. Furiosa.

Mientras él perdía la paciencia, ella debía conservarla. Reforzarla.

—¿Entonces por qué estás tan enfadado? —lo preguntó pese a que lo sabía perfectamente.

De pie ante ella, pudo ver que se armaba de paciencia, como si se envolviera en un manto protector.

—La próxima vez que hagas de testigo de una boda, será de una que pueda ser bendecida por la iglesia —dijo, dejando su pregunta sin responder—. Mañana por la mañana partiremos para la corte.

Anne se levantó, deseosa de retirarse a su habitación.

—Estaré preparada —preparada para abandonar a un hombre que tenía la costumbre de hacerle hablar demasiado.

¿O quizá era su propia debilidad la que le hacía decir cosas que no debería? Mientras subía las escaleras que llevaban a su cámara, se preguntó cómo había sido capaz de guardar el secreto durante tantos años, cuando habían bastado unos pocos días y unos pocos besos para que se pusiera a parlotear de ello.

De alguna manera, sin embargo, había sido como

liberarse de lady Joan. A lo largo toda su vida, en presencia de ella, rara vez había dicho algo que no fuera «sí, señora», «no, señora», «gracias, señora»... muriéndose de ganas durante todo el tiempo de decir algo más.

Bueno, su confesión había logrado lo que había pretendido. Hacer que la atención de Nicholas se concentrara en aquella última boda, y no en la otra. La boda en la que su propia madre había afirmado haber hecho de testigo.

Nicholas pasó el resto del día ocupándose con detalles que podía controlar: asegurándose de que los caballos estaban dispuestos, preparando las provisiones para el viaje. La corte había regresado a Windsor, lo que reduciría el tiempo del viaje a unos cinco días escasos.

Cinco días que serían demasiados para pasarlos con Anne de Stamford.

«¿Por qué estás tan enfadado?» A la mañana siguiente, mientras se dirigía hacia las cuadras en busca de su caballo, seguía forcejeando con la pregunta que le había lanzado Anne. En la cuadra de la posada no había habido sitio para todas las monturas y él había necesitado pasar unas horas alejado de ella, de Eustace y de los demás, simplemente para pensar.

La insinuación que le había hecho Anne acerca de que se resentía de las dificultades que estaba teniendo para resolver la cuestión del impulsivo matrimonio del príncipe lo había afectado. Mes y medio de viaje a Aviñón, innumerables jornadas discutiendo con la curia papal... hasta que no le quedaba ya más que una última tarea antes de que se viera finalmente liberado. Sí, estaba irritado e impaciente.

Pero no era esa la razón de la furia insólita y visceral que lo había acometido cuando descubrió que Anne había participado como testigo de la boda, sin que le hubiera dicho nada durante todo aquel tiempo.

Desde el principio, aquella mujer le había despertado sentimientos incómodos: instinto de posesión, de protección, deseo y ahora furia... todas aquellas desquiciadas pasiones que con tanto orgullo se había pasado toda la vida evitando. Las mismas pasiones que habían empujado a hombres como su padre y el príncipe a los brazos de mujeres que, al final, los habían sujetado tan férreamente como una prisión.

Pero cuando se sentía atraído hacia Anne, dejaba que su cabeza lo convenciera de que era algo lógico, o al menos inofensivo, pasar tiempo con ella. Y mientras tanto ignoraba los impulsos que le nacían del cuello para abajo.

En su bajo vientre.

O incluso en su corazón.

Ella le había despertado sentimientos que ni siquiera reconocía. Desde la esperanza y el ferviente deseo de que tuviera su milagro hasta la disposición a confesarle sus defectos, pasando por un deseo tan intenso que había estado a punto de ir más allá de un beso. Un beso que todavía le ardía en los labios cuando ella le dijo...

Se detuvo entonces de golpe en la calle más bulliciosa de Canterbury, repentinamente consciente de la verdad que debería haber sabido durante todo el tiempo.

Si estaba tan furioso era porque ella le había mentido.

Ella le había engañado porque él había empezado a creer que era distinta de las otras mujeres. Y no lo era. No había sido más que un espejismo. Anne lo había tentado y atraído mientras, durante todo el tiempo, le había estado escondiendo algo que no deseaba que supiera.

Y él no había sido más sabio que su padre al confiar en ella, al pensar que ella confiaba en él cuando, si ese hubiera sido el caso, hacía tiempo que le habría hecho ya aquella confidencia.

Eso le hizo preguntarse si escondería más cosas, y cuáles.

Algo relacionado con lady Joan, seguro. Más relacionado de lo que había imaginado.

Le había dejado muy claro dónde estaba su lealtad.

Un buen recordatorio de una lección que hacía mucho tiempo que había creído tener bien aprendida. La de no confiar nunca en los sentimientos, particularmente en lo que se refería a las mujeres.

Al ir a montar en su caballo, sintió el suave golpe de la faltriquera en el muslo. Recogiendo las riendas con la mano izquierda, metió la mano dentro y acarició la medalla del santo. La medalla de peregrino.

Había roto su regla de oro. Se había hecho con un

recuerdo. Se había cargado con el peso de una prenda para recordar.

Dirigió su montura hacia la posada y estiró el brazo, con ganas de arrojar aquella chuchería a la calle embarrada.

Pero en el último momento bajó la vista, volvió a acariciar la tosca medalla de peltre y recordó.

El dibujo de su mandíbula, que hablaba de la tozudez con que se negaba a dejarse gobernar por el dolor o por la compasión. Su risa. Su disgusto por el servil halago o por el denigrante agradecimiento cada vez que él alargaba una mano para ayudarla.

La presión de su cuerpo contra el suyo. El anhelo que había sentido en sus labios. La manera en que le había obligado a ver.

Dobló la esquina para encontrarse con los demás montados ya en sus caballos, esperándolo. Anne estaba contemplando la catedral, al otro lado de la posada, con tanta fijeza como si quisiera memorizar el número de piedras.

No. No guardaría más recuerdos. Cada recuerdo, pesado como una piedra, lo cargaría como un lastre, lo entorpecería. Se libraría de aquella mujer y se concentraría en la vida que pensaba llevar.

Abrió los dedos y dejó que la medalla cayera al barro, donde se hundió bajo el casco del siguiente caballo que pasó por allí.

No quería guardar recuerdo alguno de aquel viaje.

Trece

La puerta del castillo de Windsor se alzaba ante él, bendito final de un viaje que se le había hecho más largo que cualquier otro que hubiera hecho antes. Aparte de procurar que se sintiera cómoda y segura, Nicholas había buscado mantenerse lo más lejos posible de Anne. Pero se había visto forzado a acercarse a ella cuando los demás parecían haberse empeñado en enredar las correas del arnés que le había fabricado para sujetarla mejor a la silla del caballo.

Sabía que aquella actitud suya de evitarla no era más que la otra cara del deseo, debilidades ambas del corazón. Pero conforme habían ido dejando atrás Canterbury, se había contado una historia distinta. Anne le había escamoteado la verdad de manera deliberada. No había sido un pecado de omisión, ni un accidente.

Le había escondido su participación en aquella boda por algún motivo. Y, fuera el que fuera, era lo suficientemente poderoso como para despertar sus sospechas.

Pero ya estaba harto de misterios que desenredar y resolver. El arzobispo y el Papa habían sido aplacados. Lo único que faltaba por hacer era celebrar una redundante ceremonia para que el príncipe y su amada pudieran encamarse tranquilos: él partiría para Francia, mientras que Anne...

Bueno, tampoco le importaba lo que hiciera ella.

En ese momento, a las mismas puertas de Windsor, las numerosas carretas de piedras de sillar que avanzaban a lo largo del camino le obligaron a maniobrar para evitarlas en aquel último tramo del viaje.

El propio castillo de Windsor parecía irreconocible. La nueva entrada con sus colosales torreones había sido acabada hacia la primavera, antes de que Nicholas marchara a Francia, junto con los alojamientos del otro lado de la capilla, donde sin duda encontraría una cama. Durante los meses que había estado fuera, parecía que los dineros de la paz con Francia se habían transformado en hombres y piedra para construir.

Enjambres de artesanos se agitaban en los terrenos del castillo. Bloques de piedra blanca, parda y verde inundaban el patio, junto con pilas de vigas de madera. El olor a carbón vegetal de la herrería flotaba en el aire. Gruesos muros se alzaban en la punta norte de la muralla.

Compadeciendo por un momento al hombre que debía de estar a cargo de todo aquello, desmontó y entregó las riendas a Eustace. Había acabado de una vez con aquel asunto, según se recordó mientras se disponía a bajar a Anne del caballo por última vez.

—Gracias —dijo ella, y apoyó una mano en las tiras de cuero que la habían mantenido sujeta a la silla durante los últimos días—. ¿Puedo quedármelo?

Afirmó con un gesto. ¿Qué sentido tenía que él se quedara con un arnés diseñado únicamente para comodidad de Anne?

—¿Os veré de nuevo? —preguntó ella, recuperando el tono formal, en el momento en que Agatha llamaba a un criado para que descargara el equipaje.

—No lo creo —si Dios era misericordioso, tendría un rescate por su rehén esperándolo en Londres y dinero suficiente para comprarse el segundo caballo de batalla que necesitaba, algunas armas para Eustace y pasaje en un barco para Francia. Una vez allí, localizaría a la Gran Compañía y se sumergiría en la pelea—. Me marcharé lo antes posible.

—Entonces que Dios os proteja en vuestro viaje —suspiró profundamente y se volvió para tratar con Agatha de los aposentos que ocuparían.

El rey y la reina todavía no habían regresado a Windsor, pero Eduardo y Joan sí que habían trasladado sus habitaciones para empezar a preparar la tan esperada boda. Hasta que acabaran las obras, la familia real se alojaría en la torre redonda que se alzaba en lo alto de una colina, en el centro del recinto de Windsor.

Nicholas se dirigió hacia la torre, pero el príncipe no esperó a que su llegada fuera oficialmente anunciada. Apareció de hecho a su lado, jadeante como si hubiera llegado corriendo.

La esperanza y la preocupación se dibujaban en sus ojos.

—¿Y bien?

—Sí —Nicholas sintió el súbito impulso de apretarle los hombros en un reconfortante gesto—. Todo está perfecto.

El príncipe soltó un rugido de júbilo y ordenó a los criados que fueran a buscar a lady Joan y sacaran el vino. Acto seguido subieron juntos la escalera de la torre que llevaba a los aposentos de Eduardo.

Tan fácil para ellos, pensó Nicholas, y tan difícil para Anne, que habría tenido que pelarse con cada escalón ayudada de su muleta.

Miró a su espalda, esperando no verla tropezando en la escalera, pero Eduardo no le permitió detenerse hasta que llegaron a sus aposentos y llenó dos copas de plata con vino tinto.

—Por sir Nicholas Lovayne —brindó Eduardo, alzando su copa—. Que ha hecho posible que yo pueda alcanzar el paraíso en la tierra.

El orgullo de Nicholas, habitualmente oculto, brotó en una sonrisa. No, tal vez no supiera admirar los coloridos vitrales de la catedral de Canterbury, pero había servido a su soberano y al príncipe tan bien, o mejor, que cualquier otro.

—¿Cuándo? —quiso saber el príncipe—. ¿Cuándo podremos volver a casarnos?

—De aquí a unas cuantas semanas. No más.

La sonrisa de Eduardo se apagó.

—¿Tanto tiempo? No puedo esperar a volver a acostarme con ella.

Un grosero comentario para tratarse de una futura reina, pensó Nicholas, aunque sospechaba que ella compartiría esa misma ansia. Dos seres lo bastante débiles y estúpidos como para dejarse arrastrar por su deseo. Un poco agradable recordatorio, por cierto, de sus propias flaquezas.

¿Cómo lo había llamado Anne? Felicidad. ¿Pero a qué hombre, incluido un príncipe, le era dado gozar del paraíso en la tierra?

—No más de dos meses —añadió. Era tiempo suficiente. Para entonces, si tenía suerte, habría cruzado el Canal y juntado fuerzas con la compañía de mercenarios, que era lo que anhelaba hacer—. ¿Llegó el rescate?

—No —respondió Eduardo, limpiándose con la manga el mostacho mojado de vino—. Y, amigo mío, no podéis abandonarnos todavía. Debéis ser testigo de la boda que vos mismo habéis hecho posible. Pero recibiréis algo de mí. Un regalo de agradecimiento proporcional a mi felicidad.

La suma que nombró era generosa. Serviría para mantener bien alimentado a su rehén y para pagar a su carcelero hasta que el rescate llegara de Francia.

—Y hasta entonces, amigo mío, disfrutaréis de la caza y del juego y os divertiréis con las damas.

Solo una dama asaltó su pensamiento. La misma a la que deseaba olvidar.

El príncipe llamó a su maestro de cacería, despreocupándose ya de la boda y de todas las dificultades que había tenido que superar Nicholas para hacerla posible.

Ya estaba hecho. Su trabajo, terminado.

Pero entonces, ¿por qué seguía dudando?

—Eduardo, ¿hubo alguien más allí aquella noche?

El príncipe lo estaba ya escuchando a medias.

—¿Qué noche?

—Cuando os casasteis con Joan.

Una mirada alerta. Nicholas había conseguido retener su atención.

—¿Por qué?

Sacudió la cabeza.

—Anne me dijo que había estado allí.

—¿En la boda? ¿Qué importa eso? —la pregunta, directa como el vuelo de un halcón, flotó en el aire.

—Nada —no significaba diferencia alguna. No, al menos, para nadie que no fuera Nicholas—. Simplemente... me sorprendió.

—Pues si no importa, no volváis a pensar en ello —el príncipe recuperó su sonrisa—. Supongo que estaría allí. Pero yo solo veía a Joan.

—¿Por qué la llevó lady Joan?

—Dijo que debíamos tener un testigo. Que un testigo sería importante.

Había sido importante para una de las bodas de Joan. Pero no para aquella última. No para su boda con el príncipe.

—No es necesario —dijo Nicholas, bebiendo un sorbo de vino—. Ni siquiera es costumbre.

—Bueno, ¿y quién sabe por qué una mujer hace algo? Una fantasía suya, quizás. A las mujeres les gusta comadrear. Ella y esa muchacha están muy unidas.

Podían estar muy unidas, sí, pero no eran iguales. Joan no compartiría sus confidencias con Anne. ¿O sí?

¿Acaso lo había hecho?

¿O acaso él estaba pensando con menos lógica que un niño desairado?

Nicholas dejó su copa sobre la mesa y acarició distraídamente el borde con un dedo.

—Hubo un testigo en el primer matrimonio clandestino de lady Joan. El de Holland —lo miró—. ¿Sabíais eso?

—No lo sabía. Y tampoco me importa —su alegre humor se había agriado ante la mención del otro marido—. La única boda que me interesa es la mía con Joan.

—Lady Joan se acordará. Quizá se lo pregunte a ella.

—No lo haréis —el príncipe apuró su copa y la dejó con un golpe sobre la mesa—. Quiero que ella piense en nuestra boda y no en ninguna otra. No pienso hacer una tormenta en un vaso de agua.

¿Lo estaba haciendo él? ¿Qué diferencia podía suponer todo aquello a esas alturas? No era más que un detalle menor. Y él se había cebado con aquel detalle como un perro hambriento, haciendo enfadar al príncipe en el proceso.

Sonrió.

—Tenéis razón. Estoy demasiado acostumbrado a buscarle las vueltas a cualquier situación —incluidos sus propios sentimientos. En lugar de ello, se había puesto a lloriquear como un chiquillo al que hubieran privado de un dulce. Anne debía de pensar que se había vuelto loco.

—Una buena cacería os despejará la cabeza —dijo el príncipe—. Apuesto con vos a que yo me cobraré la primera pieza.

Nicholas pensó que necesitaba algo más que eso. Necesitaba demostrarse a sí mismo que podía hablar con Anne de Stamford sin que aquellos estúpidos sentimientos se cruzaran de por medio. Y lo haría. En algún momento.

Tanto Anne como el príncipe habían asegurado a lady Joan que todo estaba perfectamente, así que tras un conveniente y pasajero gesto de decepción por el fracaso del santo a la hora de curar a su camarera, la futura novia se sumergió en los preparativos de boda. Preparativos que empezaron a la mañana siguiente con una discusión sobre música.

—Yo preferiría —empezó lady Joan— que los ministriles de la reina tocasen en el festín.

—¿Y no los de Eduardo? —el príncipe, el rey y la reina tenían cada uno sus propios músicos—. ¿O los del rey? —Anne era muy aficionada a la música de los trompeteros y tambores del rey. Era como si la llenaran de fuerza.

—Son buenos, por supuesto —lo dijo disculpándose, como si sus preferencias pudieran insultar a alguno de los Eduardos, y eso que nadie la estaba escuchando—. El arpista del rey me gusta mucho. Pero la música del resto es más... —suspiró—. Suena como si tocaran para los guerreros marchando a la batalla.

Anne se abstuvo de recordarle que esa era, precisamente, su tarea principal. Se preguntó si Nicholas se habría visto obligado a preocuparse alguna vez por las abolladas trompetas del ejército en alguna batalla.

Y se preguntó también por qué no podía dejar de pensar en él.

Había empezado, estúpidamente, a soñar, o en todo caso a esperar. Nicholas había sido bueno con ella. Más bueno que cualquier otra persona que hubiera conocido. Y algo más que bueno cuando recordaba el beso...

«No lo lamento», le había dicho después de besarla.

No. Un hombre nunca lamentaba haber robado un beso. Porque no significaba nada.

Pero eso no era verdad. Aquel beso había significado incluso más que lo que cualquiera de ellos había pretendido que significara. Tanto que él se había pasado el resto de los días guardando las distancias. Algo por lo que, extrañamente, ella le estaba agradecida. Ya había hablado demasiado. Otro beso, otra caricia, los dos solos en una cama y....

No habría sido capaz de resistirse.

Pero ahora todo aquello había quedado atrás. Nicholas se había marchado. Y su vida volvería a ser la de siempre.

Todo sería como tenía que ser.

Un golpe en la puerta. El sastre de la corte y un

mercader de telas entraron en la cámara. Inclinándose, el primero empezó a sacar sus utensilios.

—La seda italiana haría un maravilloso vestido de novia —empezó, sacando una cinta de medir tan larga como su brazo—. Resaltaría vuestros ojos.

Anne dejó a un lado su costura para mirar el color: era de un azul más oscuro y profundo que el de los ojos de Anne. Más que el del cielo. Más que los vitrales coloridos de la catedral. Y, sin embargo, el azul era el color de la pureza. No era precisamente el mejor recordatorio del historial conyugal de lady Joan.

Miró a su señora y negó con la cabeza.

El comerciante no vaciló.

—O este otro multicolor, el marbryn.

Lady Joan lo desechó enarcando una ceja,

—La última Navidad ya llevé uno así.

El hombre apartó la tela de muestra. Anne pensó que la reina lo lamentaría. Aquel color le había gustado mucho.

—Y este otro... —el comerciante sacó una tela resplandeciente.

Anne parpadeó asombrada. Era como mirar el reflejo del sol en un collar de oro.

—Sí —dijo su señora—. El dorado. ¿Tendrás tela suficiente para el vestido y la capa?

El mercader cerró los ojos y se puso a contar ayudándose con los dedos.

—Cuarenta codos, creo. Sí.

—¿Y las libreas de los ministriles?

El hombre abrió mucho los ojos y tragó saliva

—¿Cuántos músicos, mi señora?

Agatha volvió a la habitación y le entregó a Anne sus tijeras.

—¿No estaban donde te dije? —susurró Anne mientras el sastre y el comerciante conferenciaban. Hacía cerca de una hora que había enviado a la muchacha a buscarlas.

Agatha bajó la mirada, ruborizándose.

—Sí.

Anne reconoció aquella mirada.

—¿Algo más te ha retrasado?

—Me detuve pensando que solo sería un momento. Creía que se marcharía en seguida.

«Yo también», pensó Anne.

—Estás hablando de Eustace, ¿verdad?

La joven asintió, incapaz de reprimir una sonrisa.

—Pero no. No se marchará hasta después de la boda.

Anne abrió la boca para advertir a la muchacha. No debía esperar aquello que no podía tener. El escudero se convertiría algún día en caballero, alguien de mayor categoría que una simple sirvienta. Al final, no sacaría de todo aquello nada más que un corazón lastimado y una medalla de peregrino.

Como la propia Anne.

Así que retomó sus puntadas. No estaba cualificada para dar una lección que ella misma no había aprendido. Su corazón también había saltado de alegría solo de pensar que Nicholas se quedaría allí otro día, una semana, incluso un mes o más. Pero rezaba para que sus caminos no volvieran a cruzarse.

De hecho, se esforzaría mucho para que eso no ocurriera.

Nicholas tuvo la suerte de no volver a cruzarse con Anne durante los días siguientes. Necesitaba tiempo para pensar en las palabras, para prepararse para pronunciar una simple disculpa por haberse comportado como un patán con ella.

Y para convencerse a sí mismo de que la razón de su rudeza no se explicaba más que como un efecto de la fatiga o de la actual fase de la luna.

Preparó y ensayó su discurso todavía más cuidadosamente que el del rey. Le había dicho a Anne que lo sentía, por supuesto. Pero había sentido más bien lo que Dios, la vida o el mundo le habían hecho. No había sido una disculpa en su propio nombre.

Y luego, una vez que hubiera encontrado las palabras, debía encontrar la oportunidad. Una ocasión y un lugar donde nadie pudiera oírlos. Donde su mea culpa fuera escuchado por la única persona que merecía escucharlo.

De hecho, tardó varios días durante los cuales fue incapaz de encontrar no ya las palabras, sino el equilibrio emocional necesario para pronunciarlas. Una vez que lo consiguió, una vez que estuvo dispuesto y ella no apareció por ninguna parte, el resentimiento volvió a hacer presa en él. Anne debía de estar evitándolo. La noción resultaba ridícula, por supuesto, y desató una nueva andanada de discusiones consigo mismo.

Así que cuando finalmente la vio, no fue en absoluto como lo había planeado.

Porque estaba borracho perdido.

El príncipe se había embarcado en una larga cadena de festines y Nicholas había sido honrado y homenajeado un día tras otro. Hasta que una tarde se encontró perdido y desorientado, intentando encontrar el camino del edificio que Eduardo había levantado en el interior de la Torre Redonda del castillo, conseguir un cabo de vela y buscar su catre.

Aunque no por ese orden.

De modo que cuando una mujer con una muleta surgió de la oscuridad y se plantó frente a él, al principio pensó que estaba soñando.

—¿Nicholas?

Quizá no fuera un sueño. Dio otro paso y tropezó, para ir a caer de bruces en el suelo. La risa... no, seguro que aquella risa no era soñada. Era Anne.

Buscó el cabo de vela, pero había rodado por el suelo, apagada la llama. Movió las piernas. La cadera y una rodilla le dolían tanto como su orgullo.

En la oscuridad, pudo oírla contener el aliento, como intentando reprimir su diversión.

—Dudo que pueda levantarte del suelo —empezó ella—, pero al menos podría prestarte mi muleta.

Y, al oír eso, a Nicholas no le quedó otro remedio que reírse también. No había manera de mantener la dignidad o de presentarse como un hombre lógico y racional. Ni de disculparse con grave acento o atribuirlo todo a un momentáneo enfado. El hombre que arreglaba cosas, que resolvía problemas y allanaba todas las dificultades ni siquiera podía levantarse del suelo sin ayuda.

Suspiró, suelta su lengua por el vino que había bebido:

—Vaya, Anne... Había pensado en disculparme por la rudeza de mi comportamiento contigo durante el viaje de vuelta, pero tú acabas de verme en la peor de las situaciones. Acepta mi absoluta humillación como prueba de mi más profundo arrepentimiento.

Afortunadamente ella no volvió a reírse sino que se sentó en el suelo, liberándolo de la necesidad de forcejear para levantarse.

Sentado junto a ella, a oscuras como estaban, Nicholas experimentó una deliciosa sensación de intimidad.

—Acepto tu disculpa —susurró Anne—. Pero deberás hacer penitencia.

—¿El dolor de cabeza que estoy seguro que tendré por la mañana no será penitencia suficiente?

—No. Yo revelé algo de mí misma y tú me rechazaste por ello. Tu castigo consistirá en responder a mis preguntas.

«¿De modo que ahora te burlas de mí?», pensó Nicholas. Él le había confesado el mayor fracaso de su vida y ella no había comentado nada, aunque había que pensar que era una mujer y, por tanto, no entendía las exigencias de la guerra.

—Pregunta pues.

—Antes de nada: ¿de dónde eres?

¿De dónde era? ¿Por qué se le congelaban los labios a la hora de responder? Apenas podía convocar en su pensamiento una sola imagen del paisaje de su infancia. Unas marismas. Un arroyo. Todo aquello que había dejado atrás, olvidado.

—Lincolnshire. Nací en Lincolnshire —se incorporó a medias. Si iba a tener que lidiar con el pasado, mejor que lo hiciera al menos sentado.

—¿Sigue allí tu familia?

¿Familia? ¿Acaso tenía tal cosa? Su madre había muerto antes de lo que podía recordar. No había nada para él en Lincolnshire. Ni entonces ni ahora.

—Mi madre murió. Mi padre no llegó a partir para la guerra. Murió a unos tres kilómetros del lugar donde nació.

Ni en Escocia, ni en Francia. No sirviendo al rey con su orgulloso arco largo inglés, como siempre había soñado. No, murió como el curtidor que era, impregnado de hedores de pieles de animales. Empujado por la lascivia a contraer matrimonio con una mujer que se le había presentado falsamente como una casta doncella, cuando en realidad no había sido más que una experimentada prostituta, encinta ya de otro hombre.

Había que desconfiar del deseo. Era lo que había decidido Nicholas. Incluso del suyo propio.

—¿Así que no tienes a nadie? —había sorpresa y preocupación en su voz.

—No —nadie a quien quisiera recordar.

Su madrastra había preferido a su propio hijo frente a Nicholas. Y Nicholas se había dejado gobernar por sus sentimientos. Se había resistido, había chillado, se había fugado. No había querido saber nada de su casa, ni ellos de él.

No era ningún erudito, pero su padre lo había mandado a estudiar con los monjes, donde había aprendido suficiente latín como para que pudiera solicitar un puesto de embajador ante Su Santidad. Pero incluso entonces su destino no había sido otro que hundirse en el mismo pozo que su padre, rodeado de orines, de sangre, de estiércol y de cerveza rancia.

—Pero te marchaste de allí —dijo ella, interrumpiendo sus recuerdos.

—Me escapé —lo hizo al final, como el estúpido imprudente que había sido.

—¿Huiste? ¿Cuál fue tu plan?

—No tenía ninguno. Simplemente... eché a correr —era la última decisión impulsiva que había tomado en su vida. En realidad debería haber acabado muerto en algún callejón de Londres. En lugar de ello, fue recogido en la cuneta del camino por un caballero tan sediento de aventuras como él. Y que había apreciado la potencialidad de aquel muchacho para utilizar tan bien el cerebro como la espada.

Y sin embargo, aquel impetuoso acto le había dado la vida que había querido llevar.

—Y luego te fuiste a Aviñón —el tono de Anne rezumaba la misma ilusión que él había albergado de muchacho.

—Aviñón, Calais, Amiens, Tolosa, Burdeos...

Y más. Lugares cuyos nombres ni siquiera alcanzaba a recordar.

—Te envidio —su voz, en la oscuridad, lo rescató de aquellas evocaciones—. Yo nunca me he apartado del lado de lady Joan. Hasta el viaje a Canterbury.

Nunca se había apartado del lado de su señora. Nunca había visto nada que su señora no quisiera que viera.

—Y tú querías hacerlo. Tanto como yo —ya se le estaba empezando a despejar la cabeza.

—No podrías entender lo mucho que significó para mí el hecho de... verme libre. Aunque solo fuera por unos días.

Claro que lo entendía. Porque eso era lo que se había pasado toda la vida buscando. Y que por fin estaba a punto de conseguir.

—¿Y no quieres más?

—¿Más? Tengo comida, ropa, un techo. Y, si soy afortunada, un lugar en el cielo, que me he ganado. ¿Qué más podría desear?

—¿Casarte? —inquirió bruscamente—. ¿No es eso algo que podrías desear? —le había hecho esa misma pregunta semanas atrás. Pero, en ese momento, no estaba seguro de cuál era la respuesta que deseaba escuchar.

Bajó la vista y por fin lo miró, con una sonrisa que venía a decirle que lo consideraba demasiado inteligente como para haberle preguntado eso.

—¿Eso es algo que podría desear, dices? ¿Como un conejo que mirara la luna y deseara dar un salto hasta allí?

—Pero... —después de haberse pasado toda la vida ejerciendo la diplomacia, diestro en el lenguaje, se descubría de repente mudo, sin saber qué decir. No sabía gran cosa de su familia, pero sí que era hija de un caballero. Aunque su dote fuera pequeña, siempre podría tener un marido. Pero ella estaba insinuando que su cojera le impediría...

Claro que se lo impediría. ¿Quién querría una mujer con dificultad para subir o bajar una escalera, o para correr detrás de sus hijos? Sí, quizá anhelara «más», pero una persona como ella debía resignarse a vivir sola o bien encarar la alternativa.

Ella tenía razón. Tenía comida, ropa, un techo... pero incluso el hijo de un curtidor de Lincolnshire había querido y esperado algo más que eso.

—Hasta el rey quiere que todos nosotros aspiremos a más. A la caballería, a hacernos caballeros.

—¿Y al amor caballeresco? Toda dama aspira a inspirarlo —dijo ella—. Mi señora ciertamente lo ha conseguido.

Su señora. Siempre su señora...

—Creo que ya he oído suficiente sobre lady Joan. Si ya he hecho mi penitencia, me gustaría irme a la cama.

Anne, sin vacilar, le puso su muleta en la mano. Como si él también necesitara ayuda para levantarse.

Lo hizo.

Y después le ofreció su brazo para ayudarla a ella, y dejó que lo guiara en la dirección adecuada.

—Por cierto... ¿qué estabas haciendo aquí? —le preguntó. La niebla parecía haberse aclarado por fin de su cerebro—. ¿Vagando por el recinto en mitad de la noche?

Apoyándose sobre su brazo, le susurró al oído:

—El príncipe y mi señora querían... soledad.

Con lo que a la pobre Anne no le había quedado

más remedio que vagar sola por los pasillos. La furia que ella se negaba a sentir lo asaltó a él.

—Pero eso no está bien.

—¿Verdad que no se lo contarás al arzobispo?

Simon Islip no se le había pasado por la cabeza en ningún momento. En lo único en lo que pensaba era en Anne y en lo condenadamente valiente, tozuda y desinteresada que era.

Sacudió la cabeza.

—¿Podrás volver ya a tu cama?

—Eso creo. Ya casi es de día —volviéndose hacia él, se despidió—. Que duermas bien.

A su espalda, el sincopado ritmo de sus pasos y de su muleta se fue apagando. Bajó luego innumerables escaleras, tropezando en cada una con el rechazo de alguien, hasta que salió al frío aire de septiembre y encontró por fin un catre junto a la muralla, en la zona reservada a los caballeros más pobres.

Pero no durmió. Se quedó pensando en Anne.

Día tras día, una mujer que ya había pasado la edad de la doncellez se movía sin quejarse mientras sufría un constante dolor. Un dolor que había esculpido pequeñas arrugas en torno a sus labios apretados, y también en las comisuras de unos ojos que solían entrecerrarse para resistirlo.

¿Qué era lo que lo había impulsado a hablar de matrimonio con una mujer semejante?

La explicación debía de residir en las circunstancias que estaba viviendo. En el contexto. Durante semanas había vivido inmerso en los detalles del sacramento matrimonial. ¿Qué era lo que convertía un matrimonio en oficial y legítimo a los ojos de la iglesia? ¿Cuándo estaba casada una pareja y cuándo podía declararse disuelto el vínculo? ¿Cuándo les sería permitido a Eduardo y a Joan casarse de manera oficial? No había estado pensando en otra cosa que no fuera el matrimonio. Tenía que ser eso. Si hubiera conocido a Anne durante la campaña de Francia, le habría preguntado por barcos, por el forraje de los caballos, por el precio de los arenques en salazón.

Se tumbó boca arriba, contemplando cómo el cielo se iluminaba poco a poco. Y esforzándose por controlar el rumbo de sus nebulosos pensamientos.

No era un hombre hecho para casarse. Y menos que nadie con Anne Stamford. Y sin embargo las razones que podían justificar esa actitud, desde su enfermedad hasta la carga que ella supondría, no solo se le antojaban crueles, sino también falsas o irrelevantes.

Pero no. La verdad que lo asaltó era todavía más cruda.

La verdad era que él no tenía nada que ofrecer, ni a ella ni a ninguna otra mujer, más allá de un fuerte brazo y un cerebro ágil. A los treinta y un años, lo único que poseía en la tierra era un caballo y su armadura.

Y, cuando muriera, ni siquiera quedaría eso.

Catorce

Cuando el rey y la reina volvieron a Windsor para San Miguel, Eduardo insistió en que acudiera la corte entera para contemplar los progresos las nuevas edificaciones.

El verano había pasado y la estación se encaminaba hacia el invierno. Pero a pesar de la llovizna, Anne disfrutaba saliendo a tomar el aire, lejos de las prolijas discusiones sobre el tamaño de las plumas de avestruz o de las cabezas de leopardo que adornarían el lecho conyugal de terciopelo rojo.

Reinaba un humor festivo entre la multitud de trabajadores y artesanos. Henry, el tañedor de fídula, se dedicaba a entretener a aquellos menos interesados en escuchar al maestro de obras y sus discusiones sobre el ángulo exacto que debería tener el tejado de las cocinas.

Los obreros, interrumpida la labor, se retiraban a un lado para dejar que el rey elogiara el plan de obras. Anne, con permiso del cantero, cubierto de arriba a abajo por una capa de polvo blanco, se sentaba sobre una piedra de sillar para admirar los trabajos.

El salón y la capilla nuevos, pagados con dineros franceses, se alzaban contra la muralla norte, grandes como catedrales, y flanqueados por dos edificios más pequeños. Las cámaras destinadas a alojamiento quedarían lujosas comparadas con las estrechas habitaciones que se apiñaban dentro de la Torre Redonda. Pronto estarían las obras terminadas. Y con el tiempo, cuando lady Joan se convirtiera en reina, aquel sería su hogar.

Y el de Anne.

Sí, estaría segura allí, protegida por los muros reales, en un castillo donde incluso el pasaje a la cocina estaba protegido por un torreón.

Sintió a Nicholas a su lado antes incluso de verlo. Levantó la mirada hacia él. Vio que le sonreía sin saber qué decir, tan inseguro como un joven paje.

Ella le devolvió la sonrisa, igualmente vacilante.

—¿Qué tal marchan las obras? —le preguntó él al fin.

—Bien. Según lo esperado —respondió, consciente de la gran cantidad de gente que los rodeaba—. Hay mucho que hacer. Quieren que todo esté dispuesto para así poder casarse tan pronto como llegue la dispensa papal.

—El príncipe me pregunta continuamente cuándo será eso. Como si yo fuera el motivo del retraso —suspiró—. Veo que, con tanto jaleo, hoy no estás cosiendo.

Bajó la mirada a sus manos, siendo la primera sorprendida en ver que no tenía labor alguna.

—Yo ya he terminado mi parte. Es el sastre de corte quien ahora está trabajando sin descanso.

En silencio, se quedaron mirando el nuevo salón en obras. Robert, el bufón, que corría por allí, tropezó con un bloque de piedra, o fingió hacerlo, para caer de espaldas a los pies de lady Joan. Cuando ella se inclinó para ayudarlo y los niños se congregaron a su alrededor, el bufón se levantó de un salto, batiendo palmas, y todo el mundo se echó a reír.

—¿Le gusta a lady Joan su nuevo hogar? —le preguntó por fin Nicholas.

—No ha pensado mucho en ello. Primero, en la boda. Y luego...

—Luego en Aquitania.

—Donde habrán ser reconstruidos los puentes.

Nicholas enarcó las cejas con expresión sorprendida.

—Sí, me acuerdo —sonrió dulcemente Anne.

Permanecieron callados durante unos instantes, escuchando las discusiones del maestro de obras sobre el ya abultado número de fuegos que tendría la cocina. Nicholas sacó una de sus pelotas de trapo y se puso a jugar con ella, distraído. Hasta que de repente, sin previo aviso, se la lanzó.

Sobresaltada, intentó atraparla y se echó a reír cuando la pelota rodó por su falda para ir a caer sobre la húmeda hierba.

—Los niños —dijo Nicholas—. ¿Irán ellos también?

Anne siguió la dirección de su mirada. Lady Joan se hallaba rodeada en aquel momento por cuatro niños, mientras el príncipe parecía estar adoctrinando a los dos varones sobre los secretos de la caza del ciervo.

—Por supuesto. ¿A dónde irían más que con su madre?

Nicholas no respondió, lo cual la hizo dudar. ¿Qué edad tendrían Thomas y John? ¿Ocho, diez años? Ya eran lo suficientemente mayores como para que los enviaran a otra casa, como acogidos.

—Habrá otro hijo, algún día —dijo Nicholas, todavía mirando a los niños.

—Dios lo quiera —Anne pensó que no había seguridad alguna de que naciera ese niño, y menos de que fuera a ser rey, pero al menos ni lady Joan ni el príncipe eran estériles. De eso, tenían prueba.

—Espero que se queden con ella, al menos.

Anne comprendió que Nicholas estaba pensando en los hijos de lady Joan. ¿Qué pasaría con ellos cuando naciera el hijo de Joan y del príncipe? ¿Qué futuro les esperaría como miembros de la corte, pero no de la familia real?

¿Sufrirían tanto como había sufrido Nicholas?

Estiró una mano y le tocó la manga.

—Los niños estarán bien cuidados —en primer lugar, el príncipe había sido su padrino. Y ahora se convertiría en su padrastro. Se tomaría seriamente su responsabilidad—. Estoy segura de ello.

¿Pero y las niñas? La pequeña Joan tenía casi la misma edad que había tenido su madre cuando se casó con Thomas Holland, mientras que Maud no era todavía lo suficientemente mayor como para prescindir de niñera. ¿Qué sería de las dos?

Su señora, y eso era algo que había descubierto Anne con los años, buscaba siempre la compañía de los hombres, fuera cual fuera su edad. Las hijas nunca habían quedado desasistidas, Joan era demasiado buena madre para descuidarlas, si bien no parecían recibir tanto amor como los niños.

Quizá fuera porque ya había perdido a uno.

El rey se puso en marcha y Anne se levantó para seguirlo. Nicholas caminó a su lado, apartando con el pie los pedruscos y leños que pudieran entorpecer su paso.

«No te acostumbres a esto», se recordó ella. La dispensa del Papa llegaría pronto. La boda no tardaría en celebrarse.

Y Nicholas se marcharía.

Aliviado, Nicholas vio al arzobispo de Canterbury llegar a Windsor apenas unos días después, portando el mensaje papal. Enseguida había convocado al príncipe y a lady Joan y se había encerrado con los dos en una sala, al objeto de conseguir de ellos toda clase de promesas y compromisos formales a cambio de la autorización matrimonial.

Durante las noches siguientes las velas habían permanecido encendidas mientras cosía el sastre real y los ministriles y cantores de capilla ensayaban sin descanso.

Al cuarto día, lady Joan anunció que estaban dispuestos. Fue así como Nicholas se encontró en la capilla de San Jorge un soleado día de octubre, con

Eduardo y Joan nuevamente ante el altar. Una boda real. La única que probablemente vería en su vida. Aquello lo había aprendido de Anne. Tenía ojos para ver, para construir un recuerdo.

No era hombre que se fijara mucho en el boato de las vestimentas reales, pero el resplandor del vestido de la novia lo deslumbró. Eduardo y Joan estaban efectivamente deslumbrantes, luciendo sonrisas que parecían más propias de la cámara nupcial que de una capilla. De pie frente a ellos el arzobispo parecía ligeramente mustio, pero su voz sonaba clara. Estaba flanqueado por al menos cuatro hombres de iglesia, como si todo el mundo quisiera participar siquiera mínimamente del honor de casar al próximo rey de Inglaterra.

El resto de la familia real estaba presente, por supuesto. Como buen observador, Nicholas podía ver que tanto el rey Eduardo como la reina Filipa se esforzaban por parecer complacidos... sin conseguirlo.

Aquella boda frustraba muchas esperanzas, al menos por lo que se refería al rey, porque con ella perdía oportunidades de alianzas con más de un reino continental. O quizá lo que lamentaba era su propio fracaso personal a la hora de conseguirlas, porque... ¿acaso no era cierto que había perdido aquellas oportunidades largo tiempo atrás? Hasta ese momento no había sido capaz de cerrar satisfactoriamente un acuerdo matrimonial para su hijo primogénito. ¿Qué opciones le habían quedado realmente?

En cuanto a la reina... bueno, Nicholas sabía poco de mujeres, eso era cierto. Pero podía ver que tenía los labios demasiado apretados, como si fuera la única manera de forzar una apariencia de sonrisa. Joan había formado parte de la casa de la reina Filipa, se había criado con sus propios hijos, incluido el príncipe Eduardo. Y en lugar de convertirse en el modelo de esposa y madre que era la propia reina, había quebrantado las normas de la familia y de la iglesia no una vez, sino dos, enredando a su hijo en la última.

Y luego estaba Isabella, la primogénita, la hija favorita de Eduardo. La siguiente en casarse, con toda probabilidad. Tenía casi los mismos años que Joan, que tan escarnecida había sido por causa de su edad. Pero Joan, al menos, se había casado. Isabella, con casi treinta años, seguía soltera y su padre nunca se había mostrado muy dispuesto a conseguirle un marido.

La habían llamado «tozuda», según había oído Nicholas en una ocasión.

Había otros: tías y tíos, damas y caballeros e incluso los hijos de Joan, apartados discretamente a un lado. Pero, a pesar de tanto deslumbrante miembro de la familia real, Nicholas se descubrió buscando a Anne con la mirada.

Anne, la única que había presenciado por dos veces el matrimonio de su señora con el príncipe.

La encontró por fin, junto a una de las camareras de Isabella. Cecily, creía recordar que se llamaba. Anne le había comentado que era la única con la que se podía reír.

Anne se las arreglaba para soportar la ceremonia

de pie, como era su costumbre y obligación. Nicholas buscó en su ceño o en sus labios algún gesto de tensión, pero su expresión era, contra lo habitual, muy plácida. Si estaba sufriendo de algún dolor, fuera físico o emocional, lo disimulaba muy bien.

Se preguntó si se le daría igual de bien esconder otras cosas.

Mientras observaba a la feliz pareja volver a pronunciar sus votos, Anne tuvo la sensación de que estaba viviendo un sueño. El eco de unas palabras en una capilla, a medianoche: «yo, Eduardo, te tomo a ti, Joan...»

Después de todo lo que había sucedido, después de las seguridades que le había dado Nicholas, tenía la impresión de que aquello no iba a salir bien. Que Dios, o el Papa, negaría su permiso. Después de todo, había buenas y poderosas razones para que aquellos dos no se casaran. Razones que nada tenían que ver con los otros matrimonios de Joan o con lo que la propia Anne sabía. El príncipe era padrino de los hijos de Anne, que en aquel momento asistían de pie a la escena, al otro lado de la barandilla. Ambos compartían el mismo abuelo, con lo que su parentesco era demasiado cercano. Cualquiera de esos dos motivos bastaba.

Un embajador menos hábil que Nicholas habría fracasado a la hora de convencer al Papa de que concediera una dispensa. O a la hora de persuadir al arzobispo de que hiciera lo que deseaba el rey.

Cualquiera de aquellas posibilidades habría podido realizarse, con lo que Anne se habría visto aligerada de su carga de culpa.

Pero, en lugar de ello, allí estaban, haciendo escarnio de las leyes de Dios.

Y ella no lo había evitado.

Y ninguno de los presentes sabría nunca que los votos que en ese momento se estaban pronunciando demostraban que, una vez más, ante los ojos de la iglesia, Joan estaba unida en matrimonio con dos hombres a la vez.

Y Anne de Stamford era la única que lo sabía.

Quince

El festín de bodas se prolongó durante el resto de la jornada, pero Nicholas no estaba de humor para fiestas. Pensaba con tristeza en el momento en que tendría que marcharse. Solo.

Y sin otra cosa que el recuerdo de un beso.

Desde el otro lado del salón, contemplaba pensativo a Anne.

¿Estaría pensando en que nunca tendría un marido?

Ella lo miró y, pese al mortecino resplandor de la chimenea, Nicholas quedó impactado por la expresión de anhelo que vio en sus ojos. Anhelo por él.

Una expresión que lo impulsó a acudir a su lado.

—Anne....

Alzó la vista la vista hacia él, vacilante.

—Ven. Enséñame a mirar las estrellas y a recordar esta noche.

Sonriendo, se levantó torpemente y lo acompañó fuera del salón. Una vez en el exterior, se mantuvieron lo suficientemente cerca como para poder ver gracias al leve resplandor de las ventanas y escuchar la apagada música. Rodeados por los edificios a medio construir que se alzaban a la sombra de la gran Torre Redonda, apenas podían vislumbrar el brillo del cuarto de luna sobre sus cabezas.

Nicholas abrió la boca, sin saber qué decir.

—Pronto me marcharé —«pronto», se repitió. No podía ser más específico.

—¿Ha llegado ya el rescate, entonces?

—No, pero no tengo necesidad de esperar.

La recompensa del príncipe bastaría para sufragar los gastos de la travesía del Canal. Sus cuentas tendrían que esperar a que pagaran los franceses.

—¿Cruzar el Canal de la Mancha en invierno?

Incluso Anne sabía que eso era peligroso.

—No hay nada que me retenga aquí.

—Por supuesto. Debes de estar muy deseoso de marcharte.

¿Qué más cosas estaría pensando? Cosas que no se atrevía a decir. Contra su voluntad, se preocupó por ella. Estúpidamente, ansiaba tener la seguridad de que se encontraría bien una vez que él se hubiera marchado.

—¿Qué será de ti?

Lo miró ladeando la cabeza, perpleja.

—Será de mí lo que ha sido hasta ahora —si había alguna duda en sus ojos, la despejó con el gesto que tuvo al alzar la barbilla—. ¿Por qué deberían ser de otra manera las cosas?

Era ya la camarera de la futura reina. Nadie debería llevar una vida más segura que ella.

Y sin embargo...

—Si algo te sucede alguna vez... Si alguna vez tienes una necesidad de...

Anne se echó a reír.

La risa. La risa que tan bien había aprendido a conocer Nicholas no era una risa feliz, sino parte tan solo de su armadura.

—¿Y si se da el caso? ¿Qué pasará entonces? ¿Te enviaré un halcón para que atraviese el Canal y te localice en algún campo de batalla de Francia, de Italia o de la Horda Dorada? ¿O tal vez le pague a un mensajero para que emprenda un viaje de seis meses en tu busca? Dudo que mi necesidad sea la misma un año después, incuso aunque yo te encontrara y tú volvieras a casa.

«A casa». Una palabra que sonaba muy deseable. Él había huido de una casa y nunca había vuelto a encontrar otra, ciertamente no en Inglaterra. ¿Cuánto tiempo en total había pasado en el solar patrio desde que fue nombrado caballero en Francia? ¿Seis meses? Doce, quizá, en diez años.

Y sin embargo dejarla sola se le antojaba, ilógicamente, un error.

Como si hubiera fracasado a la hora de cumplir una tácita obligación. Una carga que no quería, y sin embargo...

No era amor. Por supuesto que no.

Pero algo lo contenía, tiraba de él hacia atrás como si llevara un peso muerto a la espalda.

La atracción de una mujer.

Exactamente la clase de atracción de la que se

había pasado toda la vida huyendo, por miedo a que lo atrapara.

Y no sabía cómo lidiar con ello.

«Si alguna vez tienes una necesidad...»

Anne todavía podía escuchar el eco de aquellas palabras. Palabras vacías. Nadie se las había dicho nunca. Nadie que no fuera su señora se había ofrecido nunca a ayudarla.

Sabía por qué. Aunque ella no pedía nada, sus necesidades, las necesidades de una lisiada, eran demasiado exigentes para la mayoría de la gente. Eran muchas las posibilidades de que pudiera necesitar algo que un hombre no quisiera darle.

¿Y aquel hombre? ¿Qué tenía él que ofrecerle que no fueran palabras? Nada sólido. Nada que pudiera permanecer.

Y sin embargo su beso...

Quería que volviera a besarla, quería eso y más con un anhelo que era todavía más fuerte que el de su cuerpo. Y no porque nadie hubiera cuidado nunca de ella, sino precisamente por la manera en que la habían cuidado. La manera en que la habían alimentado y cepillado como si fuera un caballo. Sin pasión.

Y cuando él pronunció aquella frase de «si alguna vez tienes una necesidad», Anne había detectado pasión en su voz. Probablemente más de lo que él había sido consciente, más de la que quería sentir.

No. No podía pedirle que se quedara. No se lo pediría. Pero escuchar por lo menos por una vez aquel tono de pasión en su vida... Escuchar el timbre de su voz cuando hablaba de ella... Eso sí que podría hacerlo, al menos por una vez. Se aferraría a aquel momento que no volvería a repetirse y dejaría luego que se marchase, para no tener que leer el arrepentimiento en sus ojos.

Esa noche, su señora y el príncipe compartirían el lecho conyugal. Mientras que ella dormiría sola. Una vez más y para siempre, a no ser que...

A no ser...

¿Qué mal podía haber en ello? Solo sería una vez. Solo una vez antes de que regresara a su vida de siempre, para no volver a ver nunca nada que estuviera más allá del alcance de los ojos de su señora.

Miró nuevamente a Nicholas, con todo el anhelo que acumulaba en sus ojos. La clase de anhelo que jamás había creído que llegaría a experimentar: de libertad, de lejanos lugares, de amor. Pero, en ese momento, ella estaba viendo lo mismo en sus ojos.

O al menos eso le había parecido, antes de que una nube volviera a ocultar la luna.

—Hay algo que puedes hacer por mí. Ahora mismo.

Leyó la sorpresa en sus ojos. ¿Qué cara pondría cuando se lo dijera?

—Dijiste que podía pedirte lo que quisiera. Hay algo que quiero atesorar en mi memoria —alzó una mano para acariciarle suavemente una mejilla—. Tú.

Nicholas no gastó aliento en preguntarle por qué deseaba eso, ni se detuvo a preguntarse por qué lo quería él también. Ni a pensar en lo que sucedería a continuación, o de qué manera podría marcharse después. Solo sabía que no podía marcharse sin tener... más. Sin llevarse algo de ella consigo.

Así que la besó.

Estaba lo suficientemente cerca como para aspirar el aroma de su piel. Un aroma a flores, a cítricos y a pimienta, como la propia Anne, desabrida y punzante en la superficie, pero cargada de una dulzura que solamente se manifestaba con el tiempo.

Retiró los labios de los suyos para deslizarlos todo a lo largo de su cuello, ya desnudo para él, de piel cálida y suave. Sus senos subían y bajaban, apretados contra su pecho. Por un momento, eso fue todo. Eso era todo lo que necesitaba. Abrazar a Anne y quedarse muy quieto, como si estuvieran solos en el mundo.

Poco a poco, sintió un impulso despertándose en sus entrañas. No, aquello no bastaba. No era eso todo lo que necesitaba. Necesitaba mucho más de ella...

Y vagamente, conforme su cuerpo se endurecía y su mente se ablandaba, comprendió, como nunca había comprendido antes, a Eduardo y a Joan.

Envuelta en los brazos de Nicholas, con sus labios presionando contra los suyos, Anne se sintió completa, realizada. Como se habría sentido cualquier otra mujer capaz de dar y de recibir, y no por compasión, sino por un simple y terrenal deseo.

Lo besaba a su vez, decidida a borrar todo pensamiento y sus consecuencias. Solamente quería saborear la sensación. El calor de su aliento en la mejilla. Sus labios suaves. Sus dedos ásperos. La sensación de sus propios dedos hundiéndose en su pelo, acariciando la curva en la que su cuello se encontraba con su espalda.

Un beso, pensó. Quizá más. ¿Qué mal podía haber en ello?

Y entonces dejó de pensar. Totalmente.

No existió más que el presente. Era aquello a lo que debía aferrarse: aquel sabor, aquella sensación, atesorados durante los largos días que seguirían.

Cuando volviera a estar sola.

Cuando intentó recurrir a la lógica para analizar, nombrar, comparar su aroma con otros, o para aprender la textura de sus músculos bajo su piel, fue incapaz de controlar su pensamiento.

Ella, él, allí, ahora.

El sabor de países extraños podía sentirlo en su lengua, un aroma a otras tierras tan impregnado en su piel que estar en sus brazos era como emprender un viaje, como sentir el viento en la cara. Como si todas aquellas lejanas tierras que había ansiado ver estuvieran en ese momento en sus brazos, disparándose hacia el cielo como hacían las catedrales, con arcos como manos alzadas y juntadas en oración, estirándose hacia el cielo.

Sus labios abandonaron los suyos para recorrer su vulnerable cuello y ella perdió el aliento. Otro aliento más. Solo uno más, y otro y otro... y entonces debería apartarse, dejarlo marchar. No debía aspirar a cosas que nunca podría tener. Dios solo le concedería aquel momento para que pagara por él después.

Como había pagado tanto y por tantas cosas, durante toda su vida.

¿Se había apartado él? ¿O se había tambaleado ella? De repente volvían a ser dos seres, separados por unos pocos centímetros que bien podrían haber sido la inmensidad que los separaría una vez que él se hubiera marchado. Distancia que bien podría haber sido la que separaba este mundo del otro.

«Míralo», se ordenó. «Tienes que ser fuerte y mirarlo ahora».

Nicholas intentó hablar.

—Me pediste...

Le puso un dedo sobre lo labios. No quería palabras. Ni arrepentimientos.

Pero entonces él le tomó la mano y presionó los labios contra su palma. Aquel sencillo gesto de ternura le dolió más que todos los pensamientos de separación que sabía que seguirían.

—No —una simple palabra, que apenas fue capaz de pronunciar.

Él se interrumpió, pero no le soltó la mano.

—Te deseo.

A punto estuvo de caerse, pero no por culpa de su pierna , sino porque la intensidad del deseo de Nicholas la dejó sin fuerzas. ¿Alguien la había deseado alguna vez antes? ¿La había mirado alguien con aquel fuego, con aquel anhelo en los ojos?

Y comprendió que eso bastaría. Bastaría para acompañarla y darle calor durante el resto de sus días. Estar con un hombre que la deseaba. Una sola vez para todo el resto de su vida.

Tambaleándose, se fue acercando de nuevo a él.

—¿Lady Anne? —era la voz de uno de los pajes—. Lady Joan os necesita.

Nicholas apretó los dientes, esforzándose por volver a la realidad, sin detenerse a preguntarse por lo que habría podido pasar si no los hubieran interrumpido. Solo sabía que no había querido separarse de ella. Que no quería aceptar la intrusión del mundo exterior hasta que no hubiera aprendido su cuerpo tan bien como el país por el que había luchado.

Y sabía también que había sido casi tan estúpido como su padre.

¿Quién había estado hablando por él? ¿Su bajo vientre o su corazón? Le resultaba distinguir uno del otro cuando la miraba. Lo que era todavía peor.

Anne volvió al salón, donde se vio de repente rodeada por la celebración que había seguido a la ceremonia. Por el ruido y el calor de una habitación tan atestada de gente. Los bailarines habían empezado a tambalearse, amenazando ya con empujarla y con tirarle la muleta. Abrazos, brindis. Algunos más sinceros que otros.

Lady Cecily alzó una copa hacia Anne, que se había detenido para tomar aliento. Todavía le quedaba medio salón por recorrer hasta llegar a donde estaba lady Joan, o, mejor dicho, la princesa de Gales, sentada en el estrado con el príncipe.

—La princesa está maravillosa —le susurró Cecily.

—¿Cuál de ellas? —repuso Anne, forzando una sonrisa.

—La dos —Cecily señaló con la cabeza a la princesa Isabella, que estaba sentada a la misma mesa que la flamante esposa de su hermano, pero lo más lejos posible de ella.

—Quizá tu señora sea la próxima en casarse —la princesa rozaba los treinta estando soltera, algo casi tan escandaloso como lo de su hermano.

—Mi señora se casará cuando le plazca —la voz de Cecily tenía un timbre tenso—. Un privilegio que ni tú ni yo disfrutaremos.

Un comentario extraño, aunque acertado. Pocos hombres y aún menos mujeres se casaban por gusto. Y sin embargo lady Cecily era bella, estaba sana y procedía de una buena familia. Lo extraño era que aún no se hubiera casado.

¿Quién sabía qué clase de dolor podía disimularse detrás de un cuerpo sano?

El paje le tiró de la manga y Anne continuó atravesando el salón. No le cabía duda de que Eduardo y Joan estarían deseosos de volver a compartir una cama, ahora que podían hacerlo con la bendición eclesiástica.

Subió al estrado y su señora, sentada a la mesa, se volvió hacia ella.

—Me marcho ya.

Era lo que había esperado Anne, y sin embargo experimentó una punzada de decepción.

—Os acompaño, por supuesto.

Tenía que desvestirla, peinarla... Y Nicholas, mientras tanto, se quedaría esperando.

—No —le dijo Joan, dándole palmaditas en el brazo—. Tú quédate y disfruta. Ya me atenderá alguna doncella. Has trabajado muy duro, Anne.

—Gracias, mi señora —era un elogio que en cualquier otra ocasión le habría hecho sonreír. Pero en aquel momento apenas registró las palabras.

—A partir de ahora las exigencias del servicio, al pasar a atender a la esposa del futuro rey, serán mayores. Mayores que las que tú has venido desempeñando.

Anne se dijo que nunca se había quejado antes y no iba a hacerlo ahora.

—Lo comprendo, mi señora. Estoy preparada —los aposentos reales, bien seguros y defendidos, serían el hogar que siempre había esperado tener.

—Pero dado que Santo Tomás no te curó... —hizo una pausa.

—¿Sí, mi señora? —se le antojaba extraño verla titubear. Quizá estuviera cansada de tantas noches como había pasado ocupada con los preparativos.

—Precisamente por eso, he dispuesto que marches lejos a descansar.

«Lejos». Sabía lo que quería decir esa palabra, y sin embargo no acababa de comprenderlo. El beso de Nicholas debía de haberle nublado el entendimiento.

—¿Lejos de vos?

—No necesitas preocuparte. Yo cubriré todos los gastos. Pero la idea de un largo descanso... ¿no te parece atractiva? Sé que todo esto ha sido agotador, el hecho de que hayas tenido que cuidarme durante todos estos años. Así que he decidido que te retires al convento de Holystone.

—¿Un convento? —nunca había esperado casarse, pero... ¿encerrarse en un convento? No. Eso era algo que nunca había querido.

—Es pequeño, pero ofreceré una cuantiosa donación para asegurarme de que seas bien atendida. Y ahora que la guerra con Escocia ha terminado, estoy convencida de que es perfectamente seguro, pese a que se halla en una zona de frontera.

El significado de las palabras de su señora resultaba ahora claro y frío como el cristal. El secreto que Anne había guardado durante todos aquellos años no le servía ya de protección. Ella era la única persona, además de Joan, que conocía la verdad. Una vez que la ceremonia del matrimonio había concluido, necesitaba mandar a Anne lejos, lo más lejos posible.

Fuera de su vista.

Apartada del mundo.

Encerrada como si fuera una loca.

Callada.

Dieciséis

Anne retrocedió un paso, muda de estupor, perdida en un mundo que parecía haberse puesto a dar vueltas de repente.

¿Cómo iba a sobrevivir a partir de entonces, privada de la clase de vida que la había protegido desde la infancia?

La respuesta era tan sencilla como brutal. No iba a sobrevivir.

Oh, no era una amenaza directa. A Lady Joan jamás se le ocurriría hacerle daño, por supuesto. Era simplemente que Anne había dejado de ser útil. Era la única persona que sabía que la esposa del futuro rey de Inglaterra y, lo que era más importante, la madre de un futuro rey de Inglaterra no estaba casada con el príncipe bajo las leyes de la iglesia.

Porque estaba casada con otro hombre.

Solo Anne, la lisiada, sabía la verdad. Y nadie le haría caso, una vez que permaneciera recluida en un lejano convento, apartada del mundo para siempre.

Abandonó el estrado y tuvo que apoyarse en la

pared, incapaz de dar un solo paso. La alegría de los bailarines invadía la sala. Nunca había soñado con llegar a bailar, pero verse encerrada, apartada del mundo, para escuchar solamente y para siempre la música destinada a los oídos de Dios...

No era exactamente la muerte. Seguiría respirando y despertándose cada día. Pero se sentiría atrapada, encarcelada en un lugar todavía más asfixiante que aquel al que le había condenado su pierna coja.

Tan asfixiante como un ataúd.

—No pareces muy contenta —Nicholas había aparecido de repente a su lado, sin que ella se diera cuenta—. ¿Qué quería tu señora?

Se dijo que debía seguir sonriendo.

—Solo darme las gracias. Por supuesto que estoy contenta. Por ella.

—¿Y por ti?

Desvió la vista.

—No tengo queja —y sin embargo quería quejarse, lamentarse por la pérdida de la vida que había llevado hasta ahora. Una vida en la que un hombre, al menos, la había besado—. Pero tengo que decirte algo.

En cuestión de días, Nicholas habría desaparecido de su vida para siempre. El único hombre que se había fijado en ella, que la había visto de verdad. Había esperado fabricar un recuerdo aquella noche, pero quizá, en lugar de ello, iba a acabar saldando una deuda.

Pegado a la pared, Nicholas guio a Anne fuera del salón. Los juerguistas abandonaban la estancia buscando el aire fresco, y el patio que antes había suyo, para los dos solos, estaba en aquel momento lleno de otras parejas.

Encontró un rincón tranquilo en la escalera, donde había antorchas en las paredes para que los invitados no tropezaran y rodaran peldaños abajo.

Se sentaron en un escalón. Nicholas le apartó el cabello de la frente, deseoso de volver a apoderarse de sus labios, pero vio que su humor había cambiado.

Anne inspiró profundamente.

—Esta noche será la de la despedida.

Su voz era firme, más segura. Más segura de lo que Nicholas se sentía. Ahora era él quien sentía débiles las piernas. No quería analizar por qué.

—Yo no me marcho todavía.

—Yo sí.

Sorpresa, ¿A dónde iría?

—Yo creía que el príncipe y la princesa se quedaban en Windsor.

—Se quedan. Soy yo la que se va. Sola.

—¿Sola? —sabía que nunca había ido a ninguna parte sola—. ¿Adónde?

Frunció los labios. No lo miraba a él, sino los escalones que se perdían en lo oscuro.

—Al convento de Holystone.

Nunca había oído ese nombre.

—¿Dónde está eso?

—Nortumbria. Cerca de las tierras de frontera.

Nada de todo aquello parecía tener sentido

—¿Una misión para tu señora?

Inspiró hondo, y volvió a mirarlo a los ojos.

—Mi señora piensa que necesito descansar.

—¿Tú? —la palabra le salió más brusca de lo que había pretendido.

Anne se encogió de hombros. Nicholas sospechó que algo andaba mal. ¿Por qué iba a marcharse sola a una tierra peligrosa, casi desierta? Ella había querido viajar, sobre todo sin su señora, pero no había alegría alguna en su voz.

—¿Eso es lo que quieres?

—Es... es mejor que me vaya —volvió a mirar los escalones que se perdían en lo oscuro, que la llevarían lejos. A la temblorosa luz de las antorchas, casi parecían moverse—. He estado mucho tiempo con lady Joan. Yo le recuerdo demasiadas cosas.

Nicholas comprendió que estaban pisando un terreno peligroso.

—¿Qué cosas? —se lo preguntó como si tuviera derecho a saberlo.

Ella lo miró entonces, con una larga, seria y silenciosa mirada, como si estuviera tomando una difícil decisión.

—Cosas del pasado. Tú me preguntaste una vez si sabía quién había hecho de testigo en el matrimonio de Holland. Sí que lo sé. Fue mi madre. Mi madre fue el testigo.

Si hubiera estado de pie, se habría caído redondo.

Intentó recomponer las piezas, encajar todos los datos que había averiguado y confirmado, sin llegar a encajarlos del todo. Un matrimonio clandestino con un testigo. En el momento le había parecido extraño, pero Anne había insistido en que no sabía nada....

Volviéndose hacia ella, la sacudió de los hombros.

—Te lo pregunté y tú me mentiste —su furia era doble: había sido una mentira tras otra. No debería sorprenderse. Y sin embargo...—. ¿Por qué no me lo dijiste?

Anne bajó la mirada a su regazo.

—Nunca se lo había contado a nadie —susurró, como si no quisiera decírselo a él tampoco.

Y respirando como estaba respirando su aroma, consciente de que aquella iba a ser la última vez que la viera, su furia se disolvió.

Dejó de agarrarla de los hombros y le tomó las manos.

—Cuéntamelo todo.

Con sus manos fuertemente apretadas entre las de Nicholas, Anne se sintió a salvo a la vez que atrapada. Ella lo había arrastrado a aquella situación, había cambiado una noche de pasión por una noche de verdad, o de verdad a medias. Y sin saber si lo que buscaba era la redención, el perdón o, simplemente, un testigo.

Sus cabezas casi se habían juntado mientras miraban sus manos entrelazadas.

—¿Dónde estaban cuando se casaron? —susurró él.

Aquella era la parte más fácil de la confesión. Lo había repetido muchas veces.

—Flandes.

—¿Por qué estaban en Flandes?

—Thomas Holland viajaba en el séquito del conde de Salisbury. Formaba parte de la misión diplomática de condes y obispos enviada para presentar el memorial de agravios del rey a Felipe de Francia.

Nicholas asintió.

—¿Y Joan?

Sabía que quizá él no le perdonaría aquello. Pero, a esas alturas, ya nada importaba.

—Fue al verano siguiente. Joan todavía no tenía diez años y seguía a cargo de la reina Filipa. Así que cuando la reina fue a Flandes a reunirse con el rey, Joan la acompañó y también algunos de los niños.

—¿Y tu madre? ¿Por qué estaba allí?

—Estaba sirviendo a la reina —adivinó su siguiente pregunta—. Ella me llevó consigo.

—Pero tú ni siquiera tendrías...

—Era una recién nacida. Habría podido dejarme con un ama de cría, pero la reina se había llevado también a algunos de sus hijos más pequeños, y tampoco podía obligar a mi madre a separarse de mí. Sobre todo cuando ya sabían que yo no iba a ser... —todavía le costaba pronunciarlo— como los demás niños —sonrió de pronto, triste—. Permanecimos allí durante tres años, viajando con la corte.

—En medio de la guerra —su suspiro le dijo que sabía exactamente lo que quería decir—. Al menos nunca me pidieron que buscara comida y alojamiento para la reina y la corte, además de para las tropas.

Anne asintió.

—Fue difícil. Pasábamos una noche en una abadía, la siguiente en la casa de un campesino... Había noches en que no sabíamos dónde íbamos a dormir. Se suponía que mi madre tenía que vigilar a Joan, pero era difícil. Había noches...

Noches en las que nadie había sabido dónde había dormido Joan. Pudo ver que el rostro de Nicholas se iluminaba de comprensión.

—¿Y Holland estuvo allí?

—Para finales del verano del tercer año, creo. Madre me lo contó, pero me cuesta recordarlo claramente.

—Eras muy pequeña.

—De unos cuatro años por aquel entonces. Pero resultaba obvio... —se miró la pierna—. Mi madre estaba completamente ocupada conmigo. La reina viajaba con tres de sus hijos. A nadie le sobraba tiempo para encargarse de lady Joan.

—Si tenía doce años, era ya una doncella capaz de cuidar perfectamente de sí misma —comentó él con un timbre cínico—. Pero Holland era un guerrero hecho y derecho por aquel entonces.

Anne asintió.

—Tenía veintiséis años. Y estaba cansado de tanta batalla, estoy segura de ello. Habían tenido una victoria en el mar y una derrota en tierra. El rey y sus hombres se encontraban en Gante, frustrados, faltos de fondos, acorralados. El rey tuvo que escapar en mitad de la noche, dejando a la reina y al resto de nosotros como rehenes. Nadie sabía cuándo volveríamos a casa.

No recordaba bien nada de aquello. Nada que no fuera el miedo.

—¿Y fue entonces cuando...?

Ella asintió.

—En la guerra, los hombres pierden… el control —la forma que tuvo Nicholas de apretar los labios indicaba que lo había entendido—. ¿La cortejó al menos?

No lo sé. Pero era un caballero bien plantado y había servido como alférez del rey en Bretaña. Es seguro que habría atraído la atención de una joven doncella —aunque, en aquel entonces, habían sido muchos los hombres que habían atraído la atención de lady Joan. Anne imaginaba que siempre había sido así.

—¿Y ella la de él?

Se retorció las manos. Le costaba hablar de aquella parte, sobre todo después de lo que Nicholas y ella habían estado a punto de...

—Mi madre me contó que, una noche, entró en el oscuro rincón de una abadía en la que estaban pernoctando y los vio a los dos juntos. Estaban...

No había duda de lo que habían estado haciendo, según le contó su madre más tarde. El caballero estaba hundido a fondo en ella, entre sus muslos abiertos. Muslos blancos que no habían podido contrastar más con las medias negras que él no se había molestado en quitarle. Joan la había mirado horrorizada y había intentado esconderse, dispuesta a pedirle perdón.

Thomas, hombre como era, había tardado más en darse cuenta de la situación.

Anne intentó explicarse.

—Pero no llegaron a hacerlo del todo. Thomas no consumó... —no sabía cómo describir algo que nunca había experimentado.

Nicholas tosió y se aclaró la garganta.

—¿Y luego qué?

Se había hecho esa misma pregunta durante años. Pero la Joan de toda la vida siempre había intentado complacer a todo el mundo. Primero, quizá, a la madre de Anne. Luego, a Thomas Holland.

—Se disculpó. Prometió que no volvería a suceder. Pero mi madre me dijo que Holland agarró la mano de Joan, juró que estaban casados y le hizo jurar a ella lo mismo. «Espérame», le dijo. Le aseguró que volvería a buscarla. Que se marcharían juntos.

Nicholas resopló indignado.

—¿Un hombre acalorado que no había tenido tiempo de expulsar su semilla? Habría sido capaz de prometer cualquier cosa.

Anne se ruborizó.

—Mi madre pensaba lo mismo.

—¿Y ella no se lo contó a nadie?

—Joan le suplicó que no lo hiciera, así que mi madre tuvo que morderse la lengua. ¿Qué otra cosa podía hacer? Revelar la verdad habría sido como acarrear la ruina para todos —alzó la mirada hacia él—. De modo que cuando Holland regresó y a mi madre le preguntaron, después, si se habían casado, Joan le dio permiso para que lo contara.

—¿Por qué no me lo dijiste antes, cuando tú sabías...?

Parecía… dolido. Como si ella le debiera aquella verdad.

—¿Cuando yo sabía qué? Yo sabía lo que mi madre me contó. Yo no fui el testigo. Y sin embargo sabía que estaban casados. Y que todo era tal cual se había dicho.

—¿Me lo habrías dicho si no hubiera sido así?

Nunca debió haberle contado tanto.

Había despertado sus sospechas, pero lo cierto era que con Nicholas siempre le había costado trabajo mentir.

Pero mentiría. Incluso en aquel momento. Todo sería como tenía que ser.

—¿Lo dudas? Tú hiciste lo que te dijeron. Eres libre para marcharte. Para volver a Francia, como un hombre contento y satisfecho.

Pero no parecía ni contento ni satisfecho.

—¿Y de repente, después de tanto tiempo, Joan decide olvidar todo esto sacándote a ti de escena? ¿Perdiéndote de vista?

—Tienes que comprenderlo. Lady Joan será reina. Ninguna reina ha tenido nunca una historia semejante. Sigue siendo un asunto… difícil.

—¡Difícil! —alzó las cejas y la voz—. Tuve que viajar a Aviñón y a Canterbury para arreglarlo. ¿Me vas a recordar a mí lo difícil que fue?

—Lo que quiero decir es que alguna gente… Los recuerdos son persistentes… —¿estaba a punto de llorar? ¿La terminaría abrazando Nicholas? ¿Se mostraría dispuesto a perdonarla?

Había aprendido demasiadas cosas de lady Joan.

—Tú no quieres marcharte —le dijo él. No era una pregunta.

Nicholas Lovayne era demasiado sagaz. Anne desvió la mirada, demasiado tarde, porque él ya había leído la verdad en sus ojos.

—No. No quiero.

Y ella absorbería tantos recuerdos como pudiera, antes de que la encerraran en el convento.

Procedente de lo alto de las escaleras se oyó la risa de una mujer, acompañada de la de un hombre. Y luego el sonido de un beso.

Nicholas tosió y las risas se apagaron, de regreso al patio oscuro y a la noche.

—No tienes por qué irte —le dijo entonces—. Podrías...

—¿Podría qué? —bajó la mirada a su pierna, invisible bajo la falda. Se trataba de la decisión que había tomado su madre, porque... ¿cómo habría podido sobrevivir una chiquilla como ella, sobre todo si se hubiera encontrado sin familia, sin nadie a su lado para cuidarla? Eso era lo que había pensado su madre. Había tomado la única decisión que, según ella, habría podido proteger a Anne. Y, hasta el momento, así había sido.

Se volvió hacia él, alzando la mirada hasta sus ojos.

—Tienes que prometerme algo. Tienes que hacerlo por mí. Cuando te marches, cuando vuelvas a Francia y a Italia, y al resto del mundo, míralo bien: esfuérzate y míralo dos veces. Míralo por ti mismo y luego míralo por mí. Mira cada hoja, cada piedra, cada cristal de colores de cada vidriera, cada ola del mar… consciente de que yo estaré pensando en ti. Que yo estaré aquí, imaginando todas las maravillas que contiene el mundo.

Y rezando para que Dios perdonara su ingratitud por la merced que Él le había concedido. Su ingratitud por desear cosas que nunca había estado destinada a tener.

Él le tomó entonces una mano.

—Envíame un paje cuando estés lista —le dijo—. Haré el viaje contigo. Te escoltaré hasta ese lugar.

Diecisiete

—No —se soltó Anne—. Eres muy amable, pero no quiero retrasarte—. Francia, Italia, las Españas te esperan.

—Y un pequeño edificio de piedra en la frontera del reino te espera a ti. Déjame llevarte allí. Y en el camino veremos algo... algo que quieras ver antes de...

Antes de que dejara de ver el mundo. De que dejara de ver el mundo para siempre. Pero Nicholas tenía demasiado tacto para terminar la frase.

—¿Qué lugar te gustaría ver? —le preguntó, anhelante—. ¿A dónde te gustaría que te llevase?

Quiso responderle que a ninguna parte y a todas. Quiso decirle que la historia que le había contado había sido como un regalo de despedida, pese a que le había mentido.

Había mentido durante toda su vida. Su mentira pesaba casi tanto como el peso muerto del pie que arrastraba. Y aunque hubiese sido lo bastante estúpida como para decirle la verdad y él lo bastante estúpido como para perdonarla, ni siquiera así habría logrado levantar el peso de tantos años de mentiras.

Y cuánto más hacía él por ella, cuánto más bondadoso se mostraba, más pesada era la carga de su mentira.

Sacudió la cabeza.

—Ya te has retrasado bastante. Sé que tienes ganas de irte.

—Nadie me está esperando. Unas pocas semanas no importarán.

Unas pocas semanas. Había estado convencida de que solamente le quedaba una noche, pero disponer de algunas semanas… Así que sucumbió a la tentación. Unas pocas semanas más. Unos pocos recuerdos más de Nicholas.

—Elige un sitio —insistió él, al ver que permanecía callada.

Cerró los ojos, imaginándose el reino entero y sin saber qué zona elegir. ¿Qué había entre Windsor y Holystone? La maravilla consistiría en descubrirlo.

—Una catedral —pronunció al fin.

—Pero tú ya has visto una. En Canterbury.

Anne se sonrió. Nicholas todavía no había aprendido a mirar una catedral.

—Cada catedral es diferente. Cada una es un milagro. Piedra disparada hacia el cielo. Vitrales de colores más vistosos que cualquier sueño. Creaciones de los hombres como agradecido regalo de los seres de la tierra al Dios que los creó.

Se la quedó mirando durante un momento.

—Una catedral, entonces. ¿Alguna en particular?

Oh, si hubiera tenido tiempo, se habría detenido en cada una…

—La que sea que encontremos.

Unas pocas semanas más y entonces… Pero no, no pensaría más allá de ese plazo.

Ni en cómo se despediría de él.

Pensando sobre ello a la mañana siguiente, Nicholas seguía sin entender por qué había insistido en llevarse a Anne a Holystone. Su misión había acabado. Ella misma le había proporcionado la respuesta al último y problemático misterio del primer matrimonio de lady Joan con Holland. Todo había quedado resuelto. Todo estaba en orden.

Y si había habido besos, habían sido dados libremente. Ella le había dado permiso para marcharse.

Y, sin embargo, no lo había hecho. Algo lo retenía de una manera que no acertaba a comprender, y que tampoco le gustaba especialmente.

La mayor parte de su vida la había vivido de manera cerebral, con un control absoluto de su mente, guiada por un claro propósito. Mientras que en ese momento se encontraba inmerso en una batalla en la que cuerpo, corazón y mente parecían estar en perpetua guerra.

Era como si Anne se las hubiera arreglado para penetrar en su armadura, y él estuviera peligrosamente cerca de hacer el ridículo por una mujer, tal y como le había ocurrido a su padre y al príncipe. Ya había sido suficientemente estúpido retrasar su partida durante semanas, y todo porque no confiaba en nadie para que la escoltara debidamente durante su viaje.

La despedida del príncipe fue breve e incluyó a lady Joan. Los dos salieron por fin de su cámara, radiantes.

—¿Estaréis de vuelta con nosotros antes de Navidad? —le preguntó el príncipe cuando Nicholas le hubo contado lo del viaje.

Nicholas asintió.

—Bastante antes —un mes para llegar a Holystone y otro mes para volver, quizá más. Si el invierno se adelantaba, el viaje podría tornarse peligroso.

—Entonces celebraréis las fiestas con nosotros —dijo el príncipe, con la sonrisa satisfecha del hombre dispuesto a fundar un hogar—. En Berkhamsted.

Joan se adelantó en ese momento y apoyó una mano sobre el brazo de Nicholas. Un pequeño gesto de intimidad, que a él se le antojó artificioso, deliberado.

¿Cómo era posible que hubiera llegado a desconfiar tanto de una mujer tan admirada por su belleza y por su bondad? A la vez que se había permitido encariñarse tanto con Anne…

—Gracias —empezó Joan— por haberos ofrecido a cuidar de mi Anne. Me temo que, después de todos estos años… está un poco cansada. Necesita descansar.

Eran palabras que habrían tenido perfecto sentido si no hubiera conocido a Anne tan bien como la conocía. Anne nunca descansaba. Sus dedos trabajaban aun cuando no lo hicieran sus piernas. Y cuando descansaba, eran sus ojos los que estaban ocupados, embebiéndose de cada detalle que la rodeaba, para poder revivirlo después.

Se preguntó si no habría subestimado a lady Joan. En un principio le había parecido ligeramente frívola, aturdida. Encantadora, pero sin la capacidad para entender de asuntos demasiado sutiles y complejos. En ese momento, sin embargo, ya no estaba tan seguro.

Inclinó la cabeza, como agradeciendo su preocupación.

—Estoy seguro de que la echaréis de menos, mi señora.

—Por supuesto. Hemos estado muy unidas durante muchos años.

—Es lo que tengo entendido. ¿Cuándo volverá?

—Oh, no antes de que lo quiera ella. No pienso presionarla.

Nada había de sospechoso en aquella respuesta, ni en su sonrisa. Pero había una manera de ponerla a prueba, de saber si decía la verdad. El riesgo que corría era que pudiera ponerse furiosa con Anne. Pero si tenía razón…

—¿Desde Flandes, verdad?

Sus ojos se transformaron en sendas dagas.

—Cuando Anne era todavía muy pequeña. Debisteis de haberla cuidado ya por aquel entonces, cuando su madre estaba ocupada con los hijos de la reina. Su madre estaba también muy encariñada con vos, ¿verdad?

Vio que un punto de pánico asomaba a su mirada.

—Ah, ¿fue Anne quien os contó eso?

Era una advertencia. Suficiente para que decidiera proteger a Anne.

—No lo recuerdo. Quizá me lo mencionara la reina cuando estuve informándome para la visita a Su Santidad.

—Bueno, pero todo eso pertenece al pasado, ¿no? —retiró la mano de su manga, pero no antes de sacudirle una mota de polvo de la misma.

Con tanta facilidad como se estaba sacudiendo a Anne de su vida.

Lady Joan se volvió de nuevo hacia el príncipe.

—Si sir Nicholas se lleva a Anne al Norte, ¿no necesitaréis asignarle una escolta, verdad?

El príncipe miró a Nicholas, que sonrió.

—Estoy seguro de que mi escudero y su doncella bastarán —le aseguró, contento a más no poder de que Anne viajara acompañada de alguien que se preocupara sinceramente por ella.

Así fue como Anne se encontró, en mitad de un cálido y soleado día de octubre, firmemente montada en su mansa yegua y cabalgando hacia el Norte al lado de Nicholas, seguida por Eustace y por Agatha.

Intentó embeberse de aquella escena, para poder recordarla siempre. El azul intenso del cielo. Las hojas de los árboles, pardas, doradas y de un rojo fuego. La dulce caricia del aire en las mejillas. La sensación de la montura, sólida y caliente bajo su cuerpo. Nada de todo aquello volvería a experimentarlo nunca.

—¿Te encuentras bien? —le preguntó él—. ¿Cómoda?

Asintió. Montar no era fácil. Nunca lo sería. Pero el viaje a Canterbury había fortalecido sus músculos y desarrollado sus habilidades. Y aquella sería la última vez que vería algo como aquello. Solo por eso quedaba justificado cualquier dolor.

Solo por eso, y con tal de robar aquellos últimos, preciosos días con Nicholas.

El rey les había dado permiso para alojarse en los palacios que encontraran en su camino, de modo que el final de la primera jornada no resultó muy distinto de cuando viajaba con la corte. Excepto que no se pasaba las horas de vigilia pendiente de los menores deseos de lady Joan…

Fue esa ociosidad la que le permitió advertir que el escudero de Nicholas y Agatha prácticamente no se separaban el uno del otro. Y que cuando llegaba la hora de acostarse, Agatha aparecía con el pelo despeinado y casi sin resuello. Un aspecto que Anne no tuvo problemas en reconocer.

—Agatha —empezó—. Ya sabes que Eustace pronto se convertirá en caballero.

La muchacha asintió.

—Espera que de aquí a un año lo sea. En cuanto se incorpore con sir Nicholas a la Gran Compañía y pueda demostrar su valor… —se interrumpió y se mordió el labio, consciente de que había hablado demasiado.

«Culpa mía», pensó Anne, esbozando una mueca. Por haber retrasado en su camino hacia la gloria no ya a Nicholas, sino también a su escudero. Y por exponer el tierno corazón de una muchacha al dolor y a la decepción.

—Sabrás también… que una criada nunca podrá casarse con un caballero.

—¿Casarme? Eso es algo que nunca se me ha pasado por la cabeza.

Anne se sintió en ese momento como si fuera ella la simple y la inocente, por haber pensado que el beso de un hombre podía significar algo más que un momentáneo placer. Aquella chica había aprendido una lección que ella desconocía.

—De modo que no esperas…

Agatha no esperó a que encontrara la palabra.

—No pienso dejar que los problemas del mañana me amarguen el presente.

¿No era eso acaso precisamente lo que había hecho ella misma? Había enseñado a Nicholas a mirar, a fabricar recuerdos… y sin embargo después había dejado que sus miedos le impidieran disfrutar de los pocos días que le habían quedado de estar con él.

Pero eso iba a cambiar.

Anne le preguntó a Nicholas, a la mañana siguiente, mientras el camino se abría ante ellos, qué catedral iban a visitar. Ella había viajado con la corte, pero solo tenía una noción muy vaga de los lugares y las poblaciones. Solo que Holystone estaba muy, muy lejos.

—¿Qué catedral, dices? —Nicholas sonrió—. Ely, Lincoln, York, Durham… ¡Todas!

De su garganta brotó una carcajada como una tormenta atravesando un cielo de verano.

—¿Todas?

—¿Por qué no?

—Porque nos pasaríamos viajando hasta Navidad.

A ella no le habría importado. A su lado, no le habría importado viajar para siempre. Pero dejó que el momento, y el anhelo, se desvanecieran.

—Ya has pospuesto tus planes demasiado tiempo por mi culpa. Una. Escogeremos solo una catedral.

Él no discutió, aunque ella tampoco estuvo segura de que se hubiese conformado del todo.

—Ely es la primera. Veremos Ely.

Tendría de ese modo un recuerdo más que llevarse de aquel viaje.

Pocos días después, conforme se acercaban a la población de Ely, Nicholas pensó que habría sido imposible no ver su catedral.

El templo resplandecía a lo lejos por lo menos una jornada antes de llegar. La tierra era allí muy llana y la torre de la catedral mucho más alta que los árboles que se destacaban en el horizonte: casi parecía un barco navegando en un mar de helechos.

Habían viajado a paso lento. Nicholas había querido asegurarse de que hubiera alojamientos cada noche, para que Anne no tuviera que dormir a la intemperie. Ella no se había quejado en ningún momento, protestando de que podía dormir en cualquier parte, pero existía otra razón que no había querido compartir con ella.

De esa forma podría guardar mejor las distancias.

Los besos eran una cosa. Pero él ansiaba ya más. Ansiaba cosas que no podía tener.

No había ningún castillo cerca de Ely, así que eligió una posada en la que Anne pudiera dormir sola. Dejó a Eustace y Agatha descargando la impedimenta para acompañarla a visitar la catedral, aprovechando que no había oficios religiosos.

Entraron por la gran portada y se detuvieron en seco, admirando la gran nave.

—¿Cómo es Ely comparada con Chartres? —le susurró Anne, como para no molestar a Dios.

Nicholas se encogió de hombros.

—No lo sé.

—Pero tú la viste. Eso me dijiste cuando estuvimos en Canterbury.

—Estuve allí, sí. Pero no la vi —respondió, dándose cuenta de que era la verdad. Había entrado en la catedral, había caminado por ella, incluso había esperado detrás del rey mientras el tratado de paz era firmado. Pero no podía evocar una sola imagen suya, como tampoco de los incontables edificios que había visto en Francia.

—Enséñame Ely, Anne. Enséñamela para que pueda acordarme de que he estado aquí.

—Simplemente mira —le dijo ella con un tono algo impaciente, como si se estuviera dirigiendo a un alumno algo obtuso—. ¿Cuántas torres tiene?

—Una.

—Sí, solo una. La mayoría de las catedrales tienen dos.

Asintió. Se trataba de una cosa más que había visto sin verla realmente.

—Ahora mira allí —señaló los capiteles de las columnas que sostenían la nave—. ¿Ves los relieves? Son los de la santa, Etheldreda.

Tuvo que entrecerrar los ojos para distinguirlos. ¿Alguna vez se había fijado en otra cosa que no fuera la cantidad de hombres que podían dormir en el salón de un castillo o de una catedral? ¿O si la lista que había elaborado casaba con la cantidad de provisiones entregadas?

Eran tantas las cosas que no había visto... estaba tan entusiasmada que ni esperaba a que él la alcanzara.

—¿Ves los de las ventanas? Son ángeles haciendo música.

Intentó convocar la imagen. Una vez que abría los ojos, una vez que se esforzaba por ver, las imágenes eran casi demasiado numerosas para abarcarlas.

Pero ella ya le estaba señalando otro detalle.

—Y ahora levanta la vista. ¿Has visto alguna vez algo igual?

Por encima de su cabeza se estiraban ocho arcos, cuyas puntas se encontraban para sostener una estructura más alta, que parecía flotar sobre el suelo. Debía de tratarse de la cúpula que habían visto cuando se acercaban a la población. Parecía etérea, celestial, tan lejos del mundo como si la hubiera creado el mismo Dios. Contemplándola justamente debajo de ella, en su exacto centro, se sintió hasta mareado.

Sí, ahora sí que recordaría para siempre la catedral de Ely.

¿Cómo sería el resto del mundo, visto a través de los ojos de Anne? Algo digno de ser saboreado, en vez de soportado. Algo digno de detenerse, en vez de pasar de largo. Cada lugar que pensaba visitar sería diferente si ella estuviese allí, si viajaba lo suficientemente lento como para fijarse en él.

Seguía pensando en ello, con una fugaz punzada de arrepentimiento por la medalla de Canterbury que había arrojado al barro, cuando, hacia el final de la jornada, volvieron a la posada.

Durante la cena, Anne le contó a Eustace y a Agatha todo lo que habían visto, hasta que la joven pareja logró escabullirse. A solas con Nicholas, después de haber repasado todo lo visitado, se quedó callada mientras él se pasaba una de sus pelotas de malabares de una mano a la otra. Por fin, por mutuo y tácito acuerdo, ambos se levantaron y él se procuró un cabo de vela para iluminarla mientras subía lentamente la escalera, escalón a escalón.

Delante ya de la puerta, se volvió hacia él.

—¿Sabías que Etheldreda era de Nortumbria?

Sacudió la cabeza.

—No, no lo sabía.

—Dudo que echara de menos aquellas tierras —estaba susurrando Anne, como si estuviera hablando sola.

No supo qué responderle. Por lo que había oído, Nortumbria era una tierra fría y árida, barrida por los vientos. Muy apropiada para los fieros habitantes de las tierras de frontera que allí vivían.

Italia, por el contrario, era una tierra muy cálida.

Pero Anne lo estaba mirando en ese momento con una extraña intensidad.

—Ella también murió virgen.

Nicholas miró a su alrededor, agradecido de que se encontraran solos. Se aclaró la garganta.

—¿De veras?

—Tuvo dos maridos, pero murió virgen. Yo no tendré uno siquiera, pero no me gustaría… —lo miró a los ojos—. ¿Querrías tú…?

De todas las peticiones que habría podido hacerle, aquella era la más fácil de satisfacer. Desde la noche de la boda real, había anhelado abrazarla una vez más.

Y, sin embargo, involuntariamente, bajó la mirada a lo que ocultaban sus faldas.

Anne esbozó una media sonrisa.

—Es solo mi pie. En todo lo demás soy como las otras mujeres.

Avergonzado, se dio cuenta de que había adivinado sus pensamientos.

—¿Pero tú no has…?

—¡No! Yo no… no soy mujer que haya atraído a los hombres en ese aspecto. Pero, aunque solo fuera por una vez, me gustaría…

Eso sí que podía dárselo.

Allí. Tenía que ser allí. Entonces. Si esperaban otra ocasión que fuera más fácil o más oportuna, él, o los dos, podrían recuperar la cordura. Y, por una vez, no era eso lo que quería.

Abrió la puerta de su habitación y le tendió la mano.

Dieciocho

«Debo recordarlo todo», se dijo Anne mientras la puerta se cerraba a su espalda. «Cada momento, para poder revivirlo más tarde».

Hasta Nicholas, no había sabido nada de amores ni de besos. Y sin embargo había pasado la vida entera cerca de una mujer que amaba a los hombres. Lady Joan había concebido cinco hijos de Thomas. Algunas noches Anne los había oído a través de la puerta. Los jadeos, los gruñidos, los gritos. Y con el príncipe era lo mismo.

Pero por lo que se refería a ella, más allá de los besos que había compartido con Nicholas, quedaba todavía el misterio del deseo.

Vio que dejaba el cabo de vela junto a la cama y miró el colchón, vacilante antes de dar aquel paso. «Ahora. Tiene que ser ahora».

De repente él la levantó en brazos para tumbarla, con lo que toda su incomodidad desapareció.

Se sentó luego a su lado y la miró, de la cabeza a los pies, sin hablar. El silencio se prolongó, Anne enrojeció y finalmente desvió la vista, nada acostumbrada a que la examinaran de aquella forma.

Nicholas estiró entonces una mano para recogerle a un lado la melena, descubriendo su rostro.

—¿Qué estás haciendo? —le preguntó ella con la respiración acelerada.

Una dulce sonrisa fue su respuesta. No necesitaba tener prisa esa noche.

—Mirar tu pelo —le dijo—. Es una de las partes de tu cuerpo que más me gustan.

Anne pensó en lo absurdo del halago.

—El cabello rojo no está bien visto.

Él frunció el ceño y sonrió, burlón.

—Entonces no lo llamaremos rojo. ¿Qué tal cobrizo? ¿Cómo lo llamaremos?

—No lo llames de ninguna forma. Ni lo mires siquiera.

—Tú me has enseñado a mirar —se puso a juguetear con su pelo, en un gesto tan íntimo como si estuviera acariciando su piel—. Y sin embargo… ¿no quieres que te miren?

No. No quería. Quería cerrar los ojos y desaparecer dentro de él, consumida por aquella misteriosa magia que se producía entre los hombres y las mujeres.

—Tú siempre me has mirado, me has visto, más claramente que cualquier otro.

«Sé valiente. Míralo», se ordenó. Pero no podía.

—Eso es lo que quiero hacer. Quiero pasar esta noche mirándote, de la cabeza a los…

—¡No! Tienes que prometérmelo —flexionó las piernas y las escondió bajo la falda—. No mires mi…

—Ya lo he visto. No tienes por qué esconderlo.

Pero lo hizo. Eran tantas las cosas que tenía que esconder…

—¡No me mires nada! —se estiró y, con un soplido, apagó la vela.

El sol ya se había puesto. Una luz mortecina invadía todavía la habitación, pero se sentía ya más segura. Más oculta. Menos Anne.

Nicholas inspiró hondo, como si fuera a discutir, pero entonces ella se apoderó de su boca y se acabaron las palabras.

Él interrumpió el beso para quitarse la túnica y las medias. En la casi completa oscuridad, Anne fue lo bastante valiente como para quedarse en camisola, permitiendo que él la ayudara a desvestirse.

Sintió sus manos acariciando sus brazos y su cuello, y fue tal su júbilo que apenas fue capaz de respirar.

Un contacto humano. Hasta ese momento no había sido consciente de que la piel podía anhelar tal cosa. Aire, terciopelo, lino, seda, sol… todo ello acariciaba su piel sin que ella se diera cuenta.

¿Pero cuándo la había tocado un hombre con ternura, con pasión?

¿Cuándo la había tocado sin más?

De repente sintió sus dedos y sus labios por todas partes, como si inflamara cada zona que tocaba. Sucumbió a la sensación de placer, pero después, cuando sintió su mano cerrándose sobre su cadera, acariciándole el muslo, se tensó.

No debía bajar más…

—Shhh. Te lo prometo.

Y porque creía en él, se dejó arrastrar por el deseo.

Una leve sorpresa, la de descubrir lo muy viva que podía sentirse. Sentía que le temblaba la piel, el aliento... algo todavía más profundo que pugnaba por liberarse, por escapar, más rápido de lo que podía galopar un caballo o volar un halcón. Algo que se disparaba hacia el cielo, como si nunca quisiera volver a tocar tierra.

Allí, ahora, por fin, no se estaba mostrando torpe ni incómoda. No se bamboleaba ni cojeaba. Nada estorbaba sus besos o sus caricias.

Aunque nunca antes había amado a ningún hombre, se le antojaba algo fácil y natural. Como si no fuera la Anne que todo el mundo veía, sino la Anne que siempre había querido ser.

Libre.

Aquello, pensó Nicholas, sí que iba a recordarlo.

«No me mires», le había suplicado ella. Y sin embargo, mientras la última luz crepuscular abandonaba la habitación, se llenó los ojos de la visión de su rostro, con los labios entreabiertos, los ojos medio cerrados, liberada de todo dolor y preocupación, sintiendo solamente el placer de su contacto.

Exploró su piel con dedos tiernos y observó cómo se estiraba, suspiraba y se ofrecía esperando más. Se apoderó con los labios de la punta de un seno y la oyó gemir deleitada. La fue cubriendo de besos, cada uno igual y a la vez diferente del anterior.

Llegó a la curva de sus caderas. Un beso allí donde se alzaba el hueso bajo una piel imposiblemente blanca. Una piel que ningún hombre había visto antes.

Siguió su vientre, y un beso en el hoyuelo del ombligo, el centro del deseo de una mujer. Y sin embargo ella no se retorció de placer, tal y como había esperado. En lugar de ello se echó a reír, sinceramente, con una risa clara, jubilosa. Y él rio también, contento de provocar tanto su alegría como su pasión.

Porque la pasión llegaría, seguro.

Siguieron luego sus piernas, para que él las explorara, pero conforme iba bajando, sintió que se tensaba. Se detuvo, dejando que pensara que podía moverse tan libremente como cualquier otra mujer.

Porque, en ese momento, sí que podía.

Sentía la firmeza de sus muslos bajo las palmas, los músculos fortalecidos por las jornadas pasadas aferrándose al caballo. Pero entre ellos, ah... entre sus muslos sabía que encontraría el asiento de su pasión.

Un beso allí, también. Un beso en su secreto centro. No percibió ya vacilación alguna. Ninguna resistencia. Ella se abría a él, con su húmedo aroma indicándole que estaba dispuesta.

Pero entonces, en lugar de poseerla, se dedicó a prepararla. Primero con su lengua y sus besos, paladeando su dulzura, saboreando el sonido de sus jadeos, cada vez más cortos y rápidos. Y después, porque no quería perderse nada, fue ascendiendo de nuevo con sus besos hasta que pudo volver a mirarla a la cara.

Sus ojos, todavía cerrados, pestañearon varias veces. Luego, una sonrisa.

—Sí —musitó—. Ahora.

Y no apartó la mirada de sus ojos mientras se deslizaba dentro de ella.

Anne había pensado que entendía algo del acto del amor. Pero, mientras la llenaba Nicholas, se dio cuenta de que no había sabido nada en absoluto.

El hombre y la mujer no encajaban como dos personas que se dieran la mano, permaneciendo cada una en su propio cuerpo. En lugar de ello, se fundían en un solo ser, como si nunca más fueran a separarse. Él respiraba dentro de ella, y ella dentro de él. Se fundían los latidos de sus corazones. Él percutía dentro de ella y ella respondía con el mismo frenesí, una y otra vez, cada vez más rápido, más fuerte.

Hasta que toda aquella fuerza explotó en mil esquirlas de resplandeciente debilidad, y en eso, también, supo Anne que ambos eran uno.

Nicholas se despertó con la sensación de que todo su mundo estaba cabeza abajo.

Anne seguía dormida a su lado, pero él, inquieto, abandonó la cama y se puso a pasear por la habitación.

Permaneciendo lo más lejos posible de ella, la miró, ovillada en la cama. Su melena de color rubio rojizo colgaba a un lado del colchón. Su pie zambo estaba oculto bajo las mantas. La media de lana roja que lo había cubierto había escapado para quedar enredada entre las sábanas.

Y pensó en la pasada noche.

Se había enorgullecido de muchas cosas durante su vida, pero aquello, el saber que sus propios labios, sus dedos, le habían producido tanto placer…

Aquello le había hecho sentirse final y verdaderamente un hombre.

Había tomado mujeres antes, pero las había tomado de la misma manera en que había viajado por lejanas tierras, sin detenerse apenas para mirarlas. ¿Habían sido rubias o morenas? ¿Rellenas o angulosas? No había importado. Cada una solo había estado allí para llevarlo a donde había querido ir.

Pero Anne…

No importaba que la habitación estuviera a oscuras. La conocía ya perfectamente. Su aroma. La curva de sus caderas, una diferente de la otra, como si cada una tuviera un trabajo diferente que hacer. Había delineado el dibujo de sus rubias cejas, lo había memorizado con los dedos, había aprendido el perfil de su mandíbula a fuerza de besarlo…

Ninguna mujer se le había entregado con tanta libertad, sin esperar nada a cambio. Había pensado que tendría que persuadirla. Seducirla lentamente. Una caricia en la mano, luego en el cuello. Un tierno beso, primero. Había creído que la pasión tendría que esperar.

Pero, en lugar de ello, la menor caricia, el primer encuentro de sus labios y de su lengua habían bastado para que toda vacilación desapareciera. Ella se había entregado por completo, apretándose contra su cuerpo como si él hubiera sido su amante de siempre, que hubiera regresado de la guerra.

¿Cuándo en toda su vida se había entregado Nicholas de una manera tan completa? ¿Cuándo había conocido tan completamente a una mujer?

Si nunca volvía a verla, sabía al menos que atesoraría ese recuerdo hasta el día en que muriera.

Si…

No había ningún «si». Solo había la certidumbre de que debía llevarla, tal como le había prometido, a un pequeño y frío convento cerca de los confines de la tierra y dejarla allí, lo más lejos posible del mundo que tanto anhelaba conocer.

Pero no. No podía dejarla allí.

No lo haría.

Con el príncipe, por supuesto, habría cumplido sobradamente. No estaba obligado a él. Solo había…

Se negaba a pensar en la palabra. Aquella mujer no era nada para él. Lo encadenaría, y mucho más que cualquier otra.

Estaba atrapado por aquel dilema, incapaz de hacer otra cosa que no fuera mirarla y esperar a que se despertara. Y sin saber lo que sucedería cuando lo hiciera.

Anne ya se había despertado, pero mantenía los ojos cerrados con fuerza, negándose a enfrentarse al amanecer. La pasada noche se había entregado por completo y no se arrepentía lo más mínimo. Aquello era mejor que montar a caballo, o que cazar con halcón. Era como si su pobre cuerpo pudiera volar.

Suponía que debía de haber sido más incómodo que para la mayoría de las mujeres, ya que él había cumplido su promesa de no mirar ni tocar su pie. Pero al final había sido como si su espíritu, flotando en el aire mezclado con el de Nicholas, se hubiera liberado por fin.

Lo que había buscado era el recuerdo. Era el recuerdo lo que atesoraría en los largos y oscuros días que vendrían.

La cama estaba vacía, pero ella podía escuchar su respiración, cerca del hogar.

La vida. La vida debía proseguir.

Estirándose sobre su estómago, se incorporó sobre los codos y lo miró.

Se quedó sin aliento. Lo había tocado por todas partes, sí, pero en la oscuridad, y bajo las sábanas, no lo había visto. No así.

Por fin podía ver sus piernas desnudas. Tan largas y derechas como había imaginado, pero aquellos muslos... Bueno, ahora lo sabía. Los músculos que se fortalecían montando a caballo.

Y las curvas que había acariciado en sus hombros y brazos, de tacto suave como los gastados escalones del túmulo de Canterbury. En ese momento podía distinguir el azul de sus venas, fuertes como ríos corriendo bajo su piel.

Recordaría todo aquello, con exactitud. Después.

—Gracias —le dijo.

Él abrió la boca y volvió a cerrarla, como si por una vez se hubiera quedado sin palabras.

Anne sintió en ese momento la desnudez de su pie y se sentó en la cama, buscando frenéticamente la media para cubrírselo.

—No mires —le advirtió, antes de sacar el pie de debajo de las mantas.

Nicholas suspiró, pero volvió la cabeza hacia otro lado, obediente.

Ya cubierta, intentó mover la pierna pero se sintió súbitamente torpe, perdida ya toda la libertad y fluidez de la noche anterior. De inmediato él apareció a su lado para asistirla, tranquilizándola con su contacto, como si supiera exactamente cómo ayudarla sin hacer que se sintiera incómoda.

Oh, la ternura de aquel simple gesto. Igual que sus apasionadas caricias de la noche anterior.

Sentándose a su lado, le hizo volver el rostro hacia el suyo.

—Anne...

Pero ella se apartó.

—Nada de palabras. ¿Qué son las palabras comparadas con lo que sucedió anoche? Nada —cosas nimias, insignificantes.

—Pero todo ha cambiado.

—Nada ha cambiado —todo había desaparecido. Todo el júbilo del recuerdo. No volvería a evocarlo hasta que no estuviese bien lejos de él, a salvo—. Todo será como tiene que ser.

Levantándose, él se puso a pasear de nuevo por la habitación. Ah, cómo envidiaba aquellos simples pasos...

—¿Como tiene que ser? ¿O como lady Joan quiere que sea?

Anne se agarró a uno de los postes de la cama para levantarse.

—O como el príncipe o el rey o Su Santidad quieren que sea.

—¿Y qué pasa con lo que quiere Anne?

La triste sonrisa asomó a sus labios antes de que pudiera evitarlo.

—Yo sé lo que quiere Nicholas. Nicholas quiere la libertad. Nicholas quiere vagar por Francia, por Italia, por Castilla… hasta por Chipre. Nicholas quiere vagabundear por el mundo sin trabas —se mordió el labio.

Y ella también.

—Y Nicholas —continuó ella— hará lo que dijo que haría y me llevará a Holystone a descansar. Y luego quedará libre.

El dolor que le producía aquella palabra en la garganta…

No podía ver claramente su expresión, pero sabía que estaba luchando. Una suerte de batalla entre lo que quería y lo que… deseaba.

—Yo no soy hombre que se enamore.

—Ya lo sé.

Era esa la lección que Agatha le había enseñado.

—Y yo no soy mujer que espere amor.

Desearlo, sí. Oh, sí. Pero había sabido, desde siempre, que el matrimonio nunca sería para ella, y menos aún la pasión.

—Solo era una noche. Un regalo —un recuerdo

que llevarse y que revivir cuando los fríos muros de su celda de monja se cerraran sobre ella, como los cortos y oscuros días de invierno.

De repente vio que su mirada se enternecía.

—No solo una. Habrá más noches.

Diecinueve

Así que continuaron camino hacia el Norte, sin prisas, fingiendo ambos que el viaje no terminaría nunca.

Y si se desviaban unos pocos kilómetros de la ruta para ver una catedral o disfrutar de un día de mercado, ¿qué mal hacían a nadie?

Anne se negaba a planteárselo.

Se negaba a pensar en nada que no fuera el día que estaba viviendo en ese momento.

Y la noche.

¿Y si se quedaba encinta? Tampoco pensaría en ello. Estaría a salvo encerrada en el convento, con el bebé bien cuidado, y nadie sabría nada.

Sin labor para coser, sentía vacías las manos, así que por las tardes Nicholas le enseñaba a hacer malabares. O a intentarlo.

Aprendió con dos pelotas, y los otros huéspedes de una posada la aplaudieron la noche en que finalmente se atrevió con tres.

Y después subieron juntos las escaleras hasta la

habitación, dejando que los demás pensaran que estaban casados.

Eustace y Agatha les guardaban el secreto.

—Mañana llegaremos a Lincoln —le informó Nicholas una noche, una semana después, mientras yacían juntos y saciados en la cama.

Ella se arrebujó contra él.

—Espero que dejemos pronto atrás el olor de las curtidurías —no las había visto, pero el hedor había flotado en el aire durante la mayor parte del día.

Lo sintió tensarse.

—Sí. Eso espero yo también.

Ella asintió, adormilada. Pero entonces algo que había dicho Nicholas, mucho tiempo atrás, asaltó su memoria.

—¿Está cerca tu casa? ¿Querrías enseñármela? —recordaba que no le quedaba familia, así no habría lugar para incómodas explicaciones. Rodó sobre su espalda y le dio golpecitos en la nariz con un dedo—. Me gustaría imaginarte allí de niño —soltó una risita—. Aprendiendo a hacer malabares. Enséñame dónde aprendiste a hacer malabares.

Pero él se volvió bruscamente para quedarse sentado en el borde de la cama.

—¿Por qué querrías ver eso?

—Porque te quiero —deslizó los dedos todo a lo largo de su espalda desnuda.

Volvió a moverse. Se puso fuera de su alcance.

—Porque estás intentando atraparme.

—¿Atraparte? —sacudió la cabeza. Su cerebro, nublado por el sueño, no podía estar más confuso— ¿Cómo… por qué… qué…?

Nicholas estaba paseando en aquel momento por la habitación.

—Sí. Atraparme, forzarme al matrimonio.

Algo frío, como si se hubiera congelado, pareció resbalar por la piel de Anne.

—¿Cómo puedes pensar que yo…?

—¿No es eso lo que quieres? Tú te librarías del convento y yo cargaría con una esposa.

Anne no pudo hablar por unos segundos. El dolor era demasiado grande.

Si alguna vez, en los últimos instantes antes de dormirse, había soñado con un mañana con Nicholas, siempre había sido con el convencimiento de que sería imposible. Para ella, pero sobre todo para él. ¿Cómo podía acusarla cuando tanto se había esforzado por no caer en aquello?

Reaccionó por fin, y con la misma insensatez que él.

—Fuiste tú quien insistió en acompañarme —se le ocurrió entonces un pensamiento todavía peor—. ¿Acaso lo hiciste porque solo de esa manera podrías conseguir lo que querías? Porque a nadie le importaría lo que pudiera sucederme a mí, ¿verdad?

Y todo lo que tanto había adorado pareció convertirse en cenizas y amargas palabras.

Nicholas vio la consternada expresión de Anne, pálida, y fue esa imagen la que le hizo volver en sí.

¿Qué había pasado? Tan pronto había estado abrazándola, agradecido de que todavía les quedara más de medio viaje por delante, anhelando no tener nunca que dejarla, cuando, al momento siguiente…

Al momento siguiente había vuelto a ser el niño que había sido, deseoso de escapar de un hogar que no lo quería, resentido con un padre que se había dejado engañar por una mujer.

«Atrapado». Era en su madrastra en quien había pensado. Durante todos esos años había estado huyendo del destino de su padre y, hasta ese momento, no se había dado cuenta de ello.

Se arrodilló junto a la cama y alzó una mano para acariciarle una mejilla.

—Lo siento. No tenía intención…

Pero ella se la apartó de un manotazo.

—Ahórrame tus disculpas.

—Por favor —le tomó las manos entre las suyas—. Déjame que te explique…

En silencio, lo fulminó con la mirada, intentando disimular el dolor detrás de un gesto desafiante. Hasta que finalmente habló, lentamente, marcando cada palabra como si tuviera un peso propio.

—No... me... importa.

Pero Nicholas no pensaba dejarla ir. Podía ver lo que la refrenaba, pero algo parecía pesarle a él también, arrastrarlo. Algo que Anne no podía ver.

Empezó a hablar, como si ella no hubiera dicho nada, reteniéndole las manos para que no pudiera taparse los oídos.

—Mi padre era curtidor.

Ya estaba: la sorpresa en su rostro.

—¿Y tú eres caballero?

Qué lejos había llegado. Casi tanto como para olvidar el hedor de los pozos donde el pellejo era separado de la grasa y de la carne. Le había llevado años huir lo suficientemente lejos como para lavarse aquel olor.

Pero no era lo único que tenía que decirle.

—Mi madre murió cuando yo era apenas un bebé. No la recuerdo casi.

La piedad suavizó su expresión. Para Anne, su madre lo había sido todo. La envidiaba por ello.

Pero, con la misma rapidez, el sentimiento desapareció.

—Eso ya me lo dijiste. ¿O acaso estabas tan borracho que te olvidaste?

—Te lo conté, pero no todo.

Había algo que no lograba leer del todo en su expresión, pero ella se empecinaba en el silencio, esperando a que continuara.

—Y luego, mi padre, en lugar de ser sensato y casarse con una mujer con dote, se enamoró de una mujer a la que casi doblaba en edad. Ella lo engañó... —todavía, a esas alturas, le sabían amargas aquellas palabras—fingiendo ser una tímida y casta doncella, y él se dejó gobernar por ella. Presionó a los padres de la mujer para que aceptaran una boda rápida. Y, cinco meses después de que se casaran, yo tuve un hermano pequeño.

Y, con la misma rapidez, los sueños de su padre se esfumaron. Con su muerte, fue en balde todo el tiempo que dedicó a perfeccionar su habilidad con el arco largo, para poder escapar de los pozos de curtidos y alcanzar la gloria en la guerra.

—¿Y a ti qué te pasó? —le preguntó ella.

—Los monjes de la abadía me enseñaron algo de latín, pero yo no quería ser monje. Quería ver mundo. Pero tampoco había escapatoria para mí y... —todavía en aquel momento se avergonzaba de recordarlo—. Chillé, me enfurruñé, pateé y lloré... y sospecho que respiraron aliviados cuando huí.

Se interrumpió. No dejaba de asombrarse, cada vez que pensaba en aquel viaje. De niño pequeño atrapado en los pozos de curtidos, a soldado de a pie nombrado caballero en el campo de batalla por el propio príncipe. Sí, un hombre podía hacer de sí mismo lo que quisiera, tan pronto como estuviera sano y entero.

Pero si no lo estaba...

—Y nunca más te dejaste atrapar —las palabras de Anne estaban cargadas de comprensión.

Quiso asentir con la cabeza, pero no pudo. Como si ella lo hubiera atrapado ya.

—Ni te atraparán nunca —dijo ella—. Yo al menos. Yo solo quería... algo que recordar. Solo tenemos este viaje. Cuando acabe, serás tan libre como lo eras antes.

Nicholas asintió, aunque no estaba muy seguro de que tuviera razón.

Pero ella no volvió a pedirle que le enseñara su casa, y él tampoco se ofreció a hacerlo.

Y así fueron transcurriendo las jornadas del viaje y Anne las fue contando, hasta que quedaron ya menos que las que llevaban. Cuando llegaron a Durham, apenas tuvo ánimo de contemplar la catedral, sabiendo como sabía que sería la última.

Tres días más, tres noches más hasta que llegaran a Holystone. ¿La fulminaría Dios cuando traspusiera aquel umbral? ¿Sería ese el castigo por la mentira con la que había cargado? Lady Joan no le había pagado nada a cambio, así que quizá mereciera aquella penitencia.

¿Acaso no era ese un pecado mayor que acostarse con Nicholas?

No importaba. Si llegaba la muerte, la aceptaría de buen grado. Solo que nunca había visto Compostela. Ni Chartres. Ni Roma.

Evidentemente, no había estado en la voluntad de Dios que lo hiciera.

Las noches se habían convertido en más importantes que los días, pero en lugar de pasar aquella noche en Durham haciendo el amor hasta el amanecer, permanecieron despiertos, abrazados. Como si haciendo vigilia hubieran podido detener la llegada del amanecer.

Ella le preguntó por su vida y escuchó el relato de un muchacho fugitivo que había terminado convirtiéndose en un miembro de confianza del séquito del príncipe.

—¿Y tú? —le preguntó él aquella noche—. Me has escuchado durante días y aún no me has contado nada de tu vida.

—Mi vida ha sido la de lady Joan —no había sido la suya propia. Ni lo sería nunca.

Nicholas se apoyó sobre un codo y enarcó una ceja.

—Lady Joan ha tenido una vida muy interesante. Exactamente lo que ella no quería explorar.

Si Nicholas descubría la verdad, sabría que ella no era tanto una apreciada confidente como una perversa y lamentable mentirosa.

No. No podía dejar que lo descubriera. Porque si llegaba a saber quién era realmente y de qué manera le había mentido, aquel frágil lazo que se había formado entre ellos desaparecería. Y aunque no tenía esperanzas de que durara aquella fugaz alegría, la de un hombre mirándola por vez primera a los ojos, la alegría de gozar, aunque solo fuera por un momento, de una tierna caricia, de un beso, de una conexión todavía más profunda... Ah, solo por eso merecía la pena. Y merecía la pena proseguir con la mentira...

Se encogió de hombros.

—No hay nada que contar.

—Cuéntame —le pidió él— cómo aprendiste a hacer costura.

La remembranza se mezcló entonces con el alivio.

—Finalmente encontré algo que era capaz de hacer —algo para lo que no necesitaba estar sana, entera. Había echado de menos su labor durante aquellas jornadas de viaje. Se le ocurrió que quizá pudiera coser ropas de iglesia en el convento—. Fue la madre de Salisbury quien me enseñó.

—¿Su madre?

—Sí. Fue poco después de que él se casara con

Joan. En aquel entonces todos vivíamos juntos. El padre de Salisbury murió y, ahora que lo pienso, creo que enseñarme a coser le dio a ella algo que hacer.

No había vuelto a pensar en aquello en años. La madre de lady Joan había forzado aquel matrimonio a pesar de las objeciones de su hija. Las circunstancias habían sido muy difíciles. Salisbury, que contaba dieciséis años y aún no había sido nombrado caballero, se convirtió de repente en conde. Un conde deseoso de demostrar que estaba a la altura de su título, así como de su papel de marido. Mientras tanto, su madre lloraba la muerte de su marido y le enseñaba a Anne a coser con primor.

—¿Así que Salisbury fue capaz de administrar todas sus tierras con solo dieciséis años?

—Oh, no. Le ayudó Thomas Holland.

Tan pronto como hubo pronunciado el nombre, fue como si el mundo se quedara quieto. Unas pocas palabras. Unos pocos segundos y todo podía cambiar. La vida podía tocar a su fin, con la misma rapidez.

—¿Qué quieres decir? —le preguntó Nicholas.

No podía ya retirar las palabras, de modo que debía darles la mínima importancia.

—Él era el mayordomo del conde —era aquel un hecho fácil de descubrir y reconocer y, sin embargo, ¿por qué a nadie se le había ocurrido preguntar al respecto? Nicholas, ciertamente, no lo había hecho. Hasta entonces. Se apresuró a continuar—: Holland no siempre fue conde. Fue a través de Joan como recibió el título —su tono de voz, ¿sonaba demasiado ligero? ¿Demasiado despreocupado?—. Era escudero en el séquito del primer conde de Salisbury. Por eso se encontraba en Flandes cuando se casó con Joan.

—Pero antes no estabas hablando del viejo conde, ¿verdad?

Anne sacudió la cabeza.

—¿Cuándo sucedió aquello? ¿Cuándo fue cuando Holland trabajó para el marido de su mujer?

Pensó en lo cruda que sonaba aquella frase en sus labios.

—Yo tendría unos ocho años.

Nicholas parpadeó asombrado.

—¿Por qué habría de trabajar Holland para el hombre que le había arrebatado a su mujer? Una mujer a la que además estaba intentando reclamar.

¿Sería capaz de mentirle de nuevo? ¿De decirle que no lo recordaba? Aunque él no se lo creyera...

Se encogió de hombros.

—Los niños no se fijan en esas cosas.

También en eso mentía. Los niños se fijaban muy precisamente en aquellas cosas. De niña, siempre había sabido que las caricias que lady Joan y el mayordomo habían compartido eran las típicas caricias de un marido y de una mujer.

Y había sabido también el porqué.

Nicholas se sentó en la cama y sacudió la cabeza, convencido de que debía de haberlo entendido mal. Él ni siquiera quería casarse y, sin embargo, habría sido incapaz de hacer lo que cualquiera de aquellos hombres había hecho.

—Si un hombre me hubiera robado a mi mujer, lo habría desafiado en el campo del honor, nunca le habría servido como mayordomo. ¿Cómo es que Salisbury contrató al hombre que reclamaba a su esposa?

—Bueno, en aquel tiempo Salisbury no sabía que ella era la esposa de Holland —apretó los labios y no dijo nada más.

Nicholas creía haber memorizado cada detalle de la retorcida historia de los matrimonios de Joan, pero algo debía de faltar, algo que se le había escapado u olvidado.

—¿Así que se casan en Flandes cuando Joan tiene doce años, Holland parte a la guerra por otros tres, vuelve a Inglaterra y trabaja para Salisbury, y luego espera tres años más hasta que pide la dispensa papal para recuperar a Joan?

—No tenía dinero suficiente para hacerlo antes —se apresuró a explicarle Anne—. No hasta que fue a Francia y se hizo con un prisionero, por el que pidió rescate.

Pensó que Anne debía de estar equivocada. No lo recordaría bien. Por aquel entonces no había sido más que una niña.

Pero aquellas palabras le recordaban las dudas que había albergado antes. ¿Por qué habría de esperar un hombre siete años para reclamar a su legítima esposa? ¿Por qué Joan había consentido en casarse con Salisbury si ya se tenía por casada con otro?

Peor aún, ¿por qué Holland habría de vivir con Salisbury, incluso servirle día tras día, y ver luego noche tras noche cómo su esposa se iba a la cama con él?

No podía ni concebirlo. Ningún hombre que conociera podría tolerar algo semejante. A no ser...

A no ser que Holland no hubiera estado casado con Joan. A no ser que solo hubiera empezado a dormir con ella después de que hubiera empezado a trabajar para su marido, y se hubiera servido de aquel supuesto matrimonio clandestino como excusa para invalidar una unión legítima, y tomarla así por esposa.

La explicación se le antojaba obvia, ahora que la tomaba en consideración. El cuento del matrimonio secreto en Flandes... eso se lo podía tragar. ¿Pero qué hombre enamorado, y a la vez en su sano juicio, regresaría de la guerra para descubrir a su mujer casada con otro hombre y, tras una leve protesta, esperaría luego años para reclamarla formalmente?

¿Y qué marido abriría las puertas de su casa a un hombre que alegaba haberse casado antes con su esposa?

Anne se estaba mirando las manos, como si se muriera de ganas de tenerlas ocupadas con su labor de costura. ¿Era posible que lo hubiera sabido? ¿Que lo hubiera sabido durante todo el tiempo?

Intentó responderse que no. Intentó decirse que en aquel entonces había sido demasiado joven.

Pero recordó sus palabras: «mi madre fue el testigo».

Y Anne había estado con lady Joan desde entonces.

Intentó pensar en otra explicación, pero lo que

antes le había parecido un gesto de bondad por parte de lady Joan, ahora se le antojaba una pura coacción.

Y la única manera de que el plan funcionara era a costa de que lo supiera Anne, también. Al igual que lo había sabido su madre. Un secreto lo suficientemente importante como para que lady Joan tuviera que pagarle con su protección, para toda la vida.

Sí, la madre de Anne había tenido una buena razón para mentir ante Dios y ante los hombres. Para mantener y proteger a una hija que, de lo contrario, no habría tenido lugar alguno en el mundo.

Pero, en ese momento, aquella muchacha era una molestia porque sabía la verdad sobre un asunto tan capital que podía hacer temblar el trono de Inglaterra.

Y, ahora, la sabía él también.

—Anne —su tono de voz le ordenaba que lo mirara a los ojos y, cuando lo hizo, vio en su rostro lo que debió haber reconocido durante todo el tiempo—. No hubo matrimonio, ¿verdad?

Veinte

Los labios de Anne se volvieron de piedra. No podía decírselo. No debía.

—¡Por supuesto que hubo matrimonio! Mi madre así lo juró en los documentos, delante del Papa. ¡Claro que lo hubo!

Ella misma había querido creerlo. Durante toda su vida había querido creerlo, incluso cuando su madre le confesó finalmente la verdad.

—¿Pero cómo pudo lady Joan hacer algo así? —replicó él—. ¿Cómo pudo vivir con Salisbury sabiendo que su marido dormía bajo el mismo techo que ellos?

—¡No lo sé! Lo hizo y ya está.

—¿Tú nunca le preguntaste?

—¿Por qué habría de hacerlo? —nunca había querido hacerlo. Y hasta ese momento, hasta que conoció a Nicholas, nunca había sido realmente consciente de la enormidad del asunto. Sabía ahora que si Joan hubiera sentido por Thomas Holland lo que ella, Anne, sentía por Nicholas, si el deseo hubiera sido lo suficientemente fuerte como para impulsarlos a juntar sus destinos, por nada del mundo se hubiera desposado con otro hombre.

—No, claro que no —pronunció—. No habrías ganado nada.

Lo habría perdido todo.

Y en ese momento tenía todo y más que perder, porque confesar la verdad a Nicholas sería perder incluso el pequeño consuelo de que él la había deseado y cuidado, al menos durante unos pocos meses. Aquel preciado recuerdo sería barrido por su furia.

Extrañamente, fue eso lo que le dio el coraje para decírselo. Él ya pensaba que ella le había mentido y la aborrecería por ello. Admitir la verdad no cambiaría nada, pero sería lo único que podría redimirla no ya ante los ojos de él, sino ante los de ella misma.

Alzó la barbilla y se enfrentó con su mirada, que ya estaba teñida de disgusto.

—Y nada tengo que ganar ahora —le dijo. ¿Le debía a él la verdad? Quizá se la debía a sí misma—. Pero sí, tienes razón.

—¿Desde cuándo lo sabías? ¿Cuándo te lo dijo tu madre?

—No lo supe hasta años después. Ella siempre quiso que yo creyera lo que todos los demás —así había sido más seguro, al menos en aquel entonces.

—Y ella intercambió su conocimiento del asunto por tu seguridad.

Asintió con la cabeza. Todo, todo lo que su madre había hecho, todas las mentiras de toda su vida, todo había sido por el bien de Anne.

—Creo que si al final me contó la verdad fue porque temía que pudiera sucederme algo. Joan habría podido cambiar de idea...

Nicholas emitió un sonido que se pareció a una carcajada.

—Es famosa por ello, ¿no?

Anne sintió que su furia se despertaba. Hasta ese momento, Joan había sido muy bondadosa con ella.

—Mi señora siempre procura complacer a la gente —«particularmente a los hombres», añadió para sus adentros.

Pero a veces no era posible complacer a una persona sin enfurecer a otra. Joan no había podido complacer a su madre así como al rey y a la reina, que habían deseado todos que se casara con Salisbury, y seguir haciendo feliz a Thomas Holland y a sí misma.

—Y sin embargo ella ha vuelto cabeza abajo las vidas de los demás, y no una vez, sino dos y tres veces.

—¡Ella cuidó de mí!

—¡Porque tu madre se aseguró de que lo hiciera! Porque, si no lo hubiera hecho, tú habrías podido destruirla.

Si su señora la había enviado al Norte había sido precisamente porque había temido que sucediera aquello. El secreto que había acariciado durante todo el tiempo, tan tiernamente como una mascota querida, se había convertido en una víbora. Ahora que había quedado al descubierto, lady Joan no sería la única en perecer envenenada.

Por la expresión de Nicholas, podía ver que acababa de tomar conciencia de toda una cascada de implicaciones.

—Eso quiere decir —empezó, con el rápido sentido de la lógica que ella tanto admiraba— que de hecho sigue casada con Salisbury, y que siempre lo ha estado. Que nunca hubo matrimonio alguno con Holland. Que sus hijos son bastardos. Y que...

Se la quedó mirando con creciente horror.

Anne asintió.

—Y que su matrimonio con Eduardo también es inválido porque su marido, Salisbury, su verdadero esposo, todavía vive.

Primero fue la sensación de aturdimiento. Aunque Nicholas había pronunciado las palabras, aunque su mente había procesado todos los hechos que se desplegaban ante él, indisputables, la sorpresa parecía haber corrido un velo sobre ellos, como evitando el pleno impacto del golpe recibido.

Porque lo peor no era que el príncipe se hubiera juntado con la esposa de otro hombre. Ni que un bastardo pudiera llegar a sentarse en el trono de Inglaterra. Ni siquiera que, pese a sus buenas intenciones, él mismo, Nicholas, hubiera manipulado con éxito las leyes de Dios, consiguiendo que papas y arzobispos sancionaran esa unión.

No, el mayor horror era que él había vuelto a cometer el mismo error de su padre. Se había dejado engañar, pensando que una pobre lisiada necesitaba de su compasión. De hecho, Anne lo había manipulado como lo habría hecho un taimado mendigo de la calle, uno de aquellos que se quejaban y suplicaban para, en cuanto su víctima le daba la espalda, levantarse y ponerse a bailar.

Él había confiado en aquella mujer, incluso había llegado a creer que la amaba, y ella le había mentido. Había sabido la verdad y se la había ocultado. A él y a todos.

Mientras su cerebro se esforzaba por asimilar la verdad, las preguntas y las implicaciones empezaron a fluir.

—Pero el rey… —continuó—. Y la reina. ¿Cómo es posible que, sabiéndolo, permitieran...?

—No lo sabían —su respuesta fue rápida y enfática—. Ellos se creyeron la historia. Y una vez que se la creyeron...

Por supuesto. Una vez que el rey y la reina aceptaron la «verdad», ¿quién habría osado llevarles la contraria?

—¿Y el príncipe? ¿Lo sabe Eduardo?

Anne sacudió la cabeza.

—No.

—Por supuesto que no —Joan, o cualquier mujer, evidentemente, era capaz de mentir con tanta eficacia que incluso en medio del acto amoroso podía esconder la verdad—. Eso no convendría a los propósitos de Joan. Ni a los tuyos.

Se habían conchabado para engañar al príncipe, las dos, y haciendo a Nicholas colaborador involuntario del engaño. Solo un accidente, un desliz de la lengua, había desvelado el secreto.

Estaba tan furioso que no pudo contenerse. La agarró de los hombros y la sacudió.

—¿Quién más lo sabe?

—Joan. Yo. Nadie más que quede vivo.

Porque Holland y la madre de Anne estaban muertos.

Durante todo ese tiempo no había dejado de preguntarse por qué Joan y Anne estaban tan unidas. Ahora ya lo sabía. Estaban vinculadas por su secreto. Un secreto que permitía que Anne siguiera vestida, alimentada y alejada de las calles.

Y, mirándola, podía ver por qué. Si Joan no hubiera acogido a Anne después de que quedara huérfana, si no la hubiera sacado del barro para hacerle respirar el mismo enrarecido aire que respiraba la nobleza, la muchacha quizá habría muerto en las calles. La habrían escarnecido, escupido. La habrían obligado a bailar para entretenimiento del populacho, o la habrían rehuido por sus supuestos pecados.

Era esa la verdad de la vida. Que no todos eran iguales ante los ojos de Dios.

Por un momento, comprendió. Incluso... perdonó. Pero no. Esa vez no.

—Tú. Lady Joan. Y ahora, yo.

—¿Qué harás?

Resultaba extraño, pero Nicholas no veía miedo alguno en sus ojos.

—¿Si se lo contaré al príncipe? ¿Es eso lo que me estás preguntando?

No debería caber duda alguna sobre cuál era su obligación, pero, por un instante, no supo qué responder. ¿Dejaría que el futuro rey de Inglaterra subiera al trono, sabiendo que su matrimonio era inválido y sus hijos bastardos? Tal vez debería dejar ese castigo en manos de Dios.

¿Y qué sucedería si el secreto se descubría? Él no era un hombre formado en las complejidades del derecho canónico, pero el único ejemplo similar que conocía era el de un hombre que había tenido dos esposas. En aquel caso, una de las esposas había sido perdonada por su ignorancia.

Pero tal opción no existía allí.

Anne lo agarró entonces de los brazos.

—¿Qué bien le reportaría a nadie saber la verdad? ¿Cuántas vidas quedarían destruidas por esa verdad?

—La tuya, claro está —solo por esa razón vacilaba a la hora de contarlo, y maldijo su propia debilidad.

—Mi vida es insignificante…

—¿No te importa que el reino entero haya sido engañado? ¿Que la reina sea una concubina o, peor aún, una bígama? ¿Y que sus hijos sean bastardos?

¿Qué clase de calamidades podría Dios enviarles a todos, como castigo?

Por un momento, Anne sonó casi tan cínica como se sentía.

—No será la primera vez que un bastardo se siente en el trono de Inglaterra. ¿No te importan los hijos de Joan?

—Ella y el príncipe no tienen hijos — «todavía», añadió para sus adentros.

—Hablo de sus hijos con Thomas Holland. Tiene

cuatro. La pequeña Joan, Thomas, John, Maud. Tú los viste. ¿Serías capaz de convertirlos en bastardos sin derecho alguno al título de su padre?

—No sería yo el responsable de eso, sino tu señora —aquellos niños eran carne de su carne, el fruto de su pecado.

—¿Y qué pasa con Salisbury? —continuó Anne, implacable. Anne, que durante años había sabido de implicaciones que apenas Nicholas estaba empezando a barruntar—. ¿Qué pasa con la mujer con la que se casó cuando se vio obligado a renunciar a Joan? Ella es inocente, tanto como su hijo. ¿Qué pasará con ellos?

La letanía, la interminable lista de vidas arruinadas, y todo porque Thomas Holland no había sido más capaz de controlar su deseo que el padre de Nicholas.

No más que el propio Nicholas.

Se levantó. Tres días faltaban para llegar al convento, donde se desembarazaría de ella. Y entonces…

—Esta noche dormiré en otra parte. Partiremos mañana temprano.

—Pero…

—No quiero escuchar nada. No creeré en nada de lo que me digas.

Vio que asentía lentamente, como si no hubiera esperado otra cosa de él. Volvía a ser la Anne de antaño, decidida a acatar sin una sola queja lo que el destino hubiera decretado para ella.

Y eso, para Nicholas, fue todavía más duro de soportar que si le hubiera suplicado que guardara silencio.

—¿Y después?

—Una vez que te haya dejado en Holystone, abandonaré Inglaterra. Y, por lo que a mí respecta, bien podréis arder todos en el infierno.

Anne forcejeó para levantarse y él se obligó a no ayudarla. No debía volver a tocarla. Para cuando finalmente se irguió, agarrada al poste de la cama para no caerse, irradiaba una energía de mando casi majestuosa.

—No me lleves al convento. Devuélveme a la corte.

Debió de haberlo adivinado. Pretendía regresar con lady Joan para volver a conspirar con ella.

Se encogió de hombros. Que lo hicieran. No conseguirían nada. Él estaba dispuesto a revelarlo todo al príncipe. ¿Y después de eso? Una vida entera de mentiras llegaría por fin a su final.

En silencio, rehicieron el camino que Anne había pensado que nunca volvería a ver. Esa vez no saboreó los paisajes, ni intentó memorizar las tierras recorridas.

Se dijo a sí misma que no lloraría la pérdida del amor de Nicholas, porque nunca había esperado ganarlo o retenerlo. Pero incluso el breve tiempo que había pasado con él le había dado un coraje que jamás antes habría imaginado. El coraje de elegir.

Durante toda su vida le habían repetido que no

tenía elección, que no podía elegir. Que era una lisiada con mucha suerte de contar con la protección de Joan, protección que debía mantener a toda costa. Más allá de eso, intentaba hacer su pie invisible, incluso para ella misma.

Pero Nicholas nunca la había definido así. Como tampoco había usado su pie zambo como excusa. Lo había dado por hecho, se había mostrado respetuoso y delicado con ella al respecto. Y, por primera vez, Anne había conocido a alguien que había visto mucho más en su persona.

Más, incluso, que lo que había visto ella misma.

Así que ahora se encerraría sigilosamente en un convento y se retiraría de la vida durante el resto de los días. Cuando antes preferiría pasarlos mendigando en una cuneta del camino de la catedral.

Pero había una cosa que debía hacer primero. Cuando su madre le reveló el secreto, al mismo tiempo le advirtió a Anne que no se lo contara a nadie. Ese mismo entendimiento tácito había existido entre ella y su señora. Siempre había habido miradas y silencios, frases sin terminar, pero jamás lady Joan había reconocido la verdad.

Ahora sí lo que haría. Y Anne se aseguraría de ello.

Los muros de Windsor los acogieron de nuevo, finalmente, una tarde fría y gris de noviembre.

Anne había esperado unas palabras de despedida de Nicholas que no llegaron. Al pie de la torre, vio cómo entregaba las riendas de su caballo a Eustace y, sin detenerse, empezaba a subir la infinita escalera. Llegaría arriba, estaba segura de ello, antes de que ella hubiera subido un cuarto del tramo. Y hablaría con el príncipe antes de que ella alcanzara el último escalón.

Envió a Agatha por delante y empezó a subir. Ya no necesitaba apresurarse. Pero para cuando Anne se detuvo a descansar, recorridos tres cuartos de la escalera, Joan corría a su encuentro con las faldas al vuelo.

Pudo verla por una pequeña ventana abierta en el rellano donde se había detenido. La expresión horrorizada de su señora le dijo todo lo que necesitaba saber.

Lady Joan aminoró el paso, tomó aliento y forzó una falsa sonrisa. Pero seguía apretando la mandíbula y entrecerrando los ojos.

De repente Anne se vio estrechada contra su pecho y acariciada por una voz cargada de preocupación.

—Anne, ¿qué pasa? ¿Estás enferma? ¿Por qué has vuelto?

Anne la miró a los ojos y vio, finalmente, aquello que lady Joan había disimulado durante tanto tiempo.

Miedo.

Miedo de que la debilidad y las decisiones estúpidas, tomadas cuando había sido una terca adolescente, pudieran surgir a la luz en lugar de permanecer enterradas para siempre.

Y en aquel instante Anne tuvo la sensación, por

primera vez, de que comprendía a su señora. ¿Acaso ella no había hecho lo mismo? ¿Acaso no había permitido que el deseo la empujara a sucumbir al primero, al único hombre que la había visto de verdad? Resultaba extraño que comprendiera tan bien a su señora justo antes de que todo fuera a estallar en mil pedazos.

Los dedos de Joan se detuvieron en su pelo y en sus brazos.

—¿Estás herida? ¿Ha pasado algo?

Anne se mantenía tan erguida como se lo permitía su pierna, pero al final se tambaleó y tuvo que apoyarse en el muro. La cabalgada había sido larga. Y la escalera empinada.

—Estoy tan bien como siempre, pero sí, algo ha sucedido.

Se interrumpió, pensando en sus siguientes palabras. No le hablaría de Nicholas: ni de lo que habían hecho ni de lo que él sabía. Lo que debía hacer nada tenía que ver con él. Nicholas tomaría su propia decisión sobre lo que le diría al príncipe. Era ella quien debía enfrentarse con lady Joan.

—No me retiraré a un convento.

Joan se humedeció los labios.

—Anne, ya sabes lo muy querida que eres para mí.

Resultó casi divertido ver a su señora intentando tragarse su sorpresa.

—He cuidado de ti, te he mantenido cerca durante todos estos años, pero si la vida conventual no es de tu gusto…

—No lo es.

En ese momento fue Joan quien se irguió.

—Entonces no tengo nada que ofrecerte. No puedo...

—Querréis decir que no puedo yo —repuso Anne—. No puedo incorporarme a la casa de la futura reina.

El silencio de lady Joan le dijo todo lo que necesitaba saber. Anne se había engañado a sí misma creyendo que el cariño y los cuidados de su señora habían sido genuinos, pese a saber que existía otro motivo que los explicaba. Claramente aquella preocupación no había sido más que una máscara.

Y aquella verdad resultaba todavía más dolorosa que la otra.

—No es eso lo que estoy pidiendo. No es ese el precio del silencio. El precio del silencio es la verdad.

—Cuidado —le advirtió lady Joan, agarrándola de pronto del brazo—. Estos escalones son muy empinados...

Veintiuno

Una vez conducido ante el príncipe, Nicholas no perdió el tiempo en formalidades.

—He descubierto algo que debéis saber, mi señor. Según parece…

Pero el príncipe Eduardo, luciendo todavía la sonrisa del recién casado, le pasó un brazo por los hombros.

—Primero, amigo mío, debo daros las gracias de nuevo por todo lo que habéis hecho. Nunca imaginé… —suspiró, sacudiendo la cabeza— lo maravilloso que podría llegar a ser esto.

Había tanto júbilo en su rostro… Jamás había visto así a Eduardo. Feliz, lo había llamado Anne. La misma expresión que había visto en la cara de su padre. Y la misma que debió de haber lucido él mismo después de aquellos pocos días pasados en compañía de Anne.

Un engaño, al igual que le había sucedido a su padre.

—¿No puedo persuadiros, Nicholas, de que os

busquéis una esposa en lugar de partir nuevamente para la guerra?

—No soy hombre de costumbres domésticas.

—Yo tampoco lo era. Hasta que conocí a mi Jeannette.

Ah, lucía una sonrisa que sería la envidia de cualquier hombre. Y Nicholas, para su pesar, estaba a punto de destruirla.

Lo intentó de nuevo.

—Eduardo, vos conocíais el pasado de Joan. Sabíais que no era doncella. Lo sabíais y sin embargo…

—¿Renuncié a todo por una mujer conocida tanto por su amorosa naturaleza como por su belleza?

—Lo habéis expresado muy claro.

—Y os estaréis preguntando por qué. Bueno, amigo mío. Algún día conoceréis a una mujer por la que estaréis dispuesto a cometer los actos más ridículos.

—¿Cómo podéis estar tan seguro de alguien? —no se podía estar seguro de nadie. ¿Y qué debía hacer uno cuando conocía de verdad a ese alguien?

El príncipe se encogió de hombros.

—Sois vos quien se está imaginando cosas, Nicholas. Y yo lo único que he hecho ha sido seguir mis sentimientos.

Seguir sus sentimientos. Era precisamente eso lo que le había metido en problemas, a él y a todos. Un buen recordatorio. No debía echarse atrás ahora. Tenía que hablar.

—Eduardo, tengo que deciros algo sobre Joan. Algo que…

—Nicholas —lo interrumpió—. Nada de lo que podáis decirme sobre Joan cambiará nada.

—Pero… —al ver el gesto terco de la mandíbula de Eduardo, dejó la frase sin terminar.

—Nada en absoluto —insistió. La certidumbre en una sola frase.

Hasta llegó a pensar que quizá Anne había estado equivocada cuando le dijo que el príncipe no sabía nada. Quizá la propia Joan se lo había dicho. O le había contado lo suficiente como para que lo adivinara…

Supiera lo que supiera, lo que estaba claro era que no quería saber más.

Nicholas suspiró.

—Algunas veces las cosas salen mal…

—No será ese mi caso.

¿Porque era un príncipe? ¿Porque había sido tocado por la gracia divina? O tal vez porque se había negado a que nada, ni siquiera su sentido del deber, se interpusiera en su debilidad.

Porque, a veces, los estúpidos sentimientos podían conducir a la felicidad, y no a la trampa.

De repente, todos los argumentos a los que se había aferrado durante toda su vida no le parecieron ya más que el fruto del resentimiento. El resentimiento de que un hombre y una mujer fueran felices juntos. Nicholas no lo había creído posible. Y sin embargo, quizá su padre se hubiera sentido satisfecho, feliz incluso.

Era Nicholas el desgraciado, el único que había pateado y chillado, resentido contra algo que en verdad nada había tenido que ver con él.

Durante todos aquellos años, se había negado a ser feliz precisamente porque había cargado con aquel resentimiento, lo había llevado consigo a todas partes, de la misma forma que Anne había cargado con su pie zambo, haciéndolo incapaz de moverse hacia algo: solo de huir de algo.

No, no sería él quien destruyera la felicidad de aquel hombre por culpa de su propio descreimiento. No, no sería Nicholas Lovayne quien repartiría a cada cual su castigo, como si Eduardo, Joan o el propio reino merecieran ser castigados. Les dejaría vivir de acuerdo con sus propias decisiones. Y dejaría que los hijos de Thomas Holland, y los de Salisbury, siguieran viviendo en la bendita ignorancia.

Se obligó a concentrar su atención nuevamente en Eduardo, que le estaba hablando.

—Hicisteis lo que yo os pedí y más. Y ahora hay algo que yo quiero hacer por vos. Dado que insistís en volver a Europa, voy a ponéroslo fácil. Yo asumiré la responsabilidad de vuestro rehén. Cuando llegue de Francia el oro del rescate, lo recibiré yo a cambio de esto.

Y depositó un pesado saquito de monedas en su mano. Nicholas se lo quedó mirando fijamente, viendo en él toda la libertad que siempre había anhelado.

—Ya está. Que disfrutéis de vuestra vida de libertad.

Libertad.

Se había pasado la vida entera, según parecía, huyendo de cosas que entrañaban un compromiso, prefiriendo siempre lo temporal a lo duradero. Dispuesto a morir antes que a saborear y disfrutar de la vida que le había sido dada.

Y nunca se había dado cuenta de ello hasta que conoció a Anne.

Anne. Debía avisarla de que había guardado el secreto antes de que llegara a hablar con lady Joan.

Se volvió bruscamente.

—Hay algo más que debo hacer.

Los dedos de lady Joan se clavaron en el brazo de Anne, desequilibrándola. Anne fue a apoyarse en la pared, basculando para no apoyar el peso del cuerpo en el pie que tenía en el escalón.

Un traspié más y rodaría doscientos escalones más abajo, hacia una muerte segura.

—La verdad —empezó— es que no hubo compromiso matrimonial alguno en Flandes.

Joan se quedó mortalmente pálida.

—¿Qué quieres decir?

—Todos estos años. La historia que contó mi madre sobre que Thomas Holland y vos os comprometisteis secretamente en matrimonio. Era una mentira.

—¿Por qué dices eso?

«No lo ha negado», pensó Anne.

—Porque es la verdad.

—No deberías siquiera sugerir tal cosa —aunque estaban solas, Lady Joan miró por encima de su hombro como para asegurarse—. ¿Quién te lo ha dicho?

—¿Llegasteis a conocerlo en Flandes o eso también fue mentira?

—Por supuesto que lo conocí allí. Tu madre nos sorprendió, y nos comprometimos en matrimonio ante Dios.

Quizá en su esfuerzo por complacer a Holland, a Salisbury y a Dios, lady Joan recordara únicamente lo que deseaba que fuera cierto. Había vivido aquella mentira durante tanto tiempo que hasta se la había creído ella misma.

—Mi madre me dijo que no hubo compromiso alguno. Ni matrimonio.

—¿Y tú te lo creíste? —inquirió su señora con los ojos desorbitados de sorpresa—. ¡Y pensar que has albergado esa horrible y retorcida sospecha durante años! Si me hubieras preguntado a mí, yo te habría contado la verdad. Nos casamos —cerró los puños con fuerza—. Es cierto.

Anne negó con la cabeza.

—Todo lo que hicisteis desde entonces, la protección que me brindasteis durante toda mi vida, no fue más que el pago a cambio de que mi madre no revelara vuestro secreto.

—Pero si yo te conozco, te he querido, desde que eras niña, Anne. Es por eso por lo que te sigo cuidando. No es por ninguna otra razón.

Las dudas de toda una vida se acumularon en su mente.

—Pero mi madre me lo dijo… me dijo que había mentido por vos. Y que el precio era que vos me siguierais cuidando una vez que ella ya no estuviera.

Lady Joan le palmeó cariñosamente el brazo. Su expresión de miedo se había trocado en otra de compasión...

—Y ahora tú me preguntas a mí si eso es cierto, porque dudas de lo que ella te dijo. Es lógico. Hubo matrimonio. Ella fue testigo. Y atestiguó lo mismo ante el mismísimo papa. Tu madre nunca habría cometido un sacrilegio tan grave como mentir a Su Santidad.

Las dudas susurraban a su oído. ¿Podía su madre haberle mentido a ella, en lugar de al Papa? Buscó en sus recuerdos algo, lo que fuera, que pudiera asegurarle lo que era falso y lo que era cierto.

De Flandes, cuando Anne solo había tenido cuatro años en aquel entonces, no recordaba nada. Y cuando Thomas Holland fue con Salisbury... bueno, en una cosa había tenido razón. Los niños no siempre se fijaban en lo que veían. Ni lo comprendían siquiera.

Pero ahora que ya era una mujer enamorada, ahora sí que lo comprendía.

—Si os casasteis con Holland en abril, ¿cómo pudiste casaros con Salisbury antes de que terminara aquel invierno? Meses. Solamente habían pasado unos pocos meses.

Una sola noche de amor habría bastado para que Anne recordara a Nicholas durante el resto de sus días.

Pero no habían pasado más que unos pocos meses desde la muerte de Thomas Holland cuando lady Joan se desposó secretamente con el príncipe de Gales en una oscura capilla del castillo de Windsor.

En ese momento Joan susurró algo, unas palabras surgidas de lo más oscuro de su memoria.

—Mis padres estaban en deuda con Salisbury. Ellos anhelaban esa unión y yo pensé... bueno, me convencieron.

Joan, siempre deseosa de complacer a los demás.

Pero ya había empezado a bucear en el pasado, y lo que se encontró fue el recuerdo de su propia furia.

—¡Y Thomas me había dejado! Había partido para Prusia, a luchar contra los paganos, sin pararse a pensar ni un segundo en mí —suspiró—. Pero cuando volvió de aquella guerra, cuando volví a verlo, comprendí que yo era su esposa a los ojos de Dios. Y él, que se mostró de acuerdo, reclamó que yo le fuera devuelta.

—¿De veras? ¿Y a quién presentó su reclamación?

—A mi marido. A la reina. Al rey. Pero ellos no lo escucharon, ni siquiera a mí, cuando yo les dije lo mismo.

Había dicho «mi marido». ¿Habría sido un desliz?

—¿Hablasteis con ellos? —le costaba imaginarse a lady Joan discutiendo con el rey y la reina.

—Por supuesto. Tú te acordarás.

Anne intentó hacer memoria, pero en aquel entonces solo había tenido cinco años. Demasiado joven para preguntarse por lo que estaba pasando cuando los adultos se encerraban para hablar.

—Pero Holland siguió insistiendo, a pesar de todo.

Anne no pudo evitar sentir una punzada de celos. Fueran cuales fueran sus pecados, Lady Joan había tenido locos de amor a sus amantes. Y ella seguía envidiándola por eso.

—Hasta que tuvo suficiente dinero para defender su petición —continuó lady Joan—. Fue entonces cuando Salisbury me encerró en la torre.

Anne recordaba aquello, por supuesto, porque ocurrió varios años después, cuando ella se había acercado a la edad de la doncellez. Salisbury probablemente habría pensado que si apartaba a su esposa de la tentación, ella, fácilmente influenciable, acabaría por entrar en razones.

Y quizá lo habría hecho, si Holland hubiera vuelto a retirarse.

O si la madre de Anne no hubiera ido a visitar al Papa…

—¿Así que ves? —le dijo Joan con un tono tranquilo que anunciaba el fin de la conversación—. No hubo secreto alguno. Todo ocurrió como todo el mundo sabe que ocurrió. Las mentiras de tu madre no deben inquietarte.

Todas las piezas deberían encajar, según las explicaciones de lady Joan, salvo…

—No. No pudo haber sucedido así —cerca de seis años transcurrieron entre el regreso de Thomas Holland de Prusia y su petición al Papa. Seis años durante los cuales había servido tanto al viejo conde de Salisbury como a su heredero—. Si Thomas Holland alegaba ser vuestro marido ante los ojos de Dios, ¿cómo es que Salisbury lo conservó como mayordomo durante años? ¿Y cómo es que fueron a luchar contra los franceses juntos, codo a codo?

Nicholas había tenido razón. Aquello resultaba inconcebible.

—Thomas era un caballero —empezó lady Joan, con un cierto matiz de pánico en la voz—. Yo era la nieta de un rey, casada con un conde —fue alzando la voz mientras recitaba apresurada todas las razones. Todas las excusas—. El rey no apoyó su reclamación y, por ello, Thomas comprendió que no tendría ningún éxito en los tribunales ingleses. Y tampoco tenía dinero para plantear su caso ante el Papa, al menos en un principio. No hasta que capturó a un conde en Francia y recibió un rescate.

Aquello resultaba igual de inverosímil.

—¿Y mientras tanto Salisbury continuó conservándolo como parte de su séquito? ¿E incluso pagándole, a sabiendas de que ese dinero serviría para sostener su reclamación sobre vos?

—Era la única manera de que pudiéramos seguir juntos.

Aquellas palabras, finalmente, sí que tenían un timbre de verdad. Unos pocos y apasionados meses en Flandes olvidados hasta que regresó Thomas. Y, con él, el deseo de lady Joan.

Su madre había tenido razón.

—Sí, pero él no era vuestro esposo, ¿verdad? —le preguntó Anne en un susurro—. Era un aguerrido soldado y vos una joven doncella, y lo conocisteis en Flandes, sí. Lo conocisteis carnalmente porque él os deslumbró y se acostó con vos. Y mi madre os sorprendió juntos, como siempre sostuvo. Todo eso sí que fue cierto.

La dama se quedó callada. No negó ya nada. Solo tenía una expresión de terror, como si estuviera viendo su vida desmembrándose ante sus ojos.

—Pero no hubo promesa alguna de matrimonio, ¿verdad? —continuó Anne—. No en Flandes. La hubo solo después, cuando volvisteis a verlo, cuando él visitaba vuestra casa día tras día. Era mucho mayor y más fuerte que vuestro marido, que apenas era un muchacho.

Expresar todo aquello resultaba liberador. Como si hubiera echado a correr con sus dos piernas sanas.

—Tú no sabes nada. Yo lo amaba. Y renuncié a aquel amor por lo que me decían era mi deber. Tú no podrías entenderlo.

—Ah, pero lo entiendo —sonrió y, por un instante, fueron las dos iguales: mujeres que habían hecho cosas estúpidas por amor.

Anne fue de pronto consciente de los esfuerzos que desde siempre había hecho por evitar que su cojera determinara su vida. Sí, era verdad que siempre había luchado contra sus limitaciones físicas y contra la actitud que entrañaban. Pero, por otro lado, había dejado que eso definiera su vida totalmente. Si se había entregado a la protección de Joan era porque no había creído tener otra elección. Y eso le había hecho sentirse agradecida, cuando durante todo el tiempo había sido su señora quien habría debido estarle agradecida a ella.

Levantó la cabeza. Ahora estaba recuperando el control de su vida.

—El secreto no es ya mío. Os lo devuelvo. La verdad de lo sucedido es vuestra carga, no la mía. Pero eso quiere decir que soy libre. Como lo sois vos. Ya no necesitáis seguir cuidándome.

—¿Libre? —el rostro de Joan había adoptado una expresión que Anne jamás le había visto antes, retorciéndose como el de una gárgola—. Sin mí, serás libre para mendigar por las calles con tu pie deforme.

Extrañamente, el pensamiento no la asustó.

—Todo —dijo mientras una lenta sonrisa se dibujaba en sus labios—, todo será como tiene que ser.

Algo en el rostro de Joan pareció cambiar, como un resorte que se hubiera disparado de golpe.

—En efecto, así será. Yo te di una oportunidad. Debiste haberla aprovechado.

No fue hasta ese momento cuando Anne se dio cuenta de que estaban solas, y de cuán lejos estaba del pie de las escaleras.

Y de lo fácil que sería caer por ellas.

Nicholas llegó a la escalera de la torre solo después de haber buscado a Anne por todas partes. Ni lady Joan ni Anne aparecían por ningún lado. Tal y como había esperado, debían de estar conspirando juntas, planeando lo que iban a hacer ahora que el secreto había salido a la luz. O al menos eso creían ellas.

Al fin las vio a las dos, de pie en un rellano a mitad de la escalera, algo más abajo de donde él se encontraba. Anne estaba demasiado cerca del último escalón. Lady Joan tenía una mano extendida hacia ella, pero en lugar de acercarla hacia sí y rescatarla... la empujó.

«No. No ahora», gritó para sus adentros. «No ahora que lo sé...»

Primeramente se quedó paralizado: de corazón, de cerebro, de piernas. Nada se movió mientras Anne perdía pie y empezaba a caer.

Solo entonces se lanzó escaleras abajo.

Sin preocuparse de dónde ponía los pies, bajaba concentrado únicamente en Anne.

La veía rodar de costado por los escalones, sin detenerse. Su muleta, ineficaz, rebotaba salvajemente detrás de ella.

Era absurdo pensar que podría bajar más rápido que ella. La mujer que no pesaba más que una pluma cuando la montaba y desmontaba del caballo parecía caer como un plomo, rodando a la velocidad de una flecha.

La alcanzó cuando ella llegó al siguiente rellano y quedó tendida de espaldas, inmóvil. Temeroso de moverla, la protegió con su cuerpo. Rezando para que estuviera viva.

Hasta que sintió la caricia de su aliento en la mejilla y entonó mentalmente una plegaria de agradecimiento.

Pero entonces se preguntó: ¿y si se había roto algún hueso, una pierna o un brazo? ¿O, peor aún, el cuello o la espalda? ¿Y si no podía moverse, ni caminar, ni utilizar siquiera su muleta?

Se apartó lo suficiente para poder examinarla.

—¡Anne! Anne... —deslizó rápidamente las manos por sus brazos y piernas—. ¿Te duele algo? ¿Estás bien?

Vio que asentía con la cabeza. Al menos podía mover el cuello.

—¿Nicholas?

Miró hacia arriba, y él siguió la dirección de su mirada. Lady Joan estaba bajando las escaleras a la carrera. Su rostro parecía una máscara de preocupación.

Se reunió con ellos, cubriendo con su falda el brazo de Nicholas, y se arrodilló para apartarle a Anne el cabello de la lívida frente.

—¿Anne? ¿Estás bien? —enseguida miró a Nicholas—. Gracias al cielo que estabais aquí. Estos escalones son tan incómodos para ella, y sin embargo insiste en bajar ella sola. Es como si se negara a dejarse entorpecer por la pierna —se volvió de nuevo hacia ella—. ¿Anne?

—Sí —una sola palabra pronunciada débilmente, con dolor. Volvió a cerrar los ojos.

La princesa suspiró. Pero no parecía un suspiro de alivio.

—Vamos. Llevadla a mis aposentos. No quiero que intente caminar. Ahora no.

—¡No! —la voz de Anne tenía el timbre de acero que Nicholas conocía tan bien—. Es demasiada molestia...

La esposa del príncipe se irguió para mirarla con la expresión dominante e imperiosa de alguien que formaba ya parte de la familia real.

—Insisto en ello. Llevadla allí.

—Por favor. Dejadme descansar aquí, solo un momento…—los dedos de Anne se clavaron en el brazo de Nicholas, ocultos bajo la falda de Joan.

Joan. Joan, que había empujado a Anne cuando pensaba que nadie la estaba viendo. Cuando Anne había regresado inesperadamente de su exilio.

Era un estúpido. Había malinterpretado completamente la situación.

De repente tuvo la sospecha de que Anne no era la única persona que se hallaba en peligro.

Y dudó de que esa vez fuera capaz de encontrar una salida.

Veintidós

En un principio, Anne lo había tomado por un ángel. Había creído despertarse en el purgatorio, donde tendría que purgar sus pecados.

Y sin embargo todavía vivía, respiraba, y volvía a estar cerca de Nicholas. Otro recuerdo para atesorar. La sensación de sus fuertes abrazos envolviéndola por última vez. Aunque ahora parecía que no iba a vivir lo suficiente como para recordarlo.

Si lady Joan se salía con la suya, era posible que no le quedaran más que algunas horas de vida.

—El príncipe os estaba buscando —oyó que decía Nicholas a su señora.

La expresión de la dama se transformó de golpe.

—¿Dónde está?

—No estoy seguro. Cuando me marché, estaba en el salón.

—Llevad a Anne a mis aposentos, donde podrán cuidarla bien —dijo Joan, levantándose—. Yo iré allí lo antes posible. Dejad aquí su muleta. No la necesitará.

Nicholas esperó a que lady Joan desapareciera en lo alto de las escaleras para recoger la muleta.

Anne se preguntó por qué estaría allí… Ah, porque el príncipe lo había enviado a buscar a su señora. Era esa su buena estrella, aquellos minutos de más.

—Te deseo un buen viaje —eran palabras absurdas, pero el impacto de la caída y luego el que le había producido verlo parecía haber vuelto su mundo cabeza abajo—. Acuérdate de mirar las catedrales, y no solo los campos de batalla.

Él no respondió, sino que se dedicó a tocarla metódicamente, buscando las zonas doloridas. Cuando abrió la boca para hablar, no fue en absoluto lo que ella había esperado.

—¿Puedes moverte?

Estaría amoratada y azulada durante semanas, pero Dios había sido misericordioso con ella. No parecía tener nada roto. Asintió con la cabeza y él la ayudó a sentarse en el suelo.

—¿Estás mareada?

Negó con la cabeza, agradecida de poder hacerlo.

—¿Cómo te sientes?

«Libre. Me siento libre», respondió para sus adentros.

—Lady Joan… —no podía decirle que estaba en peligro. Eso lo pondría en peligro a él también—… se preocupa demasiado.

¿Podría conseguir escapar de Windsor antes de que lady Joan la encontrara?

No tendría tanta suerte la próxima vez.

—Basta de mentiras, Anne. Ella te empujó. Yo lo vi.

Se encontró con su mirada. No, él no tenía motivos para mentirle. Conocía toda la verdad.

—Durante todos estos años, ella nunca dijo nada. Nunca admitió nada. Era como si lo supiéramos las dos, pero ninguna dijera una palabra. Yo quería que admitiera la verdad.

—¿Qué te dijo?

—Que mi madre me había mentido a mí, no al Papa. Me pregunto por lo que dirá cuando se enfrente con el príncipe.

—Yo no se lo he dicho.

Se lo quedó mirando fijamente.

—¿Qué?

—Oh, lo intenté. Pero él no quería saber nada. O quizá no quería admitir que ya lo sabía. El secreto de tu señora está a salvo.

Anne sonrió y sacudió la cabeza. Durante todos esos años, todo ese tiempo...

Pero Nicholas no sonreía.

—Tú, sin embargo, no lo estás. Si estás en condiciones de moverte, te sacaré de aquí antes de que te mate.

Nicholas no tenía tiempo para explicaciones, no tenía tiempo para hacer nada que no fuera actuar para salvarla. Afortunadamente, Anne no discutió. Los hábitos que habían regido toda su vida, el sentido de la planificación, la búsqueda de rutas alternativas, la costumbre de moverse constantemente... todas esas habilidades se confabularon para sacarlos de Windsor y ponerlos en el camino.

Dejó un mensaje diciendo que Anne había decidido regresar al convento para dedicarse a la oración. Solo esperaba que lady Joan se lo creyera. O, si se decidía a buscarlos, que enviara a sus hombres al Norte, en vez de al Este. Se las arregló para sacarla secretamente en una carreta, lo cual no solo sirvió para esconderla, sino que le permitió dormir durante largos trechos del camino. Tal vez no tuviera nada roto, pero magullada y asustada como estaba, necesitaba tiempo para curarse.

Anne le había hecho unas pocas preguntas, sin quejarse en ningún momento, pero él no había malgastado su aliento en hablar sobre el futuro. No lo hizo hasta que llevaron varias jornadas de viaje. Para entonces, ella ya podía sentarse en la carreta y moverse sin esbozar una mueca de dolor. Era el quinto día, y cuando se detuvieron para comer a un lado del camino, se descubrió mirándola fijamente. Algo la había transformado. No, su pierna no había curado, pero el peso que había arrastrado durante todos aquellos años, y que se había reflejado en su rostro, se había evaporado desde el momento en que se alejó de Joan. Hallándose como se hallaba sin casa, y sin protección, estaba radiante.

Después de comer, Anne sacó su medalla de peregrina, la que él le había regalado, y acarició con las yemas de los dedos el relieve del caballo de Santo Tomás.

—¿A cuánto estaremos de Canterbury?

—A unas cinco jornadas de viaje.

—¿Me llevarás allí?

Aquello sí que no lo había previsto.

—¿Crees que el santo te curará? —cuando la curación no se producía inmediatamente, muchos peregrinos se establecían cerca del santuario, con la confianza de que les llegaría con el tiempo. Algunas veces así ocurría. Otras, en cambio, lo que les sobrevenía era la muerte.

—No. Pero creo que es una buena elección. Al menos por ahora. Me temo que no estoy en condiciones de elegir.

—Yo te ofrecería otra opción —dijo él.

Pareció perpleja.

—¿Cuál? ¡No será el convento!

Nicholas sonrió.

—No precisamente. Vente conmigo.

El corazón la atronaba en los oídos con tanta fuerza que llegó a pensar que había escuchado mal. Lo miró, incapaz de disimular una rendija de esperanza, pero ella no sería nunca una carga que lo estorbara. Eso jamás.

—¿Contigo? ¿Al otro lado del Canal de la Mancha? Nunca antes te habías burlado de mí de esta manera.

—Y no lo estoy haciendo ahora. Quiero que vengas conmigo.

Sacudió la cabeza, preguntándose si la caída le habría afectado al sentido del oído.

—Tú quieres volver a la guerra y cabalgar en libertad, a donde se te antoje —y cómo lo envidiaba por ello…

—Te quiero a ti.

¿Acaso su caída había excitado su compasión?

—No hay lugar para una mujer lisiada en esa vida.

—Pero sí hay lugar para ti.

Lo miró sin hablar, pero consciente de que todo el amor que sentía por él podía leerse en sus ojos.

—¿Para mí? ¿Para hacer qué?

—Te quiero. Quiero que los dos vayamos a Compostela, a Roma. A Jerusalén, si quieres.

Había hablado en plural.

—No habrá cura milagrosa alguna. ¿Acaso no hemos aprendido ya eso?

—¿Acaso Dios no nos ha hecho ya un milagro?

Se le escapó entonces la risa, la misma risa que tantas veces la había salvado de la furia y de la desesperación. La risa que le recordaba que la bondad divina podía ser tan cruel como inexplicable. Con una crueldad llena al mismo tiempo de misericordia. Había sufrido una caída que habría podido, habría debido matarla, o al menos dejarla aún más lisiada. Y Dios había insistido en que siguiera viva.

—No es el que esperaba, pero sí.

—Anne —le puso las manos en los brazos—. Mírame. Por favor.

Lo hizo, decidida a memorizar una última imagen para sus recuerdos. De su cuadrada mandíbula; de su ancha frente; de sus ojos hundidos; y de aquellos labios que solo había sabido que eran sensuales después de que la hubiera besado.

—Estoy mirando al hombre que me dijo que se

marchaba de aquí, y que si por él fuera, toda Inglaterra podía arder en el infierno.

—Cásate conmigo.

¿Parpadeó varias veces? ¿Se le cayó la mandíbula? ¿Estuvo a punto de caerse, hasta quedar únicamente sostenida por sus brazos? Se humedeció los labios y tragó saliva, y enseguida empezó a protestar.

—Creía que habíamos superado el estado de la compasión —no esperaría. No debía esperar—. ¿Es de eso de lo que se trata? ¿Te estás apiadando de la pobre y desvalida lisiada?

—¿Desvalida? —le apretó los hombros—. Eres la mujer más fuerte... no, la persona más fuerte que he conocido. Serías capaz de avergonzar a los caballeros de Eduardo.

Aquellas palabras la dejaron sin habla, y esa vez con un rubor en las mejillas.

—Te lo agradezco, pero eso no cambia nada. Conmigo no puedes llevar la vida que tú quieres.

—No puedo llevar la vida que yo quiero sin ti.

La esperanza, la esperanza zumbaba en sus oídos, pertinaz como una mosca.

—¿Estás seguro?

—Te amo. No quiero ninguna vida sin ti. Quiero llevarte a todas las catedrales de cada ciudad de este mundo. Quiero verlas, quiero volver a verlo todo a través de tus ojos. Quiero dormir a tu lado cada noche y despertarme a tu lado cada mañana. Quiero enseñarte las cosas que necesitas que te enseñe.

A punto estuvo de soltar una carcajada.

—Qué fantástico suena eso…

—Yo te ayudaré a caminar. Y tú me ayudarás a ver —su voz era baja y profunda, sus palabras intensas—. Si es que tú me amas a mí, Anne. Por favor. Vamos.

Y, de repente, fue como si Dios le hubiera concedido efectivamente el milagro que tanto había anhelado.

—Sí. Pese lo que pase, sí.

Llegaron a Dover al día siguiente. Nicholas había enviado a Eustace por una ruta distinta, y en ese momento su escudero se reunió con él, portando su armadura y su caballo de batalla. Encontró un barco capaz de afrontar la travesía del Canal en invierno. Quedarse en Inglaterra sería como tentar al destino y tentar también a lady Joan. Eustace lo acompañaría solo hasta el puerto del otro lado, en Francia. El joven tenía gusto por la guerra, no por el peregrinaje. A partir de allí buscaría a la Gran Compañía y se ganaría sus espuelas.

—Puede que la travesía sea difícil —solo los locos cruzaban el canal en invierno. En el camino habían soportado heladas. Habían arreciado los vientos.

Y sin embargo Anne alzó la mirada hacia él, sonriente, feliz.

—Ya he cruzado el Canal antes. Un barco bamboleante hará juego con mis inestables piernas.

Nicholas la abrazó sonriente y miró hacia atrás, para observar la maniobra de desembarque.

—No mires atrás —le dijo ella, clavando firmemente la mirada en la costa de Calais y en el futuro.

—Ya sabes que el viaje nos llevará meses.

Compostela primero. Una peregrinación dura.

—Meses a tu lado para ver el mundo. ¿Qué más puedo desear?

—Un hijo —no era una pregunta, pero se la quedó mirando a los ojos, expectante.

La enormidad de su sorpresa se vio reflejada en ellos, seguida de una expresión de serenidad,

—Si viene —dijo—, no dudaré en tenerlo. Contigo a mi lado.

—Como esposa mía que serás —una palabra que sonaba maravillosa a sus oídos.

De repente una expresión de angustia desfiló por su rostro.

—¿Cómo nos vamos a casar? Seremos extranjeros en una iglesia francesa. ¿Cómo leerán las amonestaciones? ¿Qué ministro de la iglesia aceptará casarnos?

Nicholas sonrió.

—No necesitamos nada de eso —el barco había zarpado y ya habían empezado los bandazos, con el fuerte viento azotando sus rostros y haciendo ondear sus capas—. Sabemos exactamente lo que hay que decir —le agarró una mano—. Yo, Nicholas, te tomo a ti, Anne, como esposa…

Su sonrisa se transformó en carcajada.

—Yo, Anne, te tomo a ti, Nicholas…

Y las gaviotas hicieron de testigos.

Epílogo

La versión generalmente admitida de los matrimonios clandestinos de Joan de Kent es que ella se casó,
efectivamente, con Thomas Holland y luego con William Montacute (o Montague), que se convirtió en el
segundo conde de Salisbury, de manera que cuando
Holland volvió, la reclamó como su esposa invocando
su compromiso previo. Holland esperó sin embargo
cinco años para presentar su reclamación legal, su-
puestamente porque carecía de dinero para defenderla
en los tribunales. Después de varios años y de una petición al Papa, la reclamación fue aceptada y su matrimonio con Salisbury quedó invalidado.

La historia fue aparentemente aceptada en su
tiempo y pocas preguntas se suscitaron con los años,
aunque hubo rumores. La referencia a Joan como
«La virgen de Kent» fue tomada directamente de las
crónicas medievales. Cuando su hijo, Ricardo II, fue
depuesto, fue tachado de bastardo, aunque dicha acusación fue considerada un simple pretexto para su
destronamiento.

Pero mientras yo rebuscaba en los detalles, no conseguí reconciliar los hechos que iba desenterrando con la historia que se había vertido sobre ellos.

¿Por qué Joan consintió en casarse si creía que ya estaba casada a los ojos de Dios?

¿Cómo pudo su primer marido trabajar para el segundo, y luchar a su lado, si realmente había estado casado con Joan? ¿Y cómo pudo Salisbury permitirlo cuando Holland presentó inmediatamente su declaración al volver de Inglaterra, en el invierno de 1341-42?

Poco a poco, llegué a creer que había otra historia, más creíble, al menos para mí, que explicaba lo sucedido. Es esa historia, y su descubrimiento, la que protagonizan Nicholas y Anne en este libro.

Yo no soy la primera investigadora contemporánea que hizo despertar dudas sobre el primer matrimonio de Joan. Chris Given-Wilson y Alice Curteis, en *Los bastardos reales de la Inglaterra medieval*, ya lo habían hecho. No ha sido publicada ninguna biografía extensa de Joan, pero los artículos académicos continúan sustentando la versión oficial de que tuvo dos matrimonios clandestinos.

¿Qué papel jugaron el rey Eduardo y la reina Filipa en todo esto? Joan estuvo a su cuidado de joven, así que si su historia era cierta, se había «casado» con Holland delante mismo de las narices de la reina en Flandes. Ellos apoyaron su matrimonio con Salisbury, y una explicación del prolongado retraso de Holland a la hora de reclamarla fue que necesitaba el dinero para acudir directamente al Papa, ya que el rey le habría parado los pies si hubiera empezado por los tribunales eclesiásticas ingleses, como mandaba el protocolo. Este último detalle sugería, o al menos me lo sugería a mí, que Eduardo no creía que estuviera en su legítimo derecho. Aun así, Holland fue uno de los primeros caballeros en ser iniciados en la Orden de la Liga, lo que demuestra que fue parte integrante del círculo de confianza del rey.

Imaginaos el disgusto que se llevarían el rey Eduardo y la reina Filipa al tener que lidiar no una, sino dos veces, con los irregulares matrimonios de Joan. Y la segunda vez con su hijo primogénito y heredero del rey. Algunos historiadores han sugerido que el rey se oponía a este matrimonio, pero otras interpretaciones disienten, y, al final, lo cierto es que no lo prohibió.

Hubo también un Nicholas Lovayne real, o Loveign, Loveyne o Lovagne, que fue enviado por la corona a la curia papal para discutir de las cuestiones relativas a la disolución del matrimonio de Joan, y no una vez, sino dos. Yo he tomado prestado su nombre en homenaje, y apenas algún otro detalle más de su vida. Así que aunque el rey Eduardo hubiera protestado, al final había terminado apoyando los esfuerzos de su hijo.

El tradicional relato del Príncipe Negro y Joan, la Rubia Doncella de Kent, nos dice que su unión fue un ejemplo de amor. Se ha sugerido incluso que él había amado a su Jeannette ya de niño, y hay también ese encantador, aunque probablemente fantasioso cuento de que el príncipe fue enviado, por cuenta de un amigo, a pedir la mano de la bella y acaudalada viuda. Y que ella declinó, respondiendo que solo había un hombre al que amara y con el que se casaría: él.

Eduardo y Joan vivieron felizmente casados, aparentemente, hasta la muerte de él. Poco después de su matrimonio, marcharon a Aquitania para gobernar lo que quedaba de las posesiones francesas de Eduardo III. El príncipe Eduardo continuó engrosando su recuento de batallas victoriosas en la guerra, pero murió antes que su padre. Fue por eso por lo que Joan, la primera princesa de Gales, nunca llegó a convertirse en reina de Inglaterra. Tuvo, sin embargo, una gran influencia en la corte de su hijo, Ricardo II, y fue muy popular entre la gente.

Después del fallecimiento de Eduardo, no volvió ya a casarse, aunque vivió otros nueve años. Pero a su muerte fue enterrada, y así lo pidió ella misma, no al lado de su real marido, sino «cerca del monumento de nuestro difunto señor y esposo, el conde de Kent». Thomas Holland.

TERRI BRISBIN

La amante del rey

HARLEQUIN™

Prólogo

Provincia de Anjou
Noviembre de 1177, año de Nuestro Señor

El suave satén de su largo vestido se agitó alrededor de sus piernas cuando se giró, furiosa, para mirar al rey. Marguerite de Alencon ahogó un grito, incapaz de creer lo que acababa de oír.

—¡Señor! ¿Me estáis diciendo que me vais a retirar vuestro afecto?

—Siempre tendrás mi amor, bella Marguerite, desde el mismo momento en el que concebiste a mi hijo. Pero hay algo que debes tener claro: nunca ocuparás el lugar de la reina, ni de nombre, ni por honor.

—La habéis hecho prisionera, majestad. Le habéis arrebatado su riqueza y su poder. Haríais bien en buscar otra mujer que sea vuestra reina y esposa.

3

En cuanto hubo pronunciado esas palabras se dio cuenta del peligro que corría arriesgándose a provocar la ira de Plantagenet. Había ido demasiado lejos al dejar ver sus planes y deseos.

—Muchas personas harían bien en recordar que yo soy quien la hizo prisionera y el único que controla su riqueza y poder. Y muchas personas harían bien en dejar de entrometerse en los asuntos de este reino.

—Señor, os pido perdón por mis atrevidas palabras. Solo deseo amaros y daros placer y herederos. Ahora llevo uno en mi vientre y solo deseo compartir con vos mi alegría.

No había nada que la hiciera retractarse. Quería ser reina. Llevaba al hijo del rey en su interior y su sangre era lo suficientemente noble como para permanecer a su lado. Bastarda o no, la sangre que corría por sus venas se remontaba a Carlomagno.

Pero era una mujer realista y, por eso, tragándose el orgullo, hizo una profunda reverencia ante el rey, inclinando la cabeza hasta quedarse bajo la mano del monarca. Tras un minuto en esa posición tan humillante, levantó la cabeza y se llevó la mano del rey a la boca. Tras depositar en ella un beso reverente, se la llevó a la frente y murmuró:

—Soy vuestra, Enrique. Solo vivo para amaros y para serviros.

El rey pareció calmarse un poco y la ayudó a levantarse y a sentarse en una silla. Después comenzó a caminar por la estancia sin hablar.

Marguerite ya conocía aquel comportamiento. Sabía que cuando se enfrentaba por primera vez a algo que no deseaba o que no le gustaba, su ira explotaba para después tranquilizarse.

A pesar de la diferencia de edad con Leonor y de la perfidia de la mujer hacia él en cuestiones de familia, Enrique quería encontrar una manera benevolente de deshacerse de ella, al menos una que le permitiera conservar la riqueza y las tierras que ella había aportado al matrimonio.

Al ver al rey caminar ansiosamente por la habitación, Marguerite supo que se mostraría de acuerdo con sus ideas. Se relajó, apoyándose en el alto respaldo de la silla, y esperó. No tenía ningún sentido interrumpir a Enrique en ese momento. Y cuando ya estaba empezando a ponerse nerviosa por su prolongado silencio, él se detuvo y se giró para mirarla.

—Hace varios años ayudé a un monje de Sempringham a luchar contra la revuelta y los ataques a sus hermanos seglares –dijo el rey, y ella esperó la explicación a aquellas palabras—. Su orden consiguió prosperar y ahora está bajo mi protección. Una de sus casas sería un buen lugar para que te quedaras hasta que dieras a luz.

—Mi señor, ¿queréis enviarme a un convento? —se quedó sin respiración ante tal idea—. Yo solo quiero…

—Lo comprendo, Marguerite —la interrumpió, dedicándole esa sonrisa carismática que la había hechizado desde el primer momento—. Pero es mejor que des a luz antes de hacer ningún otro plan.

Marguerite sintió que un escalofrío le recorría la espalda. Pero no era una mujer que evitara las dificultades, así que decidió hacer su oferta de matrimonio antes de que el rey se marchara y la dejara sin ningún compromiso que cumplir.

—¿Y matrimonio, señor? ¿Habrá matrimonio después del nacimiento del bebé?

Enrique se acercó a ella y la hizo levantarse. La abrazó posesivamente y tomó su boca con un beso apremiante, como los muchos que habían compartido durante meses. Saboreó los labios de Marguerite una y otra vez, jugueteando con su lengua hasta que ella sintió que su resistencia se desvanecía. Entonces Enrique se apartó y, mirándola fijamente a los ojos, sonrió.

—Sí, mi bella y querida Marguerite, habrá matrimonio.

Uno

Abbeytown
Silloth-on-Solway, Inglaterra
Julio de 1178, año de Nuestro Señor

—¡Mi señor!

Orrick se giró al oír la llamada del hermano y se detuvo. El hermano David, alto y pesado, se aproximaba a él.

—Buen hermano, ¿qué necesitáis de mí?

Orrick conocía a la mayoría de los hermanos por su nombre, ya que había pasado con ellos mucho tiempo desde que era un niño, ya fuera con su padre o solo. El hermano David llevaba catorce años siendo miembro de la comunidad, ocupándose de diversas tareas en la abadía.

—El abad requiere vuestra atención, señor. En su despacho.

Orrick asintió con la cabeza y, con el casco

aún en la mano, siguió al hermano David al despacho del abad Godfrey. En unos minutos estaba ante él.

—Entrad un momento, mi señor. Hay alguien que desea veros y he pensado que querríais tener algo de intimidad —dijo el abad.

Orrick entró en la estancia y se encontró frente a un enviado real, que llevaba la insignia del rey Plantagenet. El abad salió discretamente sin mirar a ninguno de los dos.

—Mi señor —dijo el hombre, inclinándose ante él—. Esto es de parte del rey.

Orrick se quitó la cota de malla, se puso el casco bajo el otro brazo y tomó el pergamino sellado que le tendía el mensajero. No podía imaginarse qué contendría, y una parte de él no quería saberlo. Rompió el sello de cera y se apartó un poco del hombre para desenrollar el pergamino y poder leerlo. Y cuando las palabras comenzaron a tomar sentido, se quedó sin respiración.

Enrique quería recompensarlo por el pasado de su padre y por sus propios servicios hacia la corona. Le concedía una esposa para demostrarle su estima y respeto, así como una gran cantidad de oro. Y otro título.

Orrick tragó saliva, impactado por las palabras escritas. Su padre no había sido ningún tonto, y él tampoco lo era. Sabía que, simple y llanamente, lo estaban comprando, y el precio que pagaban por él era lo suficientemente alto como para preocuparse.

El mensajero preguntó si debía esperar respuesta y Orrick negó con la cabeza.

—Mi respuesta será mi presencia ante el rey.

—Le transmitiré vuestro deseo de servirlo, señor.

Las palabras del hombre sonaron más a pregunta que a afirmación. Evidentemente, el deseo del rey de que se casara con una de sus vasallas no era un secreto en la corte, ya que incluso el mensajero conocía el contenido de la misiva.

—Soy un sumiso esclavo del rey. Vivo para servirlo en cualquier cosa que necesite.

El mensajero asintió con la cabeza y le hizo una reverencia antes de salir de la sala. El abad Godfrey volvió a entrar y esperó a ver la reacción de Orrick ante la noticia.

—Debo casarme por orden del rey —dijo Orrick, sabiendo que podía confiar en el abad.

—¿Casaros, señor? ¿Ha dicho el rey con quién?

—Con lady Marguerite de Alencon.

—¿La conocéis? —preguntó Godfrey, leyendo las palabras del rey por encima del hombro de Orrick—. Marguerite de Alencon... El nombre me resulta familiar... Tal vez vuestra madre sepa algo de ella.

—Si pertenece a la corte de Enrique, mi madre sabrá toda su historia.

—Es cierto, señor. Vuestra madre posee grandes conocimientos sobre el rey y su gente. Si dedicara todo su esfuerzo a otros asuntos, su alma ganaría algo de sabiduría.

Orrick sabía que el abad desaprobaba el gusto de su madre por los cotilleos y las habladurías referentes a la corte, pero en esa ocasión podrían ayudarlo a decidir si, con aquel matrimonio, el rey lo recompensaba o lo castigaba.

—Hablaré con ella sobre esa debilidad, buen abad —dijo mientras enrollaba el pergamino y lo guardaba en la túnica que llevaba bajo la cota de malla.

Godfrey le puso una mano en el hombro y se rio.

—Primero le preguntaréis lo que queréis saber y luego la reprenderéis por su debilidad, ¿verdad, mi señor?

—Me conocéis demasiado bien, Godfrey. ¿Por qué desperdiciar una valiosa información? Estamos hablando de mi futuro. Descubriré todo lo que pueda antes de responder a la llamada del rey y tomar a la esposa que me ofrece.

—Orrick, no os dejéis engañar por el lenguaje florido de la carta ni por la belleza de la mujer. Se os ha ordenado que la toméis como esposa, y que lo hagáis ya.

—No he pasado por alto esa parte del mensaje, Godfrey.

—Entonces id con Dios, mi señor. Rezaré por vos y por lady Marguerite hasta que estéis de nuevo a salvo en nuestras tierras.

Orrick tomó la mano del abad entre las suyas y recibió de él una bendición. Sin decir nada más, se dirigió hacia su caballo. El viaje duraría unos dos días, a menos que apretaran el paso. Y tenía que volver a casa y preparar el viaje para presentarse ante el rey y su futura esposa, así que urgió a sus hombres a ir más rápido.

Durante el viaje no dejó de pensar en la mujer con la que se casaría y que sería la madre de sus hijos y herederos. Había pensado en el matrimonio durante bastante tiempo, pero siempre había ocurrido algo que había interferido en sus planes. Sin embargo, ahora el rey le ofrecía la oportunidad en bandeja.

Así que sentía una gran expectación cuando finalmente sus hombres y él entraron en la fortaleza de Silloth. Y no había dado más de tres o cuatro pasos cuando su madre lo llamó a gritos, haciéndolo detenerse en seco.

Lady Constance se acercó a él a paso vivo, seguida de sus doncellas y otros sirvientes. Estaba claramente alterada, a juzgar por el rubor de su rostro y su respiración agitada.

Orrick sintió que el estómago se le encogía cuando la vio agitar varios pergaminos.

—¡Júrame que no te casarás con Marguerite de Alencon!

Pero, ¿cómo lo sabía? Acababan de llegar y el mensajero no había pasado por allí. ¿Cómo podría haberse enterado?

—Madre, el rey ha ordenado ese matrimonio. Voy a cumplir sus deseos y a traer aquí a mi esposa. ¿Cómo conocíais su nombre?

Orrick estaba empezando a convencerse, al igual que Godfrey, de que su madre pasaba demasiado tiempo ocupándose de las habladurías de los demás. Tal vez su futura esposa pudiera distraerla de tales menesteres…

—No puedes casarte con ella.

—El rey me ha ofrecido a Marguerite de Alencon, como ya parecéis saber. Y el rey es muy generoso al hacerlo… —se quedó sin palabras al recordar la ingente cantidad de dinero que el rey estaba dispuesto a otorgarle si tomaba a aquella mujer como esposa. Pero su madre sabía lo que estaba ocurriendo realmente, así que dijo—: Decidme todo lo que necesito escuchar.

Orrick inspiró profundamente y miró a su madre.

—En verdad el rey es muy generoso, Orrick, pero no en este caso. Te va a dar tanto oro porque quiere que te cases con su amante. Marguerite de Alencon es la puta del rey.

¿La puta del rey?

Una vez oídas las palabras de su madre, Orrick se dio la vuelta y se dirigió a sus habitaciones. Tenía que preparase para tomar como esposa a los desperdicios del rey.

Al menos ahora sabía que lo estaban castigando, ya fuera por algo que hubiera hecho él mismo o su padre. ¿Qué otra razón podría haber para que lo insultaran de esa manera?

Dos

—Enrique no me hará esto. Estás equivocada —dijo Marguerite—. Él me ama.

Pero incluso a ella misma esas palabras le sonaron huecas y poco convincentes.

Marguerite se separó de su dama de compañía y observó el elaborado vestido que había sobre la cama. No podía ser cierto que Enrique la hubiera dado en matrimonio a otro hombre.

—Tú lo conoces mejor que nadie, Marguerite —contestó Johanna—. Si dices que te reclamará antes de que tenga lugar la boda, yo te creo.

Marguerite sintió que la ira la invadía y, tomando el vestido, lo rasgó y las perlas y las gemas salieron volando por la habitación. Antes de que pudiera reducirlo a jirones, como era su deseo, oyó una voz que decía desde la puerta:

—¿Es así como tratáis los regalos del rey?

Marguerite se dio la vuelta justo cuando lord Bardrick, mayordomo y secuaz de Enrique en Woodstock, entraba en sus habitaciones. Johanna hizo una rápida reverencia y salió, dejando a Marguerite sola con uno de los pocos hombres que gozaban de la confianza de Enrique y conocían los secretos del rey.

—Mi señor —dijo Marguerite, haciendo una graciosa reverencia—. Me temo que estoy muy nerviosa y emocionada por mi inminente matrimonio con lord... lord... —fingió no recordar el nombre de su futuro marido por unos instantes, hasta que Bardrick lo dijo.

—Lord Orrick de Silloth.

—Eso es. Lord Orrick de Silloth. No pretendía faltarle al respeto al rey. De hecho, siempre me agradan sus atenciones y sus regalos.

Los dos sabían cuál había sido el regalo más reciente que le había hecho Enrique.

Desafortunadamente, el bebé había sido una niña, y no tenía ningún valor en los planes de Marguerite para recobrar las atenciones y el afecto del rey. Por lo menos un niño habría sido aceptado y se le habría concedido un título y una posición de poder y riqueza, al igual que al otro hijo bastardo de Enrique, Geoffrey. Pero la niña que había nacido hacía pocos meses era inútil, y por eso la había dejado en el convento en el que la había dado a luz, para que las monjas la criaran. La propia hermana de Marguerite también estaba allí, cuidando a la niña y respondiendo a la llamada del Señor.

Bardrick tomó el vestido y, abriendo la puerta de la estancia, llamó a una de las sirvientas que esperaban fuera.

—Dale esto a una de las costureras para que lo arregle, rápido. La boda es mañana y debe estar listo para entonces.

La muchacha tomó el vestido y salió como una exhalación de la habitación.

—Entonces, ¿el rey planea llevar a cabo esta parodia, Bardrick? —preguntó Marguerite.

—Esto no es ninguna parodia. Mañana os casaréis con lord Orrick.

—¿Y si me niego? —no podía creer que aquel fuera el fin. Enrique la reclamaría, tal vez en el último momento, y la salvaría de aquella horrorosa unión.

—Las últimas tres personas que rechazaron la generosidad del rey ya no están vivas para contar su estupidez. Pensad en ello esta noche, mientras os preparáis para vuestra boda por la mañana.

Marguerite asintió con la cabeza ligeramente, evitando encontrarse con su mirada. Bardrick le hizo una reverencia y se dirigió a la puerta caminando hacia atrás, como solía hacer cuando ella era la preferida del rey. El insulto estaba claro: solo era una más de las muchas mujeres que habían compartido la cama del rey y a la que ahora se utilizaba como recompensa por los servicios prestados al rey.

—Que durmáis bien, lady Marguerite.

El sonido de su burlona risa por el pasillo fue suficiente para terminar con la determinación de Marguerite. Se dejó caer en la cama y estalló en lágrimas.

Aquello no podía pasarle a ella. Durante toda su vida la habían educado para ser la compañera de un gran hombre. Por sus venas corría sangre real y merecía un marido que también la tuviera, no un bárbaro de sangre mezclada del norte de Inglaterra. Merecía al rey.

Pero aún había tiempo. Enrique podía intervenir antes de que se pronunciaran las palabras que la convertirían en la esposa de Orrick.

Permaneció en sus habitaciones durante el resto de la tarde, rechazando a sus sirvientas y la comida, ya que prefería no sufrir las miradas de lástima de quienes la rodeaban.

—¡Si tiráis de ahí una vez más, haré que os corten la cabeza! —dijo Orrick—. No soy ninguna doncella que necesite este tipo de ropa.

—Pero mi señor, el rey estará presente en vuestra boda esta mañana, junto con las personas más importantes de la corte. Debéis estar perfecto.

Orrick empezó a murmurar de nuevo, pero se dio cuenta de que era inútil. Los esfuerzos de sus propios sirvientes se completaban con los de algunos hombres del rey para asegurarse de que se cumplían todos los deseos del monarca hasta en el último detalle.

Lady Marguerite debía de haberse metido en algún problema, a juzgar por lo ansioso que parecía Enrique por librarse de ella. Y en unas pocas horas sería su esposa... y su problema.

—Termina ya, Gerard. Ahora —gruñó.

El hombre debió de darse cuenta de que estaba al límite de su paciencia, porque urgió a los demás a que acabaran y todos salieron de la sala.

Orrick de repente se encontró solo. Estudió la elaborada túnica que lo cubría y las gruesas cadenas de oro que descansaban sobre su pecho y sintió que la preocupación lo invadía. No le gustaba ser objeto de tantas atenciones. Odiaba la corte y todo lo que implicaba. Pero como leal siervo del rey, no tenía otra opción, hasta que pudiera regresar a sus tierras y volver al anonimato que el norte de Inglaterra le ofrecía.

Y llevarse a su mujer con él.

Se conocerían en menos de una hora, antes de la boda, a petición de ella. Lady Marguerite no sabía nada de él, pero en la corte nadie dudaba en hablar de ella. Orrick no había dejado de oír hablar de ella desde su llegada.

Era hermosa. Su largo cabello rubio llegaba casi hasta el suelo, cubriendo su cuerpo esbelto con generosos rizos. Se habían escrito poemas sobre sus gloriosos ojos azules y sus maravillosos labios rojos.

Había recibido una esmerada educación con los mejores tutores y podía hablar la mayoría de las lenguas del continente, así como leer y escribir al menos en cinco, incluyendo el latín y el griego. A pesar de su ilegitimidad, sus lazos de sangre se remontaban a Carlomagno, y tenía lazos familiares con casi todas las familias reales del mundo cristiano en el continente europeo.

Y era la puta del rey.

Deseaba poder hablar con alguien, pero no había nadie a quien pudiera confiarle sus dudas sobre aquel matrimonio. En aquello había mucho más que un simple acuerdo y una orden del rey. ¿Acaso lo estaban humillando por ser solo un noble inglés y no uno de los personajes preferidos del rey? ¿Habrían pecado su padre o su madre contra los Plantagenet y él tenía que sufrir el castigo?

No pensaba hacer nada más que aceptar a Marguerite como esposa y llevarla a sus tierras. Cualquier problema que hubiera entre ellos lo solucionarían allí, donde nadie más podía cuestionar su autoridad ni su poder. Excepto la mujer que en aquel momento entraba en la estancia.

—¿La has conocido ya? ¿Te la han presentado? —su madre lo había seguido a Woodstock, pero su presencia no lo estaba ayudando. Sus preguntas y comentarios velados lo preocupaban aún más.

—La conoceré en menos de una hora, madre. A solas —añadió, para dispersar cualquier posible duda.

Vio que su madre parecía debatirse momentáneamente con las palabras que quería decir, pero finalmente se suavizaron sus ojos verdes.

—¿A solas? Pero tu familia y la suya deberían estar presentes en ese momento tan importante. Yo debo...

—No debéis hacer nada, madre. Primero me encontraré con Marguerite a solas y después asistirás a la ceremonia con los demás.

Durante unos instantes su madre pareció a punto de discutir, pero entonces una expresión diferente se reflejó en sus ojos y en ellos brillaron las lágrimas.

—Ojalá tu padre estuviera aquí para ver esto. A él le habría gustado verte casado hace años, pero...

—Yo lo aplacé y ahora él ya no está aquí para verlo. Yo también lo siento —se acercó a ella.

—Ahora las cosas serán diferentes —dijo su madre.

Orrick notó el miedo en su voz. Su madre perdería su preeminencia en la casa con la llegada de Marguerite. Dejaría de tener poder y control.

—Madre, después de la boda...

—Si me das una escolta, me mudaré a mi propiedad de Ravenglass. Será más fácil si voy directamente allí y después me envías mis cosas cuando llegues a Silloth.

Aunque pronunció las palabras con calma, Orrick casi pudo oír los frenéticos latidos de su corazón. Sabía que su madre estaba conteniendo la respiración mientras esperaba las palabras que determinarían su futuro.

—La casa de Ravenglass no está habitable ahora. Mientras se le hacen las reformas oportunas, creo que deberíais quedaros en Silloth y ayudar a mi esposa. Todo le resultará extraño y si la ayudáis se podrá habituar mejor a nuestra gente y a nuestras costumbres.

Tras un momento de incómodo silencio, su madre dejó escapar un suspiro y sus hombros se relajaron, y Orrick supo que había dicho lo correcto.

—Solo me quedaré mientras tu mujer necesite mi ayuda, Orrick. No permaneceré en un sitio donde no se me quiere.

Orrick la abrazó.

—Sé que no interferiréis, madre.

Pero incluso a él le parecieron huecas sus palabras. Su madre, lady Constance, era una entrometida y una manipuladora. Cotilleaba y hurgaba en todas partes. Vivía para ello. Pero aquel día, el día de su boda, Orrick aceptaría su palabra, con la esperanza de que todo fuera bien cuando volvieran a Silloth.

Se separó de ella, pero dejó las manos sobre sus hombros.

—Ahora debo terminar de prepararme y conocer a mi prometida —se inclinó y besó a su madre en la frente—. Todo irá bien, madre. De verdad.

Su madre le dedicó una leve reverencia y, sin decir nada más, salió de la habitación. Orrick, al quedarse solo, sintió cierta intranquilidad. Lady Marguerite había pedido que se encontraran a la hora tercia y, al ver que se aproximaba el momento, Orrick abandonó su habitación y atravesó el pasillo hasta la pequeña estancia designada para su encuentro. Conociendo la costumbre de las mujeres de llegar tarde, no pensaba que fuera a estar esperándolo.

Cuando cerró la puerta tras él, se dio cuenta de que todas las habladurías sobre su belleza y elegancia no eran exageraciones. Cuando ella se inclinó ante él en una profunda reverencia, dejando a la vista su generoso escote, Orrick sintió que la parte inferior de su cuerpo respondía ante tal visión.

Aquello podría funcionar, después de todo.

Tres

—Mi señora —dijo, acercándose a ella y tendiéndole una mano—. Por favor, levantaos.

La suavidad de los dedos de Marguerite contra su ruda piel lo hizo estremecer. Y cuando finalmente ella lo miró a los ojos, supo que estaba perdido.

Su cabello llegaba realmente casi hasta el suelo, y en algunos rizos habían prendido adornos y joyas, enmarcándole el rostro. Orrick sintió deseos de tomarlo entre las manos y hundir en él el rostro, inhalando su fragancia.

Cuando ella movió la cabeza, el pelo cayó en cascada sobre sus hombros y por la espalda, y Orrick se la imaginó un poco más tarde, aquella noche, desnuda en su cama, cubierta solo por su cabello.

Sorprendido por la fuerte reacción que

había tenido solo con verla, puso todos sus esfuerzos en calmarse, o parecería el bárbaro que seguramente ella pensaba que era.

Dio un paso atrás, señaló un banco y la ayudó a sentarse. Dio unos cuantos pasos por la habitación y comenzó a sentir que tomaba de nuevo el control. Hasta que ella habló.

—Mi señor Orrick, me agrada tener esta oportunidad para hablar con vos en privado. Os doy las gracias por haber accedido a esta petición tan extraña de una novia en el día de su boda.

Su voz, suave e increíblemente femenina, hizo que de nuevo su cuerpo lo traicionara. Se imaginó esa voz mientras gritaba de placer en su cama. Volvió a visualizarla desnuda y arqueándose contra él mientras el deseo y el placer arrancaban gritos desesperados a las gargantas de ambos. Cerró los ojos por un momento y entonces se dio cuenta de cuál era el poder de aquella mujer.

Estaba al tanto de las habladurías y de la relación que lady Marguerite había tenido con el rey y se había propuesto dar una imagen de recelo, para que nadie pensara que era un tonto que no sabía nada. Pero se había engañado.

En un solo momento, la belleza, la increíble sexualidad y las silenciosas promesas de lo que podría ser lo habían hechizado. Con una simple reverencia, un leve movimiento de la cabeza, su aroma y unas sencillas palabras lo había atrapado. Y ahora Orrick estaba de pie frente a ella, duro como una piedra y deseándola como nunca antes había deseado a una mujer. La urgencia y el deseo de acariciarla, de saborearla, de tenerla, llenarla y marcarla como suya creció hasta que temió que pudiera desbordarlo. Paseó la mirada por la habitación y vio una pequeña mesa con una jarra y unas cuantas copas. Las usó para romper el hechizo.

—¿Vino, mi señora? —se sirvió un poco y, sin esperar respuesta, llenó otra copa para ella y se la tendió.

—Gracias, lord Orrick —susurró mientras se llevaba la copa a la boca.

Ella tomó un sorbo y una gota del dulce líquido empezó a resbalar por la comisura de sus labios. Marguerite la atrapó con la punta de la lengua. Orrick no podía dejar que aquello continuara. Dio un paso atrás.

—¿Cuál es el motivo de este encuentro?

—¡Conoceros, mi señor! Ya sé que es usual para personas de vuestro rango casaros sin conocer a vuestras futuras esposas, pero su majestad el rey ha permitido que rompiera la etiqueta en este punto porque hemos sido amigos.

—Eso he oído, mi señora.

¡Sí! Tenía que hacerle saber que no era ningún tonto. Tal vez se viera obligado a tomar como esposa a la antigua amante de Enrique, pero no iba a fingir que no conocía la verdadera relación que había entre el rey y Marguerite.

Su reacción lo sorprendió. Marguerite se levantó y le tendió la copa. Se quedó frente a él y la expresión de su rostro se endureció.

Antes había visto a la mujer sensual y tentadora, pero ahora estaba viendo a la Marguerite furiosa y guerrera.

—Aunque no os debo nada, Orrick de Silloth, sé que, al igual que yo, os veis obligados a aceptar este matrimonio, y quiero que sepáis la verdad.

Orrick se llevó la copa a los labios y bebió de un trago el vino que le quedaba.

—¿Y cuál es esa verdad, mi señora?

—Este matrimonio no se llevará a cabo. Siento que os hayáis visto arrastrado a este malentendido entre el rey y yo, así que me gustaría poneros en aviso sobre lo que va a pasar.

¿Acaso estaba ocurriendo algo más? ¿El rey pretendía castigarlo por algún error que su padre o él mismo habían cometido? Inspiró profundamente y preguntó:

—¿Y qué va a pasar?

—Mi señor Enrique está utilizando esta farsa simplemente para ponerme en mi lugar. He sobrepasado mis límites y desea hacerme saber lo que podría hacer si está descontento conmigo. Me temo que estáis en medio de una disputa de amantes.

El nudo que Orrick sentía en el estómago se aflojó un poco, pero sus sospechas aumentaron. ¿Montaría Enrique toda esa farsa en público para después echarse atrás en el último momento? Orrick ya había firmado la mayoría de los documentos que le hacían poseedor de tierras y títulos, y había recibido parte del oro prometido. Sí, un rey podía deshacer todo aquello con una sola palabra pero, ¿lo haría?

—¿Enrique anulará la boda hoy? —preguntó, buscando algo más en aquella historia. Su instinto le decía que allí había mucho más.

—¡Por supuesto que sí! Me ama y nunca me cederá a ningún señor del norte que jamás ha vivido en la corte. Me educaron para ser la compañera de un rey, no de… de…

—¿De un bárbaro cuya sangre no es pura, mi señora?

Marguerite no pareció suavizarse ni arredrarse al ver que Orrick sabía lo que pensaba de él. Más bien pareció fortalecerse.

—Eso mismo, mi señor. Seguramente el rey

encontrará para vos una mujer mucho más apropiada entre los nobles de Inglaterra. Me temo que estoy demasiado acostumbrada a vivir en la corte y en mi propio país, y me entristecería muchísimo alejarme de aquí.

«Y de Enrique». Esas palabras no se pronunciaron, pero quedaron flotando en el aire entre ellos.

—¿Al contarme todo esto estáis intentando forzarme a que le pida a Enrique que anule la boda? ¿Es eso lo que deseáis?

—Simplemente estaba intentando ahorraros la humillación de presentaros ante toda la corte sin una novia a vuestro lado. Pensé que deberíais saber que Enrique me reclamará y no permitirá que os caséis conmigo, aunque os haya pedido que lo hagáis.

Su voz era suave y Orrick casi pensó que era sincera. Durante un breve instante la creyó, y entonces sintió una punzada de pena al darse cuenta de lo que ocurría.

Ella lo creía. Marguerite creía firmemente que Enrique anularía la boda. Orrick suponía que, después de años siendo la favorita del rey, le resultaba muy difícil admitir que ya no gozaría de sus atenciones ni de un lugar privilegiado en la corte. ¿Cómo se sentiría al haber sido amada y verse luego abandonada y cedida a un extraño? Pero al ver su mirada y su expresión, Orrick se dio cuenta de que Marguerite no quería la compasión de nadie, así que él tampoco se la daría.

—Yo también creo que la humillación formará parte del día de hoy, Marguerite, pero me temo que seréis vos quien la sufráis, no yo. Sugiero que os preparéis y que protejáis vuestro corazón si queréis sobrevivir.

Ella parpadeó rápidamente, como si intentara comprenderlo, y Orrick supo que era el momento de marcharse. Puso una mano en el pomo de la puerta y ella se apartó para dejarlo pasar, sin hacer ningún comentario.

Marguerite se alisó con las manos el exquisito vestido y permaneció inmóvil mientras las doncellas la rodeaban, dándole los últimos toques a su peinado y a su vestido.

Nadie pareció advertir que sus ojos estaban algo más brillantes que de costumbre y su piel, más pálida. La seda y el satén de color azul claro realzaban la cremosidad de su piel y la fría mirada de sus ojos. La cadena de oro que le rodeaba la cintura y descansaba sobre sus caderas reflejaba la luz de las velas que iluminaban la estancia. Le habían adornado el cabello con piedras preciosas y con cintas, y se lo habían dejado suelto, llegándole casi a los tobillos.

Como mujer soltera, le estaba permitido mostrar su cabello en toda su gloria y esplendor. Si la ceremonia realmente tenía lugar, aquella sería la última vez que lo llevara así frente a los demás. Asintió con la cabeza después de mirarse en el enorme espejo que las doncellas sostenían para ella y las muchachas se lo llevaron.

La conversación con Orrick la había sorprendido. No había resultado tan bárbaro como ella pensaba. Era alto y musculoso, e incluso le había parecido atractivo, vestido con las ropas de la corte. El cabello castaño le llegaba a los hombros y no llevaba barba ni bigote, al contrario que muchos hombres en la corte, dejando expuestos los masculinos rasgos de su rostro. Sus ojos verdes reflejaban inteligencia y tenía una voz profunda e intensa. Su aspecto la agradaba, pero sabía que ella no era para él.

Marguerite no dio signos de impaciencia, pero sabía que Enrique la vería antes de la ceremonia. Le diría que pretendía conservarla a su lado y todo volvería a tener sentido. Ya había pagado por su comportamiento presuntuoso, así que volvería a ser la favorita del rey.

Una llamada en la puerta la sacó de sus pensamientos. Una doncella se apresuró a abrir y entró el tío de Marguerite, solo.

Marguerite comprendió que su tío la conduciría ante Enrique antes de la ceremonia y toda aquella farsa terminaría. Sin decir una palabra, el hermano de su madre le ofreció el brazo y atravesaron los pasillos de uno de los palacios preferidos de Enrique. Los sirvientes, los invitados, e incluso los enemigos se apartaron a su paso, ansiosos de ver cómo perdía su honor. Marguerite fijó la mirada al frente y siguió caminando junto al único pariente masculino que tenía en Inglaterra.

Cuando se quiso dar cuenta ya habían llegado al estrado que habían improvisado para la ocasión. La doncella que le habían asignado al llegar a Woodstock permanecía a su lado para ayudarla en todo lo que necesitara. Aparte de ella y de su tío, Marguerite estaba sola.

Deseando encontrar a Enrique, Marguerite paseó la mirada por el estrado. Vio a lord Orrick con varios de sus sirvientes y a una mujer mayor que debía de ser su madre. Roger, el obispo de Dorchester, que iba a conducir la ceremonia, estaba sentado en una de las dos sillas que había en el medio. Marguerite miró la otra silla, mucho más grande y adornada, y vio por fin al rey por primera vez en varios meses.

Sus miradas se encontraron por un instante y Marguerite se quedó sin respiración. Sabía que Enrique seguía deseándola, a pesar del tiempo que había pasado y del bebé que había tenido. El rey sonrió ligeramente y ella le devolvió la sonrisa.

Había sido una tonta al pensar que Enrique no intervendría. Las palabras de lord Orrick la habían hecho dudar, pero ahora, al mirar a su amante, sabía que aún tenía su amor y su pasión. Nunca se separaría de ella.

Satisfecha por cómo terminaría todo, dejó escapar el aire y se relajó, sin mostrar sus sentimientos de victoria. En público debía comportarse como una mujer sumisa para que Enrique supiera que había aprendido la lección.

En ese momento lord Orrick se puso a su lado. El ayudante del obispo empezó a leer el contrato matrimonial. Su voz resonaba en la amplia sala y tardó varios minutos en anunciar todos los títulos y propiedades. Enrique había sido muy generoso con los dos. Aquel «señor del norte» ganaba mucho al aceptar casarse con ella.

Marguerite sintió una punzada de dolor al

darse cuenta de dos cosas: que ella no era nada para Orrick excepto el oro y los títulos que ella le proporcionaba y que Enrique había hecho una oferta tan atractiva que Orrick no podía rechazarla. Ningún noble que buscara poder y riqueza la rechazaría.

Un repentino silencio la sacó de sus pensamientos y, al levantar la mirada, vio que Orrick se acercaba a ella. Le tendió la mano, esperando a que ella lo tomara del brazo.

Marguerite miró a Enrique, ya que en ese momento el rey debía hablar. El monarca la miró y asintió con la cabeza, mirándola únicamente a ella mientras lo hacía. Marguerite tuvo que contener una sonrisa de victoria mientras le devolvía la inclinación de cabeza.

—Mi señor obispo —dijo Enrique, levantándose—. Que comiencen los intercambios de votos.

Cuatro

Fue una suerte que Orrick le hubiera ofrecido el brazo, porque Marguerite estuvo a punto de desmayarse al oír las palabras del rey. Todos los presentes pudieron ver cómo palidecía.

La confusión y la incredulidad se reflejaron en sus ojos azules mientras Orrick la guiaba hacia el obispo. Él repitió los votos que sellaban la unión y le apretó ligeramente la mano cuando le tocó a ella hablar.

Como un animal entrenado, Marguerite repitió los votos. Entonces tembló ligeramente y Orrick le pasó un brazo alrededor de la cintura para ayudarla a mantenerse de pie.

En parte, Orrick quería castigarla por no haber escuchado su advertencia, y en parte deseaba darse la vuelta y escapar de todo aquello. Pero el sentimiento del deber lo mantuvo junto a Marguerite e incluso le hizo ayudarla a arrodillarse para recibir las bendiciones del obispo mientras este los declaraba marido y mujer frente a la corte de Enrique.

Orrick se incorporó y ayudó a Marguerite a levantarse mientras el rey también se ponía en pie. Entonces Enrique aplaudió y gritó:

—¡Hurra! ¡Hurra!

Todos los presentes lo imitaron y el estruendo sacó a Marguerite de su ensoñación. Orrick sabía que tenía que sacarla de allí rápidamente para conservar la poca dignidad que le quedaba a la que ahora era su mujer. Se acercó a su madre, le presentó a Marguerite formalmente y le pidió que se quedara con ella. Debía hablar con el rey y conseguir su permiso para marcharse.

Se acercó a Enrique, le pidió hablar un momento en privado y lo siguió a una alcoba situada en uno de los pasillos. Aquella sería una conversación delicada entre rey y vasallo, entre el amante y el marido de la misma mujer.

—Mi Señor —dijo, inclinándose ante Enrique—, os doy las gracias por todas vuestras atenciones.

Para su sorpresa, Enrique se echó a reír.

—No estaréis agradecido cuando esa mujer recupere el habla.

—Quería pediros permiso para abandonar Woodstock ahora —continuó Orrick, mordiéndose la lengua para no decir lo que realmente pensaba.

—¿Ahora, Orrick? ¿No os vais a quedar al banquete que he ordenado para esta ocasión?

Orrick dudó, sin saber muy bien cómo contestar, pero enseguida decidió que el método directo era el mejor.

—Majestad, ambos conocemos la verdad de esta situación. Los dos conocemos vuestra relación con Marguerite y sabemos por qué habéis arreglado este matrimonio. No es necesario alargar más la farsa. Todos los que han asistido a la ceremonia han entendido perfectamente el mensaje que habéis transmitido.

Enrique se ruborizó y Orrick temió haber hablado demasiado bruscamente.

—¿Eso creéis? —Orrick asintió—. ¿Y cuál era mi mensaje?

—Que vos sois el rey que se cumplirá vuestra voluntad.

Esa diplomática forma de decir que el rey castigaría a todo quien se excediera debió de funcionar, porque el enfado dejó de reflejarse en la mirada de Enrique.

—Podéis partir cuando deseéis, Orrick —dijo el rey mientras se daba la vuelta—. Algún día me daréis las gracias por el regalo que ahora os doy.

Orrick le hizo una reverencia y siguió al monarca hasta el pasillo. Después se acercó a sus ayudantes y les dio órdenes para que prepararan la marcha lo antes posible. Entonces se dispuso a enfrentarse a un reto aún mayor: Marguerite.

Ella permanecía de pie, completamente inmóvil, excepto el ligero temblor de sus manos. Estaba totalmente pálida y su negra mirada le decía a Orrick todo lo que este necesitaba saber. Orrick le hizo a su madre una inclinación de cabeza y acompañó a su esposa a sus habitaciones.

Marguerite no se movió del lugar en el que él se detuvo y tampoco dio ningún signo de saber lo que estaba ocurriendo a su alrededor. En cierta forma, Orrick agradeció su comportamiento, ya que tenía muchas cosas que organizar antes de irse de Woodstock y la actitud de Marguerite se lo facilitaba.

—Madre —dijo—, ¿queréis aseguraros de que cargan todas las pertenencias de lady Marguerite en nuestros carruajes?

Su madre entró en las habitaciones de Marguerite y empezó a movilizar a los sirvientes, dándoles órdenes. Marguerite seguía de pie en medio de todos ellos, sin mirar a derecha ni a izquierda. Orrick sintió pena por ella. No podía imaginarse cómo podría sentirse aquella mujer al darse cuenta de que se había equivocado al juzgar al rey y al descubrir la verdad delante de tanta gente.

—Marguerite —le dijo en voz baja—, ¿tenéis una doncella que viaje con vos a Silloth?

Ella no dijo nada y Orrick estaba a punto de zarandearla para captar su atención cuando una joven se acercó e hizo una reverencia.

—Mi señor, soy Edmee, la doncella de la señora. Yo viajaré con ella.

—Ayuda a tu señora a cambiarse de ropa para el viaje y que esté lista en media hora.

—Sí, mi señor —contestó Edmee.

Antes de que pudiera retirarse, Orrick preguntó:

—¿Hablas inglés?

—No, mi señor. Solo normando y francés, mi señor.

—Ayuda a tu señora a prepararse.

Orrick sacudió la cabeza. Otro problema. Su gente hablaba inglés y otras lenguas locales, como el gaélico. ¿Sería el inglés una de las lenguas que hablaba Marguerite?

Pero no podía perder el tiempo en eso

40

ahora. Confiando en que las mujeres estuvieran cumpliendo sus órdenes, se dirigió a sus habitaciones y vio que sus hombres se estaban preparando para el viaje. Una hora después salían de Woodstock en dirección al norte de Inglaterra.

Si Orrick hubiera sabido los problemas a los que habrían de enfrentarse en el viaje, lo habría aplazado. La lluvia y el viento parecían conspirar contra ellos, retrasándolos varios días. Y, aunque los nobles del lugar les ofrecieron su hospitalidad, no pudieron viajar rápidamente debido al estado de su mujer. Su mujer...

Marguerite no había salido de su estado de aturdimiento desde que salieron de Woodstock. Apenas comía ni bebía y no le decía ni una sola palabra a nadie, incluida su doncella Edmee. Cooperaba y seguía todas las instrucciones, pero no hacía nada más aparte de lo que se le pedía.

Orrick era consciente de la melancolía que se había apoderado de Marguerite. Sabía que lo que la había provocado había sido la boda, que finalmente se había llevado a cabo, pero también estaba seguro de que los rigores de la carretera contribuían a empeorar su estado. Pero quedaba menos de un día de viaje y tenía la esperanza de que, una vez llegaran a Silloth y cuando Marguerite se hubiera acostumbrado a su nueva vida, todo se solucionaría.

Recurriendo a sus dotes de diplomático, que estaban bastante oxidadas, acercó su montura a la de Marguerite e intentó trabar conversación con ella. Ninguno de sus intentos tuvo éxito. Le preguntó sobre su familia y trató de obtener algo de información sobre su vida en Normandía. Fracasó. Ni siquiera los esfuerzos que hizo en describirle Silloth, sus tierras y sus gentes consiguieron un mínimo cambio en su expresión.

Aun así, Orrick le habló de lo que se encontraría al llegar a su hogar y de lo que se esperaba de ella como señora de Silloth.

Llegaron a las tierras de Orrick justo antes de la puesta de sol. Los entusiastas saludos de su gente le hicieron sonreír. Apretó el paso y pronto entraron en su propiedad. Observó a Marguerite y vio que su mirada ya no estaba vacía. Ahora estaba llena de horror mientras miraba a su alrededor y a Orrick.

Antes de que pudiera desmontar para ayudarla, alguien se acercó de entre la multitud y llegó a ella primero. El alto guerrero escocés levantó a Marguerite de la grupa del caballo como si fuera una niña y la mantuvo en vilo frente a él mientras la examinaba de la cabeza a los pies.

Orrick saltó de su caballo y se acercó a su amigo y hermano de leche.

—Gavin, bájala.

—No parece muy robusta, Orrick. ¿Estás seguro de que es esta?

Por la sonrisa traviesa de Gavin, Orrick supo que su amigo estaba disfrutando de la situación. Pero era la expresión de miedo reflejada en el rostro de Marguerite lo que realmente lo preocupaba.

—Lady Marguerite ha tenido un viaje difícil, igual que todos nosotros. Bájala para que pueda acompañarla a sus habitaciones.

Gavin la dejó en el suelo de mala gana, pero sin soltarla, y entonces Marguerite hizo la cosa más inesperada. Con una fuerza que desafiaba su frágil constitución, lanzó un grito tan estridente que dejó sin habla a la mayoría de los presentes. Gavin, sin embargo, estalló en carcajadas.

Orrick se acercó a ella para intentar tranquilizarla, pero Marguerite, después de otra serie de gritos, puso los ojos en blancos, dejó caer la cabeza hacia delante y se desmayó en brazos de Gavin.

—A pesar de todo, tal vez sí que tenga coraje, Orrick —dijo Gavin mientras le tendía a Marguerite.

—Eres un malnacido —susurró Orrick.

—Cuida tu lenguaje, amigo. Yo solo quería darle la bienvenida a tu mujer.

—Maldito seas, Gavin. Si de verdad hubieras querido hacer eso, no habrías montado esta escena delante de todo el pueblo.

Orrick entró en el castillo con Marguerite en brazos, dando órdenes a la doncella de su mujer y a los demás sirvientes. Cuando llegó a la habitación contigua a la suya, los sirvientes ya estaban llevando agua caliente, comida, bebida y los arcones de Marguerite. Orrick la dejó sobre la cama y se apartó para que Edmee pudiera atenderla. Estaba exhausto por el viaje y decidió que todos necesitaban tiempo para descansar y refrescarse.

Su ayudante y su madre lo esperaban en el pasillo y ninguno de los dos parecía contento. Inclinándose hacia ella, preguntó suavemente:

—¿Qué ocurre, madre?

—¿Está embarazada del bastardo del rey? —respondió sin rodeos.

Orrick se quedó atónito por un momento y después se giró para observar a Marguerite, que seguía inmóvil en la cama. En aquello no había pensado, pero la verdad saldría a la luz con la primera menstruación de Marguerite o con la falta de ella. Decidió que aquel era buen momento para preguntarle a su madre.

—¿Ha sangrado durante el viaje hacia aquí? —dijo, frotándose la frente, que empezaba a dolerle.

—Supongo que tendremos que esperar para descubrirlo —contestó su madre fríamente. Empezó a marcharse, pero Orrick la detuvo poniéndole una mano en el brazo.

—No le digáis a nadie nada sobre esta sospecha. Si se corre la voz, sabré que vos la habréis propagado —soltó a lady Constance y le sostuvo la mirada, esperando a que ella aceptara su orden. Cuando su madre asintió con la cabeza, añadió—: El viaje nos ha dejado a todos exhaustos, y creo que con buena comida y descanso nos recuperaremos.

Tanto su madre como Norwyn, su ayudante, asintieron y comenzaron a retirarse, pero había algo más que Orrick tenía que solucionar.

—La doncella de lady Marguerite no habla inglés. ¿Podéis buscar a alguien que la ayude? Se llama Edmee.

—¿No lo habla Marguerite? —preguntó lady Constance.

—Me temo que no se lo pregunté la última vez que hablamos. Entonces no era algo que me preocupara. Pero sospecho que Marguerite no estará dispuesta a enseñar a su doncella, aunque conozca el idioma.

Orrick sintió que se le intensificaba el dolor de cabeza y que empezaba a perder la paciencia. Justo entonces dijo Gerard de entre las sombras:

—Mi señor, yo puedo enseñar a la doncella.

Orrick pensó en la oferta y se dio cuenta de que, al menos por el momento, era la única solución.

—Bien, Gerard. Muéstrale lo que necesita saber sobre el castillo y enséñale algunas palabras. Norwyn, la muchacha necesitará también ayuda adicional. Asígnale...

—Ya está hecho, mi señor —lo interrumpió Norwyn—. Las habitaciones ya están preparadas y ya hay varios sirvientes asignados a la señora.

—Bien. Necesito...

—En vuestras habitaciones, mi señor. Tenéis vino y comida. El agua caliente estará preparada enseguida. Y cuando estéis preparado, podemos revisar mis notas y vuestras órdenes sobre la propiedad.

Norwyn había aprendido bien su oficio bajo las órdenes del padre de Orrick y para este era una persona competente y hábil que llevaba bien el castillo, el pueblo y las tierras de Silloth. Seguramente podría apañárselas solo un rato más mientras él se bañaba y comía.

Una vez en sus habitaciones, y después de haberse quitado la cota de malla y el resto de la ropa, se introdujo en el agua caliente que lo esperaba y despidió a sus sirvientes. Mientras lo hacía se preguntó si alguna vez funcionaría algo en su matrimonio.

Cinco

No podía abrir los ojos.

Marguerite había intentado abrirlos, pero su cuerpo no obedecía las órdenes de su cerebro. Y, ya que cada hueso y cada músculo de su cuerpo le dolía terriblemente, decidió que aún no era hora de despertarse. La calidez de la habitación y la suavidad del colchón sobre el que se encontraba la devolvieron de nuevo al sueño.

El ruido que hacía un grupo de gente la despertó por segunda vez y en esa ocasión fue capaz de abrir los ojos y de incorporarse. Se apartó el cabello de la cara, se estiró para hacer desaparecer la rigidez de la espalda y las piernas y miró a su alrededor.

Tardó muy poco tiempo en darse cuenta de dónde estaba. En una torre del castillo de

Silloth, la que sería su prisión durante el resto de su vida.

Bajó de la cama y atravesó la estancia hasta la única ventana que allí había. Bajo la ventana había un banco con un grueso cojín y Marguerite se sentó allí. Examinó las esculturas que decoraban las paredes y supo que aquel sería un lugar agradable cuando el sol lo iluminara.

«Los muros tienen tres metros de grosor y es uno de los pocos castillos construidos en piedra que hay en el norte de Inglaterra».

Podía oír la voz de Orrick mientras le hablaba de su hogar, pero lo único que pudo pensar al verlo fue que era uno de los edificios más oscuros y primitivos que había visto nunca. Con su forma cuadrada y sus torres sin forma completamente definida, parecía una estructura siniestra.

«Se construyó en piedra para que resistiera el poder del mar sobre el que se alza y los vientos, que lo azotan constantemente. En este acantilado, una estructura de madera no resistiría las inclemencias del tiempo».

Marguerite se acercó más al cristal para ver el exterior, pero la oscuridad se lo impidió. Tendría que esperar hasta que amaneciera para ver hasta dónde se extendía su prisión. Las lágrimas se le agolparon en los ojos y empezaron a resbalarle por las mejillas.

¿Por qué Enrique le había hecho aquello? Había prometido obedecer todas sus órdenes y se había entregado a él en cuerpo y alma, con todo su corazón. Había reconocido su error, pero Enrique no se había apiadado de ella. Ahora estaba casada con lord Orrick y, lejos del rey y de su corte, pronto sería olvidada y una mujer más joven que ella, más rica y más hermosa ocuparía su lugar en la vida de Enrique y en su cama.

Empezó a sollozar e, incapaz de contener el llanto, dejó que este fluyera libremente. Se dejó caer al suelo, apoyó la cabeza en el cojín y lloró largamente. Y cuando ya no le quedaron lágrimas y se sintió exhausta, se quedó dormida.

A la mañana siguiente la despertaron las sirvientas, que se movían por la habitación. Marguerite abrió los ojos y se encontró una habitación bañada en sol. Ella estaba de nuevo en la cama, cubierta por varias mantas, aunque no recordaba cómo había llegado hasta allí. Por toda la estancia había arcones con sus ropas y varias muchachas, que trabajaban a las órdenes de Edmee, se apresuraban a vaciarlos y a colocar los vestidos en una gran cómoda de madera.

—¡Mi señora, estáis despierta! ¿Hemos hecho demasiado ruido? —preguntó Edmee—. Vuestro señor y marido pensó que os sentiríais más cómoda si teníais aquí todas vuestras pertenencias al despertar.

—¿Eso pensó? —miró alrededor y comprobó que ya habían llevado su espejo y sus peines y cepillos, que estaban dispuestos sobre un pequeño tocador cerca de la ventana. No sabía muy bien cómo sentirse respecto a ello.

Edmee siguió hablando, pero lo único en lo que Marguerite podía pensar era en cómo había llegado a la cama desde el asiento junto a la ventana. Miró a dos muchachas que seguían con sus tareas sin prestar atención a la conversación. ¡No hablaban su idioma!

—Edmee, ¿no hablan normando?

Antes de que su doncella pudiera responder, alguien llamó a la puerta. Esta se abrió y entraron otras sirvientas con una gran bañera de madera y cubos de agua caliente. Le prepararon eficientemente el baño y dispusieron ante ella diversos alimentos. Marguerite parpadeó varias veces, sin terminarse de creer que todo aquello estuviera ocurriendo. Pero al ver a Orrick en el umbral de la puerta supo que no lo estaba soñando.

—Mi señora, permitidme daros la bienvenida a mi hogar —dijo con una inclinación de cabeza. Hablaba inglés, y ella se negó a contestarle en el mismo idioma. No quería perder todo lo que ella era, así que le dirigió una mirada vacía y esperó—. Había albergado la esperanza, al oír que hablabais y leíais varias lenguas, de que el inglés fuera una de ellas —añadió Orrick, esa vez en el dialecto normando.

Marguerite le dirigió una rápida mirada a Edmee, para indicarle que no revelara sus conocimientos, y contestó:

—No, mi señor. Hablo dialecto normando, así como francés y provenzal, latín y algo de griego e italiano. Pero no hablo inglés. Puedo hablar con fluidez los idiomas que se hablan en el continente, donde se suponía que iba a vivir.

Orrick asintió con la cabeza y, con un gesto de la mano, ordenó a los sirvientes que salieran. Después cerró la puerta.

—Mi señora —comenzó a decir mientras se aproximaba a ella—, con el don que tenéis para las lenguas, os pediría que aprendierais la mía y la de mi gente. Ahora sois su señora y tendréis que hablar con ellos.

—No voy a estar aquí el tiempo suficiente como para tener que preocuparme por eso —espetó. Una parte de ella aún pensaba que Enrique simplemente le estaba dando una lección y que no la abandonaría.

Orrick le puso dos dedos bajo la barbilla para obligarla a mirarlo.

—Había esperado que, cuando os recuperarais de vuestra melancolía y del duro viaje, os daríais cuenta de que lo que pensáis es una locura. Tened esto claro: Enrique se ha deshecho de vos. Se ha quitado un problema de encima y me lo ha dado a mí.

Sintiéndose herida en lo más profundo, Marguerite no pudo evitar que las lágrimas acudieran a sus ojos, y desvió la mirada.

Orrick la soltó y se apartó.

—Marguerite, tenemos que solucionar muchas cosas entre nosotros, pero habrá tiempo para ello. Por ahora, refrescaos y descansad —señaló la bañera y la comida—. Reuníos conmigo esta noche para cenar en el comedor y os presentaré a vuestro pueblo.

Sin esperar respuesta, Orrick abrió la puerta y llamó a las sirvientas para que ayudaran a Marguerite. Cuando las muchachas entraban en la estancia, la mirada de Marguerite se cruzó por un momento con la de Orrick y la pena que ella vio en sus ojos la sorprendió. Podría aceptar cualquier otra emoción. Enfado, decepción e incluso odio. Pero no pena.

Marguerite dejó que Edmee tomara el control de la situación y pronto se encontró inmersa en el primer baño caliente que tomaba desde el día de su…, desde el día que se alejó de Woodstock y del rey.

—¿Va a comer lady Marguerite con nosotros? —preguntó Gavin mientras Orrick tomaba asiento ante la larga mesa.

—No. Todavía está muy cansada por el viaje. Se unirá a nosotros esta noche.

Gavin se rio abiertamente y Orrick tuvo que contener el impulso de borrarle la sonrisa con el puño. Esperó a que el criado le llenara la copa antes de decir:

—Esto es en parte culpa tuya, por asustarla en el patio.

—¿Le has dicho que te vas a ir por la mañana?

—No.

—¿Qué le has dicho? ¿Le has preguntado la verdad? —Gavin bajó la voz—. ¿Está gestando al bastardo del rey?

—No se lo he preguntado —Orrick tomó un trozo de pan y otro de queso.

—Entonces, ¿qué le has dicho? Tienes que descubrir la verdad, y pronto.

Orrick sabía que Gavin tenía razón, pero no le gustaba que lo interrogaran sobre aquello.

—Tuvimos una breve conversación en la que básicamente ella me insultó y yo traté de razonar.

—Te diré lo que necesita. Esa mujer necesita que le recuerden su deshonra y por qué está aquí. Necesita...

—Todo a su debido tiempo, amigo mío. No hace falta arrastrarla por el suelo el primer día, ¿verdad?

Gavin no parecía del todo convencido, pero Orrick sabía que lo apoyaría en cualquier decisión que tomara.

—Solo estaré dos días en la abadía —dijo Orrick, retomando el tema de su viaje—. La ida y la vuelta de Woodstock llevó más tiempo del que pensaba y debo ponerme al día de muchas cosas con Godfrey. ¿Me acompañarás?

—¿Te vas a llevar a Norwyn?

—No, él se quedará aquí.

—Entonces, yo también —contestó Gavin—. Después de todo, soy un invitado.

—¿Y desde cuándo el ser un invitado te impide acompañarme? —Orrick vio el brillo en los ojos de su amigo y de inmediato supo sus intenciones—. No quiero que nadie la maltrate. Ni mi madre ni tú —Gavin empezó a protestar, pero Orrick lo interrumpió—. Marguerite responde ante mí, y ante nadie más. ¿Lo has comprendido?

—Sí, Orrick.

La comida transcurrió en silencio. Orrick tenía que hacer muchas cosas antes de marcharse, y tener una conversación con su esposa era una de ellas, aunque preferiría no tenerla. También había pospuesto su reunión con Gavin y ahora tenía que revisar los documentos y dar instrucciones para que se cumplieran durante su ausencia.

Durante el resto del día se reunió con su ayudante, con el capitán de sus soldados y habló de la próxima cosecha con los encargados de sus tierras del sur, pero no hacía más que pensar en Marguerite. La noche anterior la había oído llorar y la había observado a través de la puerta que comunicaba sus habitaciones, y que se había quedado entornada. Había esperado hasta que se quedó dormida y después la había llevado a la cama.

Aunque Orrick había tenido relaciones con mujeres, no estaba experimentado en el amor. Había intentado encontrar las palabras apropiadas para hacerle comprender a Marguerite el comportamiento de Enrique, pero no lo había logrado. Ella estaba tan enamorada del rey que no podía entender que el corazón de Enrique, si era que alguna vez había formado parte de toda aquella historia, había cambiado, pero era evidente que el monarca la quería lejos de él.

Y hasta que Marguerite no aceptara que aquello no era una estancia temporal, sino que el castillo de Orrick sería su hogar definitivo, no encontraría la paz. Todas las esperanzas que Orrick pudiera tener de un matrimonio feliz dependían de que Marguerite abandonara las suyas y dejara de creer que el rey la volvería a llamar para tenerla a su lado. Pero lady Marguerite no estaba dispuesta a hacerlo. Por lo menos, no a corto plazo.

Marguerite tenía una dura lección que aprender, y la cena de aquella noche sería el comienzo.

Seis

El corazón de Orrick se llenó de orgullo cuando llegó al comedor. Su gente se había esforzado para impresionar a su nueva señora. La estancia olía a flores y hierbas frescas, habían limpiado las mesas y todo el mundo parecía un poco más limpio, como si se hubieran puesto sus mejores galas. Incluso Gavin se había afeitado y parecía más un noble inglés que un guerrero escocés.

Se dispusieron a esperar a Marguerite. Llegaba algo tarde, pero Orrick decidió concederle unos minutos. Se estaba bebiendo su segunda copa de vino cuando ella entró, y Orrick pensó que la espera había merecido la pena.

Marguerite había elegido para la ocasión un vestido de color rosa y, tras haber descansado un día y una noche, caminaba con paso firme y subió los escalones hasta quedarse frente a él. Su belleza casi hizo que Orrick saltara por encima de la mesa para darle la bienvenida en vez de rodearla. Y Gavin debió de adivinar sus impulsos, porque se aclaró la garganta ruidosamente y Orrick comprendió el mensaje.

Control.

Dignidad.

¡Demonios!

Orrick caminó rápidamente hacia ella y contuvo la respiración mientras Marguerite le hacía una reverencia, como haría una mujer sumisa ante su marido. Él le tomó la mano y la ayudó a incorporarse, sorprendido por su comportamiento. Había esperado una actitud desagradable, pero en lugar de ello quien se presentaba ante él y ante su pueblo era una mujer perfecta.

Se llevó la mano de Marguerite a los labios y le besó el interior de la muñeca, mirándola a los ojos para ver su reacción. Marguerite se sorprendió, pero fue un gesto tan leve que solo Orrick se percató de ello. Mientras ella se ponía a su lado, Orrick entrelazó los dedos con los de ella y se volvió hacia su pueblo.

—Os agradezco vuestros esfuerzos por hacer que esta cena sea una ocasión especial.

Ahora, os pido que le deis la bienvenida a mi… mujer, lady Marguerite de Alencon.

La mirada de Marguerite se encontró con la suya y Orrick vio el asombro en ella. Entonces se dio cuenta de que había hablado en inglés y de que probablemente ella no habría entendido nada, aparte de su nombre.

—Mi señora, les he dado las gracias por hacer que vuestra primera cena aquí sea una ocasión especial. Han trabajado mucho para daros la bienvenida —dijo en normando. Después continuó en inglés para dirigirse a su pueblo—: Mi señora no habla nuestro idioma, al menos no de momento, así que os pido vuestra ayuda para hacer que se sienta bienvenida.

Orrick sintió que se le cerraba la garganta cuando comenzaron los aplausos en el fondo del comedor y después se fueron expandiendo por toda la estancia. Alguien gritó el nombre de Marguerite y otra persona exclamó «¡Viva!». Orrick sonrió al mirar a su mujer.

Marguerite inclinó la cabeza en un signo de gratitud y después le devolvió la sonrisa. Al conducirla a sus asientos, Orrick se sorprendió de nuevo cuando Marguerite se detuvo frente a lady Constance y le hizo otra reverencia. El gesto de respeto no pasó desapercibido y la multitud la vitoreó de nuevo. Marguerite dudó un momento al ver a Gavin, y luego continuó hasta las sillas dispuestas en el centro.

Una vez sentados, y ante una señal de Orrick, los sirvientes les llevaron un cuenco de agua para lavarse las manos. Después rodearon la mesa para dejar sobre ella fuentes llenas de pescado, aves, ternera y cordero, así como rebanadas aún calientes de pan blanco y recipientes con mantequilla recién batida. Las viandas se completaban con coles y guisantes hervidos con granos de mostaza y pimienta y nabos cocidos. Orrick asintió con la cabeza y todos comenzaron a servirse. Orrick había ordenado que para aquella ocasión usaran las fuentes y las cucharas de plata que poseía.

Orrick pasó la comida ofreciéndole a Marguerite selecciones de los platos; ella las aceptaba sonriendo, con una gracia que Orrick no le había visto antes. Las conversaciones los envolvieron y Orrick tradujo para ella. Poco tiempo después retiraron los platos principales y el cocinero les sirvió una tarta templada de manzanas y peras especiada con clavo y canela, la favorita de Orrick.

Todo estaba saliendo mucho mejor de lo que esperaba. Su esposa era una mujer variable. ¿Tal vez habría aceptado ya su destino y su matrimonio podría funcionar? Pensó en el aroma del jabón que ella usaba y en la suavidad de su mano cuando se había posado sobre la suya. Tenía su glorioso cabello recogido en dos grandes trenzas y Orrick sentía un deseo casi irrefrenable de acariciarlo. Cuando Marguerite se inclinó un poco hacia él para compartir un comentario, Orrick estuvo tentado de tomar sus labios en un beso.

Pero una mirada a la expresión preocupada de su madre le hizo recordar lo que había querido olvidar: que Marguerite podría estar embarazada y que él debía saberlo antes de llevarla a la cama. De otra manera, Orrick criaría al bastardo del rey como su propio heredero sin saberlo.

Pero cuando volvió a sentir el aroma de Marguerite y escuchó de nuevo su voz, ya no estuvo tan seguro de que lo que pensaba su madre fuera lo correcto. Marguerite era su mujer y cualquier hijo que ella tuviera sería legalmente su heredero.

Marguerite lo miró a los ojos y él le apartó suavemente del rostro un mechón de pelo. Ella se inclinó un poco más hacia Orrick, convirtiendo ese roce casual en una caricia. Él sintió que el calor lo invadía y que cierta parte de su cuerpo se endurecía ante la aceptación que Marguerite mostraba. Supo que la poseería aquella noche, sin esperar una respuesta a la pregunta que su madre le había hecho.

Su mujer no era ninguna virgen inocente. Conocía los signos del amor físico y parecía aceptar sus atenciones. No, no esperaría. La poseería aquella noche.

Como si le hubiera leído los pensamientos, Marguerite se acercó un poco más y le dijo:

—¿Me dais vuestro permiso para retirarme a mis habitaciones, mi señor?

El deseo de besarla se intensificó hasta el punto de que Orrick pensó que se moriría si no saboreaba su boca. Marguerite sonrió y esperó una respuesta.

Orrick se aclaró la garganta y asintió.

—Por supuesto. Madre, ¿podéis acompañar a Marguerite?

Aunque la expresión de lady Constance se endureció, asintió y se levantó. Marguerite se puso en pie y le hizo una reverencia a su esposo. Él volvió a besarle la mano y la vio abandonar la mesa y dirigirse a las escaleras que llevaban a sus habitaciones. Lady Constance le dirigió una mirada antes de seguir a Marguerite.

Orrick sabía que su madre estaba preocupada, pero nada podía cambiar el hecho de que Marguerite era su esposa. Tenía que dar aquel paso para establecer su relación.

—El carácter de tu mujer ha mejorado con el descanso y la comida, ¿no es así? —dijo Gavin, interrumpiendo sus pensamientos.

—Eso parece.

Gavin lo agarró del brazo y lo hizo sentarse de nuevo.

—No debes parecer demasiado ansioso, o perderás tu ventaja, Orrick.

—¿Qué ventaja?

—Aquí tú eres el amo. Aunque estés lleno de lujuria, debe parecer que controlas tus acciones.

—Ella es mi esposa y estoy en mi derecho de poseerla —respondió.

—Que no te engañe cómo se ha comportado ante ti y ante tu pueblo. Es mucho más que una mujer sumisa.

—¿Y qué es?

—Todavía no lo sé, pero ten cuidado con ella.

—¿Me estás diciendo que crees que es un peligro para mí o para Silloth? —era algo absurdo, pero había aprendido a confiar en las opiniones de Gavin—. ¿Qué sospechas?

Gavin inspiró profundamente y dejó escapar el aire, echando una mirada a los que aún estaban sentados a la mesa. Después sacudió la cabeza y habló con calma.

—Vete. Métete en su cama. Ahora estás pensando con el pene y mis palabras no significarán nada para ti hasta que hayas satisfecho tu deseo con ella —Orrick empezó a protestar, pero su amigo lo interrumpió—. Perdóname, Orrick. Vete. Y goza en tu cama matrimonial —antes de que pudiera contestar, Gavin tomó la jarra de vino, se la tendió y salió de la estancia.

Su cuerpo le hizo recordar a la mujer que estaba esperándolo y, sin decir nada más, tomó la jarra de vino y se dirigió a sus aposentos.

A Marguerite le quemaba la piel donde Orrick la había tocado. Se estremeció al recordar sus labios sobre su mano y su muñeca y cómo le había rozado el rostro.

Afortunadamente la cena había terminado y, si podía soportar la hora siguiente, estaría libre de él y de sus atenciones durante varios días. Esa era la razón por la que había jugado así con él; de esa forma tendría algo de libertad para pensar en una manera de volver a Enrique.

Subió las escaleras en silencio, acompañada de Edmee y la madre de Orrick. Pronto llegó al tercer piso y entró en su habitación. Le echó una mirada a la puerta que comunicaba las estancias de Orrick con las suyas y se sentó frente a su tocador. Edmee vertió agua caliente en un cuenco y se lo tendió para que pudiera lavarse.

La tensión creció en la estancia mientras la madre de Orrick la observaba desde la puerta. Finalmente, lady Constance hizo salir a Edmee y cerró la puerta tras ella.

—Es un buen hombre, Marguerite.

—Por supuesto, mi señora. Lo es —se giró para mirar a la mujer.

—Si le dais una oportunidad, podría haceros muy feliz.

Marguerite se obligó a sonreír y asintió con la cabeza.

—Por supuesto —repitió.

—Pero si lo engañáis, os arriesgáis a perderlo todo. Ha sido amable con vos y se ha esforzado en daros la bienvenida a pesar de... vuestro pasado. No confundáis su amabilidad con debilidad, porque lo estaréis subestimando.

—¿He hecho algo que os ofenda, mi señora? Os pido disculpas por mi comportamiento durante el viaje. Fue muy duro y largo y estaba agotada —bajó la cabeza y esperó la respuesta de la madre de Orrick.

—No estoy ofendida, querida. Simplemente os aconsejo, como mujer que conoce las dificultades de ser una extraña en un nuevo lugar.

Afortunadamente, una llamada en la puerta las interrumpió. Marguerite se levantó y abrió, ignorando la dura mirada que la siguió.

—Mi señora, mi señor Orrick viene hacia aquí —le informó un sirviente.

Marguerite lo despidió con un gesto de la mano y se enfrentó a lady Constance.

—Si me disculpáis, debo prepararme para la llegada de mi señor.

Lady Constance se acercó a ella y le dijo en voz baja:

—Sé que no sois una mujer estúpida. Seguid mi consejo.

Marguerite puso la mirada de inocencia que había perfeccionado a lo largo de los años y la madre de Orrick se marchó al escuchar que su hijo se acercaba.

Edmee cerró la puerta tras lady Constance y Marguerite oyó que Orrick pasaba por delante de su puerta y que hablaba con su sirviente. Se quedó de pie frente al fuego y dejó que Edmee comenzara a desvestirla, quitándole la túnica y el vestido. Cuando la muchacha fue a quitarle la camisa interior, Marguerite la detuvo y la hizo salir del cuarto.

Hacía mucho tiempo que no se quedaba desnuda frente a un hombre y ahora dudaba en hacerlo. Se pasó las manos por los pechos y el vientre y se preguntó si los cambios serían evidentes para los demás. ¿Se daría cuenta Orrick de que había dado a luz? En aquellos momentos echaba de menos tener a alguien en quien confiar y a quien preguntarle.

El crepitar de la leña en la chimenea la sacó de sus pensamientos y se dio cuenta de que no estaba sola. Girándose, vio a Orrick en el quicio de la puerta. Podía oír su respiración agitada y casi podría jurar que sentía su calor. Satisfaría su deseo y se libraría de él cuanto antes.

La fina camisa de Marguerite era casi transparente y permitía que la luz que arrojaba el fuego la atravesara. Levantó los brazos, soltó los lazos de las trenzas y, sacudiendo la cabeza, permitió que su cabello cayera suelto a su espalda.

Orrick dio varios pasos hacia ella, se quitó la amplia túnica que llevaba y quedó desnudo frente a ella. Marguerite no pudo evitar admirar su cuerpo musculoso y sus atributos masculinos. Orrick se acercó unos pasos más y la tomó en sus brazos con tanta fuerza que Marguerite casi no pudo respirar. Entonces él hundió las manos en su cabello y las enredó en él una y otra vez, hasta que Marguerite no pudo moverse.

Le tomó los labios con una boca caliente y húmeda. La lengua de Orrick, que sabía a vino y a la lujuria, se enredó con la suya. Aunque Marguerite estaba atrapada en su abrazo, no estaba completamente inmóvil. Se apoyó en él, dejando que Orrick sintiera su cuerpo y haciendo que la dureza masculina le presionara el vientre.

Entonces, de repente, él la soltó y se apartó unos pasos. Sorprendida, Marguerite lo observó mientras él paseaba la mirada por todo su cuerpo, deteniéndose en su vientre y en sus pechos. Orrick tenía la respiración agitada y Marguerite se dio cuenta de que la suya también lo estaba. Incapaz de evitarlo, Marguerite sintió que su cuerpo se tensaba bajo la mirada de su esposo y que su feminidad se humedecía.

Después de retroceder varios pasos, Orrick habló.

—Os pido perdón, mi señora. He permitido que mi ardor empañara mi buen juicio.

Ella no sabía qué decir. Su cuerpo se estaba estremeciendo con unas sensaciones que nunca habría creído posibles con otro hombre que no fuera Enrique. Su plan de mantenerse indiferente estaba comenzando a fallar.

—Me temo que hay algo que debo preguntaros antes de... —no pudo pronunciar las palabras, pero ella sabía lo que quería decir, y asintió con la cabeza—. ¿Estáis embarazada?

Era lo último que se habría esperado que le preguntara. Habría comprendido que Orrick mostrara curiosidad por su pasado con el rey, incluso que le preguntara por sus experiencias sexuales, ¿pero aquello?

—¿Embarazada, mi señor?

—Es una pregunta sencilla. ¿Lleváis en vuestro interior al hijo del rey?

—¿Por qué me preguntáis tal cosa? ¿Y en este preciso momento? —se sentó frente al tocador y empezó a cepillarse el cabello.

—Os lo pregunto por la rapidez con la que se ha celebrado nuestro matrimonio, por vuestro pasado en su cama y por su habilidad de engendrar hijos, tanto con su esposa como con otras mujeres.

Lo dijo de tal manera que Marguerite se sintió sucia. Sintió que la sangre le hervía en las venas y que comenzaba a enfurecerse.

—¿Y me creeríais si os respondiera que no? Creo que tenéis miedo de que os compare con él y descubra que sois menos hombre de lo que es Enrique. Creo que...

En un instante Orrick se abalanzó sobre ella y Marguerite supo que había dicho demasiado. Él le desgarró la camisa y la arrojó al suelo. La tomó en sus brazos, la acarició por todas partes y se hundió en su boca, con más fiereza que antes. Antes de que Marguerite se diera cuenta de lo que pretendía, Orrick la llevó a la cama y los dos cayeron sobre el colchón sin que sus bocas se separaran. Marguerite estaba debajo de él, completamente cubierta por su duro cuerpo.

—Ahora sois mía, ante Dios y ante el rey, y no os compartiré con nadie —le susurró al oído—. Yo seré el único hombre en el que penséis cuando estéis en esta cama.

Le separó las piernas con una rodilla y Marguerite supo que acabaría pronto. Orrick sentía demasiado deseo y demasiada rabia para detenerse. Marguerite había aprendido muy pronto que los hombres odiaban que los compararan con otros, especialmente en la cama.

No hizo nada para animarlo, pero tampoco se resistió a él. Orrick le puso las manos bajo el cuerpo y le elevó las caderas. Pero en vez de hundirse simplemente en ella, como Marguerite creyó que haría, se detuvo y la miró. La miró realmente y, en un instante, cambió. Aún seguía deseándola, pero dejó caer sus caderas y se recostó contra ella, de manera que sus caderas y sus pechos entraron en contacto.

El vello rizado de su torso le hacía cosquillas en los pechos y Marguerite sentía la dureza de sus muslos sobre ella. Orrick le tomó las manos, entrelazó sus dedos como había hecho durante la cena y le levantó las manos por encima de la cabeza. Su beso fue abrasador, pero tan suave que la asustó. Marguerite podía enfrentarse con la lujuria y con que la tomara a la fuerza, pero esa suavidad casi la deshizo.

Orrick la besó por toda la cara y en el cuello. El cuerpo de Marguerite reaccionó y se arqueó contra él mientras Orrick dirigía los labios hacia sus pechos. Marguerite no pudo controlar el gemido que se escapó de su garganta cuando Orrick le tomó un pezón entre los labios, en su boca caliente, acariciándolo con la lengua hasta que se endureció completamente.

Orrick fue deslizando los labios hacia abajo y finalmente le soltó las manos. Marguerite las llevó a sus hombros pero, en vez de apartarlo, lo acercaron más hacia sí.

Torturándola, Orrick le besó el vientre y los muslos. Marguerite se dio cuenta de sus intenciones y le agarró la cabeza justo cuando él alcanzaba su objetivo.

Y entonces ella se encontró perdida.

Orrick no se detuvo hasta que ella empezó a gemir de placer y aumentó su calor interior. En ese momento se puso sobre ella y se deslizó dentro. Sin presión y sin prisa. Con un empuje suave la llenó completamente. Ella sentía cada centímetro de él moviéndose en su interior, y le parecía totalmente diferente de todo lo que había experimentado antes.

Confundida e impotente, abrió los ojos y lo vio sobre ella. Supo, por cómo se movía y por cómo se le tensó el rostro, que estaba preparado para derramarse. Y lo hizo, dejando escapar un gemido.

Durante varios minutos Orrick se quedó sobre ella sin moverse, y después salió de su interior. La miró silenciosamente durante un momento. Marguerite se obligó a no acariciarlo. Tenía que recuperar el control. Orrick no podía pensar que había ganado y que podía tomarla siempre que quisiera.

—¿Os habéis saciado para toda la noche o vais a tomarme de nuevo, como Enrique siempre hacía?

Orrick se apartó de ella y se fue sin decir una sola palabra, cerrando de golpe la puerta que comunicaba sus habitaciones. Pasaría algún tiempo antes de que volviera a acercarse a ella.

Con piernas temblorosas, Marguerite salió de la cama y se lavó con el agua, aún templada, que quedaba en la jofaina.

Su camisa estaba rota e inútil, así que se metió en la cama desnuda y se tapó con las mantas hasta los hombros. Sentía el cuerpo extraño, como si fuera diferente de como solía ser. Mientras dejaba que el sueño la invadiera pensó en cómo había funcionado su táctica.

Podía enfrentarse a la furia de Orrick, pero era su amabilidad lo que temía. Esa amabilidad podía deshacerla. Tendría que protegerse contra ella o estaría perdida.

Siete

Orrick ya se había ido del castillo y del pueblo cuando se despertó a la mañana siguiente. Edmee le dijo que se había marchado a la abadía y que podría tardar varios días.

Marguerite se levantó, se lavó y se vistió con ayuda de su doncella y pidió que le llevaran el desayuno a su habitación. No quería ver a nadie aquella mañana, especialmente a ese rudo escocés ni a la madre de Orrick. Lo que quería era salir fuera.

El asiento junto a la ventana era un lugar agradable ahora que el sol calentaba la estancia. Miró al exterior y vio que el patio estaba lleno de gente. Los sirvientes llevaban a cabo su trabajo y las puertas de Silloth estaban abiertas a los visitantes. Si la gente podía ir y venir, tal vez podría enviar un mensaje al sur.

Decidiendo que eso sería lo que haría, le dijo a Edmee que le llevara pergamino y tinta.

Se sorprendió al ver que se terminó toda la comida de la bandeja. Pensaba que aquella mañana se encontraría cansada y sin nada de apetito. Había sobrevivido a la noche, plegándose a los deseos de Orrick, pero ahora, ya que estaba fuera de Silloth, tenía algo de tiempo para ella. Tiempo para enviarle un mensaje a Enrique y volverle a pedir su perdón.

Tomó la pluma y la afiló, pero antes compuso la carta en su mente. Detalló los horrores del viaje y la vileza del castillo y de las tierras que lo rodeaban. Habló de la falta de entretenimientos y de comodidades a los que estaba acostumbrada cuando vivía con él.

Hundió la pluma en la tinta y comenzó la parte más personal de la carta, en la que contaba cómo se había entregado a lord Orrick y cómo había sentido que se le rompía el corazón al ser tocada por otro hombre que no fuera Enrique. Prometía que, aunque su cuerpo había sido tomado contra su voluntad, su corazón y su amor seguían siendo solo de él. Entonces recordó las palabras de Orrick: «Ahora sois mía… Yo seré el único hombre en el que penséis cuando estéis en esta cama».

Su corazón protestó ante esa afirmación,

pero Marguerite sabía que cuando su esposo la había tratado y tomado con suavidad, no había pensado en Enrique. No había pensado en nada, solo había sentido. Se estremeció al darse cuenta de que su reacción había sido peor que simplemente no pensar en Enrique.

Dejó la pluma sobre la mesa y se tapó el rostro con las manos, deseando poder volver atrás en el tiempo y cambiar su comportamiento con Enrique, sus demandas y cómo le había hablado de su embarazo.

Pero lo único que podía hacer ahora era lograr que comprendiera que se arrepentía de su altivez y de su actitud. Tardó unas cuantas horas, pero al terminar se sintió satisfecha con los resultados; había escrito dos cartas a su tío y a una amiga de la corte, cada una con una copia de la carta para Enrique. No se atrevía a enviarle nada al rey directamente, así que prefería mandárselas a gente que sabía que la ayudarían.

Al terminar llamó a Edmee y le pidió que buscara al administrador para que las cartas se enviaran a donde estuviera residiendo el rey en aquel momento. Unos minutos después se presentaron ante ella el administrador y un sirviente de Orrick. El primero le dio una larga explicación sobre la dificultad de enviar los mensajes, pero como hablaba en inglés, Marguerite le dedicó una mirada vacía. De todas formas, aunque quisiera, era muy difícil comprender el inglés que hablaban aquellos campesinos, porque tenían un acento muy fuerte. El sirviente se dio cuenta del problema y empezó a traducir las palabras del administrador a la lengua de Marguerite.

—Mi señora, Norwyn no puede enviar un mensajero al rey a menos que lord Orrick le dé permiso para hacerlo. Y aun así, mi señor no se pone en contacto con el rey o con sus oficiales a menos que se trate de un asunto de la mayor importancia.

—¿Cuestionáis mis intenciones y mi necesidad de enviar estas cartas a mis parientes para asegurarles que he llegado bien a Silloth?

—Mi se… señora —tartamudeó Gerard tras traducirle esas palabras a Norwyn y escuchar su respuesta—, Norwyn no os cuestiona por esto. Lo único que desea explicaros es que no puede hacer nada sin el permiso de lord Orrick.

Ella les sonrió.

—Ah, entonces no hay nada de lo que preocuparse, ya que lord Orrick me prometió que podía comunicarme con mi familia en cualquier momento y siempre que quisiera.

Esperó a que le tradujeran sus palabras al

administrador y le sonrió, retándolo a que la contradijera o le impidiera enviar las cartas. Los dos hombres se miraron; era evidente que no la creían, pero ninguno se atrevió a enfrentarse a ella.

—Entonces mi hijo es aún más generoso de lo que creía —lady Constance entró en la habitación y saludó al administrador con una inclinación de cabeza. Continuó hablando en inglés—. Si lord Orrick le ha prometido eso a su mujer, Norwyn, entonces debes hacer que se cumpla.

Marguerite contuvo el aliento mientras la madre de Orrick la estudiaba a ella y a las cartas que ahora tenía Norwyn. Entonces lady Constance despidió a los dos hombres y Marguerite esperó el verdadero mensaje de aquella mujer. Aunque la había ayudado durante el viaje, sentía su hostilidad, su rabia y su disgusto hacia ella. Decidió dar el primer paso.

—Os doy las gracias por vuestra intervención con estos sirvientes. Han tenido el atrevimiento de cuestionar mis intenciones.

Marguerite caminó hacia la ventana y se sentó debajo de ella, invitando a la madre de Orrick a que se sentara en la silla que había frente al tocador. Lady Constance rechazó el ofrecimiento con un movimiento de cabeza.

—Desde que mi hijo ganó sus títulos, lo he estado sirviendo de castellana, pero ahora es vuestro derecho hacerlo. Si queréis, os ayudaré hasta que aprendáis cómo funcionan las cosas en Silloth. Como podéis ver, Norwyn aún es nuevo en sus funciones y necesita que lo guíen.

Sorprendida por las palabras y el ofrecimiento, Marguerite pensó en ello. Si seguía casada con Orrick, sería responsable de supervisar el funcionamiento del castillo y de velar por el bienestar de su gente. Pero no planeaba quedarse tanto tiempo como para que aquello fuera necesario.

—Os pido indulgencia, mi señora —comenzó a decir—. Aún no me he recuperado del viaje y os pediría unos días más de reposo antes de hacer lo que sugerís. Y me gustaría conocer este lugar antes de hacerme cargo de los deberes que vos, mi esposo y su pueblo esperan de mí.

No supo si lady Constance la creyó, pero la mujer asintió y se levantó para marcharse. Marguerite también se puso en pie, más que por respeto a la madre de Orrick, por buena educación, la educación que le habían inculcado desde su más tierna infancia.

—Hace un buen día —respondió lady Constance, señalando el sol que se colaba por la ventana—. Aprovechadlo. Os enviaré a vuestra doncella y al sirviente de vuestro marido — Marguerite frunció el ceño al escucharla—. Orrick ordenó a Gerard que le enseñara inglés a vuestra doncella. Será más fácil para vos si él os acompaña en vuestro paseo, ya que habla tanto vuestra lengua como la nuestra.

—Os agradezco vuestra consideración, lady Constance —dijo Marguerite, empezando a sentirse incómoda con la amabilidad que se le ofrecía.

Minutos después los tres salían al patio, donde el sirviente de Orrick comenzó a hacer una descripción de la gente con la que se encontraban y de los edificios que veían mientras caminaban por el interior de las murallas de Silloth. Gerard intentaba enseñarles las palabras en inglés para algunas de las cosas que veían. Marguerite lo ignoró, pero se dio cuenta de que Edmee estaba disfrutando de la compañía del hombre.

Silloth parecía un lugar organizado y ordenado, cuya gente gozaba de buena salud y disposición. Muchos de los feudos y señoríos que había visitado en Normandía no estaban tan bien cuidados como aquel. Era evidente que lord Orrick tenía talento para administrar y mantener sus propiedades.

Marguerite decidió que ya había paseado bastante aquella tarde y anunció su intención de regresar a sus habitaciones, pero le dijo a Edmee que se quedara.

—Mi señora, yo os acompañaré —se ofreció el sirviente.

—No, Gerard. El camino de vuelta es fácil. Continuad con vuestras lecciones.

Edmee le sonrió tímidamente al hombre y se ruborizó. Marguerite comprendió al instante lo que estaba pasando allí y, despidiéndose con una inclinación de cabeza, se retiró. Las diferentes lenguas y orígenes no eran suficiente para detener la atracción entre ellos.

Decidió rodear el castillo por detrás en vez de ir directamente a él. Allí, en un pequeño patio vallado, docenas de hombres y chicos trabajaban con armas y caballos, entrenándose. Se acercó un poco y observó cómo trabajaban algunos de los hombres más experimentados. Desafortunadamente, el amigo escocés de lord Orrick era uno de ellos.

Aquel gigante llevaba solo los pantalones y se había recogido su largo cabello rojizo en una coleta. Se movía con una gracia que desafiaba su tamaño, y Marguerite se dio cuenta de que era un guerrero experimentado. Se quedó observando hasta ver cómo derribaba, apenas sin esfuerzo, a tres oponentes. Entonces él la vio y la saludó con la espada, haciendo que los demás se percataran de su presencia.

Muchos hombres se volvieron y le hicieron una reverencia. Ella les indicó con un gesto de la mano que continuaran con el entrenamiento. La mayoría volvió a centrar su atención en las armas, pero entonces Marguerite oyó unas palabras, pronunciadas lo suficientemente alto como para que ella y los demás pudieran escucharlas.

—Daría todas las monedas que poseo por tenerla en mi cama —le dijo un hombre a su compañero—. Apuesto a que vale todas y cada una de ellas.

Su amigo se rio.

—Pero a ella no le gustan los hombres como tú o como yo. Solo se conforma con un miembro real que la satisfaga... o al menos con uno noble —los hombres se rieron abiertamente.

Marguerite se estremeció al escuchar aquellos insultos. ¿Era eso lo que el pueblo de Orrick pensaba de ella? Empezó a darse la vuelta, sintiendo la necesidad de escapar de la suciedad que sentía, cuando su mirada se cruzó con la del escocés.

¿Habría visto aquel hombre su reacción?

¿Sabría que podía entender su idioma? A Marguerite la inundó la rabia pero, si hacía algo, se sabría que había mentido a Orrick y perdería la ventaja de saber lo que decían de ella cuando todos pensaban que no podía entenderlos.

Entonces le sorprendió ver que el escocés agarraba a los dos hombres, uno con cada brazo, y los tumbaba en el suelo. Cuando empezaron a sangrar y a quejarse del dolor, el guerrero los soltó y les dijo algo en voz baja. Ella no pudo oír las palabras, pero sabía que estaban hablando de ella.

Intentó no parecer afectada y volvió rápidamente al castillo. Entró en su habitación y se sentó.

Ella no era una prostituta a la que se le pagaba dinero. Era la amada del rey, la dueña de su corazón. La habían educado para ser la compañera de un rey y no era nada vergonzoso.

Paseó la mirada por la habitación y, al ver la cama, recordó las palabras que Orrick le había dicho la noche anterior. Por segunda vez en poco tiempo, se sintió sucia, y se juró que no volvería a sentirse así jamás. Aquellos aldeanos eran de la clase más baja y no comprendían a la realeza. No entendían las necesidades que un rey tenía de una mujer como ella, una que compartiera sus sueños, su amor y, sí, su cama. No podía dejar que esa gente arruinara la belleza de la relación que había tenido con Enrique con sus rudas palabras.

Aunque lo creía firmemente, no salió de su habitación en los siguientes tres días.

Ocho

Orrick afiló la pluma por tercera vez, aunque no lo necesitaba. Ya era la cuarta vez que examinaba los últimos informes sobre las salinas y los ganados que los hermanos tenían en la abadía. Se levantó, caminó hacia la ventana del despacho del abad y miró hacia el exterior.

—Es la tercera vez que miráis por la ventana, mi señor. ¿Esperáis a alguien?

Orrick intercambió una mirada con el abad, quien, con un gesto, despidió a otros dos monjes que había en la estancia. Cuando se marcharon, Godfrey invitó a Orrick a que se sentara.

—Voy a deciros algo, Orrick. Algo sobre mí mismo que tu padre sabía, pero tú no.

—¿Y qué es, Godfrey? —preguntó, intrigado.

—Cuando era joven, era un caballero y un

cruzado. Viajé por todo el continente con mi señor feudal. Incluso me casé.

—¿De verdad? No lo sabía —dijo, sorprendido.

—Pero cuando mi mujer murió, dirigí mi vida al servicio de Dios.

—¿Y por qué me estáis contando esto? —preguntó Orrick.

—Porque habéis vuelto a vuestro hogar hace menos de una semana con una mujer que, por lo que se dice, es joven y hermosa. Y porque os habéis quedado aquí durante al menos dos días más de los necesarios —contestó Godfrey, y luego bajó la voz—. Porque soy más mundano que el anterior abad y más capaz de discutir sobre cuestiones de... bueno, de maridos y mujeres.

Orrick cerró los ojos y sacudió la cabeza. ¿Qué le podía contar a aquel monje? Ni siquiera sabía cómo se sentía por lo que había ocurrido entre Marguerite y él. No, se estaba engañando a sí mismo. El problema era que sentía demasiado y que no sabía qué hacer a continuación. Era cierto que estaba retrasando el regreso a su casa y al hecho de enfrentarse a una mujer a la que deseaba poseer de todas las formas posibles y a la que quería estrangular al mismo tiempo.

—Os agradezco vuestra amable oferta, Godfrey, pero... —empezó a decir, pero el abad lo interrumpió.

—Orrick considero que somos amigos. Quiero que sepáis que mantendré vuestros secretos, si necesitáis desahogaros con vuestros problemas.

—Reuniré a mis hombres y me marcharé a Silloth —dijo, levantándose—. Ya me he quedado demasiado tiempo —debía regresar y enfrentarse a la situación con su mujer.

—Sí, será lo mejor. Hay que enfrentarse a los problemas antes de que se hagan mayores.

Salieron juntos al patio de la abadía y Orrick empezó a dar órdenes. Menos de una hora después ya había recibido las bendiciones de Godfrey y comenzaba el viaje hacia el norte. Envió a un mensajero para que se adelantara e informara a su administrador y a su mujer de su regreso para aquella tarde.

Volvió a pensar en Marguerite. ¿Cómo habría estado durante su ausencia? Sabía que se la estaba tratando bien, ya que eso fue lo que le dijo el mensajero que acudió a él pidiendo permiso para enviar las cartas a la familia de Marguerite. ¿Habría aceptado finalmente su destino y su lugar como su esposa ahora que habían consumado el matrimonio?

Sintió arrepentimiento y deseo, una mezcla frustrante, al recordarla durante la noche que la había poseído. Aunque entonces no se había dado cuenta, ahora sabía que Marguerite había jugado con él, lo había retado y lo había inducido a que la tomara. Podía ver sus ardides, pero no entendía sus razones. Si Marguerite se oponía al matrimonio y creía que no duraría, entonces la consumación sería lo último a que lo urgiría.

Durante el camino de vuelta no hizo más que pensar en aquello. ¿Cuáles serían las razones de su esposa? También se preguntaba qué Marguerite lo esperaría a su regreso. ¿La melancólica?¿La tentadora? ¿La enfadada? ¿O tal vez se encontraría con otra faceta diferente que aún no conocía?

Lo único que sabía era que no la trataría de manera deshonesta. Si ella no lo quería en su cama, no la forzaría, a pesar de lo mucho que deseaba poseer y saborear cada rincón de su cuerpo.

Justo antes del anochecer llegaron a Silloth y atravesaron las murallas del castillo. Orrick esperó a que se llevaran su caballo y después entró con sus hombres. Por los sonidos y los olores que procedían del comedor supo que la cena estaba preparada. Inspiró profundamente y suspiró. Se sentía bien al volver a su hogar. Se detuvo un momento en la estancia que había junto al comedor para quitarse la armadura y permitir que uno de sus sirvientes lo librara de la cota de mallas. Con un poco de agua que le ofreció otro sirviente en un cubo, se lavó la cara y la cabeza y se aseó lo mejor que pudo.

Entró en el comedor, saludando a su gente y a los sirvientes mientras se dirigía a su asiento. Intentó no fijarse en la mujer que esperaba junto a su silla, pero no pudo evitarlo. Incluso desde lejos pudo ver que estaba pálida. Su rostro estaba inexpresivo, pero cuando sus miradas se encontraron, Marguerite lo saludó con una inclinación de cabeza.

Marguerite permaneció de pie junto a los demás a la cabecera de la mesa y esperó a que él llegara a su asiento para sentarse. Lady Constance se sentó a la derecha de su hijo y Gavin, a la derecha de ella. Orrick ordenó que comenzaran a servir la cena. Después de las comidas bastante frugales de la abadía, estaba deseando disfrutar de viandas más consistentes. Su cocinero no lo decepcionó.

Miró a Marguerite, sentada tranquilamente a su lado. Aceptaba de vez en cuando comida y bebida de él y le daba las gracias con un murmullo. No inició ninguna conversación, pero respondió a todas las preguntas que él le hizo. Comió muy poco y bebió mucho menos.

¿Estaba tan nerviosa como él por enfrentarse a su situación personal o había algo más en juego? Cuando todos se hubieron saciado, Orrick se levantó y le tendió la mano a su mujer. Marguerite también se puso en pie y sus miradas se encontraron. ¿Era miedo lo que había en sus ojos? Gavin se levantó y se acercó a él. Orrick estaba observando a Marguerite y vio que el color escapaba aún más de sus mejillas.

—Me gustaría hablar contigo, Orrick —dijo Gavin.

—Por la mañana. Ahora estoy cansado y quiero retirarme.

—Por la mañana, entonces —contestó Gavin, pero miró a Marguerite mientras hablaba.

La mirada de Marguerite se encontró con la de Gavin durante un segundo, pero fue suficiente para que Orrick lo viera. Orrick salió del comedor con su mujer, atravesó el pasillo y se dirigió a sus aposentos. Dejó que Marguerite entrara en su habitación primero y después cerró la puerta tras ellos.

—¿Qué hay entre vos y Gavin? —preguntó finalmente.

—No hay nada entre nosotros, mi señor —contestó ella con calma.

—Gavin y yo somos amigos desde que éramos niños. Ahora, además, es el capitán de mis soldados. No tenemos secretos entre nosotros y valoro sus consejos y su honestidad más que los de ninguna otra persona —se acercó a Marguerite y esta dio unos pasos atrás—. ¿Y bien, mi señora? ¿Me lo vais a contar o debo escucharlo de labios de Gavin por la mañana?

¿De qué podía estar tan asustada? Gavin nunca traicionaría su confianza, de eso estaba seguro, pero no confiaba en Marguerite.

—Sé hablar vuestro idioma —dijo en un inglés titubeante—. Vuestro amigo lo sabe y os lo dirá por la mañana si yo no lo hago antes.

Orrick frunció el ceño.

—¿Y teníais que ocultármelo? ¿Era algo tan importante que teníais que mentirme? —Orrick sintió que la furia lo invadía. Sabía que había algo más, pero no podía imaginar qué era. Apretó los dientes y la miró—. ¿Os habéis dado cuenta de que os habéis reído de todos nosotros mientras intentábamos ayudaros? Mi gente se ha esforzado por daros la bienvenida y vos nos habéis mentido.

—No deseo estar aquí, mi señor. ¿No lo entendéis? —dijo en voz baja y suplicante.

—Habéis aprovechado cualquier oportunidad para hacérmelo saber, tanto a mí como a mi gente.

Se acercó un poco más a ella y la tomó por los hombros. Antes de que pudiera decirle que esperaba que a la mañana siguiente se disculpara ante todos, ella hizo lo que Orrick menos se habría esperado: se dejó caer al suelo de rodillas y se hizo una bola, protegiéndose la cabeza con los brazos. Orrick parpadeó, atónito, y dio unos pasos atrás mientras ella gritaba:

—¡Por favor, mi señor! ¡No me golpeéis la cara! La cara no... —pidió, encogiéndose aún más.

Orrick ni siquiera le había levantado la mano a una mujer en toda su vida, así que el hecho de que Marguerite creyera que lo haría lo sorprendió enormemente. ¿Acaso Enrique la habría maltratado?

La tocó en los hombros y ella se sobresaltó, así que volvió a apartarse. Pasaron unos minutos antes de que Marguerite dejara caer los brazos y lo mirara a la cara.

—Aunque estaría en mi derecho, no tengo intención ni deseo de pegaros.

Marguerite asintió con la cabeza.

—Simplemente quiero irme. Yo no pertenezco a este lugar —dijo en voz baja. No era ningún desafío, sino una declaración. Orrick se dio cuenta de que Marguerite aún hablaba en inglés.

—No está en mis manos, Marguerite. Los dos seguimos las órdenes del rey —caminó hasta la cama y se sentó en ella. Era el momento de preguntarle lo que realmente quería saber—. Si deseabais que este matrimonio terminara, ¿por qué... por qué me animasteis a consumarlo?

Los ojos de Marguerite se llenaron de confusión mientras parecía buscar las palabras adecuadas.

—Sabía que me deseabais, y yo quería que todo terminara pronto. Si tenía que compartir mi cuerpo con otro hombre que no fuera Enrique, quería que todo acabara lo más rápidamente posible.

Orrick sintió lástima. Lo más triste de todo era que no le habría puesto una mano encima si ella no lo hubiera animado. Pero Marguerite había provocado lo que ella misma más temía y odiaba: que otro hombre la poseyera.

—Otra cosa que nunca he hecho y que nunca haré es tomar a una mujer por la fuerza.

Si hubierais dicho una sola palabra, si os hubierais negado de cualquier manera, no os habría tomado aquella noche —le dijo—. Y no lo volveré a hacer.

Orrick cerró la puerta tras él, sin esperar a ver su reacción. Entonces el llanto de Marguerite llenó la habitación, atravesó la puerta y se le clavó en el corazón como si fuera una daga.

Al principio, Orrick no reconoció el sonido. Aún desorientado por el sueño, se incorporó sobre los codos y escuchó. Los gemidos se hacían cada vez más fuertes y provenían de la habitación de Marguerite.

Caminó hasta la puerta que separaba sus cuartos y la abrió ligeramente. Su mujer estaba en la cama, aún vestida, encogida y gimiendo de dolor. Orrick se acercó a ella y le apartó el cabello de la cara. No le gustó lo que vio. Sus mejillas habían perdido todo el color y tenía los ojos llenos de lágrimas.

—¿Marguerite? —susurró—. ¿Estáis bien?

Ella abrió los ojos y lo miró.

—Estoy enferma, mi señor. No estoy... —sus palabras se desvanecieron mientras volvía a cerrar los ojos.

Orrick le puso una mano en la frente. Gracias a Dios, no tenía fiebre. Tardaría mucho tiempo en buscar al hermano Wilfrid para que fuera a verla, así que decidió llamar a su madre. Regresó corriendo a su habitación, se puso una bata y salió hacia las habitaciones de su madre mientras se la abrochaba. La despertó rápidamente y enseguida estaba de vuelta con ella en las habitaciones de Marguerite.

Orrick se quedó a un lado mientras su madre la examinaba. Descubrió que no era un hombre paciente. ¿Qué le ocurría? ¿Estaba enferma? ¿O estaba…? Ni siquiera podía pensar en ello. ¿Acaso las sospechas de su madre eran acertadas? Tras unos minutos, lady Constance se puso a su lado.

—¿Está…? —preguntó él. No podía pronunciar la palabra.

—Es una enfermedad de mujeres, Orrick. Tiene dolores.

—¿Se lo he provocado yo? ¿Se lo causé cuando…? —se interrumpió al recordar con quién hablaba. No iba a hablar con su madre de las relaciones con su mujer.

Lady Constance frunció el ceño y después sacudió la cabeza.

—Tú no se lo has podido causar. Es su periodo. Marguerite dijo que tenía menstruaciones muy dolorosas. Le traeré una piedra caliente para aliviarle el dolor, y un poco de mi medicina para dormir —dijo, y salió de la estancia.

Orrick dejó escapar un suspiro de alivio. Por un momento había pensado que al poseerla la hubiera dañado de alguna manera. Pero aquello contestaba a su pregunta: Marguerite no llevaba en su interior al hijo del rey.

Poco después su mujer estaba tumbada con una piedra caliente envuelta en tela sobre su estómago. Después de beber el líquido que le había dado lady Constance, se quedó echada sobre un costado, de cara a la chimenea. Ya que no había nada más que pudiera hacer, Orrick regresó a sus aposentos. Ella se sentiría mejor por la mañana. Pero cuando comenzaba a cerrar la puerta se dio cuenta de que Marguerite estaba temblando.

Sin saber muy bien por qué, volvió a la cama de su mujer y se deslizó junto a ella, bajo las sábanas. Ella protestó débilmente con un quejido.

—Dejadme que os caliente, Marguerite —le susurró—. Solo quiero abrazaros.

Ella pareció aceptar su oferta y no pasó mucho tiempo antes de que Orrick sintiera que empezaba a relajarse entre sus brazos y que su respiración se hacía más lenta y profunda. Mientras él mismo comenzaba a ceder al sueño, se dio cuenta de que había visto otra faceta completamente diferente de su mujer.

¿Qué le depararía la mañana?

Nueve

Marguerite abrió los ojos y se estiró lentamente. El dolor de la noche anterior había desaparecido y, aunque la menstruación le duraría varios días, sabía que lo peor ya había pasado.

Se incorporó en la cama y se dio cuenta de que el sol estaba ya muy alto. ¡Era más de mediodía! Apartó las mantas y llamó a Edmee.

—¡Mi señora! ¿Cómo os encontráis hoy? —le preguntó su doncella alegremente—. Mi señor ordenó que no se os molestara hasta que estuvierais lista para levantaros —la muchacha la ayudó a levantarse y le cepilló el cabello, una vez Marguerite estuvo sentada frente a su tocador—. Puedo pedir que os traigan una bandeja, si tenéis hambre.

Marguerite se dio cuenta de que no tenía

que decir ni una sola palabra, ya que Edmee llevaba ella sola la conversación. Pero era una doncella eficiente, y pronto estuvo lavada, vestida y con el cabello trenzado y velado.

—Lady Constance quiere que os encontréis con ella en la sala superior si os sentís bien. Sus doncellas están trabajando en un nuevo tapiz para el comedor y pensó que podríais ayudarlas.

—¿Dónde está lord Orrick?

—Mi señor está ocupado con sus negocios. Si lo necesitáis, puedo enviar a alguien para buscarlo.

—No. Prefiero no molestarlo.

Marguerite intentó recordar lo que había pasado la noche anterior. Al final de la cena ya estaba sintiendo los síntomas de la menstruación. Las náuseas y el dolor de estómago habían aumentado, pero ella había conseguido permanecer correctamente sentada en su silla mientras Orrick terminaba de cenar.

El escocés había empeorado las cosas, acercándose a Orrick y haciéndole saber a ella con una sola mirada que le contaría su secreto. ¿Cómo habría reaccionado Orrick si la verdad hubiera salido a la luz en el comedor. No la habría golpeado al llegar a sus habitaciones, como ella habría esperado que hiciera.

Aquello era un enigma. Lo había insultado y rechazado y él simplemente se apartaba. Le había mentido, a él y a su gente, y, sin embargo, no la castigaba. ¿Qué clase de hombre era?

No era como su padre, que le aplicaba una firme disciplina, e incluso recurría a los golpes, cuando ella se rebelaba. Tampoco era como Enrique, cuya ira estallaba rápidamente y hacía que castigaran, exiliaran o encarcelaran a quien la hubiera provocado.

Mientras se dirigía a la estancia donde la esperaba lady Constance, Marguerite se dio cuenta de que Orrick tenía su propia manera de castigarla: la pena que había visto en sus ojos cuando le había dicho que se había equivocado al juzgarlo le había roto el alma.

Marguerite llegó a la puerta de la habitación y el sirviente que allí estaba la abrió para ella. La sala era espaciosa y la luz del sol entraba en ella a raudales a través de dos ventanas. Un grupo de mujeres trabajaban con bastidores en el telar. Lady Constance la llamó y señaló un asiento vacío.

Marguerite se sentó en silencio y observó el trabajo que estaban haciendo. La calidad del tapiz era excepcional, y cuando estuviera terminado sería un complemento perfecto para cualquier lugar donde lo colgaran. Sus habilidades con la aguja y el hilo eran pasables, así que no temió hacer el ridículo. Aceptó el material que le tendía una de las mujeres y empezó a trabajar en la zona que había frente a ella, comprobando de vez en cuando el boceto completo.

En un determinado momento la charla entre las mujeres decayó un poco y Marguerite se fijó en una mujer que estaba en una esquina con un bebé en el regazo. Los suaves sonidos que hacía la criatura al mamar le llamaron la atención y, durante unos segundos, Marguerite habría jurado que sus propios pechos se tensaban.

Ella no había alimentado a su bebé, porque la preocupaba más perder la leche y regresar a la corte. Una nodriza se había encargado de ello y, hasta el momento, Marguerite no había pensado en lo que no había hecho por su hija.

Lady Constance vio que miraba a la mujer y le dijo:

—Es lady Claire. Su hija se llama Alianor.

—¿Qué tiempo tiene el bebé? —preguntó, antes de darse cuenta de que las palabras habían salido de sus labios.

—Ya tiene casi seis meses, mi señora.

La misma edad que... Marguerite interrumpió sus pensamientos. Asintió con la cabeza y se inclinó hacia la zona del tapiz que tenía frente a ella.

—¿Cómo os encontráis hoy, lady Marguerite? —le preguntó la madre de Orrick.

—Mucho mejor, mi señora. Os pido perdón por despertaros anoche.

—Por lo general, los hombres no saben cómo tratar estos asuntos de mujeres. Orrick hizo lo correcto acudiendo a mí en vez de al hermano Wilfrid.

—Os agradezco mucho vuestra ayuda — dijo Marguerite. Realmente le estaba agradecida, y también a Orrick por… la comodidad que le había ofrecido.

La mirada de Marguerite se posó una vez más en la mujer y su bebé que, ya alimentado, dormitaba sobre el hombro de su madre. ¿Qué sentiría al…? ¡No!, no debía permitirse pensar en ello.

—Conozco a muchas mujeres cuyas menstruaciones se han hecho menos dolorosas tras dar a luz —dijo lady Constance. Por su expresión, Marguerite supo que era una indirecta dirigida a ella más que un comentario general.

Era consciente de que su primera responsabilidad como esposa de Orrick era darle un heredero, y sabía que eso era precisamente lo que esperaban todos. Una parte de ella deseaba echar por tierra esas falsas esperanzas, pero al recordar cómo la había tratado Orrick, decidió callar. Pronto descubrirían la verdad, cuando Enrique la llamara de nuevo a su lado.

—Eso he oído, mi señora —respondió.

Durante las siguientes horas, las mujeres hablaron de sus maridos y de sus vidas, y la mayoría lo hacía en normando. Solo algunas hablaban en inglés y lady Constance le traducía las palabras.

—Mi señora —dijo Marguerite en inglés—, ya le he dicho a lord Orrick que puedo hablar vuestra lengua —las demás se sorprendieron, pero lady Constance permaneció impasible—. No puedo hablarlo perfectamente y me cuesta entender algunas cosas, pero comprendo las palabras si me hablan despacio. Y preferiría hablar mi propia lengua, ya que todos la conocéis.

—Mi hijo siempre ha favorecido el inglés antes que el normando. Prefiere que hablemos inglés para ayudaros a que lo aprendáis.

Todas las mujeres miraron a Marguerite, esperando una objeción o asentimiento por su parte. Como no quería ceder ni tampoco hacer una escena, se levantó y le dijo a lady Constance, en normando, que necesitaba tomar el aire. Le hizo una seña a Edmee, que salió detrás de ella.

—¿Cómo lo supiste? —le preguntó Orrick a Gavin mientras atravesaban el patio para observar a dos hombres que se entrenaban con escudos.

—Observé su reacción cuando oyó unas palabras sobre ella.

—Pero, Gavin, ¿qué te hizo sospechar que podía no ser honesta? No la conoces —Orrick les dio instrucciones a los hombres que estaban luchando y esperó la respuesta de Gavin.

—Ha sido educada en la corte del rey. El subterfugio y el engaño están en la naturaleza de esa gente.

—Duras palabras sobre mi mujer. ¿No debo confiar en ella?

—Antes debe demostrar que es digna de tu confianza, Orrick.

—Yo solo quiero entenderla. En cada encuentro que tenemos veo una faceta diferente de ella, y no sé cuál es la verdadera —se pasó la mano por el cabello—. Creo que hay bien en ella, pero que ha sido educada y recompensada por comportarse de cierta manera.

—Como todas las mujeres nobles y de la realeza —contestó Gavin—. Pero esta es tu esposa, y es más inteligente que cualquier mujer que yo haya conocido. Hacernos creer que no nos entendía fue una estrategia brillante. Le permitió aprender mucho de nosotros sin necesidad de dejarnos ver nada de ella.

—Yo he aprendido algunas cosas de ella, y terminaré comprendiéndolo todo. Con el tiempo, descubriré todos sus secretos.

Orrick asintió con la cabeza al ver que los hombres habían terminado sus ejercicios y estos se marcharon para dejar paso a otros. Los siguientes parecían recién salidos del campo de batalla, porque tenían los ojos morados y varios cortes en la cara.

—¿Estás seguro de que quieres descubrirlos, Orrick? ¿Y ella también descubrirá los tuyos?

—¿Mis secretos? Yo no tengo secretos, Gavin.

Observó a los dos hombres, que se movían por el patio evitando golpearse más que intentando hacerlo. Algo iba mal.

—¿Y la viuda Ardys? Aunque eres discreto y ni siquiera tu madre sabe de su existencia, algunos sí lo saben. ¿Qué pensará tu mujer de tu amante?

Las palabras de Gavin lo sorprendieron, ya que Ardys no era su amante. La consideraba una amiga y una compañera. A veces compartían la cama, pero él no tenía ninguna amante. Antes de que pudiera replicar, Gavin saltó la valla y corrió hacia los dos hombres. Orrick lo siguió para descubrir qué estaba pasando.

Los hombres, al ver que Gavin se acercaba a ellos, corrieron hacia Orrick y se arrodillaron ante él.

—¿Qué está ocurriendo aquí? ¿Cómo os habéis hecho esas heridas? —preguntó Orrick señalándoles las caras.

—Yo se lo hice —contestó Gavin.

Confundido, Orrick miró a Gavin en espera de una explicación. Los hombres palidecieron.

—¿Por qué? —Orrick se puso los puños en las caderas y esperó. Algo serio debía de haber pasado para que Gavin golpeara a aquellos hombres—. ¿Cuándo?

La gente comenzó a agruparse a su alrededor y Gavin se preocupó.

—Podemos continuar esto dentro.

—Gavin… Confío en ti para que supervises a mis hombres cuando estoy fuera. Explícamelo ahora.

—Insultaron a lady Marguerite el día que te fuiste a la abadía.

—¿Qué dijeron? —Orrick no quería ni pensar en los rumores e historias que circulaban por sus tierras.

—¡Mi señor! —exclamó Thurlow, uno de los hombres—. Simplemente estábamos hablando, no pretendíamos insultarla —agarró la túnica de Orrick en actitud suplicante—. Por favor, mi señor...

Orrick miró a Gavin y se dio cuenta de que, fuera lo que fuese que hubieran dicho, Marguerite lo había oído y también cualquier persona que estuviera en el patio en ese momento. Era lo que la había hecho reaccionar y así Gavin había conocido su secreto.

—Llama a François y dile que traiga dos fustas —le dijo a Gavin, y después se dirigió a uno de los soldados que había en el patio para ordenarle—: Átalos a la valla.

Pronto el patio se llenó de gente que había oído el altercado. Bien, así sabrían lo que les esperaba si insultaban a lady Marguerite. A pesar de su pasado y de su rechazo a quedarse con él, era su esposa y su señora. Insultarla a ella era como insultarlo a él.

Aunque solía tratar a la gente sin crueldad, había veces en que debía usarse el castigo físico. Aunque lo odiaba, tenía que enfrentarse a ello.

Cuando todo estuvo preparado, le dio una

fusta a Gavin y otra a François, el capitán de los guardias del castillo.

—Quince azotes a cada uno por los insultos contra lady Marguerite —dijo en voz alta—. Dadles los diez primeros ahora —ordenó.

La multitud susurraba y murmuraba, pero él permaneció impasible, con expresión pétrea y cruzado de brazos. Los hombres se retorcían contra la valla y gritaban de dolor con cada latigazo. Después de los diez azotes, Gavin y François se detuvieron y lo miraron.

—Como marido de la mujer difamada y como señor de estas tierras, me corresponde dar los últimos cinco latigazos. Así todos sabréis que ella es mi esposa y que siempre protegeré su persona y su honor.

Odiaba hacer aquello, pero sabía que decía la verdad. No podía permitir que ese comportamiento se volviera a repetir. Si le perdían el respeto a ella, también se lo perdían a él, y solo su respuesta ante tal desafío conseguiría mantener el poder que tenía como su señor.

Orrick tomó la fusta que le ofrecía Gavin y, apartándose un poco, la hizo restallar un par de veces contra el suelo del patio. Cuando se dio la vuelta para completar el castigo, se sorprendió al ver a Marguerite allí, entre él y los dos hombres.

Había llegado al patio justo cuando Gavin y

François terminaban de contar diez latigazos y se había interpuesto allí sin que Orrick la viera.

Cuando se encontró con la mirada de su esposo, vio en ella enfado, sorpresa y una profunda tristeza. Pero no había pena.

—Mi señor, os pido clemencia para estos dos hombres —dijo Marguerite en voz alta—. Estáis en vuestro derecho de castigarlos si así lo deseáis, pero aun así os lo pido.

Orrick la tomó de la mano y la acercó a él. Susurrando para que solo él pudiera oírla, Marguerite le dijo:

—Solamente dijeron la verdad, mi señor. No dijeron nada más aparte de lo que vos ya habéis dicho o pensáis de mí.

—¿Queréis defenderlos? ¿Oísteis sus palabras?

—Sí, las oí.

—¿Y aun así pedís piedad para ellos?

Marguerite sabía que el castigo de Orrick haría más daño que bien y que tenía que detenerlo antes de que aquello empeorara. Los hombres que estaban involucrados en aquella historia la odiarían a ella, no a él. Sus familiares y sus amigos también. Y, lo que era peor, sabía que Orrick no la perdonaría por haberse visto obligado a castigarlos. Sabía que aquello le dolería. Y no quería hacerle daño.

Inclinó la cabeza hacia él.

—Piedad, mi señor.

Orrick se quedó inmóvil unos minutos y después rodeó a Marguerite, dirigiéndose a los dos hombres atados. Levantó la fusta y les propinó un latigazo más a cada uno antes de dejarla caer al suelo.

—Como pide mi señora... os concedo clemencia.

Ella lo miró mientras salía del patio, abriéndose camino entre la gente. Varias personas corrieron a ayudar a los hombres, que gemían de dolor con las espaldas sangrantes.

Pero nadie se dirigió a ella. No se acercó ni una sola persona para hablarle, y ni siquiera para mirarla, cuando comenzó a caminar de vuelta al castillo.

Estaba completamente sola.

Diez

El comedor estaba muy silencioso, a pesar de que había mucha gente en él. Estaba la gente del castillo que solía comer con lord Orrick, los criados y sus mujeres y la familia de lord Orrick. El único que faltaba era este último.

Aunque nada le habría gustado más que retirarse a sus habitaciones, Marguerite se sentó en la silla de Orrick y dio la orden de empezar a servir la comida. Norwyn le había dicho que Orrick no se presentaría aquella noche a la cena y, por tanto, como señora del castillo, le correspondía supervisar la cena.

No quería ser la señora de aquel lugar. En realidad, lo único que deseaba era marcharse de allí, pero después de la defensa pública que Orrick había hecho de ella aquel día, no le quedaba otra opción más que sentarse a la mesa y representarlo.

Los criados llevaron humeantes ollas de un guiso y lo sirvieron en grandes cuencos de madera que había dispuestos en la mesa. El estómago de Marguerite, que nunca se le asentaba durante los días de la menstruación, se rebeló ante la vista y el olor del guiso de pescado que le habían puesto enfrente. Sin embargo, consciente de que la gente la observaba, hundió la cuchara en el mejunje y se la llevó a la boca. Al ver la señal, todos comenzaron a cenar. Fue lo último que Marguerite comió, aparte de algunos trozos de pan duro.

Aquella noche el comedor no era el lugar alegre que solía ser. De vez en cuando, Marguerite se dio cuenta de que le dirigían miradas furtivas. Intentó iniciar una conversación con los que se sentaban cerca de ella, pero sin resultado, porque comenzaban a hablar entre ellos sin incluirla en sus charlas.

Ser ignorada era algo nuevo para ella. Mientras recibía su educación, había sido la esperanza de su padre para conseguir una alianza con la familia real. Aunque el hijo legítimo de su padre tomaría el control de sus tierras, títulos y riquezas, ella mantenía a su familia en el centro de la vida social de la corte de

Enrique. Era la señora del corazón del rey y todo el que quería acceder a él recurría antes a ella. Pero en aquel castillo era una intrusa sin poder ni influencia.

Cuando le pareció que todos se habían saciado, le hizo una seña a Gerard para que se acercara.

—¿Crees que lord Orrick vendrá esta noche? —le preguntó.

Gerard se ruborizó y buscó con la mirada a alguien en la mesa. Sin necesidad de mirar, Marguerite supo a quién le estaba pidiendo consejo.

—No, mi señora —respondió en inglés—. Mi señor dejó claro que no aparecería en toda la cena.

—¿Y dónde ha ido? —preguntó ella.

Gerard comenzó a tartamudear e intentó empezar una frase tres veces antes de decir:

—No sabría decírselo, mi señora.

Marguerite escuchó la verdadera respuesta que escondían sus palabras: «Todos sabemos dónde está, pero no os lo revelaremos».

—Muy bien. Si todo el mundo ha terminado, me retiraré —se levantó, y todos los demás la imitaron.

Le hizo una señal a Edmee con la cabeza y se dirigió a las escaleras que conducían a sus aposentos. Se detuvo frente a la puerta de Orrick, pero no escuchó nada que delatara su presencia. Entró en su habitación y recordó que el escocés tampoco había acudido a la cena. Sospechaba que estarían los dos juntos. La puerta se abrió y Marguerite esperó que Edmee la ayudara a desvestirse, pero en lugar de ello habló lady Constance.

—No habéis comido.

Marguerite estaba muy cansada por todos los acontecimientos del día y por la menstruación y no deseaba tener un enfrentamiento con la madre de Orrick.

—Os agradezco vuestra preocupación, pero es injustificada. He tenido suficiente —comenzó a recolocar los cepillos y los peines sobre el tocador.

—No habéis comido nada por la mañana ni durante el día. Le he dicho a Edmee que le pida al cocinero un caldo que os sentará mejor al estómago que la cena de esta noche.

Marguerite estaba sorprendida. Aquella mujer sabía lo que le ocurría y se había preocupado de su bienestar. Su propia madre había muerto al darla a luz, y las únicas atenciones de carácter personal que había recibido en la casa de su padre habían sido las estrictamente necesarias para prepararla para su futura posición real. Se giró para mirar a lady Constance, pero no se le ocurrió qué decirle.

Las envolvió un incómodo silencio hasta que escucharon los pasos y la voz de Edmee. Iba hablando con alguien más mientras caminaba y, al asomarse al pasillo, Marguerite vio que ese alguien era el sirviente de Orrick. Cuando el hombre se dio cuenta de que los estaba mirando, se hizo a un lado y permitió que Edmee entrara en la estancia.

Edmee hizo una reverencia a las dos mujeres y dejó la bandeja en la mesa. Lady Constance hizo que la doncella saliera y dijo:

—Comed antes de que se enfríe, Marguerite.

El estómago le protestó antes de que pudiera rechazar la comida y, ya que estaba hambrienta, se sentó y comenzó a tomar el caldo humeante. En él había trozos de zanahoria y de cebada, pero no era tan espeso como el guiso de pescado de la cena. La madre de Orrick caminó hasta la ventana y se quedó allí en silencio. Marguerite puso pequeños trozos de pan en el caldo, que pronto le llenó y asentó el estómago, y se lo terminó rápidamente. Bebió una pequeña cantidad de cerveza y miró a lady Constance, que en ese momento le daba la espalda.

—Tengo que hablar con vos de lo que ha ocurrido hoy.

—Lady Constance, estoy cansada, no me siento bien y me gustaría retirarme. En realidad, no me gustaría hablar de ello, pero si creéis que debemos hacerlo, ¿no podría ser por la mañana?

Marguerite caminó hasta su cama y se sentó en ella. Lo único que deseaba era meterse bajo las mantas y las pieles y permanecer allí días enteros. Se quitó el velo que le cubría el cabello y esperó la respuesta de la madre de Orrick.

—El hecho de que esos hombres os insultaran fue culpa mía —dijo lady Constance, sorprendiéndola. Sus miradas se encontraron y Marguerite vio la culpa reflejada en los ojos de la madre de Orrick—. Cuando mi hijo anunció que se casaría con vos, yo hablé poco sabiamente y en presencia de otros. Si hubiera hablado con Orrick en privado, nadie conocería vuestro pasado.

Marguerite, atónita, sintió que las lágrimas se le agolpaban en los ojos y le hacían un nudo en la garganta. Nunca nadie se había disculpado por hablar a sus espaldas. Había oído todo tipo de insultos: puta del rey, prostituta de Alencon..., pero jamás habían admitido haberlos usado contra ella. Y ahora aquella orgullosa mujer lo estaba haciendo. ¿Qué podía decir?

—He hablado con Orrick sobre ello y les he dejado claro a las mujeres que me sirven que estaba equivocada —continuó lady Constance—. Si creéis que hay algo más que pueda hacer para evitar más daño, decídmelo.

Marguerite jamás se había sentido tan insegura. No sabía qué hacer. Asintió con la cabeza y apartó la mirada.

—¿Qué ha dicho lord Orrick?

—Ha admitido mi debilidad por los rumores y me ha pedido que me disculpe ante vos —lady Constance se acercó un poco más—. Estaba preocupado porque os culparais por lo que le hizo a aquellos hombres.

Confundida, Marguerite sacudió la cabeza.

—Pero Orrick es el señor de todo esto y nadie puede cuestionarlo. Puede castigar como mejor le parezca, no importa la persona o los motivos. Es… un hombre peculiar.

—Cierto. Es prudente y reflexivo y cuesta mucho hacerlo enfadar, pero eso no le impide hacer lo que considera necesario.

—¿Dónde está ahora?

Lady Constance dudó antes de responder. ¿Qué le ocultaban todos?

—Supongo que estará en el tejado del castillo. Le gusta ver la puesta de sol desde allí.

De repente Marguerite ya no sintió el cansancio, se levantó y pasó junto a lady Constance. Necesitaba encontrar a Orrick y hablar con él, saber si lo que había hecho por su culpa lo había... herido. Subió las escaleras que llevaban al tejado, aunque no sabía qué decir ni qué quería escuchar de él. Al llegar arriba del todo empujó la pesada puerta y salió al exterior. Un guarda se acercó a ella y le preguntó por qué estaba allí, mientras el viento le revolvía el cabello y el vestido.

—Busco a lord Orrick.

El hombre señaló con la cabeza en dirección al muro oeste y Marguerite lo vio allí. Estaba de pie observando la rápida puesta de sol, con el cabello y la capa arremolinados por el viento. Ella se acercó hasta quedarse a su lado.

La oscuridad era cada vez mayor y la tarde se estaba volviendo fría. Marguerite tembló al darse cuenta de que había olvidado llevar algo de abrigo.

—Acercaos más y compartid mi capa —dijo Orrick, abriendo la capa para ella—. ¿Qué os trae aquí?

Marguerite se sintió envuelta por su calidez. Orrick la situó delante de él, también frente a la puesta de sol, y la rodeó con sus brazos y la capa, apoyando después la barbilla en su cabeza.

—¿Por qué habéis azotado a esos hombres hoy? No había razón para...

119

—¿Defender vuestro honor? Sois mi esposa, y debo hacerlo.

Marguerite se giró para mirarlo y él aflojó un poco el abrazo, pero sin soltarla completamente.

—Pero vos sabéis la verdad. Sabéis que hablaron de mi pasado y que yo no quiero ser vuestra esposa.

Orrick frunció el ceño y Marguerite se preguntó qué estaría pensando. Le había dicho con total sinceridad que no quería estar allí ni permanecer casada con él, ya que consideraba que su matrimonio era una farsa temporal. Pero los cimientos de sus argumentos habían empezado a derrumbarse tras su intimidad física. Aun así, Marguerite estaba convencida de que Enrique encontraría una manera de terminar con aquel matrimonio. Y se había sentido aliviada al tener la menstruación y saber que aquella intimidad no había tenido ningún resultado que pudiera dificultar aún más la anulación.

—¿Tan ogro soy que no podéis ser nada feliz siendo mi esposa? —lo dijo con un tono divertido, pero en sus ojos se reflejaba la seriedad.

—Amo a Enrique.

—Eso ya lo habéis dicho. Muchas veces.

—¿No me creéis? ¿Pensáis que Enrique abandonará todo lo que hemos compartido? —preguntó. Una parte de ella deseaba que Orrick le diera la respuesta que necesitaba oír.

—Creo que el primer amor siempre está lleno de deseos y esperanzas que normalmente se evaporan al enfrentarse con la realidad. Y creo que vuestra oposición a nuestro matrimonio se basa en sentimientos adornados por vuestra creencia del amor que sentís por Enrique. Y sugiero que esos sentimientos no son completamente fiables cuando tienen que ver con el rey.

Incapaz de enfrentarse a esa posibilidad, cambió de tema.

—Vuestra madre se ha disculpado conmigo.

—Ah. ¿Es eso lo que os ha impulsado a buscarme? ¿Tal vez mi madre lo ha empeorado todo con su buena disposición a mejorarlo?

Lord Orrick se quitó la capa y la puso sobre los hombros de Marguerite. Ahora ella podía verlo cara a cara.

—No, mi señor. Sus palabras parecían sinceras.

—Y lo eran. Pero os pido que no la avergoncéis hablando más de esto. Es una mujer orgullosa que ha reconocido sus errores. Si encontráis en vuestro corazón la fuerza suficiente para abandonar este asunto, os pediría que lo hicierais.

La sinceridad de su petición la sobresaltó. Apretó un poco más la capa contra su cuerpo y asintió con la cabeza.

—Quería contaros las razones que he tenido para intervenir hoy.

—Mi señora, no necesito conocer vuestras razones. Vuestras acciones me dieron la oportunidad de mostrar clemencia. No es preciso saber nada más.

—¿Y mostrar clemencia es importante para vos, mi señor?

Marguerite quería saber por qué Orrick había hecho lo que ningún otro hombre haría. Su propio padre nunca había tenido piedad al imponer la disciplina. Una vez, ella fue testigo de cómo casi mató a un sirviente a golpes por arruinarle su túnica favorita.

Él se rio ásperamente y sonrió.

—¿Acaso no es un deber cristiano mostrar clemencia con aquellos a los que se ha de cuidar? Los monjes de la abadía tuvieron mucho que ver en mi educación. Durante un tiempo, antes de que mis hermanos murieran, pensaron que me uniría a ellos. Su influencia fue muy distinta de la de mis otros mentores.

—¿Tenéis hermanos? —ella había crecido

separada de su hermanastro y de su hermanastra.

—Y una hermana. Creo que fue su pérdida lo que causó que mi madre se comporte como lo hace. Sus muertes la cambiaron —dijo suavemente.

Marguerite sintió una alarma en su interior. No quería saber aquello. No iba a estar en aquel lugar mucho más tiempo y no deseaba conocer más cosas personales de aquel hombre. Se quitó la capa y se la tendió.

—Mi señor, voy a retirarme a mis habitaciones. Ha sido un día largo y cansado.

Sintió la urgencia y la necesidad de escribir a Enrique y empezó a elegir mentalmente las palabras que usaría. Solo había dado unos pasos cuando él la llamó.

—Antes de que os vayáis, quería pediros algo.

Ella se giró para mirarlo.

—¿Mi señor?

—En realidad, tengo que haceros dos peticiones —se acercó a ella—. El hermano Wilfrid no fue preparado en la abadía y por eso su conocimiento del latín no es tan amplio como podría ser.

—Entonces, ¿por qué no lo reemplazáis? —preguntó ella.

—Sus habilidades curativas son muy útiles para mi gente y no quiero deshacerme de él. Sé que sabéis leer y escribir latín, y me gustaría que trabajarais con él, ayudándole a traducir los manuscritos al inglés.

—Seguramente vuestro ayudante podrá hacer esa tarea, mi señor.

—Mi señora —Orrick le tomó una mano entre las suyas—, el hermano Wilfrid se está haciendo viejo y el abad Godfrey no puede enviarnos ahora un sustituto. Necesito a alguien que ayude a Wilfrid, temporalmente, a leer los manuscritos que le llegan desde la abadía. Seguramente, alguien bien educada como vos podría hacerlo sin esfuerzo.

Negarse podría hacerla parecer mezquina y, para su sorpresa, descubrió que no quería que él lo creyera.

—Estaré encantada de intentarlo, mi señor. Mientras él no tenga problemas en trabajar con una mujer y no me censure.

Muchos religiosos relacionados con la corte de Enrique la hacían sentirse incómoda. Uno de los prelados de Enrique tenía la costumbre de hablarle duramente cuando el rey no estaba presente y censurarla. «Puta descarada e impía de Babilonia» era su insulto preferido. Se lo decía en voz baja para que solo ella pudiera oírlo, pero con un énfasis que la hacía estremecerse.

—No —contestó Orrick, sacudiendo la cabeza—. Es un alma gentil que apreciará la ayuda que reciba.

La amabilidad en su voz la asustó de nuevo y sintió la necesidad de huir. Asintió con la cabeza y se dio la vuelta para marcharse.

—Lo buscaré mañana por la mañana, mi señor —dijo mientras se alejaba de él.

—Aún queda la segunda petición, Marguerite.

—¿Mi señor? —se giró para mirarlo y esperó.

—Tendréis que hablarle a mi gente en su lengua. Mientras estéis aquí, por supuesto.

Marguerite no le hizo ningún asentimiento con la cabeza ni de palabra; simplemente, se dio la vuelta y caminó hacia la puerta.

—¿Mi señora? —volvió a llamarla.

—¿Otra petición, mi señor? —cruzó los brazos sobre el pecho, impaciente—. Hablasteis solo de dos.

—Me gustaría que me llamarais solo por mi nombre de pila cuando estamos solos —se había acercado a ella, tanto que Marguerite tenía que inclinar un poco la cabeza hacia atrás para mirarlo a los ojos. Sus labios estaban lo suficientemente cerca como para besarlos, pero Orrick no lo hizo.

Su voz profunda se derramó sobre ella y sintió un calor en su interior. A veces Orrick podía ser extremadamente atractivo. La respuesta de su cuerpo la alarmó; no quería sentirse atraída hacia aquel hombre. Quería irse de allí y no volverlo a ver.

Asintió con la cabeza y se alejó caminando hacia atrás. Cuando hubo suficiente distancia entre ellos, se dio la vuelta y caminó hacia la puerta.

Once

Orrick alcanzó las escaleras después de que Marguerite se hubo ido y se dirigió a su sala de trabajo, en la planta principal. Gavin lo esperaba allí, pero el encuentro que había tenido con su esposa lo había retrasado. Abrió la puerta sin avisar y se encontró a su amigo con la cabeza apoyada en la mesa, roncando.

Tomó la jarra que Gavin aún agarraba con una mano, se sirvió una copa de vino y se sentó en el taburete más próximo. Aquel era un final extraño para un día extraño. Decidió no despertar a Gavin, ya que no estaba seguro de querer enfrentarse a las preguntas que su amigo podría hacerle estando solos. Y Orrick sabía que Gavin tenía más preguntas ahora que cuando se había ido del patio, tras castigar a los dos hombres.

Aunque ninguno de los dos había confesado las palabras exactas que habían dicho contra Marguerite, podía imaginarse cuáles habían sido. Muchas personas las habían dicho abiertamente, incluso a él, en la corte de Enrique. La primera vez que había visto a Marguerite había pensado que su frío exterior cubría un corazón aún más frío, pero después de ver sus esfuerzos durante los últimos días, ya no estaba tan seguro. Y su intervención de aquel día demostraba que había en ella más interés y preocupación de lo que él pensaba. No sabía quién era la persona por la que Marguerite se preocupaba, pero creía que su presencia en el tejado había sido más esperanzadora que otra cosa.

¿Cómo se sentiría Marguerite cuando descubriera que él le había mentido?

No había querido mostrarse clemente con aquellos hombres. La furia que había sentido le pedía su sangre, casi sus vidas, por lo que le habían hecho a su mujer. Su autocontrol había desaparecido al saber que Marguerite había escuchado palabras odiosas de su gente.

Y la acusación que le había hecho, de que él pensaba lo mismo de ella que esos hombres, le había llegado al corazón. En ese momento supo que el castigo que había infligido a aquellos hombres y la rabia que había sentido en realidad estaban dirigidos hacia él, por los gestos que había tenido con Marguerite.

Sí, ella también lo había insultado en sus encuentros, e incluso lo había empujado a tener un mal comportamiento. Pero él era mayor y tenía más experiencia en asuntos de disciplina que ella, y debería haberse controlado mejor.

Aunque Marguerite aún no lo supiera, tenía, por primera vez en su vida, la posibilidad de crearse una nueva vida, lejos de los peligros, las falsedades y las intrigas de la corte. Una vida donde pudiera crecer y convertirse en la mujer que era capaz de ser.

A Orrick no se le olvidaba que ella no quería esa vida. Pero el hecho de que lo hubiera buscado aquella noche y sus débiles argumentos sobre su amor por Enrique le decían que estaba empezando a cuestionarse las razones de su vida y sus decisiones.

No estaba seguro de cuándo había decidido que ella se quedara o, al menos, tentarla para que deseara hacerlo, pero su petición para que trabajara con el hermano Wilfrid había sido el primer paso para ello. Por sus observaciones y por lo que ella le había contado de su vida, a Marguerite solo le habían enseñado que era un medio para que su padre consiguiera un fin. No que las mujeres podían elegir sus propios destinos e ignorar los deseos y consejos de sus padres o maridos.

Pero Orrick conocía otros matrimonios y sabía que las mujeres podían ganar mucho en sus uniones. Podían usar sus habilidades y talentos para conseguir que tanto sus vidas como las de sus maridos y sus familias fueran felices. Ese era el tipo de matrimonio que él quería, y ahora sabía que lo quería con Marguerite.

¡Maldito fuera su pasado!

Orrick sabía que Enrique nunca la volvería a llamar. Sabía que ya había otra mujer que compartía la cama del rey y que Marguerite había perdido su lugar en la corte. Además, su padre desde Normandía y su tío en Inglaterra apoyaban firmemente la decisión del monarca, y no había nadie que abogara por ella en su deseo de regresar a la corte. Marguerite no sabía nada de eso y, ya que la madre de Orrick había aprendido la lección sobre las habladurías, nadie en Silloth le hablaría nunca a Marguerite de ello.

De repente a Orrick se le ocurrió una idea y se rio al pensar en los desafíos y en las recompensas que se le presentaban. En cualquier caso, era una forma de hacer que la vida de su esposa fuera mejor. ¿Recompensaría el duro golpe que le causaría el abandono de Enrique? Esperaba que sí.

Orrick se levantó, se acercó a Gavin y lo sacudió para que se despertara. Incluso antes de abrir los ojos, su amigo se llevó una mano al costado, buscando la espada que solía llevar, una reacción normal para un guerrero.

—Necesito que elijas a tres hombres para hacer un viaje. Deben ser capaces de moverse rápido y de mantener la boca cerrada —dijo Orrick.

Si a Gavin le pareció extraña esa petición en mitad de la noche, no lo demostró. Entonces Orrick tomó la jarra y sirvió otra copa de vino para cada uno. Sonrió y le hizo a su amigo una seña para que volviera a sentarse.

—Tengo un plan…

Doce

—¿Y esto es…? —preguntó ella, levantando y observando el pequeño frasco de vidrio verde.

—Para bajar la fiebre —contestó el hermano Wilfrid—. Y para tratar el dolor de… —Marguerite miró al anciano y vio el brillo en sus ojos divertidos—… la cabeza —dijo él, y ambos se rieron.

Una de las primeras cosas que había aprendido de Wilfrid era que le encantaba usar el lenguaje vulgar. A ella no le resultaba ofensivo, y la expresión «ser como un grano en el culo» era una de sus favoritas, y la usaba con frecuencia para describir a casi todos los que vivían en Silloth.

Excepto a lord Orrick. De sus labios nunca salía una palabra desagradable sobre el señor de Silloth. Eso era lo segundo que había aprendido de él, que era completamente leal a Dios y a lord Orrick. Por eso, cuando Marguerite se unió a él para ayudarlo y aprender sus habilidades con las hierbas curativas, Wilfrid accedió rápidamente a remediar su falta de conocimientos sobre el tema. Y, tal y como le había dicho Orrick, le ofreció su amabilidad, además de algunas buenas clases de inglés.

—¿No usabais la milenrama para tratar la fiebre? —preguntó Marguerite, consultando unas líneas que ella misma había escrito sobre ello.

—A veces alguna de las hierbas no está disponible, así que guardo pequeñas cantidades de las dos.

Marguerite asintió y tomó el siguiente frasco. Levantó la tapa y olió su contenido cuidadosamente, tal y como el herbolario le había enseñado. Observó las hojas secas e intentó recordar qué eran. ¿Correhuela? No estaba segura, así que le tendió el frasco al monje.

—Lengua de víbora. Para cicatrizar heridas y para las irritaciones de la piel.

Marguerite observó atentamente las hojas antes de cerrar el frasco y colocarlo en la estantería que había sobre la mesa de trabajo. Habían tardado casi dos semanas en organizar las hierbas, los brebajes y los ungüentos, y ya solo quedaba media docena. Por lo menos, el sustituto del hermano Wilfrid se encontraría con un suministro de hierbas y medicamentos bien ordenado y con un inventario escrito de todo lo que había en la estancia. Aunque Marguerite estaba segura de que el nuevo herbolario sabría leer y escribir en latín, había hecho lo que Orrick le había pedido, traduciéndolo todo al inglés mientras lo ordenaban.

Cuando un criado les llevó la comida al mediodía, ya habían catalogado y almacenado los últimos seis productos. Marguerite tenía los dedos manchados de tinta y el cabello amenazaba con salírsele de la trenza que descansaba sobre su regazo mientras trabajaba. Se levantó de su asiento y estiró los brazos por encima de la cabeza, haciendo girar los hombros para aliviar la tensión que se había asentado en ellos por agarrar la pluma con fuerza al escribir. Después, intentando no tocarse el vestido, tomó algo de jabón que el hermano Wilfrid siempre tenía a mano y se lo restregó por los dedos.

—¿Os habéis manchado, mi señora? —Marguerite se sorprendió al oír la voz, enfrascada como estaba en sus intentos por limpiar la

134

tinta. Levantó la vista y vio que lord Orrick se acercaba.

—Eso me temo, mi señor. Esto no habría ocurrido nunca en casa de mi padre, ya que, en cuanto dominé la escritura, no se me permitió seguir con ella, por miedo a que pasara precisamente esto —levantó las manos para que Orrick las viera.

Lord Orrick la observó mientras ella se frotaba con jabón las uñas y las palmas de las manos y después las hundía en un recipiente que contenía agua templada para aclararlas. Finalmente se las secó con una toalla que usaban para tal fin.

Orrick le tomó una de las manos y, girándola, le pasó un pulgar por la palma y por los dedos, hasta llegar a la muñeca. Marguerite sintió un cosquilleo que le subía por el brazo mientras él continuaba con el suave masaje. Se estremeció cuando Orrick se inclinó y le acarició con los labios la cara interna de la muñeca. Incapaz de moverse, y tal vez también sin querer hacerlo, Marguerite se quedó inmóvil mientras él repetía lo mismo con la otra mano.

¿Se detendría? ¿En qué otro lugar posaría sus labios?

Marguerite aún recordaba cómo era sentirlos sobre el cuello y sobre los pechos. Otro estremecimiento la recorrió al sentir los recuerdos calientes de sus besos y sus caricias aquella noche. Fue la tos del hermano Wilfrid la que los sacó de la ensoñación en la que se encontraban. Ella dio rápidamente un paso atrás, liberando finalmente sus manos.

—¿En qué puedo ayudaros hoy, mi señor? —preguntó Wilfrid.

—He venido a robaros a mi… a Marguerite. Siempre se ha quejado de que aquí no hay más que tormentas y lluvia y, ahora que el cielo está despejado, me gustaría enseñarle mis tierras.

Sin saber muy bien por qué, Marguerite sacudió la cabeza, rechazando la invitación.

—Mi señor, me temo que aún no hemos terminado nuestro trabajo.

—¿Hermano? ¿Vos qué decís? ¿Podréis arreglaros sin vuestra ayudante durante unas pocas horas si os prometo devolvérosla cuando terminéis vuestras oraciones de media tarde? —Orrick le sonrió al monje y esperó.

Marguerite sabía que Wilfrid no le negaría nada a Orrick, y la posibilidad de pasar casi tres horas con él empezaba a tomar forma.

—Mi señora, si hace buen tiempo, yo debería ir al pueblo. Sé qué no queréis acompañarme en esa tarea, así que es el momento perfecto para cumplir la petición de lord Orrick.

Orrick frunció el ceño al escuchar las palabras del monje, pero no pidió ninguna explicación. Ahora Marguerite no tenía escapatoria.

—¿Puedo ir por mi capa, mi señor? —tal vez si pudiera salir de la estancia sola, podría distraerlo con alguna otra tarea. Pero al ver que Edmee aparecía con su capa en la mano, supo que ya no había forma de evitar los deseos de Orrick—. Veo que os habéis ocupado de todos los detalles.

—Incluso de la comida. Y he dispuesto una montura para vos.

Orrick tomó la capa de manos de Edmee y se la puso a Marguerite sobre los hombros. Después le tendió un brazo y ella posó la mano en él, permitiendo que la guiara fuera de la estancia hasta el patio, atravesando la planta baja del castillo. Un muchacho que trabajaba en los establos los esperaba con un caballo para ella y Marguerite, con ayuda de Orrick, lo montó.

Tomó las riendas, se colocó las faldas del vestido y esperó a que Orrick montara en su caballo, algo más grande que el que le habían ofrecido a ella. Después lo siguió y juntos atravesaron las puertas de la fortaleza, dirigiéndose al sur mientras recorrían parte del pueblo.

Orrick tenía razón: la lluvia había dado paso al sol, que calentaba las tierras y arrancaba brillantes y desconocidos colores a los muros del castillo y a todo lo que los rodeaba.

El camino que tomaron descendió por una colina y Marguerite se dio cuenta de que se dirigían al mar. Se concentró en el abrupto sendero y no fue hasta que alcanzaron la playa cuando miró hacia atrás y vio todo lo que habían descendido. ¡Casi se quedó sin respiración! Se encontraban a más de veinte metros bajo la fortaleza, por la parte que se encontraba frente al mar y a la que más castigaban los vientos.

Miró un poco más arriba y vio la parte más alta del castillo, donde aquella noche había encontrado a Orrick contemplando la puesta de sol. Al observar la construcción desde lejos, se maravilló de su diseño y estructura.

—Enrique le concedió permiso a mi padre hace quince años para cambiar la estructura de madera por otra de piedra, y el hombre encargado de su diseño prefirió aprovechar el afloramiento natural de las rocas y los acantilados como base del castillo —Orrick se inclinó hacia ella y señaló hacia el norte—. Desde el mar y, debido a su posición y su color, no puede distinguirse de los acantilados.

—Así que los enemigos que se acerquen por mar no pueden saber que aquí hay una fortaleza. Es una hábil estrategia. ¿Las mareas llegan hasta aquella marca de los acantilados? —Marguerite señaló un lugar en el que el mar había alisado la superficie de las rocas.

—Así es. Y que las aguas llegan desde el oeste y desde el norte, la playa no puede ser un refugio para quienes pretendan lanzar un ataque.

Marguerite observó las olas romper contra la playa y solo entonces se dio cuenta de que no habían llevado escolta ni criados. ¿Estarían seguros en aquel lugar?

—¿Han atacado a Silloth en el pasado?

—Muchas veces a lo largo de los siglos. Se encuentra en un lugar privilegiado de la costa y lo han codiciado los romanos, los britanos, los vikingos, los escoceses y los ingleses. A lo largo de la historia ha pasado por manos diferentes, según quién ostentara el poder de las tierras.

Orrick espoleó suavemente a su caballo y Marguerite lo siguió hasta un saliente rocoso más cercano al agua. Allí desmontaron y él sacó de sus alforjas un odre de vino y una bolsa donde habían dispuesto algo de comida. Después ató juntos a los caballos para evitar que escaparan y, tendiéndole una mano a Marguerite, la ayudó a sentarse en una de las rocas. La superficie estaba lisa y templada por los rayos del sol.

Marguerite se supo nerviosa cuando Orrick se sentó junto a ella. Miró a su alrededor en busca de algún guardia y Orrick se dio cuenta de lo que le ocurría.

—¿De qué tenéis miedo, mi señora? —le levantó la barbilla para que sus miradas se encontraran—. Es evidente que estáis nerviosa.

—¿Dónde están los guardias? —se humedeció los labios—. ¿Es seguro estar aquí?

—Hice que registraran la playa antes de traeros aquí. Mis hombres están sobre el arrecife del sur y en las almenas del castillo. Nadie puede acercarse hasta aquí sin ser visto.

—¿Pueden vernos a nosotros? —Marguerite miró a su alrededor. Al estar sola con él se le ocurrían otras cosas, pero desechó esos pensamientos.

—Si les doy la señal, mis hombres se acercarán. Si no, permanecerán en sus puestos. Señora, os aseguro que estamos solos.

Eso era exactamente lo que ella había temido. Había logrado evitar a Orrick durante más de quince días. Aunque compartían la cena y se veían a lo largo del día, no había estado a solas con él desde aquella noche en las almenas del castillo. Marguerite tragó saliva y miró a Orrick.

Sabía que él la deseaba. No podía ocultar completamente la mirada de deseo en sus ojos. Había pensado en besarla aquella noche en las almenas, igual que lo estaba pensando ahora. Y, sin tener a ninguna persona alrededor de ellos, nadie podría intervenir. Lo peor de todo fue que Marguerite se descubrió a sí misma deseando que la besara.

—¿Con qué propósito me habéis traído aquí, mi señor?

—¿Mi señor? Pensé que habías comprendido la última petición que te hice.

—No habíamos estado solos desde aquella vez, mi señor... Orrick.

—Eso está mejor. Mi propósito es sencillo, Marguerite. Has estado trabajando mucho con Wilfrid estas últimas semanas, y pensé que te gustaría pasar algo de tiempo fuera del castillo.

—Camino todos los días —empezó a decir.

—Del castillo a la capilla y de la capilla al castillo. Pero, que yo sepa, nunca vas más allá del patio, ni siquiera al pueblo. No eres ninguna prisionera en Silloth. ¿Por qué te comportas así?

Orrick tomó la bolsa de la comida y sacó de ella un trozo de queso. Lo partió y le ofreció una parte a Marguerite, que empezó a comerlo. Él la observaba atentamente, como retándola a que le mintiera.

—No tengo necesidad de ir al pueblo.

Marguerite deseaba que no la presionara sobre ese tema. A Orrick no le gustaba oírla decir que quería marcharse. No le gustaba que hablara de la confianza que tenía en que Enrique la sacaría de allí. Entonces, ¿por qué la obligaba a contestar a tales preguntas? Cuando él empezó a preguntar algo, ella le puso una mano en el pecho para detenerlo.

—Mi señor. Orrick. Te lo pido, no me lo preguntes si no quieres oír mis respuestas.

Marguerite vio que la mirada de Orrick se posaba en su mano y, con horror, se dio cuenta de lo que había hecho y de lo manchadas que tenía las manos. Se apartó rápidamente, dejando que las amplias mangas de su vestido las cubrieran. Tantos años de adoctrinamiento la hacían sentirse avergonzada de su aspecto.

«Las manos de una dama deben ser blancas y suaves. Las manos sucias son propias de las

142

campesinas. Su vestido debe estar limpio y, su cabello, siempre arreglado y velado».

—¿Por qué escondes las manos? —Orrick le tomó delicadamente las muñecas y le sacó las manos de las mangas.

—La mujer que me enseñaba, por orden de mi padre, las buenas maneras, se horrorizaría al ver lo que he permitido que ocurriera. Si me presentara en casa de mi padre con este aspecto, me castigarían.

Orrick le levantó las manos y esperó a que ella las mirara.

—Las manos marcadas por el trabajo honrado no son ninguna vergüenza.

—Sí que lo son, mi... Orrick. La apariencia y el comportamiento son lo que distinguen a los nobles de los campesinos.

—Tal vez sea así en tu tierra, Marguerite, y en la corte del rey, pero no aquí en Silloth. Aquí, el trabajo que haces para el bien de todos importa más que el aspecto que tengas para llevarlo a cabo. Aquí, quien eres importa más que lo que llevas puesto.

Ella frunció el ceño. Su forma de pensar era tan peculiar...

¿Cómo podía Orrick creer esas ideas? En la corte, ella...

—No comprendo la extrema importancia de

tener las manos limpias y el cabello siempre arreglado y adornado.

Orrick se levantó y se dio la vuelta para mirar al océano. Ella también se puso en pie y se situó a su lado. ¿Por qué no podía entenderlo?

—Orrick —dijo, poniéndole una mano en el brazo—. Por favor, escúchame. No pretendía insultarte con mis palabras. Pero yo soy así.

—No, Marguerite, tú no eres así. Eres lo que ellos te han hecho creer que debes ser.

—Esta es la única forma que conozco, Orrick. No es ninguna fachada. Soy yo.

La tomó por los hombros y la miró a los ojos intensamente.

—¿Y quieres volver a eso? ¿A un lugar en el que se te valora más por tu aspecto que por tus aportaciones? ¿Con una gente que te ofrece disimulos y afectación en vez de sentimientos sinceros?

—Yo… —Marguerite quería gritar «sí», pero algo le impidió hacerlo. Su lugar no estaba en Silloth. No quería vivir allí. Se liberó de las manos de Orrick y se apartó.

—¿Acaso alguien de tu familia o esos que llamas tus amigos han respondido a tu petición de ayuda? ¿Han intercedido por ti ante Enrique? —le preguntó, acercándose a ella—. ¿Pondrían en peligro su prestigio por hablar a tu favor? Esos son los rasgos de los verdaderos amigos.

Marguerite no podía contestarle, porque sus pensamientos y sus sentimientos se confundían en su interior. Al verse incapaz de hablar, hizo lo único que podía hacer. Se levantó las faldas y echó a correr.

Trece

A pesar de cómo sonaron sus palabras, no era ningún santo. Cuando el cabello de Marguerite brillaba a la luz del sol, cuando sus ojos azules relucían como joyas y sus labios se entreabrían, Orrick deseaba hundir su dureza en ella. Su cuerpo le recordaba constantemente al pecado terrenal de la lujuria en cuanto veía a su mujer... o la oía... o pensaba en ella. Incluso ahora, la deseaba.

Silbó la señal y esperó a que sus hombres regresaran y siguieran a Marguerite antes de quitarse las ropas y meterse en el agua fría. Normalmente, luchar contra la temperatura del agua y las corrientes del océano solía ser suficiente para anular su reacción física ante Marguerite, pero dudaba que aquel día pudiera hacerlo.

Nadó con firmes brazadas hasta alejarse de la costa y silbó de nuevo, permitiendo así que lo vieran los guardias del castillo y uno de los soldados que permanecía en la playa. No era tan tonto como para nadar solo en el océano embravecido cuando nadie podía verlo. Satisfecho al saber que ya estaba bajo vigilancia, continuó con su ritual.

Cuando al fin sintió que los brazos y las piernas le pesaban como piedras, volvió a la orilla y caminó hasta las rocas donde había llevado a Marguerite. El guardia que estaba entre el arrecife y el agua volvió a su posición y Orrick recogió sus ropas. Buscó entre ellas la comida de las viandas, sacó la carne asada, el queso y el pan y se lo comió todo. Esperó a que el viento y el sol lo secaran, bebió un largo trago del odre de vino y se preguntó si habría sido demasiado duro con ella.

Como él sospechaba y Wilfrid le había confirmado, Marguerite era una persona inteligente que tenía un don con los idiomas y la rara habilidad en una mujer de razonar y discutir tanto temas importantes como cuestiones mundanas. El monje estaba más descansado y con mejor estado de ánimo desde que Marguerite había empezado a trabajar con él.

Orrick se preguntó qué pensaría su mujer si

supiera que su padre la había educado del mismo modo y en los mismos asuntos y habilidades en los que había sido educada la reina. Wilfrid le había dicho más de una vez que los conocimientos de Marguerite y su astuto sentido de la política no tenía nada que envidiar al de Leonor de Aquitania. Desafortunadamente para el padre de Marguerite, el joven e inexperto corazón de su hija interfirió en sus planes y arruinó su estrategia de reemplazar a la antigua reina con una versión nueva y más joven de la misma mujer.

Orrick sabía que, si le daban tiempo, Marguerite terminaría encajando todas las piezas. Sabía que se daría cuenta de que no iba a regresar a la corte. Rezó para que ella aceptara sus dones y los usara para el bien de su gente. Y deseó que abriera su corazón al amor que deseaba compartir con ella.

Reconoció que, desde su primer encuentro, Marguerite lo había embelesado. Rabia, pena, admiración, exasperación, cariño, desafío y el deseo más apremiante eran solo algunas de las emociones que ella le provocaba. Orrick no sabía por qué tenía la habilidad de ver tanto en ella, especialmente los miedos que Marguerite no quería admitir y las necesidades que nunca reconocía.

Era un don que Orrick tenía desde la infancia; podía ver en el corazón de los demás. Le había servido entonces para reconciliar a sus hermanos, pero ahora le dificultaba su tarea como señor. Aplastar a alguien o castigarlo simplemente porque tenía el derecho a hacerlo le resultaba imposible cuando podía discernir sus motivos e intenciones.

Esa habilidad le había permitido aceptar las declaraciones que Marguerite le había hecho sobre su amor por el rey y su insistencia en que no se quedaría allí. Orrick sabía que su alma había sufrido profundas heridas que, por el momento, no le permitían aceptar lo que él le ofrecía.

Así que esperaría el momento oportuno y la empujaría a tomar las decisiones que solo ella podía tomar. Solo esperaba ser parte del futuro que ella eligiera cuando al fin su corazón sanara.

Su mujer reaccionó como él había imaginado: se encerró en su cuarto a escribir sin descanso cartas a aquellas personas en la corte que podían interceder por ella ante el rey. Comió en sus habitaciones y no habló con nadie de los que se acercaban a preguntar cómo estaba.

Todos en el castillo parecían estar afectados por los cambios de humor que se habían producido entre el señor y la señora y, sorprendentemente, todos intentaron, a su manera, hacerle menos pesarosa la vida en sus habitaciones. Incluido él.

Cuando Edmee mencionó la constante preocupación de Marguerite por las manchas de tinta en sus manos, el hermano Wilfrid le proporcionó unos productos para quitarlas. Cuando Edmee le dijo a lady Constance que era incapaz de arreglar correctamente el cabello de su señora, la madre de Orrick le envió a su propia doncella para que la ayudara. Incluso Orrick intentó hacer algo que la animara: ordenó que fabricaran una nueva túnica y un vestido para reemplazar el que se había estropeado mientras ella trabajaba con Wilfrid, así como un delantal resistente para que lo usara con el herbolario.

Para sorpresa de Orrick, su mujer apareció en el comedor para cenar solo dos días después de haber buscado refugio en sus habitaciones. Se quedó de pie e inmóvil mientras se aproximaba, igual que todos en la estancia. Al conducirla a su asiento, Orrick se maravilló de su aspecto. Estaba hermosísima. Le habían recogido el cabello de una forma muy elaborada, y después se lo habían velado y adornado con un aro de oro. El vestido que llevaba era el que él le había regalado, pero no así el collar de caras joyas que le adornaba el cuello.

Orrick tuvo que contenerse para no reírse ante sus evidentes tácticas. Se habría sentido insultado al ver el collar de oro, rubíes y esmeraldas de no haber sabido que Marguerite estaba intentando protegerse de sus avances. ¡Eso significaba que él estaba consiguiendo algo!

La cena se sirvió y Orrick esperó para ver cómo se comportaba su mujer. Una vez más apareció la esposa educada que respondía a todas sus preguntas y compartía su comida, pero guardando las distancias. A mitad del plato principal se dio cuenta de que Marguerite estaba hablando en inglés. ¿Sabía ella que lo estaba haciendo?

A lo largo de la cena observó que su mujer se tocaba el collar, aunque no creía que lo hiciera conscientemente. Hacía que las joyas permanecieran en una determinada posición, y Orrick se preguntó cuál sería su significado. Finalmente terminó la cena y él se levantó para acompañarla a sus habitaciones.

—Mi señor, con vuestro permiso, me gustaría visitar al hermano Wilfrid antes de retirarme.

No era lo usual, pero Orrick no vio nada malo en ello.

—Si lo deseáis —le respondió—, os acompañaré hasta allí.

Ella asintió y puso una mano sobre la suya. Orrick la guio por los pasillos, pasando la cocina y los almacenes que había cerca de la entrada del castillo. Cuando estaban a solo unos pasos de su destino, él se detuvo para preguntar:

—¿Tenéis la intención de decirle que no vais a volver a ayudarlo?

Marguerite lo miró con el ceño fruncido.

—¿Por qué pensáis eso, mi señor?

Estaba a punto de corregirla en su tratamiento, porque le encantaba escuchar cómo sonaba su nombre en los labios de su esposa, cuando pasaron a su lado dos sirvientas de la cocina.

—Porque vuestras manos os preocupan. Si trabajar con la pluma y la tinta os mancha las manos, podemos encontrar otra manera de que lo ayudéis.

—Mi señor, confieso que al principio me molestó mucho ver mis dedos manchados, pero he pensado en vuestras palabras y he decidido seguir trabajando con Wilfrid. Al menos hasta que llegue su sustituto de la abadía.

Orrick sintió una punzada de culpa. No llegaría ningún sustituto, ya que él no lo había pedido.

—Además, Wilfrid me ha enviado un limpiador maravilloso que quita la mayor parte de la tinta —dijo, levantando las manos para que las viera. Aunque quedaban algunas sombras, la mayoría de las manchas habían desaparecido—. Y el delantal que me habéis dado protegerá mi vestido. Os doy las gracias por él... y por el vestido.

Hizo ademán de entrar en la estancia del herbolario, pero él la retuvo y la obligó a mirarlo. Señalando con la cabeza el collar que llevaba, dijo:

—No puedo competir con los presentes que habéis recibido del rey, pero lo he hecho con la mejor de las intenciones.

Marguerite levantó la cabeza para mirarlo a los ojos.

—Y yo acepto vuestros regalos.

Orrick no pudo resistirlo más. Sin tocar ninguna otra parte de su cuerpo, unió sus bocas en un cálido beso. Se acercó un poco, se separó de sus labios y después los volvió a tomar, saboreándola con la lengua. Al ver que Marguerite no ofrecía resistencia le puso una mano en la nuca y la apretó contra él. Orrick sintió que se aferraba a sus brazos y que se abría a él, así que la abrazó fuertemente.

Inclinándose hacia atrás lo justo para mirarla, vio que tenía los ojos cerrados. La besó una y otra vez hasta que ambos se quedaron sin aliento. Los besos de Orrick estaban llenos del deseo que sentía por ella, de esperanzas y de sueños que se permitía tener cuando Marguerite estaba cerca.

Orrick se apretó contra ella hasta que la espalda de Marguerite tocó la puerta de Wilfrid, y así le hizo sentir el deseo que sentía por ella. Lo único que tenía que hacer era decir que sí y se uniría a ella.

De pronto Orrick se dio cuenta de que estaba intentando seducirla contra una puerta en un pasillo. Dio unos pasos atrás y Marguerite lo siguió. Intentó arreglarle el velo antes de que se cayera, pero la prenda cayó justo cuando la puerta se abría desde dentro, y ambos perdieron el equilibrio y entraron en la estancia dando un traspié.

—Mi señor. Mi señora. Entrad y sed bienvenidos —dijo el hermano Wilfrid—. No os oí llamar al principio, pero debéis saber que mi puerta siempre está abierta para vos.

La mirada de Orrick se cruzó con la de Marguerite y los dos se rieron de la situación. Ella se colocó el velo sin ayuda y Orrick supo que era el momento de retirarse, así que los saludó con una inclinación de cabeza y salió al pasillo.

—¿Mi señora? —esperó a que ella se diera la vuelta para mirarlo—. Mi puerta también está siempre abierta para vos.

Marguerite se ruborizó al oírlo. Bien. Eso significaba que había entendido su invitación. Con otra inclinación de cabeza dirigida al monje, se fue.

Cada noche durante las dos semanas siguientes, Orrick dejó entornada la puerta que comunicaba sus habitaciones. Incluso cuando a Marguerite le llegó de nuevo la menstruación y ella necesitó las medicinas de lady Constance para dormir, la dejó abierta, deseando que buscara algo de consuelo con él. Pero no lo hizo.

Comían juntos y se veían durante el día, pero sus encuentros eran breves y educados. Ella nunca salía del castillo ni del patio, ni visitaba el pueblo. Siguió trabajando con Wilfrid y pasaba más tiempo con lady Constance y las demás mujeres, trabajando en el tapiz.

Aunque Orrick sabía que su madre había animado a Marguerite a que ejerciera sus derechos como señora de Silloth, Marguerite se mantenía al margen, sin involucrarse en el mantenimiento de la fortaleza ni del pueblo. Se acercaba la cosecha y eran lady Constance y Norwyn quienes supervisaban los preparativos para almacenar los cereales, el pescado y la carne para el invierno.

Orrick seguía esperando a que sus hombres regresaran de Normandía. Esperaba que la información que le llevaran lo ayudara a romper ese punto muerto que tenía con Marguerite. Pero después de un mes sin tener noticias de ellos, su optimismo comenzó a desvanecerse.

El mar ya estaba demasiado frío y bravo para salir a nadar, y Gavin se negó a pelear con él en el patio, así que no tenía ninguna manera de dar salida a la tensión que se acumulaba en su interior.

Ardys había dejado claro que, estuviera o no casado, seguía siendo bienvenido en su cama, pero los sentimientos de Orrick por la atractiva viuda habían cambiado desde su matrimonio.

La mujer a la que deseaba dormía a solo unos metros de él cada noche, pero no hacía nada por acortar esa distancia.

Así que, cuando empezó a pensar que sus

esfuerzos por conseguir que ella fuera parte de su vida eran inútiles, se rindió y buscó la compañía de la viuda. Después de que Marguerite se retirara a sus aposentos, Gavin y él se marcharon al pueblo.

Catorce

Marguerite se despertó sobresaltada en mitad de la noche. No podía ignorar los golpes en la puerta de Orrick. Salió de la cama, se puso una bata y fue a la puerta que separaba sus habitaciones. Estaba abierta, como había sido su costumbre desde que había hecho su invitación.

Al abrirla, las llamadas se oyeron con más fuerza.

Marguerite pronunció su nombre y entró, pero no había nadie en la estancia. La cama de Orrick estaba vacía y perfectamente hecha. ¿No se habría acostado todavía? Como seguían llamando a la puerta principal, la abrió y se encontró con las expresiones sorprendidas de Norwyn y de otros tres hombres de Orrick. Parecían haber hecho un largo y duro viaje y estaban claramente decepcionados por no encontrar allí a su señor.

—¿Está Orrick en su habitación, mi señora? —preguntó Norwyn, echando rápidas miradas al interior—. Es importante que estos hombres hablen con él.

—No está aquí, Norwyn —contestó ella, apartándose—. Y no sé dónde está.

Los hombres se miraron entre ellos y después la miraron a ella. Le hicieron una reverencia y estaban a punto de marcharse cuando llegó lady Constance. Norwyn le susurró algo y la mujer le respondió de la misma manera. Norwyn le dedicó una rápida mirada y después él y los hombres siguieron a lady Constance por el pasillo.

Ardys. En el pueblo.

Apenas escuchó las palabras, porque las habían pronunciado en voz muy baja para que ella no las oyera. ¿Quién era Ardys? ¿Dónde estaba Orrick? ¿Tal vez en alguna otra parte del castillo? ¿Con el escocés?

Marguerite se reprendió a sí misma por preocuparse tanto. Orrick podía estar donde le pareciera y no era asunto suyo. Se había esforzado por mantener las distancias con todos los habitantes de Silloth, y comenzar a involucrarse ahora sería un error.

—Lady Constance, ¿hay algún problema? —preguntó finalmente.

—No, Marguerite. A estos hombres se les dijo que vinieran directamente a informar a Orrick cuando regresaran, y eso era lo que pretendían hacer.

—¿No sabe nadie dónde está lord Orrick?

—Estoy aquí —contestó él, desde detrás del pequeño grupo.

Marguerite pudo ver que se tensaba al reconocer a los hombres que lo esperaban. Observó que intercambiaban miradas entre ellos. Algo iba muy mal.

—¿Mi señor? ¿Va todo bien?

Él le mantuvo la mirada durante un momento antes de indicar a sus hombres que se fueran con un gesto de la cabeza.

—Siento haber interrumpido vuestro descanso, mi señora. Me ocuparé de esto en el comedor —le susurró algo a su madre, que se alejó en dirección a sus habitaciones. Después, se quedaron el uno frente al otro en el pasillo vacío.

Había algo en la voz de Orrick, en su mirada y en su postura que a ella le parecía peligroso. Y no había respondido a su pregunta.

—¿Va todo bien, Orrick?

Él asintió con la cabeza y, sin decir una sola

palabra más, se dio la vuelta y echó a andar por el pasillo.

Marguerite cerró la puerta de la habitación de Orrick y regresó a su propia estancia. Dejó la bata a un lado de la cama y se tumbó. Después de aquel incidente, sabía que no dormiría en toda la noche. Se quedó tumbada, escuchando los sonidos de la noche y pensando en aquella extraña situación con Orrick. Cuando la luz del amanecer empezó a colarse por su ventana, seguía despierta y sintiéndose como un condenado a muerte a punto de enfrentarse a su destino.

Orrick siguió al pequeño grupo por el pasillo y entraron en la estancia que Norwyn y él usaban para hablar de sus asuntos. Ignoró la mirada sorprendida de Norwyn cuando le dijo que esperara fuera. Se sentó a la mesa y les indicó a sus hombres que también tomaran asiento. Por sus expresiones graves sabía que su plan de conseguir que Marguerite se quedara en Silloth no estaba funcionando bien.

—Mi señor, no lo habríamos molestado de no ser importante —comenzó Philippe.

—Entonces, ¿no tuvisteis éxito?

Philippe miró a los otros y tragó saliva.

—Sí y no, mi señor.

—Ya basta, Philippe. Os envié para que localizarais a algún pariente femenino de lady Marguerite y para que lo trajerais aquí. ¿Lo habéis hecho o no? Estamos en mitad de la noche y no veo a ninguna mujer con vosotros. Contadme el resto de la historia. Ahora — ordenó con la mandíbula apretada.

—Mi señor, descubrimos que lady Marguerite tiene una hermana más joven que ella —dijo Philippe.

—¿Una hermana?

—Sí, mi señor, y va a tomar pronto sus votos en un convento —continuó el soldado. Y después, humedeciéndose los labios, añadió—: Y una hija.

Al principio Orrick no lo comprendió. ¿Una hija? ¿Marguerite? ¡Santa Madre de Dios! Marguerite había dado a luz a una bastarda del rey.

—¿Una hija? —consiguió decir.

—De medio año de edad, mi señor —contestó Philippe—. Lady Marguerite abandonó la corte unos seis meses antes de dar a luz, y lo que se dijo fue que el rey y ella habían tenido una... riña. Cuando el rey convocó a su corte en Woodstock para asistir a la ceremonia en la que armaron caballero al príncipe Geoffrey, ordenaron a lady Marguerite que volviera y todos esperaban... bueno, mi señor, todos esperaban que todo se hubiera olvidado.

Orrick cerró los ojos al escuchar tales noticias. Así que Marguerite había dado a luz a la hija de rey y, después, había esperado su recompensa. Seguramente Enrique le había hecho creer que conseguiría aquello para lo que la habían preparado toda su vida: una unión con él. Desafortunadamente para ella, la necesidad que tenía el rey de las tierras de la reina Leonor y de su riqueza lo obligó a casar a Marguerite con un bárbaro del norte.

Si la hija de Marguerite estaba en otra parte, ¿podría ella ser feliz en Silloth? ¿Habría dispuesto algo Enrique para la educación de la niña o habría amenazado a Marguerite si ella no acataba su plan? Orrick se frotó los ojos con las palmas de las manos y dejó escapar un suspiro.

—¿Hay algo más? —preguntó a sus hombres.

—Tenemos dos cartas de la hermana de lady Marguerite. No sabía nada de vuestro matrimonio, mi señor —Philippe hurgó en su túnica y sacó dos pergaminos. Orrick dudó un poco antes de aceptarlos.

—¿Sabéis lo que contienen?

—No, mi señor. Ya estaban sellados tal y como veis cuando nos los entregaron.

—¿Le hablasteis de vuestra misión? ¿Sabe que os habéis enterado de la existencia de la niña? —miró las cartas. Una iba dirigida a él y, la otra, a Marguerite.

—No, mi señor. Fuimos discretos, como ordenasteis. Supimos lo del bebé gracias a una sirvienta del convento. A la niña la están criando allí.

—¿Allí? ¿Y quién lo está haciendo?

—El convento es de las Gilbertinas y tiene una comunidad laica, donde vive la niña con su niñera. Lady Dominique o, mejor dicho, la hermana Dominique, supervisa su cuidado.

Ese tipo de arreglos tenían el sello real. Las Gilbertinas eran una orden inglesa y solo tenían dos conventos fuera de Inglaterra: uno en Irlanda y otro en Normandía. El de Caen lo habían abierto gracias al mecenazgo del rey.

Orrick se dio cuenta de que los hombres estaban exhaustos. Se veía por su aspecto que se habían apresurado en llegar a Silloth para darle las noticias sin haberse detenido a descansar. Orrick se levantó y se dirigió a la puerta. Después, se volvió hacia los hombres.

—No habléis de esto con nadie. Ni con vuestras amantes ni con vuestras esposas. Si tenéis alguna pregunta sobre algo de lo que habéis oído o sabido mientras cumplíais mis órdenes, acudid a mí. No a Norwyn ni a Gavin. Solo a mí. Esperó a que todos asintieran y abrió la puerta. Su ayudante aún esperaba fuera.

—Norwyn, necesitan comida y bebida.

—Sí, mi señor.

—Y dos días de descanso antes de volver a sus obligaciones.

—Sí, mi señor —Norwyn asintió y condujo a los hombres hacia la cocina.

Cuando se fueron, Orrick cerró la puerta y se dejó caer en una silla. Puso las cartas en la mesa y miró el sello. ¿La que iba dirigida a Marguerite contendría solo los saludos de su hermana o habría algo más? ¿Qué diría la suya? Una parte de él temía abrirla, porque cada vez que sabía algo nuevo sobre Marguerite, le creaba más problemas.

Horas después, cuando en el castillo comenzaba de nuevo la actividad de la mañana, Orrick aún permanecía sentado con las cartas frente a él. Si las destruía, Marguerite nunca sabría de su existencia. Ya que ninguna de las personas a las que ella había escrito le había contestado, no había ninguna necesidad de decirle que su hermana ya se había enterado de su matrimonio y que él sabía de la existencia de su hija.

Entonces recordó que él mismo le había pedido a Marguerite sinceridad entre ellos. Aunque ella no lo había cumplido totalmente, él no podía darle menos de lo que esperaba de ella. Ahora que conocía la razón que le impedía ser sincera con él, comprendía más cosas. Y, a pesar del lazo que la unía a Enrique, seguía deseando que se quedara con él... y fuera realmente su esposa. Rompió el sello de la carta que iba dirigida a él y la abrió.

El hermano Wilfrid le mandó decir que iba a pasar la mañana en el pueblo, así que Marguerite no salió de sus habitaciones. Orrick aún no había regresado a su cuarto y ella temía que aquellos hombres le hubieran dado malas noticias. Tal vez no tuviera nada que ver con ella, pero los extraños acontecimientos de la noche la habían alterado.

Edmee le llevó una bandeja con comida, como le había pedido, pero se sintió incapaz de probar bocado. Acababa de decidir dar un paseo para calmar la ansiedad cuando Orrick entró desde sus habitaciones. Ella se puso en pie al instante.

—Mi señora, perdonad esta intrusión —dijo, atravesando la estancia—. Pensé que os encontraría con el hermano Wilfrid, pero me han informado de que ha ido al pueblo.

¿Mi señora? Normalmente la llamaba por su nombre, porque se sentía más cómodo. Y había algo diferente en sus ojos cuando la miró.

—¿Tiene algo que ver con vuestros hombres de anoche? —entrelazó los dedos e intentó que no le temblaran las manos.

—En realidad, así es. Por favor, sentaos —le señaló el banco bajo la ventana y Marguerite se dejó caer en él—. Pensé que parte de vuestro rechazo a permanecer aquí se debía a que no conocíais a nadie —empezó a decir sin mirarla a los ojos—. Ya que no revelabais nada de vuestra familia ni de vuestra vida, envié a mis hombres a Normandía para buscar la verdad.

Marguerite sintió que la habitación se estrechaba a su alrededor. ¿Orrick buscaba la verdad? Intentó permanecer tranquila y respirar con normalidad. Se apretó aún más las manos, tragó saliva e intentó decir:

—¿La verdad, mi señor? ¿Y qué encontraron los hombres en su búsqueda?

—No sabía que teníais una hermana.

—¿Una her... hermana? Sí, tengo una hermana —tenía que concentrarse en la conversación, ya que no quería revelar más de lo que Orrick sabía—. Es más joven que yo, mi señor. Dominique.

—Creí que vuestra madre murió al daros a luz.

—Y así fue. Dominique y yo compartimos el mismo padre, pero tenemos madres diferentes —Marguerite se alisó el vestido sobre las rodillas—. Mi madre era prima del rey de Francia y la de Dominique es prima del conde de Toulouse. Probablemente habréis descubierto que entró al convento de Caen y que pretende tomar los votos. O tal vez lo haya hecho ya.

Con todo lo que le había ocurrido, no había pensado en su hermana en varias semanas. Intentó recordar cuánto tiempo debía estar como novicia, pero no pudo hacerlo.

—No, aún no ha tomado sus votos.

Sorprendida, Marguerite lo miró y se encontró con una expresión indescifrable.

—Os agradezco la noticia, ya que no la he visto en... —¡no! No podía pensar en aquello—... durante varios meses.

Orrick se acercó a ella y sacó un pergamino de sus ropas.

—Pidió que se os entregara esto.

¿Una carta de Dominique? ¿La había leído

él? Vio el sello de cera y supo que no lo había hecho. Extendió una mano para tomar la carta, esperando que las manos no le temblaran.

—Yo tenía la esperanza de que me recomendara alguna prima o amiga que pudiera venir a vivir aquí y haceros compañía. Pero en la carta que ella me ha escrito dice que no tenéis ningún familiar apropiado para ello.

Su benevolencia seguía sorprendiéndola. Sintió que las lágrimas le hacían un nudo en la garganta y que amenazaban con aflorar a sus ojos.

Él le acarició la mejilla con el dorso de la mano y Marguerite estuvo tentada de aceptar su caricia, pero permaneció inmóvil, intentando controlar las emociones que la invadían.

—Quiero que seas feliz aquí, Marguerite.

—Al traerme noticias sobre mi hermana me habéis hecho feliz.

—Entonces espero que el contenido de esa carta te dé más alegría —dejó caer la mano y dio un paso atrás—. Os daré algo de intimidad para que podáis leerla.

Vio cómo se acercaba a la puerta antes de llamarlo.

—¿Mi señor? —él se detuvo sin mirarla—. Orrick. Por favor, acepta mi agradecimiento por esto y por todo lo que has hecho.

Orrick asintió con la cabeza y se fue sin decir nada más. Ella hizo girar la carta entre sus manos, preguntándose si le llevaría buenas noticias. Finalmente, rompió el sello.

Más de una hora después, Marguerite conocía toda la verdad, y cualquier trazo de felicidad que pudiera haber sentido al saber de su hermana y al conocer las buenas intenciones de Orrick se destruyó al leer las palabras escritas en la carta.

Quince

Marguerite se había vuelto irascible desde el día en que le había dado la carta de su hermana. En vez de arreglar las cosas entre ellos, todo había ido a peor. El mal temperamento de su mujer hizo que Orrick saliera del castillo, a pesar del mal tiempo, para inspeccionar las murallas. Cualquier cosa con tal de estar lejos de ella.

No solo reprendía a su doncella, sino a cualquier sirviente que se cruzara en su camino. Y lo hacía en normando. Su madre se quejó. Norwyn se quejó. Gavin se quejó. La única persona con quien seguía portándose civilizadamente era con el hermano Wilfrid.

Orrick necesitaba una esposa. No podía continuar teniéndola solo de nombre pero sin ayudarlo a supervisar sus tierras y hacerse cargo de su gente. Había mucho que hacer y su mujer debería estar trabajando con él. Pero se mantenía al margen y con una actitud hostil.

Orrick sabía que la causa era algo que había en la carta. Había intentado hablar con ella sobre ese tema, pero Marguerite se había negado. El único cambio que había apreciado en ella era que ya no pasaba tiempo escribiendo cartas a la gente que conocía en la corte de Enrique.

¿Qué podría haberle dicho su hermana para provocar tal cambio? ¿Estaría preocupada por que él se enterara de que tenía una hija? Tal vez Orrick debería decírselo él mismo y calmar un poco sus miedos…

Él era un buen hombre y había intentado desde el principio que Marguerite se sintiera a gusto en Silloth, pero ya estaba cansado de no saber si ella se adaptaría o no. Y no podía continuar en esa situación.

El temperamento de Marguerite no hacía más que empeorar, así que decidió hablar directamente con ella y terminar con aquella ridícula situación.

Se quedó de pie frente a la puerta de Marguerite pensando qué le iba a decir cuando oyó su voz desde el interior. Escuchó durante unos segundos y se dio cuenta de que le estaba gritando a su doncella. Aunque Edmee hablaba en inglés, como se le había ordenado, Marguerite volvía a hablar en normando.

Marguerite rechazaba continuamente la posibilidad de formar parte de su casa y de su gente. De ser su esposa. El enfado de Orrick creció cuando la oyó insultar su fortaleza, a su gente y su comportamiento, así como las ideas y costumbres provincianas de su madre. Cerró los puños con fuerza, sintiendo que la sangre se le agolpaba en las sienes. Y cuando Marguerite dijo que sus habitaciones eran una pocilga, perdió el control.

Orrick abrió la puerta y la cerró con fuerza tras él. Atravesó la habitación hasta quedarse frente a Marguerite, lo suficientemente cerca como para que ella diera un paso atrás.

¿Sabía lo que había hecho? ¿Tenía idea de que él ya no podía contener más su enfado y su decepción?

—¿Una pocilga, mi señora? ¿Creéis que esto es una pocilga? —se acercó aún más, disfrutando por un momento de la incertidumbre que vio en sus ojos. Ella estaba atrapada entre él y la ventana—. Dejadme que os saque de vuestro error.

La levantó tomándola de las caderas y se la puso sobre el hombro. Marguerite gritó cuando él la agarró de los muslos y salió de la estancia.

—¡Dejadme! —gritó, intentando soltarse—. ¡Bajadme!

—No, mi señora. Es hora de que paguéis por vuestras palabras imprudentes y vuestro abominable comportamiento.

Orrick no era ajeno a la reacción de los sirvientes y de todas las personas que dejaban atrás, pero no le importaba. Hasta que ella aprendiera la lección que estaba a punto de enseñarle, no habría paz entre ellos. Y, lo que Orrick consideraba más importante, no habría matrimonio entre ellos.

Marguerite se calmó un poco cuando él cruzó el patio del castillo, y estaba casi callada cuando llegaron a su destino.

Orrick se detuvo frente a una porqueriza que había en el medio del pueblo. Por si el olor no la hubiera alertado de sus intenciones, los gruñidos de los cerdos dejaron bien claro dónde estaban.

Marguerite comenzó a patalear y a protestar de nuevo. Sin dejarla en el suelo, Orrick la tomó en brazos y saltó la valla de la pocilga. Buscó un lugar algo más limpio que el resto y depositó allí a su mujer, en el barro.

—Evidentemente, no sabíais lo que era una

pocilga, mi señora. Tomad nota de que esta es una, y de lo que no lo es.

Se puso fuera de su alcance y, girándose, comenzó a caminar, dejando a todos los que lo habían seguido observando cómo Marguerite se debatía con su rabia y luchaba contra el barro pegajoso y contra su vestido, que la había hecho caer el suelo varias veces. Se le encogió el estómago cuando escuchó una risa detrás de él. Tal vez exponerla a la vergüenza pública no fuera la mejor manera de manejar aquel asunto, pero ya había ignorado demasiadas veces su mal comportamiento desde que había llegado a Silloth, y eso tenía que cambiar.

Podía haber usado su derecho de someterla a la fuerza, como había hecho con ella el padre de Marguerite, pero ese no era su estilo. Además, no quería sumisión, sino aceptación y cooperación y, maldita fuera su bondad, quería que lo eligiera a él en vez de a Enrique.

Según atravesaba el pueblo de vuelta al castillo oyó a Norwyn ordenando a la multitud que volvieran a sus tareas. En ese momento vio a Ardys y al chico junto a su casa, y la mirada de decepción que vio en los ojos de ella lo sorprendió. Orrick se detuvo y habría hablado con ella si Ardys no hubiera fruncido el ceño y sacudido la cabeza.

Entonces Marguerite lo alcanzó y pasó a su lado sin detenerse. De todas las reacciones que él le había visto en el pasado y esperaba de ella ahora, no estaba preparado para la mirada de desgracia que había en sus ojos. Intentó alcanzarla para ayudarla, pero ella lo evitó y siguió andando hacia el castillo sin mirarlo.

Orrick decidió que era hora de terminar con todo aquello. Conseguiría el apoyo de Godfrey y escribiría a Enrique para que los liberara de aquella unión, que solo había sido un fracaso. Nadie merecía tal infelicidad en un matrimonio. Él no y, ciertamente, Marguerite tampoco.

Incapaz de enfrentarse a más humillaciones, Marguerite no habló ni miró a nadie de Silloth mientras volvía al castillo y a la intimidad de sus habitaciones.

Se quedó junto a la ventana mirando al exterior mientras Edmee le preparaba un baño en silencio. Orrick aún no había regresado y ella se preguntó si la mujer pelirroja que había visto en el pueblo sería la causa. Marguerite sabía que había algún tipo de unión entre ellos, porque había presenciado el intercambio de miradas. ¿Sería Ardys, la mujer cuyo nombre se había pronunciado en susurros en el pasillo?

La mujer que sería, con toda probabilidad, la querida de Orrick.

No se había acercado a ella desde aquella noche hacía meses, y Marguerite suponía que estaría satisfaciendo sus placeres con la otra mujer. También había visto a un chico rubio y de ojos verdes junto a la mujer, y sospechaba que era el bastardo de Orrick.

Ahora ya sabía dónde iba todas aquellas noches en las que su habitación había permanecido vacía. ¿Podría soportar aquella nueva humillación? Su madre la había causado y sufrido pero, ¿podría hacerlo ella? Después de leer la carta de Dominique, pensaba que no.

Edmee se acercó y empezó a desatarle la túnica y el vestido. Marguerite se quedó de pie en silencio, dejándola hacer, y pronto estuvo sentada en la bañera, llena de agua humeante. La puerta se cerró y Marguerite se quedó sola.

No pasó mucho tiempo antes de que la pena y la desesperación la invadieran. Su padre la había manipulado y usado. Enrique la había traicionado y abandonado. Y Orrick, que había intentado hacerle ver la verdad, se había cansado de ella y la había humillado delante de su pueblo.

¿Qué más le quedaba a una mujer cuya vida era una completa vergüenza? ¿Qué podía hacer una mujer que había entregado su cuerpo, su corazón e incluso a su hija por las promesas vacías de los hombres poderosos? ¿Qué le ocurriría ahora que incluso Orrick, el hombre más amable que había conocido, no la quería?

Dieciséis

El agua caliente la calmó y la limpió, pero después de vestirse Marguerite sintió una inquietud que no pudo explicar.

Hacía un día soleado y le apetecía caminar, pero no quería encontrarse con la gente de Silloth.

La playa. Podría caminar por la playa. Hacía más viento y más frío que la última vez que había estado allí con Orrick, así que se llevó la capa. Ya que la mayoría de la gente que trabajaba en la fortaleza estaba comiendo, salió sin encontrarse a ningún sirviente. El guardia dudó al verla acercarse, pero no la detuvo.

Marguerite caminó junto a la muralla hasta alcanzar el camino que llevaba a la playa y lo bajó, decidida a pasear junto a la orilla, pero sin llegar a mojarse. Al llegar se giró y miró la fortaleza. La marea estaba alta, bloqueando el paso por las costas del norte, así que se dirigió hacia el sur.

Unos minutos después se encontró con los guardias que solían vigilar la zona. Cuando intentó pasarlos sin hacer ningún comentario, silbaron y les hicieron señas a los guardias que estaban en las almenas.

El sistema de comunicación era fascinante. Cada tono del silbido significaba algo diferente, igual que los distintos números de silbidos.

Marguerite los observó mientras mantenían esa conversación a larga distancia. Uno de los guardias le hizo señas para que continuara y otro comenzó a seguirla, aunque dejando algo de espacio. Marguerite estuvo a punto de rechazar su protección, pero se lo pensó mejor.

Disfrutando de la brisa marina, se quitó el velo y la redecilla de la cabeza y dejó su cabello suelto, aún húmedo del baño, para que se secara con el viento. Caminó a paso vivo y pronto dejó atrás al guardia que se había quedado apostado en la playa.

Su vida estaba vacía. Sin destino, sin un camino que recorrer. Las palabras que su hermana le había escrito habían roto en mil pedazos todo lo que ella pensaba de su amor por

Enrique y del de él por ella. Ella, que se preciaba de ser inteligente, era una tonta por no haberse dado cuenta de todo lo que pasaba.

Podía echarle la culpa a las maquinaciones de su padre, ya que la había empujado y forzado en una sola dirección sin pausa y sin dudarlo. Pero ella lo había querido, y a Enrique también. Y todo lo que implicaba ser su amante: las joyas, el poder, la importancia...

Cualquier duda que hubiera podido tener sobre si era una acción noble o no había desaparecido hacía tiempo, según iban aumentando sus recompensas. Más sirvientes, más vestidos, más atenciones. Lo más triste era lo defraudada que se sentía de sí misma.

Marguerite vio una gran roca y se dirigió hacia ella. La superficie estaba suave y cálida, así que se sentó para disfrutar de la brisa. Cerró los ojos e intentó descubrir cuándo había cometido el primer error.

Recordó que, cuando tenía unos ocho años, su padre le habló por primera vez de sus planes para convertirla en una reina. Hasta entonces, todos sus tutores habían alabado su talento para la escritura, la lectura y los idiomas, pero desde entonces nada pareció suficiente y nunca se esforzaba bastante ante sus ojos.

Permaneció aislada en una de las propiedades de su padre del sur de Anjou, y todos sus movimientos fueron analizados y criticados hasta que alcanzó la perfección que perseguía su padre.

Su querida niñera fue despedida por ser demasiado blanda con ella y Berthilde apareció un día para supervisar su educación y las lecciones de comportamiento y apariencia. Al principio, cualquier rechazo por su parte era castigado con golpes, con dejarla sin comer o con cualquier otro método que asegurara su sumisión. Pero, pasado un tiempo, su naturaleza se amoldó a lo que su padre le pedía, y los sueños de su progenitor pasaron a ser también los suyos.

A su padre no se le escapaba ni el menor detalle y se había asegurado de que, a pesar de conservar su virginidad, supiera cómo complacer a un hombre en la cama. El conde Ranulf de Alencon no dejó ni un cabo sin atar en su estrategia de regalar al rey la sustituta perfecta de la reina Leonor.

Marguerite se preparó durante ocho años. Su padre le dejó bien claro que el fracaso no era una posibilidad y, cuando finalmente la llevaron a la corte para presentarla ante Enrique, era una mujer educada, refinada, hermosa, implacable y decidida a tomar el lugar que le debían, a ella y a su padre, por su inquebrantable lealtad al rey Plantagenet.

Entonces, ¿dónde estaba su error? ¿Cómo podía una niña haber detenido a Ranulf en la consecución de sus deseos? ¿Cómo se le decía que no a un rey?

Marguerite se volvió a recoger el cabello en la redecilla y miró hacia la playa, donde aún estaba el guardia. Inclinándose, se tumbó en la roca e intentó pensar en sus errores.

Su padre se encargó de que el rey viera todos sus talentos y, mientras varios nobles se disputaban su mano, Enrique y él negociaban la posesión del rey sobre ella.

Y la poseyó realmente porque, una vez se metió en su cama, ya no salió de ella. El rey estuvo obsesionado con ella durante meses y meses y se la llevaba a cualquier sitio del continente donde tuviera que viajar. Era un hombre ardiente que nunca se cansaba de los juegos amorosos y que rara vez dormía. Las noches juntos se sucedían y ella solía sufrir colapsos de puro agotamiento por satisfacer su salvaje apetito.

Si tenía que ser honesta consigo misma, debería decir que aquella parte le había gustado, ya que era en ese momento de unión cuando Enrique era solo suyo, de nadie más. Entonces sabía que tenía toda su atención y su amor.

¿O tal vez no?

¿Fue ese su error, creer que lo que Enrique le daba era amor? ¿Pensar que no pertenecía a nadie que no fuera ella?

No, pensó mientras empezaba a dormirse. Su error había sido desear más según le iban dando todo lo que anhelaba. La necesidad de sentir el afecto y la atención de Enrique creció cada vez más y más y, con ella, los celos. Se sintió abrumada por la creciente tensión en la corte, y fue entonces cuando traspasó la frontera.

No podía imaginar que Enrique no haría lo necesario para que su hija fuera legítima. Ella pensaba que, en cuanto le hablara de su embarazo, todo encajaría de nuevo.

Pero ahora lo había perdido todo: su posición, su poder y, lo que era peor, su hija, todo por un hombre que la había traicionado. Había renunciado a su hija con la esperanza de regresar junto al rey y, en vez de eso, la habían abandonado.

A pesar de ser tan inteligente, era una estúpida.

Aquel fue su último pensamiento antes de

que la calidez del sol la sumiera en un profundo sopor.

—¿Que ha ido dónde? —preguntó Orrick. Gavin le había dicho que Marguerite había salido de la fortaleza—. ¿A nadie se le ocurrió detenerla?

—La están siguiendo, Orrick. Está a salvo.

—Si está en mis tierras, será mejor que esté a salvo —caminó hacia su caballo—. ¿Qué dirección ha tomado?

—Orrick, ha estado a la vista de los guardias todo el tiempo. Cálmate.

—Maldita sea, Gavin. He preguntado qué dirección ha tomado.

—Se ha ido hacia el sur. Caminó hacia la orilla y luego hacia el sur.

Orrick montó en su caballo y salió disparado al galope. Marguerite no había abandonado la fortaleza ella sola desde que había llegado a Silloth. ¿Por qué lo hacía ahora? ¿Con qué propósito y hacia dónde iba?

Le pareció que tardaba una eternidad en cubrir la distancia que ella había caminado, pero pronto divisó a uno de sus soldados y, cuando lo pasó, el hombre le señaló unas grandes rocas de la playa.

Marguerite no se movía. ¿Estaría enferma? Al llegar al lugar bajó de su caballo y se acercó a ella. Parecía dormida. Su respiración era suave y constante. La observó durante algunos minutos y se dio cuenta de que era demasiado joven para haber vivido tantas cosas, las buenas y las malas. Unas nubes cubrieron el sol y Marguerite tembló al sentir que la calidez del sol disminuía. Orrick sabía que tenía que despertarla.

—Marguerite —le dijo mientras le tocaba el hombro—. ¿Estás bien?

Ella abrió los ojos y, después de parpadear, fijó en él su mirada.

—Estoy bien... Orrick —dijo mientras él la ayudaba a sentarse—. No pensé estar tan cansada cuando me senté aquí.

Él asintió y dejó caer la mano. Seguramente ella no querría que la tocara ahora. No después de lo que había hecho para humillarla.

—¿Hasta dónde se extienden tus tierras? —preguntó ella, mirando al sur.

—A unos dos días caminando hacia el sur. Silloth y las tierras unidas a él son mi propiedad más grande —Orrick la miró, y vio que su expresión era indescifrable—. ¿Estabas intentando salir de mis tierras?

—¿Y dónde iría? —preguntó en voz baja.

Orrick no estaba seguro de si ella quería una respuesta o no, pero decidió que aquel momento era bueno para comentar su decisión con ella.

—Podrías ir al convento donde vive tu hermana. Podrías ir a alguna de tus propiedades. Incluso podrías ir a la propiedad de mi madre, cuando ella se marche a vivir allí.

—Entonces —suspiró—, ¿me estás echando?

—¿No era eso lo que siempre me has estado pidiendo que hiciera? —ella asintió lentamente con la cabeza, pero su mirada estaba vacía—. Le diré al abad Godfrey que haga una petición al obispo para la anulación del matrimonio. Hasta que nos la concedan, podrás elegir dónde quieres vivir —Orrick sentía que el corazón le pesaba mientras pronunciaba aquellas palabras que cambiarían sus vidas—. También buscaré el apoyo del rey en este asunto.

—¿Lo harás?

—Estoy seguro de que, después de leer las cartas que le has estado escribiendo, terminará con nuestra unión y te llevará de nuevo a su... lado —las palabras le quemaban la garganta y sintió que se le encogía el estómago.

—¿Sabías lo de mis cartas? —él asintió y

Marguerite le tocó una mano—. No merecías esto, Orrick. Una esposa que no es una esposa. Un rey que no mantiene su palabra con un vasallo tan leal como tú —volvió a suspirar y apartó la mirada—. Iré donde quieras que vaya. Al menos puedes tener algo de felicidad con tu querida si me voy de la fortaleza. Puedo estar lista para irme por la mañana.

Orrick no podía creer lo que acababa de oír.

—¿Querida?

—Aquella mujer, Ardys. ¿No es ella tu querida y el niño, tu hijo?

Él la tomó por los hombros, girándola para que lo mirara.

—Marguerite, independientemente de lo que Ardys haya sido para mí en el pasado, no ha compartido mi cama desde que tú y yo nos casamos. Solo es una amiga. Y el chico no es mi hijo. Ardys es viuda y se ocupa del cuidado de su sobrino —Marguerite frunció el ceño. ¿Acaso no lo creía?—. No voy esparciendo mi semilla en otras mujeres que no sean mi esposa. Yo no tengo bastardos, al contrario que... —se detuvo justo antes de reconocer que sabía de la existencia de la hija de Marguerite.

—¿Al contrario que Enrique? Ha engendrado al menos a diez hijos en cinco mujeres además de los ocho que le ha dado la reina —

lo miró—. Tal vez ya lo sabías. Creo que yo era la única en todo el reino que lo desconocía.

Orrick pensó en el encuentro que habían tenido justo antes de la boda. Entonces ella creía ciegamente en Enrique, y ahora sabía la verdad.

—¿Cómo te has enterado? ¿Te lo ha dicho mi madre?

—¡No! —exclamó—. No le eches a tu madre la culpa de esto. Lo he sabido gracias a la carta de mi hermana. Eso y muchas cosas más.

—¿Y sigues queriendo regresar con el rey sabiéndolo?

—El rey no me quiere, Orrick. Se ha deshecho de mí —dijo con voz hueca, pero Orrick pudo sentir su dolor—. Mi cuerpo solo fue uno más entre todos los que usó en su cama. Me utilizó y, cuando dejé la corte y mi padre temió perder su influencia, le ofrecieron a mi hermana.

—¿A tu hermana? —Orrick sacudió la cabeza. Aquello no lo sabía.

—Sí, pero ella no estaba tan bien formada como yo ni tan dispuesta a aceptar el honor de ser la puta del rey —Orrick se sobresaltó al oír sus palabras—. Se escapó y le rogó al obispo que la admitiera en el convento. Así fue como terminó allí.

—Marguerite... —empezó a decir, pero sin saber cómo continuar.

—¿Has oído hablar de la mujer a la que Enrique llamaba su «adorable rosa inglesa»? —él asintió. Todo el mundo en Inglaterra había oído hablar de la aventura que el rey tenía con Rosamunde Clifford. Incluso Leonor, desde su cautiverio, sabía de Rosamunde—. A mí solía llamarme su «adorable lirio de Alencon».

Marguerite se apartó de él y caminó unos pasos. Orrick buscó en su corazón algo que decir, algo que aliviara la terrible traición que Marguerite había sufrido. Pero no pudo encontrar nada que no sonara artificial o falso.

—Intentaste avisarme, pero no estaba preparada para escuchar. El día de nuestra boda ya era demasiado tarde, pero no podía creerte. Aún estaba viviendo los deseos de mi padre.

—¿No ha sido poco amable tu hermana al revelarte todas esas cosas cuando no puede hacerte ningún bien saberlas?

—Dominique no es una persona cruel, Orrick. Pensó que me estaba dando buenas razones para disfrutar de nuestro matrimonio. Ella no sabía que yo no había elegido esto. Pensó que, de alguna manera, había conseguido escapar a los planes de nuestro padre y quería hacerme saber que he tomado la decisión acertada —las lágrimas empezaron a correrle por las mejillas—. No sabía que tú tampoco me quieres.

—Marguerite, sí que te quiero.

—Oh, sí, de esa manera. Sé que deseas llevarme a la cama.

—No —dijo, negando con la cabeza—. Bueno, sí, de esa manera también. Pero te he querido como mi esposa desde que nos conocimos en esa pequeña estancia de Woodstock.

—Pero yo te insulté y te rechacé. ¿Por qué ibas a considerarme tu esposa? —se enjugó las lágrimas de las mejillas.

—Porque necesito más una esposa que una compañera de cama. Necesito una esposa que supervise mis tierras y a mi pueblo. Necesito una esposa con la que pueda hablar de muchos temas y que pueda pensar y hablar por sí misma.

—Ves más en mí de lo que realmente hay, Orrick —él le tomó una mano, se la llevó a los labios y le besó la palma—. No puedo prometerte que mi pasado vaya a desaparecer, ni que pueda cumplir todas las expectativas que tengas en una esposa.

—Marguerite, puedes elegir —dijo, y ella se

sorprendió al escucharlo—. No te obligaré a quedarte. Pero mi oferta de enviarte con tu hermana sigue en pie —desvió la mirada antes de decir el resto, ya que le resultaba doloroso admitir la verdad—. Sé que no me amas como amas a Enrique, pero seré un buen marido si te quedas.

Sabía que si ella accedía en ese momento a quedarse, sería por los terribles secretos que había compartido con él y por cierto sentido de obligación. Y Orrick no quería eso. Marguerite empezó a contestarle, pero él le puso un dedo en los labios para detenerla.

—Si te quedas, será tu elección. Ya no puedo seguir teniendo una esposa que no es mi esposa. Si te quedas, tu vida no será como la que tenías en Alencon o en la corte. Supervisar Silloth y mis otras propiedades implica una gran cantidad de trabajo, e incluso mi mujer hará su parte. Mi madre va envejeciendo y no puede hacer las cosas como las hacía en su juventud. La señora de Silloth tendrá muchas responsabilidades. Tómate algún tiempo para decidirte. Ven a mí cuando lo hayas hecho.

Ella asintió. Orrick subió a su caballo, le tendió una mano y la ayudó a subir detrás de él. Marguerite se apretó contra su espalda, le pasó las manos por la cintura y Orrick espoleó ligeramente al caballo para iniciar la marcha. Si a alguien en el pueblo le pareció extraño ver aparecer juntos al señor y a la señora después de un día tan turbulento, nadie hizo ningún comentario. Y, al atravesar las puertas de la fortaleza, Orrick rezó para ser la elección de Marguerite.

Diecisiete

—¿Cuándo vas a dejar de actuar como un tonto enamorado y a decirle lo que todos los demás en la fortaleza ya saben?

Se encontraban en los jardines de la fortaleza. Marguerite también estaba allí, trabajando con el hermano Wilfrid, recogiendo hierbas. Orrick tomó a su amigo de la túnica y lo arrastró lejos para que no pudieran oír sus voces.

—¡Maldito seas, Gavin! ¿Es que no te importa mi intimidad? —tiró al escocés al suelo.

Gavin se levantó, se sacudió el polvo y se rio.

—Es tu esposa. Simplemente, llévatela a la cama.

—Tal y como tratas a las mujeres, no me extraña que aún no te hayas casado.

—Mi forma de tratar a las mujeres hace que muchas estén deseando meterse en mi cama. Cuando llegue el momento, me casaré con una mujer sumisa y obediente, no con una obstinada, como has hecho tú.

—No me sorprendería si te encontraras con tantos retos en tu matrimonio como yo —dijo Orrick riéndose—. Y dime, ¿has venido solo a atormentarme o me traes otras noticias?

—François se ha ofrecido a guiar tu escolta a Abbeytown. Dice que todo está listo para que partas mañana.

Orrick aún no le había dicho a Marguerite que iba a acompañarlo a la abadía por la mañana. Aunque había insistido en que la elección de quedarse o de marcharse sería suya, iba a hacer todo lo posible por conseguir que se quedara. Y aquella visita a la abadía formaba parte del plan.

—Todavía no se lo has dicho, ¿verdad?

—¿El qué? —preguntó Orrick.

Gavin lo golpeó en el hombro y se rio.

—Que va a ir mañana a la abadía contigo. Y que estás enamorado de ella.

—Se enterará del viaje antes de la cena. Y lo otro no es algo que tenga intención de revelarle.

—Orrick, como he dicho antes, todos en

Silloth saben lo que sientes por ella, excepto ella. Tu mirada la sigue a todas partes. Nunca estás muy lejos de ella. Dile simplemente que es tuya, que se va a quedar y termina con este tormento.

Orrick se rio. Si fuera tan fácil...

—No puedo competir con el amor que siente por Enrique. Él ha sido su primer amor y, a pasar de conocer su traición, aún lo ama.

—¿Te ha dicho ella que todavía lo ama? Es demasiado inteligente para eso, no puede tener buenos sentimientos por él.

—Es una mujer —replicó Orrick. No había revelado el otro lazo que siempre uniría a Marguerite con el rey.

—Pero no una tonta. Y menos ahora, que conoce los engaños y las mentiras —dijo Gavin, sacudiendo la cabeza.

—¿Cuándo te has puesto de su parte? Antes no confiabas en ella.

—Siempre he admirado a las mujeres decididas, Orrick. Ahora, ¿qué vas a hacer? Si Enrique te la ha dado, no creo que esté de acuerdo en anular vuestro matrimonio.

Mientras hablaban, se habían metido en el interior de la fortaleza, y habían llegado al comedor. Orrick aminoró el paso y bajó la voz.

—Tengo la esperanza de que cuando se adapte a nuestro matrimonio, lo aceptará. Nunca quise que se enterara de la horrible verdad, y ahora... Ahora soy incapaz de obligarla a quedarse o a permanecer casada contra su voluntad.

—Ya estás casado, Orrick. Ella debe entenderlo.

—Claro que lo entiende. Sabe que tengo derecho, como su marido, a mantenerla aquí y a castigarla como considere oportuno. Es una mujer inteligente, como tú te empeñas en recordarme.

—Entonces, ¿vas a rendirte y a dejar que se vaya?

—Demonios, no —dijo Orrick, dándole una palmada a su amigo en el hombro—. Voy a conseguir que desee seguir casada conmigo.

—¿Te vas a rebajar a eso?

—Oh, sí. A lo que sea necesario para hacer que se quede. Ahora conozco sus debilidades y voy a jugar con ellas hasta que se rinda a mí.

—¿Los engaños? ¿La intriga? —preguntó Gavin, frotándose las manos.

—No, Gavin. Ya ha tenido bastante de eso. La voy a tentar con la honestidad, la franqueza y con libros.

—¿Libros? Orrick, ¡esa mujer te ha vuelto loco!

—Libros, amigo mío. Es una mujer cultivada y yo sé dónde hay libros valiosos y especiales que está deseando tocar.

—Creo que mi plan de meterla en tu cama y de darle placer hasta que acepte quedarse contigo es mejor. Incluso hacer que se sometiera tendría más sentido que tentarla con libros. ¡Estos ingleses…!

—No te preocupes, amigo mío. Habrá tiempo para el placer cuando la convenza. Mucho tiempo. Orrick se rio y Gavin sacudió la cabeza.

—Todavía hay mucho de monje en ti, Orrick. Pasaste demasiado tiempo estudiando y no el suficiente peleando.

—Eso solía decir mi padre antes de morir.

—Si no tienes nada urgente que hacer ahora, podríamos solucionarlo luchando un poco.

Las ganas de Gavin de una buena pelea nunca se veían mermadas. Ni siquiera en las últimas semanas, cuando Orrick lo había vencido varias veces. La invitación era una buena señal, así que Orrick informó a Norwyn de sus intenciones y salieron al patio. Después buscaría a Marguerite y la informaría de sus planes para viajar a Abbeytown, cuando terminara con la arrogancia de su amigo.

—Permitidme que os presente a mi mujer, lady Marguerite.

Sintió que la mano de su esposa temblaba, pero Marguerite siguió sonriendo mientras se inclinaba ante Godfrey. El abad le tomó la mano y la acercó más a él.

—Entrad, mi señora. Tengo un vino que guardo para las ocasiones especiales. Sentaos y descansad de vuestro viaje.

Marguerite miró a Orrick y después siguió al abad al interior de la estancia. Orrick se quedó en la puerta, mirándola.

¿Era pecado desearla tanto? La observaba hablando con Godfrey sobre Silloth y la deseaba. Cuando vio que se llevaba a los labios una copa de vino, casi se murió de ganas por abrazarla. A pesar de lo que le había respondido a Gavin, solo pensaba en el placer que compartirían si ella decidía quedarse.

—¿Mi señor? —llamó Godfrey. Orrick estaba tan absorto pensando en su mujer que no había oído al monje—. Por favor, uníos a nosotros.

Orrick se sentó en un lugar desde donde

podía ver la cara de Marguerite. Parte de su nerviosismo se había ido, pero Orrick sabía que aún estaba intranquila. Temía que el abad la censurara, igual que había temido en su momento que lo hiciera el hermano Wilfrid.

—Habladme de vuestro viaje, cuando partisteis de Normandía —dijo Godfrey—. Yo nací en la provincia de Aquitania, pero pasé gran parte de mi vida en Normandía. Ha pasado tanto tiempo desde que oí hablar de mi tierra natal… —sonrió—. Pero nunca olvidaré el sol brillante y la calidez de sus tierras —le dijo el monje en normando.

—Mi señor Orrick desea que hable en inglés, buen abad —contestó, sonriéndole—. Si no os importa, quisiera obedecer.

Al oírla hablar así, Orrick pensó que casi parecía un castigo, en vez de una manera de ayudarla a ganar fluidez con el idioma.

—O podríamos hablar en latín, y así no se enteraría de lo que estamos diciendo de él —sugirió Godfrey en la antigua lengua de Roma.

Los ojos de Marguerite se iluminaron con una mirada pícara, brillando como no lo habían hecho en semanas, y se rio.

—O en griego. Me gusta cómo suena el latín, pero manejo mejor el griego.

Orrick los observó hablar entre ellos. Sabía

que si preguntaba algo, ella dejaría de hablar en aquella lengua, y le hacía feliz ver que estaba disfrutando de algo tan simple como una conversación. Nunca había visto a Marguerite tan animada, y sintió una punzada de celos. ¿Era así como se comportaba en la corte, cuando se sentía segura de sí misma y era el centro de atención?

Unos minutos después, Godfrey le hizo una seña con la cabeza y se levantó.

—Es un placer oír hablar esta lengua, mi señora. Muchas gracias por darle esta alegría a un anciano. Y perdonadme, mi señor, por robaros tanto tiempo a vuestra esposa.

—No me importa, Godfrey, porque veo que conoceros le ha agradado.

—Ahora debo pediros que me dediquéis vuestro tiempo, mi señor, ya que tenemos muchas cosas que revisar del último mes. Mi señora, ya que no tenemos mujeres religiosas en nuestra comunidad, siento deciros que tendréis que restringir vuestros movimientos y los de vuestra doncella a este edificio, la iglesia y el patio.

—Lo entiendo, abad. Lord Orrick, ¿nos quedaremos aquí esta noche o volveremos a Silloth?

—Tengo una pequeña casa cerca de la abadía, lady Marguerite. Pasaremos la noche allí antes de iniciar el viaje de vuelta —intentó leer algo en su rostro o en sus ojos, pero permanecieron inexpresivos.

—Mi señora, si vais a la cuarta puerta por este pasillo —dijo Godfrey, señalando a la izquierda cuando llegaron a la puerta—, podéis decirle al hermano que allí está que yo os envío.

Orrick se esforzó en no sonreír. Sabía lo que había tras esa puerta y le encantaría ver la cara de su mujer cuando lo descubriera. Con Edmee siguiéndola de cerca, Marguerite les hizo una reverencia y salió de la habitación.

—¿Se lo habéis dicho?

—Pensé que sería mejor sorprenderla.

—¿Creéis que le gustará? —preguntó Godfrey en un susurró.

—Oh, sí, creo que le encantará.

—Dejemos que encuentre placer en los tesoros de esa sala mientras nosotros nos ocupamos de nuestros asuntos.

—¿Habéis avisado al hermano David de su llegada?

—Sí. Aunque si reacciona como sospecho que lo hará, David necesitará ayuda.

Orrick se rio y siguió a Godfrey en dirección contraria a la que había tomado Marguerite.

Sabía que una vez que su mujer abriera aquella puerta, no querría marcharse.

Pequeñas partículas de polvo flotaban en el aire a su alrededor mientras ella no hacía más que moverse por la sala. El monje esperaba en una esquina, con una sonrisa en los labios, y Marguerite supo que Orrick había planeado aquello.

La estancia estaba llena de estanterías que iban del suelo al techo en las que reposaban manuscritos de todo tipo. Marguerite intentó leer algunos títulos desde el centro de la habitación, pero estaba demasiado lejos. Se acercó un poco y se quedó sin respiración al ver los tesoros que había en aquella habitación.

—No puede ser —murmuró al reconocer libros de los que había oído hablar, pero que jamás habría soñado con ver en toda su vida.

La *Ilíada* en griego, *La Canción de Roldán*, muchas copias de la Biblia y de otros manuscritos religiosos. Al caminar por la habitación vio libros escritos en el lenguaje carolingio de sus antepasados, y otras obras de famosos escritores y oradores de Roma. Allí estaba la *Eneida* de Virgilio, y otros libros en italiano y en latín, así como en lenguas de países orientales con las que no estaba familiarizada. ¿Podría ser cierto? ¡Un volumen de Dioscórides, el gran físico y herbolario! La necesidad de tocarlos era tan apremiante...

—Mi señora, si me decís cuál queréis examinar, lo bajaré para vos —le dijo el hermano David.

—¿De verdad? ¿Puedo leer uno? —su mano se movió con voluntad propia para tocar el primer libro que había visto. La *Ilíada* de Homero.

—El abad Godfrey ha dicho que podéis leer lo que queráis.

Contuvo el aliento mientras el monje se acercaba y tomaba el libro de la estantería. Ella lo siguió hasta una mesa, donde lo depositó. David le hizo una seña para que se sentara y ella obedeció rápidamente, sin querer perder aquella oportunidad. Durante su educación había leído pasajes de manuscritos y de obras de grandes filósofos y escritores, pero nunca había visto una colección tan completa como aquella. Era demasiado costosa, incluso para las abultadas arcas de su padre.

Las páginas estaban escritas con una bella caligrafía y los bordes mostraban hermosas ilustraciones en color, contando con dibujos lo que decían las palabras. Aquiles frente a los guerreros de Troya. La guerra que destruyó Troya y arrasó tantas vidas griegas y troyanas. Helena, la mujer más bella de aquella época...

Le echó un vistazo a la habitación una vez más, sin atreverse a creer que estuviera rodeada de tantas piezas exquisitas de literatura. El hermano David estaba de pie cerca de ella, y entonces se dio cuenta de que Edmee aún estaba en la puerta.

—Ven, Edmee —dijo, haciéndole una seña para que se sentara a su lado—. Deja que te lea algunos pasajes.

—¿Leéis griego, mi señora? —preguntó el monje.

—Sí, hermano. ¿Y vos?

—No. Se me da bien el latín, pero no el griego —dijo algo avergonzado—. El abad espera que aprenda, pero yo creo que no tendré tiempo suficiente en lo que me queda de vida.

Ella se rio. Sabía que sus conocimientos de los idiomas eran inusuales, y mucho más en una mujer, pero estaba orgullosa de tenerlos.

—¿Os molestaría si leyera en voz alta? Hace años que no practico el griego y ahora he tenido dos oportunidades para hacerlo en una sola hora.

—No, mi señora. Hoy mi deber es estar a vuestro servicio, así que será como deseéis.

A Marguerite se le llenaron los ojos de lágrimas, porque sabía que había sido Orrick el que le había preparado aquello. ¿Cómo era capaz de elegir las cosas más importantes entre tantos pequeños detalles?

Edmee se sentó a su lado y el monje tomó asiento en una silla de respaldo alto, cerca de la mesa. Marguerite abrió el libro por la primera página y empezó a leer.

Dos horas después, cuando Orrick fue a buscarla, sus compañeros estaban dormidos, pero ella seguía leyendo.

Dieciocho

—¿Cómo lo supisteis?

—¿El qué, mi señora?

—Mi debilidad.

Él se acercó y se inclinó sobre ella.

—Siempre es una buena estrategia conocer las debilidades y los puntos fuertes del oponente.

—¿Y yo soy vuestro oponente? —preguntó Marguerite, sin girar la cabeza ni encontrarse con su mirada. De repente la habitación le pareció mucho más pequeña, como si el techo hubiera bajado y las estanterías se hubieran acercado a ellos.

—Eso pensé la primera vez que nos vimos —dijo él con una voz profunda que hizo que Marguerite se estremeciera—. Pero pronto aprendí que vos misma os enfrentabais a vuestros peores retos.

Marguerite se giró hacia él. ¿Cómo podía ser tan intuitivo?

—¿Qué queréis decir?

—Los primeros días estabais a la defensiva, entre extraños que no sabían qué fuerzas estaban contra vos y quiénes eran vuestros aliados. Fingir que no conocíais nuestra lengua fue muy inteligente por vuestra parte.

Era extraño oír cómo explicaba su comportamiento en tales términos, pero tuvo que admitir que esas palabras describían sus primeros días a la perfección.

—Pero entonces cometisteis un error y tomasteis la ofensiva. ¿Comprendéis lo que os digo?

La noche que ella lo había seducido. Ella asintió y esperó a que siguiera hablando, sintiendo que se ruborizaba. Aún recordaba sus caricias de aquella noche.

—En mi viaje de vuelta desde aquí me di cuenta de que vos erais vuestro peor enemigo.

Marguerite se quedó en silencio, pensando en ello. ¡Maldito fuera, tenía razón! Obligada a admitirlo, se encontró con su mirada y vio en ellos cierto trazo de humor.

—Tal vez… —eso era lo máximo que estaba dispuesta a admitir.

—Estabais familiarizada con las intrigas de

la corte, pero nada preparada para la gente directa. Mi gente solo conoce el tipo de existencia que tenemos aquí, y nunca han estado expuestos al tipo de vida que habéis llevado. Incluso cuando os insultaron, vos lo escuchasteis.

Sus hombres. Marguerite tragó saliva al pensar en el castigo que les había infligido por los insultos.

—No creo que vuestras acciones sean tan directas ahora, mi señor —dijo ella—. Creo que no habéis venido aquí simplemente para tratar de vuestros asuntos con el abad, sino por alguna otra razón que también me concierne a mí.

Orrick se levantó e hizo que ella también se pusiera en pie. Temía mirarlo a la cara, pero él le levantó la barbilla con la mano.

—Dentro de este edificio sagrado, os confesaré mis intenciones hacia vos. Os quiero como mi esposa y haré todo lo necesario para que os quedéis.

Parte de ella se emocionó al oírlo. A pesar de todo lo que sabía de ella, de todo lo que había ocurrido entre los dos, Orrick deseaba que se quedara a su lado. O tal vez deseara la riqueza y el poder que ella le había dado con su matrimonio...

¿Acaso aún no había aprendido a no confiar en las promesas de los hombres que solo querían las riquezas materiales que ella podía ofrecerles? Orrick había sido claro sobre su deseo de llevarla a la cama, pero también había ganado títulos y tierras con su unión. Tal vez sus intentos de tener con ella un verdadero matrimonio tuvieran simplemente como objetivo conservar todo lo que ahora poseía.

—¿Por qué me queréis? ¿Por las tierras? ¿Por las riquezas que os prometió Enrique si me tomabais como esposa? ¿Sois entonces como todos los demás?

—Esa sería la explicación más fácil para mis acciones, ¿verdad? ¿Es eso lo que creéis?

—Ya no puedo fiarme de mis instintos, mi señor. Me han fallado tantas veces que ya no los considero fiables.

—Entonces, ¿en qué creéis? —empezó a separarse de ella, pero Marguerite lo agarró y lo volvió a acercar.

—Dime tu verdad, Orrick. Cuéntame tus intenciones y tus razones. Hazme creer en ellas —era una súplica desesperada de una mujer que necesitaba una razón para creer que ella sí le importaba.

—Tras nuestro matrimonio, tomé el control de varias propiedades que bordean mis tierras.

Aunque tengo poder sobre esas tierras, los beneficios son para ti, para que los uses como quieras. Puedes quedarte con el oro o donarlo, lo que desees. El abad Godfrey es el administrador de tu riqueza. Así que una de las razones de hacer este viaje es que puedas tratar con él cómo quieres disponer de tu dinero.

Ella se quedó sin respiración. Aquello era algo inaudito. ¿Una mujer con su propia fortuna? ¿Oro para gastarlo como ella quisiera?

—Si este matrimonio se anula, yo seguiré controlando las tierras y los beneficios se dividirán entre los dos.

—No entiendo —dijo ella—. ¿Por qué accediste a algo así? —levantó un poco la voz y el hermano David se revolvió un poco en su silla, antes de seguir durmiendo profundamente.

—Cuando el rey te ordena algo, lo más sabio es obedecerlo. Creo que estaba más interesado en protegerte de lo que podía parecer a simple vista.

Aquellas noticias eran sorprendentes. ¿La anulación lo haría más rico y aun así no la deseaba? Y si permanecían casados la situación la beneficiaba a ella, no solo por la vida que él le ofrecía, sino porque recibiría dinero. Y él la animaba a que lo hiciera. ¿Por qué?

Decidió que era hora de averiguar el resto.

Además, Orrick no había contestado a su primera pregunta, y los hechos que le presentaba le provocaban muchas más preguntas.

—¿Por qué, Orrick? ¿Por qué me quieres a tu lado?

Él inspiró profundamente y dejó escapar el aire.

—Conozco el amor que causa el primer amor no correspondido, Marguerite.

—¿Alguna mujer te ha rechazado? No creo que haya sido Ardys.

Orrick le acarició suavemente la mejilla y la besó en los labios. Después se apartó y sonrió tristemente.

—A pesar de saber que tu corazón y tu cuerpo pertenecen a otra persona, me he enamorado de ti, Marguerite. Eres la primera mujer a la que he amado y conozco el dolor que sientes por haber perdido a Enrique, ya que yo lo vivo todos los días con la frustración de no tenerte.

Marguerite sintió que se le cerraba la garganta y fue incapaz de decir una sola palabra. Las lágrimas le inundaron los ojos y amenazaron con derramarse.

—Pero no quiero estropearte esta ocasión. ¿Te ha gustado la sorpresa que te he preparado? Aún queda al menos una hora de luz. ¿Por qué no la aprovechas mientras yo termino de hablar con Godfrey? Después iremos a la casa para cenar.

Marguerite sabía que estaba huyendo de ella y de la confesión que acababa de hacerle, pero estaba tan abrumada que no pudo hacer nada para detenerlo. Asintió con la cabeza y Orrick salió rápidamente de la estancia.

Cuanto más sabía de él, más enigmático le parecía. Cada vez que creía comprenderlo un poco más, él lo volvía todo del revés.

Justo entonces el hermano David se despertó de su siesta, se estiró y se levantó.

—Perdonadme, mi señora. Vuestra voz era tan relajante que me he dejado vencer por el sueño. ¿Os gustaría continuar?

Dejando a un lado la confusión de su corazón y de sus pensamientos, decidió no perder el tiempo.

—¿Podría ver esa colección de remedios del físico Dioscórides? *De Matera Medica*. En la tercera estantería.

Señaló el gran libro encuadernado en piel roja que había visto antes. Pensó que en él podría encontrar algo interesante para el hermano Wilfrid, así que pasó el resto del tiempo ojeando los distintos ungüentos preparados a base de hierbas y los informes médicos.

Pero su mente volvía una y otra vez a las

palabras de Orrick: «A pesar de saber que tu corazón y tu cuerpo pertenecen a otra persona, me he enamorado de ti…».

—Ya había perdido la esperanza de que encontrarais una esposa adecuada, mi señor.

Orrick no dejó de mirar por la ventana. Estaba empezando a pensar que no había sido buena idea hablarle a Marguerite de sus verdaderos sentimientos.

—Y vuestra madre también —añadió Godfrey.

Esas palabras captaron su atención.

—¿Habéis hablado con mi madre sobre mi matrimonio?

—Nos hemos escrito, no hemos hablado —dijo el monje, y sonrió.

—Entonces ya conocéis su oposición a Marguerite —contestó Orrick, girándose para mirarlo.

—Yo no vi ninguna oposición, sino preocupación al principio por la elección que había hecho el rey, pero no creo que la desapruebe.

Sorprendido por la revelación de que Godfrey se comunicaba con su madre y, por lo que parecía, de manera regular, cruzó la habitación para quedarse frente al abad.

—¡Claro que la desaprueba!

—Lady Constance está de acuerdo conmigo en que Marguerite es una buena pareja para ti. Tenéis muchas cosas en común, y eso puede ser la base de un sólido matrimonio.

—No sé cómo podéis decir eso. Marguerite se niega a ejercer de mi esposa y mi madre ha...

Se interrumpió y pensó en la oposición de su madre. Solamente se había quejado abiertamente de Marguerite cuando su comportamiento los había vuelto locos a todos. Lady Constance había pedido que Marguerite tomara el lugar que le correspondía por derecho como señora de Silloth, y había intentado que se sintiera bienvenida. ¿Podría ser cierto que no se opusiera a su matrimonio?

—Los dos sois inteligentes, cultos y buenas personas. Ella tiene una magnífica mente para ser una mujer, y os sería de gran ayuda en la organización y administración de vuestras propiedades.

—Si tan solo deseara quedarse...

—¿Qué queréis decir? Es evidente para cualquiera que os mire que os amáis. ¿Qué razones podría tener para marcharse?

Era duro admitir la derrota pero, si no se lo decía a su confesor, ¿a quién iba a decírselo?

—Tiene una hija con el rey.

Godfrey se quedó sorprendido.

—No entiendo. ¿Una hija?

—Es la consecuencia natural de las relaciones físicas entre un hombre y una mujer —dijo secamente—. Ahora siempre estará atada a Enrique y, como resultado, no desea seguir casada conmigo.

—El matrimonio es una institución y una obligación seria. No es tan fácil como decidir que ya no quiere seguir casada.

—Como antes habéis dicho, es inteligente. Sabe que la anulación es la única manera de conseguirlo, y yo le he prometido que vos me ayudaríais.

—¿Arriesgaríais el alma inmortal por una mentira?

—Le prometí que os pediría vuestro apoyo en esto, Godfrey. No quiere quedarse aquí como mi esposa.

El monje golpeó la mesa con las manos y lo miró.

—Para ganaros mi apoyo tendréis que contestar sinceramente a unas preguntas. ¿Queréis que acabe este matrimonio?

Orrick hizo una mueca. No.

—¿Hay en él algún vínculo de consanguinidad que lo prohíba por las leyes de Dios?

Orrick apretó las mandíbulas. No.

—¿Accedisteis a este matrimonio bajo falsos pretextos o en un momento en el que legalmente no podíais dar vuestro consentimiento?

Orrick desechó esa pregunta, ya que Godfrey y él ya habían discutido los «pretextos» de ese matrimonio. Y en profundidad.

—Una última pregunta.

Orrick se tensó, intuyendo lo que venía a continuación.

—¿Habéis consumado el matrimonio?

—¡Maldita sea, Godfrey! Yo no quiero que se anule, lo admito. Le he ofrecido todo lo que tengo y no es suficiente —se sentó en un taburete y apoyó la cabeza en las manos. Sintió la mano del monje en su hombro y levantó la mirada.

—Os digo que la mujer que se sentó aquí hace unas horas os ama, Orrick. Creo que está luchando contra sus sentimientos igual que vos. Te aconsejaría que le dieras más tiempo. Decidle que consideraré el asunto, y mientras seguramente se dé cuenta de sus verdaderos sentimientos.

—Creo que vos tendréis el honor de decírselo. También le he hablado de los acuerdos económicos, y estoy seguro de que querréis tratar con ella los beneficios de las tierras.

Godfrey frunció el ceño y luego sonrió, y a Orrick le preocupó la sonrisa.

—Iré ahora a hablar con ella.

Marguerite observó al hermano David mientras colocaba el libro en su sitio. El sol se estaba poniendo y ya se necesitaban velas para seguir leyendo. Ya que los monjes pronto serían llamados a sus oraciones y para su frugal cena, Marguerite se preparó para marcharse. Ya le había dicho a Edmee que saliera para reunirse con los demás.

—¿Mi señora? ¿Puedo tener unas palabras con vos antes de que os marchéis? —le dijo el abad desde el umbral de la puerta. Ella asintió y el monje le señaló el pasillo—. ¿Camináis conmigo?

Sería muy descortés rechazarlo y, además, sentía curiosidad. Caminó junto a él hacia la otra parte del edificio.

—Orrick pensó que nuestra colección podría interesaros.

—Y así es, abad. Solo había oído hablar de muchos libros que aquí tenéis.

—Hay muchos que podríais llevaros durante algún tiempo. No los más raros, pero sí aquellos de los que tenemos copia.

—¿De verdad?

—El mecenazgo de lord Orrick mantiene esta abadía y el trabajo que en ella se realiza. Permitir a su mujer el acceso a nuestra colección es lo menos que podemos hacer.

—Buen abad, si no os conociera mejor, diría que esto es chantaje.

—Y lo es, mi señora. Puro y simple chantaje.

Ella se rio ante aquella muestra de sinceridad.

—Sospecho que, además de confesor de mi señor, sois su amigo y su mentor.

—Así es, mi señora. Sin embargo, debo admitir que es muy agradable conocer a una mujer que aprecia la palabra escrita —el abad se detuvo frente a una puerta—. Creo que también encontraréis esto interesante.

Abrió la puerta y Marguerite atisbó el *scriptorium* más grande que había visto nunca. Había docenas de mesas de trabajo en las que aún trabajaban algunos monjes, a la luz de las velas. El silencio era abrumador.

—Nuestros hermanos suministran Biblias y libros de oraciones a varios monasterios y abadías del norte de Inglaterra. Y también aceptamos donaciones privadas.

La presencia de Marguerite en la puerta no

pareció perturbar a los monjes, y ella se maravilló de su concentración y de la habilidad que tenían para reproducir los manuscritos.

—Me gustaría donar un cuarto de mis ingresos para ayudar a mantener el trabajo que hacéis aquí, abad.

—Eso sería un regalo muy generoso, mi señora.

—También me gustaría enviar un cuarto a la comunidad de mi hermana.

—Que Dios os bendiga por vuestra caridad, mi señora.

Marguerite se giró para mirarlo.

—Y quisiera que lord Orrick recibiera otro cuarto.

—Creo que él preferiría disfrutar los beneficios de vuestra educación y vuestras habilidades más que vuestro oro.

Marguerite parpadeó, sorprendida por la sinceridad del monje.

—¿No le compensará el oro si no puedo darle lo que desea?

—Mi señora, incluso este anciano puede ver el amor que os profesáis, pero que el orgullo os impide compartir.

—¿Es eso lo que creéis? ¿El orgullo nos mantiene distanciados?

Ahora sabía de dónde había sacado Orrick

su habilidad para juzgar a los demás. No rebatió sus palabras sobre el amor, ya que había empezado a sospechar que eso era precisamente lo que sentía por Orrick. Eran unos sentimientos muy diferentes de los que había tenido por Enrique, y no se atrevía a decírselo a su esposo todavía.

El abad empezó a alejarse de la estancia y Marguerite lo siguió. Abandonaron el edificio y salieron al patio.

—Mi señora, conozco vuestra relación con el rey y creo que los dos comprendemos que no podría haber continuado. Aunque le entregarais vuestro corazón de buena fe, el suyo es voluble y cambiante.

¿Podría pedirle consejo a aquel hombre? Otros religiosos la habían menospreciado e insultado, pero Godfrey era diferente, igual que Orrick era distinto de todos los nobles que ella había conocido en la corte. Como si el monje le hubiera leído el pensamiento, le tomó la mano, dándole en ella suaves palmaditas.

—Mi señora, mi historia no es como la de los demás religiosos. He vivido en el mundo secular, e incluso he conocido el sagrado matrimonio antes de tomar mis votos. Prácticamente nada de lo que me digáis podría sorprenderme. Sentíos cómoda y no os preocupéis porque no pueda comprender vuestros problemas.

Ella asintió, sabiendo que necesitaba su consejo.

—Si estaba tan equivocada sobre mi amor por el rey, ¿cómo sé si estoy cometiendo el mismo error? Solo vi lo que Enrique quiso mostrarme, siendo ignorante con todo lo demás —Marguerite había cambiado en las últimas semanas y, después de haber conocido la perfidia de Enrique, le resultaba muy difícil confiar en alguien más. O amar a alguien más—. ¿Cómo sé que no se está repitiendo todo?

—Ahora que todo ha terminado, debéis empezar de cero.

—Pero, ¿cómo lo hago?

—Sed pragmática. Aplicad los conocimientos que habéis adquirido leyendo a los filósofos y a los científicos. Aceptad lo que podéis probar o lo que puede ser demostrado. Examinad las pruebas que tenéis y decidid qué camino queréis tomar.

—Buen hermano, eso es muy difícil de aplicar a los asuntos del corazón —respondió ella.

—No os preocupéis. La naturaleza de Orrick soportará cualquier prueba a la que lo sometáis. Pero, mi señora, os pediría que no juguéis con él —el abad se inclinó hacia ella y sonrió—. Es un buen hombre y creo que seríais feliz con él. Orrick es como un hijo para mí, pero estará mucho mejor sin vos si lo tratáis como Enrique os ha tratado.

—Pensaré en vuestras palabras, abad.

—Es todo lo que os pido.

Pero Marguerite sabía que había mucho más detrás. ¿Estaba preparada para dar el siguiente paso?

Diecinueve

La casa que Orrick tenía fuera de los muros de la abadía se alzaba junto a un pequeño río, en mitad de un jardín. No era grande; consistía en dos pequeñas habitaciones y una sala más grande que se usaba como cocina y comedor a la vez. El granero servía de establo y de lugar de descanso para los hombres de Orrick. A Marguerite y a su doncella les asignaron una de las estancias, y Orrick se quedó con la otra. No era lo que él deseaba, pero le había prometido a Godfrey que le daría tiempo a Marguerite.

La cena transcurrió en silencio, ya que ambos estaban sumidos en sus propios pensamientos. Después de hablar con sus hombres, Orrick se fue a la cama. La noche avanzaba, pero no podía conciliar el sueño. Un ruido al otro lado de su puerta lo alertó de que había alguien moviéndose por la casa. Se echó una túnica por encima y, espada en mano, salió de la cama y abrió la puerta.

—¿Marguerite? ¿Qué haces levantada a estas horas de la noche? —bajó la espada y la miró.

—Me gustaría hablar contigo.

Tenía el rostro en penumbra y Orrick no podía ver su expresión. Se apartó de la puerta para dejarla pasar. Encendió una vela, la puso en la mesa que había cerca de la cama y esperó, de pie junto a la pequeña ventana, a que ella le dijera lo que había ido a decirle.

Marguerite tenía el pelo suelto, y era la primera vez que Orrick lo veía así en mucho tiempo. Le caía sobre los hombros y perfilaba las curvas femeninas; al verla, Orrick sintió que el deseo lo inundaba de nuevo. Ella solo llevaba una ligera bata sobre el camisón y estaba descalza.

Marguerite comenzó a hablar y se interrumpió, empezó a hablar de nuevo y volvió a interrumpirse. Finalmente inspiró profundamente y Orrick supo que aquel era el momento de la decisión.

—Tengo miedo de entregarme a ti, Orrick. Cada vez que pienso que he tomado una decisión, el terror me impide pronunciar las palabras y no puedo llevar a cabo mis actos.

Al oír esas palabras, Orrick quiso correr a ella y tomarla en sus brazos, pero sabía que aún no estaba convencida de que aquello pudiera funcionar.

—¿Tienes miedo de que te haga daño?

—Oh, no en un sentido físico. Ha habido muchas ocasiones en las que has podido golpearme por lo que he dicho o hecho, y no ha sido así. No, no te temo en ese sentido.

Orrick se sentó en la cama, pensando que así la intimidaría menos que estando de pie.

—Entonces, por favor, dime qué temes.

—Tengo miedo de equivocarme otra vez, Orrick. Y de que jueguen conmigo.

—Creo que ya tienes alguna idea del hombre que soy y sabes que no te trataría así. Te he confesado mi amor. ¿Crees que sería capaz de seguir un doble juego?

—No, creo que no —contestó ella, sacudiendo la cabeza—. Pero me equivoqué una vez.

—Estabas con el hombre equivocado.

—Es el rey —contestó, como si eso explicara por qué se había comportado mal.

—En lo que se refiere a tu amor por él, Marguerite, es solo un hombre —ella bajó la vista—. Si hay algo más que te preocupe. Cuéntamelo.

—Temo que me apartes de tu lado —dijo suavemente—. Cuando te des cuenta de que has conseguido la parte más pequeña de todos los beneficios, me echarás y mi vida se destruirá de nuevo. Yo me destruiré de nuevo.

—No lo haré. Si te das a mí, te protegeré y te cuidaré como a mi propia persona. Lo juré una vez ante la iglesia y el rey y lo juraré de nuevo ante ti, aquí y ahora. No te apartaré de mi lado.

Ella asintió con la cabeza en silencio y, apartándose un poco, pronunció una palabras tan suavemente que, al oírlas, Orrick pensó que las había entendido mal.

—Seré tu esposa, Orrick. En todos los sentidos —dejó caer la bata al suelo y lo miró a los ojos.

Orrick empezó a temblar de deseo al ver lo que ella le ofrecía. Pero por mucho que la deseara, Marguerite debía comprender la seriedad del paso que iban a tomar.

—Si te ofreces a mí ahora, Marguerite, no habrá nadie más entre nosotros. Será como si nuestro matrimonio hubiera comenzado esta noche. Si no quieres aceptar ese compromiso, no hagas esto.

—Ya he tomado una decisión, Orrick. Y la mantendré.

Él le tendió una mano y Marguerite la aceptó. Orrick la acercó hacia él y la abrazó, y ella respondió como Orrick tantas veces había soñado. Recibió su abrazo y lo apretó aún más contra ella. Cuando pudo sentir todo el cuerpo de Marguerite contra el suyo, susurró su nombre y ella lo miró.

Le atrapó la boca con la suya, besándola hasta dejarla sin respiración. Ella se abrió a él y Orrick pudo saborear su boca y su lengua. Marguerite sintió la evidencia de su deseo contra su vientre, y esa vez también el suyo se inflamó.

Los labios de Orrick descendieron hasta su cuello y Marguerite sintió que el calor crecía entre sus cuerpos. La humedad que sentía entre los muslos aumentó y deseó que él llenara su vacío y se convirtieran en un solo cuerpo. Las capas de ropa que llevaban la molestaban, así que se liberó de su abrazo y dio un paso atrás para quitarse el camisón.

Él sonrió al ver sus esfuerzos y la ayudó a quitarse la prenda por encima de la cabeza. Después se quitó su túnica y los dos quedaron desnudos, el uno frente al otro. Marguerite se estremeció al ver sus anchos hombros, su cadera estrecha y sus potentes piernas. Sin acercarse más, le puso una mano en el pecho y la des-

lizó hacia abajo, explorando los duros músculos del vientre, de las caderas y de los muslos.
Al oír que Orrick retenía el aliento, supo que
sus caricias le gustaban.

Su propio cuerpo también reaccionó y la
necesidad de apretarse contra él creció, obligándola a anular el espacio que los separaba.
Entonces fue ella quien contuvo el aliento, al
sentir que sus cuerpos se encontraban. Sus
pechos se endurecieron cuando el vello del
torso de Orrick le acarició los sensibles pezones.

Orrick la besó de nuevo y deslizó las manos
por su cuerpo, como ella había hecho antes con
él. A Marguerite la sacudió una oleada de placer cuando él encontró la humedad entre sus
piernas. La acarició con los dedos hasta que
ella sintió que las piernas empezaban a tem-
blarle.

Él se detuvo entonces y la guio hasta la
cama. Marguerite pensó que la tumbaría sobre
ella, pero Orrick se sentó en el borde y la hizo
quedarse de pie, con una pierna a cada lado de
su cuerpo, dejando que su feminidad quedara a
su alcance una vez más. Cuando ella estaba a
punto de gritar por el placer que le producían
sus caricias, Orrick se deslizó hacia atrás, quedándose sentado en el medio de la cama, y la

atrajo a su regazo. Marguerite le abrazó las caderas con las piernas y él la besó y la acarició con un fervor que amenazaba con volverla loca.

Marguerite se sorprendió de que Orrick no le exigiera primero que lo satisficiera. Él daba y daba, acariciando, saboreando y excitando su cuerpo más allá de sus expectativas, hasta que alcanzó el clímax.

Justo cuando pensaba que su orgasmo había terminado, él la giró de espaldas y la llenó con su masculinidad. Cuando se hundió en ella, Marguerite sintió que el deseo volvía a su cuerpo, hasta que otro clímax la alcanzó. Entonces él pronunció su nombre en voz alta y, tras unas pocas embestidas, derramó su semilla dentro de ella.

Ahora era suya.

A Marguerite le llevó algún tiempo recuperar la respiración. Orrick permanecía en su interior, no tan duro como antes, pero aún estaba allí. Ella tensó los músculos para sentirlo dentro y él se rio.

—Te siento, mi amor —dijo él con un susurro ronco—. ¿Quieres más?

Orrick no esperó una respuesta, sino que deslizó una mano entre sus cuerpos, aún unidos, y la acarició entre las piernas hasta que ella no pudo soportarlo ya más y gritó de placer.

Después, mientras dejaba que la venciera el sueño que seguía a la satisfacción física, pensó que era triste que los hombres solo pudieran desahogarse una vez mientras que las mujeres podían disfrutar una y otra vez.

Marguerite se despertó con los primeros rayos de sol. Sentía el cuerpo relajado y completo como no lo había sentido en mucho tiempo. Aquella vez había sido tan diferente de la primera en la que lo había empujado a tomar su cuerpo... Ella también le había dado su amor.

Él no se lo había pedido. Marguerite no había pronunciado ninguna palabra de amor, ya que no estaba segura de cómo enfrentarse a ello. Le parecía que era muy pronto para hacer tales declaraciones, y no quería que Orrick pensara que eran falsas. Así que intentó abrirse a él y aceptar su cuerpo, al igual que aceptaba su amor.

Observó a Orrick mientras dormía. Sus rasgos eran aún más atractivos cuando estaba dormido y relajado. Los labios que le habían dado tanto placer estaban entreabiertos y su cabello caía desordenado alrededor de su cabeza. Marguerite sintió deseos de acariciarle el vello del pecho, y así lo hizo.

Con suavidad, siguió deslizando la mano hacia abajo, pasando por la cintura y el vientre, hasta llegar a su masculinidad. Apenas lo tocó, pero aquella parte de su anatomía reaccionó, aumentando de tamaño y endureciéndose en solo un momento. Orrick se estiró y le dijo con voz sugerente:

—¿Estás provocando a la bestia?

Marguerite envolvió con la mano su dureza y la acarició.

—Sí, eso parece.

Cuando Orrick quiso tumbarla de espaldas en la cama, ella lo empujó y se sentó sobre él a horcajadas. Echó su cabello por encima de los hombros para que cayera sobre él como una cortina. Orrick intentó levantarle las caderas para asentarla sobre él, pero Marguerite decidió que aquella vez ella lo satisfaría.

Echándose hacia atrás, se inclinó más contra él y respiró encima de su miembro. Cuando lo sintió moverse, se rio.

—Yo también te siento —le dijo. Después lo tocó con la punta de la lengua y observó cómo reaccionaba—. Creo que es hora de domar a la bestia.

—Hazlo si te atreves —gruñó él mientras

hundía las manos en su cabello para atraerla hacia él—. Solo si te atreves.

Ella se atrevió.

Y vivió para contarlo.

Nadie dijo una palabra, pero todos parecían saberlo. Marguerite sentía que se ruborizaba cada vez que él la miraba o la tocaba. Y Orrick no dejó de tocarla mientras desayunaban, mientras la ayudaba a bajarse del caballo o mientras se sentaban en la estancia del abad. Su mano le recorría los hombros y el cuello, y ella se estremecía con los recuerdos de aquella noche y con la anticipación de las siguientes noches. La llegada del abad hizo que Orrick por fin se apartara de ella.

—Parece que habéis llegado a un acuerdo, ¿no es así? —preguntó el hermano Godfrey mientras dejaba un envoltorio en la mesa y se sentaba.

Orrick miró a su esposa antes de responder. Ella asintió con la cabeza.

—Sí, Godfrey, mi mujer y yo hemos hecho las paces.

—Me alegro mucho por los dos —el monje sonrió—. ¿Volvéis a Silloth?

—Nos iremos en cuanto mi esposa así lo

desee —dijo Orrick, señalando el envoltorio que el hermano Godfrey había llevado.

—Como ordenasteis —dijo el abad, tendiéndoselo—. Y justo a tiempo, me atrevería a decir.

Marguerite no podía imaginarse lo que era, pero Orrick se lo tendió a ella. Se emocionó. ¿Orrick había encargado algo para ella? Le temblaron las manos cuando desató el cordón y apartó las láminas de lienzo.

¡Un Libro de Horas! Al abrirlo y ver su nombre en él, las lágrimas le inundaron los ojos.

—Pensé que esto sería un soborno, pero ahora me alegraría que lo aceptaras como un regalo matinal.

—¿Un soborno? —preguntó ella con voz temblorosa—. ¿Un regalo matinal?

—Le pedí a Godfrey que lo consiguiera cuando vine aquí después de nuestra boda. Pensé que con él te ablandaría el corazón.

—Y así ha sido —contestó ella, llorando y riendo al mismo tiempo.

Las iluminaciones eran exquisitas y las páginas estaban bordeadas con oro. Cada página contenía oraciones y una meditación para su propietario, y en ese caso estaban personalizadas con el día de su santo decorado en una hoja de oro. De nuevo la amabilidad de Orrick la abrumó y no pudo contener las lágrimas.

—Ten —dijo él, ofreciéndole la manga para que se limpiara—. Lo acaban de terminar y la tinta se correrá si sigues llorando así.

Intentando recuperar la calma, Marguerite volvió a hacer la segunda pregunta:

—¿Qué es un regalo matinal?

—Es una antigua costumbre que tienen los galeses y otros pueblos, y consiste en ofrecerle a la novia un regalo la mañana siguiente a la noche de bodas. La rareza del regalo proclama la satisfacción del marido hacia el matrimonio.

—Entonces, Orrick, ¿estás satisfecho?

—Oh, sí —le susurró él. A pesar de la presencia del abad, se inclinó hacia ella y le rozó los labios con los suyos—. Muy satisfecho.

—Y si la novia está satisfecha con el marido, ¿cómo se lo demuestra? —preguntó ella.

—Siempre podría...

—Ejem —los interrumpió el hermano Godfrey—. Estoy seguro de que encontraréis una manera de demostrarlo, mi señora. Cuando estéis de vuelta en Silloth —se apresuró a envolver el libro cuidadosamente.

Orrick se rio y le dio a su mujer otro rápido beso antes de levantarse.

—Mi señor, mi señora, me satisface que

seáis felices en vuestro matrimonio, pero debo ofreceros un consejo.

—Por supuesto, abad —dijo ella. Las palabras del monje le habían servido de consuelo y guía, así que las recibiría con gusto.

—Disfrutad el uno del otro, pero recordad que en el matrimonio no solo habrá pasión. Encontraréis problemas y obstáculos en vuestro camino, y deberéis esforzaros juntos para superarlos.

Sus palabras fueron más serias de lo que Marguerite había esperado, y por un momento sintió como si una mano helada la hubiera tocado en la nuca. Le dio las gracias al abad por su consejo y, cuando Orrick se acercó, se levantó y aceptó el libro que le tendía. Después de recibir las bendiciones del abad, se unieron a los hombres de Orrick y a Edmee, que los esperaban en el patio, e iniciaron el camino de regreso a Silloth.

Veinte

—¿Qué piensas de mi decisión? —preguntó Orrick en un susurro.

—Yo sugeriría que disminuyeras la multa y que incrementaras el trabajo que debe hacer para ti para pagar su delito.

Orrick sonrió al escuchar las palabras, ya que Marguerite demostraba una asombrosa habilidad para descubrir castigos más innovadores que los que él solía infligir.

Era la segunda vez que se sentaba con él en uno de sus juicios, e incluso Norwyn alababa sus habilidades. Normalmente era Norwyn quien se encargaba de esos asuntos, pero al menos tres o cuatro veces al año, Orrick tenía la costumbre de presidir la sentencia de su pueblo y de aceptar los pagos que le hacían por ser su señor.

—Cuatro peniques y diez días de trabajo antes de que llegue el invierno —declaró.

—Sí, mi señor —contestó el hombre.

Haciendo una reverencia, el hombre se dirigió a Norwyn para pagar la multa y Orrick se levantó de la mesa. Después de varias horas oyendo quejas, quería escapar de allí. Con Marguerite. Finalmente Norwyn puso fin a la sesión y Orrick bajó de la tarima con Marguerite.

Sin darle tiempo a protestar, la guio por el pasillo y subió con ella las escaleras hasta sus habitaciones. Despachó con un gesto de la mano a algunos que aún lo seguían plantándole diversas cuestiones, sin pararse siquiera. Una vez en su habitación, cerró la puerta e hizo que Marguerite se diera la vuelta para que lo mirara.

—¡Orrick! ¡Es pleno día! —se rio mientras él le quitaba la redecilla y el velo del pelo y le soltaba el cabello, hasta que cayó a su alrededor.

—Tengo asuntos importantes que discutir contigo —contestó, desabrochándole los lazos de las mangas. Como estaban fuertemente atados, se desvió a los del costado de la túnica.

—No creo que tengas nada que discutir precisamente —respondió ella, y le besó las mejillas y la frente.

Orrick pensó que tendría una palabras con Edmee después de aquello sobre cómo vestía a su señora, ya que desvestirla le estaba llevando demasiado tiempo. Frustrado, sacó su daga y rasgó todos los lazos que unían las prendas. Ella gritó al ver caer la túnica, el vestido y las mangas, quedándose solo con la camisa interior. Entonces Orrick volvió a tomar la daga y la deslizó por el frontal de la camisa, abriéndola completamente.

Finalmente pudo acariciarla y tomarle los pechos con las manos, como había deseado hacer todo el tiempo desde la mañana. Había estado fuera cinco largos días y había llegado esa misma mañana. No quería esperar hasta la noche para demostrarle lo mucho que la había echado de menos. Marguerite contuvo el aliento mientras la acariciaba y no se resistió. Cubrió las manos de Orrick con las suyas y las guio hacia abajo. Con una sonrisa de complicidad, él la acarició donde Marguerite más lo deseaba. Ella se agarró a sus brazos y dejó caer la cabeza hacia atrás, apoyándola en la puerta.

Orrick se inclinó y le tomó uno de los tentadores pezones entre los labios, acariciándolo con la lengua y con los dientes hasta que se endureció. Entonces su atrevida mujer le tendió las manos y las deslizó por dentro de su túnica, tomando entre ellas su masculinidad.

Orrick intentó controlarse. Lo intentó de verdad. Al principio. Pero en cuanto ella lo acarició, se quitó la túnica, apretó su cuerpo contra el de ella y la tomó allí mismo, de pie. Habría parado si hubiera visto algún signo de duda por parte de Marguerite, pero no hubo ninguno.

Finalmente, después de largos minutos de impacientes embestidas y caricias, con los brazos alrededor de los hombros de Orrick y las piernas rodeándole las caderas, Marguerite alcanzó el orgasmo y Orrick se derramó dentro de ella. Se tomaron algún tiempo para normalizar su respiración y entonces él le bajó las piernas para que pudiera quedarse de pie.

—Te dije que deberías haberme acompañado a Abbeytown —dijo él como excusa por su lujurioso comportamiento.

Marguerite recogió sus ropas y se apartó el cabello del rostro. Estaba maravillosa.

—Como tu mujer, es mi deber quedarme aquí y supervisar tus tierras mientras viajas.

Ella se metió en su habitación y dejó caer la ropa en el suelo. Le enseñó los lazos cortados, pero él se negó a disculparse por lo que había hecho.

—Dile a tu doncella que la próxima vez no los apriete tanto —dijo Orrick, cruzando los brazos sobre el pecho.

—La chica está tan atontada con Gerard que es un milagro que haga algo a derechas —Marguerite buscó en el arcón de su ropa, sacó otra camisa y se la puso por encima de la cabeza—. ¿Sabes si él siente lo mismo por ella, Orrick? No me gustaría verla sufrir.

—¿Has visto a alguno de los dos desde esta mañana? —esperaba que su hombre mostrara más refinamiento con la doncella del que el rey había mostrado con su señora.

Ella lo miró desde el otro lado de la puerta abierta.

—Deseo para ella algo más que eso. Siempre ha sido amable conmigo, incluso cuando me he comportado de manera abominable, y me gustaría verla feliz.

Orrick sonrió.

—Gerard me ha pedido permiso esta mañana para casarse con ella, cuando atravesábamos las murallas. Le dije que hablaría contigo.

La sonrisa de Marguerite le iluminó el alma.

—Entonces, está bien.

Marguerite se sentó bajo la ventana y comenzó a pasar otros lazos por las aberturas de la túnica y de las mangas. Los cambios que se habían producido en ella en las últimas semanas eran extraordinarios. Nada más llegar a Silloth, habría sido incapaz de encargarse ella de esos asuntos.

Orrick se arregló la ropa y esperó a que ella terminara con la suya. Enseguida se reuniría con Norwyn y sus ayudantes para discutir los cálculos sobre las cosechas de los campos que rodeaban al pueblo. El tiempo se había mantenido estable y las cosechas de trigo, cebada y centeno prometían ser mejores de lo esperado. Su pueblo tendría provisiones para afrontar el invierno.

—¿Dónde está mi madre?

—Pasa casi todas las mañanas en la sala superior. Sus mujeres ya casi han terminado el nuevo tapiz. Le sugerí que hiciera uno a juego para su propio comedor.

Se levantó y se puso de nuevo el vestido, atándolo al frente. Después se puso la túnica y se ató los lazos bajo los brazos. Las mangas, sin embargo, se le resistieron, y Orrick se acercó a ayudarla.

—No son sus mujeres, Marguerite. Tú eres la señora de Silloth, así que son tuyas —algo le impedía pasar tiempo con ellas en la sala cada día—. Solo dos se irán a vivir con mi madre cuando se marche esta primavera. Lady Anne, que es su prima, y lady Clare, cuyo marido estará al mando de los soldados en la fortaleza de Ravenglass.

Si no la hubiera estado observando, Orrick habría pasado por alto el dolor que se reflejó en el rostro de Marguerite. Creía que no sería a lady Clare a quien echara de menos. Su bebé también solía estar en la sala cada mañana. Una niña. De unos ocho meses de edad.

La misma edad que la niña que Marguerite abandonó en el convento de Normandía.

¿Añoraría a su bebé? ¿Pensaría en la niña y en lo que podría haber sido? ¿Querría otro hijo?

Nunca hablaban de hijos, pero él necesitaba herederos y esperaba tenerlos con ella. Sus frecuentes relaciones darían pronto su fruto, si así Dios lo quería, y ella engendraría a su hijo. ¿Confiaría entonces en él lo suficiente como para revelarle su último secreto? Orrick sabía que aquel era el único punto negro en la felicidad que ahora compartían. Marguerite aún no confiaba en él.

—Mi madre me ha recordado que hay dos primas en la familia de mi padre que podrían venir a vivir aquí. Así tendrías compañía cuando ella se fuera —le tendió una mano—. ¿Qué dices de eso?

—Que tengo el marido más considerado del mundo —se puso el velo sobre el cabello y tomó su mano.

—No pensarías eso de mí si supieras lo que tengo pensado para no dejarte dormir esta noche —quería apartar la tristeza que empeñaba los ojos de Marguerite. Quería que le sonriera una vez más.

Ella le dedicó una sonrisa, pero no tan brillante como solían ser.

—Vamos, Orrick. Aún quedan muchas horas antes de que podamos retirarnos, y si comenzamos nuestras tareas, tal vez el día se nos haga menos largo.

Él estaba a punto de abrir la puerta para salir al pasillo cuando ella se detuvo y lo miró. Le puso una mano en la mejilla, acariciándosela suavemente.

—Te quiero, Orrick. De verdad.

Orrick le tomó la mano y le besó la parte interna de la muñeca.

—Y yo a ti, Marguerite.

Mientras se disponían a realizar las actividades diarias de la fortaleza, Orrick se dio cuenta de que era la primera vez que ella se lo decía con palabras. Su cuerpo se lo decía de muchas formas, así como la atención que le ponía a sus responsabilidades y la actitud que tenía hacia su pueblo. Pero era la primera vez que había pronunciado aquellas palabras.

Llegaron al comedor justo cuando Norwyn mandaba a llamarlo. Marguerite lo saludó con un movimiento de cabeza y continuó su propio camino, seguida de cerca por Edmee. Orrick se dio la vuelta y observó cómo se alejaba.

¿Podía haber amor sin confianza?

Ese pensamiento lo perturbó durante todo el día y algunos más, hasta que la respuesta le llegó de golpe con el arribo de un mensajero de Enrique.

—Mi señor —dijo uno de los ayudantes de Norwyn mientras Orrick cruzaba la puerta—, hay un mensaje urgente del abad esperándoos en la entrada.

—Regresaste de Abbeytown hace unos días —señaló Gavin—. ¿Qué puede ser tan importante como para que envíe un mensajero ahora?

—Supongo que debo ir y descubrir la causa del disgusto de Godfrey.

Encabezó la pequeña compañía de hombres hasta el establo y desmontó, y en ese momento los vigilantes de la fortaleza hicieron sonar el cuerno. Orrick se dio la vuelta para ver qué había provocado la llamada. Cuatro hombres a caballo atravesaron las puertas sin detenerse. Uno de ellos llevaba un estandarte que cualquier noble de Inglaterra reconocería a primera vista: dos leones dorados rampantes enfrentados sobre un fondo rojo. El escudo de armas de la casa de Plantagenet.

Enrique Plantagenet.

Gavin maldijo en varios idiomas mientras los veía acercarse.

—¿A qué se deberá todo esto?

—No lo sé, pero tengo la sensación de que no será nada bueno —Orrick se volvió hacia Gavin—. ¿Puedes hacer que Marguerite no se acerque al comedor? Supongo que ahora estará trabajando con Wilfrid. Recibiré a esos hombres en el comedor y escucharé sus noticias.

—¿Es necesario, Orrick? Es tu mujer.

—Vete y mantenla alejada del comedor —por su tono Gavin supo que era una orden que no admitía discusión.

Gavin marchó a cumplir las órdenes mientras Orrick recibía los saludos de los hombres y los invitaba a entrar a la fortaleza. El líder del grupo le hizo una seña a Orrick con la cabeza y este lo acompañó a una habitación más pequeña junto al comedor, para tener algo de intimidad.

—Mi señor —empezó a decir el hombre—. Me llamo Gilbert y traigo saludos y mensajes del rey para su leal vasallo lord Orrick de Silloth y para su mujer, lady Marguerite.

Orrick no tenía otra opción que ser hospitalario y aceptar los mensajes, al igual que cualquier noticia que estos contuvieran. Pero aquello no le gustaba. Se le hizo el mismo nudo en el estómago que siempre le avisaba de que algo iba mal.

—¿Y cuál es vuestro mensaje? —se sentó en la gran silla que le estaba reservada.

—Debo presentároslo a vos y a vuestra esposa.

—Aceptaré cualquier mensaje que le traigáis a mi esposa —contestó, recalcando la palabra «esposa». Todo el mundo conocía el derecho que tenía el marido de representar a su mujer en cualquier asunto.

—Mis órdenes vienen del rey, mi señor. Os pediría que…

Se vio interrumpido por un clamor fuera de la estancia. Después oyeron voces subiendo de tono, una llamada a la puerta y apareció Gavin, seguido de Marguerite.

—Mi señor, ya veo que han llegado visitantes a Silloth —dijo ella mientras se ponía a su lado. Aún no había mirado al mensajero, pero lo hizo en ese momento. Por la expresión de su rostro Orrick supo que ella también había reconocido el escudo de armas.

—Mi señora, os traigo saludos del rey —con una floritura de la mano, el enviado de Enrique le hizo una reverencia antes de continuar.

—¿El rey? —al principio Marguerite se puso pálida y Orrick temió que se desmayara. Después la vio apretar los puños mientras esperaba a que el mensajero hablara.

—Tengo cartas para vos y una orden para que asistáis a Carlisle el próximo domingo. La presencia del rey honrará la inauguración de una nueva casa de cuentas en la catedral y Su Majestad requiere vuestra presencia.

El mensajero hurgó en su bolsa y sacó varios atados. Le dio el más delgado a Marguerite y dos más a Orrick, que sintió náuseas al aceptar los pergaminos que sabía que cambiarían su vida. La mano le tembló al tomarlos.

—¿El rey desea que lord Orrick se presente ante él? —preguntó Marguerite, mirando el atado que le tendía el hombre.

—Mi señora, el rey requiere expresamente vuestra presencia y envía esto como muestra de su aprecio.

Orrick siempre recordaría rezar en aquel momento para que ella no tomara la caja que el mensajero sacó de su bolsa. Rezar con toda su alma para que ella no tendiera la mano y no aceptara el regalo y lo que significaba. Sintió que se le rompía el corazón cuando Marguerite sonrió y extendió la mano.

—¿El rey desea que me presente ante él?

La dicha que había en sus ojos lo abatió. Ya no oyó nada más de lo que se dijo en aquella estancia, porque las palabras de Marguerite habían destruido todas las esperanzas que había tenido durante los últimos meses. Ella aún amaba al rey.

Aún con los mensajes en la mano, se levantó y salió de la estancia. Una vez en el pasillo, llamó a Norwyn para que se hiciera cargo de sus necesidades. No podía respirar. Le dio los pergaminos a su ayudante y lo único que supo con certeza fue que tenía que escapar de allí. Tenía que escapar de ella.

Veintiuno

Marguerite esperó dos días para darle una explicación, pero Orrick la evitaba. Su esposo no regresó a sus habitaciones y, por primera vez desde que se había entregado a él, durmió sola. O más bien se revolvió en la cama, porque no pudo conciliar el sueño. Lo único que veía al cerrar los ojos era la expresión afligida de Orrick mientras ella aceptaba el presente del mensajero.

La escena se repetía en su mente una y otra vez, y sabía que aquello no terminaría hasta que le explicara a Orrick lo que había ocurrido en aquella habitación.

Una citación del rey era una orden, no una petición, y Marguerite sabía que tenían que comenzar a hacer los preparativos si querían llegar a Carlisle a tiempo. Al tercer día, decidió empezar a hacerlos. Cuando Norwyn respondió a sus órdenes con cierto aire de ignorancia, acudió a la única persona que podía hacer algo. Buscó a lady Constance.

Encontró a la madre de Orrick en sus habitaciones.

—Mi señora, por favor —dijo una vez dentro—. Debo hablar con vos —esperó a que lady Constance despidiera a sus sirvientes antes de continuar—. Ya sabéis que el rey nos ha citado en Carlisle —Marguerite le tendió la carta que había recibido de Enrique.

Lady Constance no dijo una sola palabra; simplemente tomó la carta y la leyó.

—Esto no era lo que yo esperaba —dijo finalmente.

—¿Qué queréis decir? —es solo una carta requiriendo mi presencia el domingo siguiente. He supuesto que la carta de Orrick dice lo mismo —la madre de su esposo no respondió. Entonces Marguerite recordó que él había recibido un atado grueso y otro más fino—. ¡Señora! ¡Debe presentarse ante el rey! Si se niega sin dar buenas razones, la reacción del rey será terrible. Ya lo he visto antes y Orrick debe darse cuenta de que no tiene… no tenemos elección.

—Mi hijo debe de tener sus propias razones

para ignorar la llamada del rey —dijo lady Constance en voz baja.

Marguerite se acercó a ella y le tocó la mano.

—Por favor, señora, hablad con vuestro hijo, ya que él no quiere hablar conmigo. Hacedle comprender que...

—Creo que comprende muchas más cosas de las que vos creéis.

Se quedó sin aliento al darse cuenta de lo que quería decir la mujer, lo que Orrick sospechaba.

—El rey nos ha citado a los dos.

—El regalo era solamente para vos.

—Y se lo devolveré al rey cuando lo vea. No quiero nada de él. Y Orrick debe saberlo.

Lady Constance no respondió, y entonces Marguerite lo vio claro. Todos pensaban que el rey quería que volviera. Y, durante un breve instante, cuando el mensajero le había dirigido aquellas palabras, ella también lo había pensado.

Pero la diferencia estaba en que, a pesar de la llamada del rey y de su regalo, ella no quería volver con el rey. La falta de confianza que Orrick tenía en ella le rasgaba el corazón, pero no había tiempo para sentir lástima.

—Debo hablar con él. Por favor, decidme

dónde está —tomó la mano de lady Constance y le suplicó—. Os lo ruego...

—¿Por qué debería ponerme de vuestro lado en esto? Lo único que habéis hecho ha sido ofrecer tristeza y vergüenza al corazón de mi hijo y a su honor.

Esas palabras atravesaron el corazón de Marguerite, y no pudo ni imaginarse lo que pensaría Orrick si su madre se atrevía a expresar sus pensamientos en voz alta.

—Enrique no tolerará que lo desobedezcan. Destruirá a Orrick y al pueblo de Silloth y todas sus tierras sufrirán la desobediencia de su señor —se arrodilló delante de la mujer—. Conozco al rey. Debemos obedecer sus órdenes —dijo, señalando a la carta—. Y si debo darme a él una vez más para salvar a Orrick y a su pueblo, es un precio que estoy dispuesta a pagar.

Lady Constance palideció y Marguerite se puso en pie.

—Tienen que hacerse los preparativos, y me iré sola si él no me acompaña. Norwyn no me obedecerá, así que, si amáis a vuestro hijo como lo amo yo, debéis conseguir que coopere conmigo.

La madre de Orrick tembló y Marguerite decidió que debía encontrar a Orrick sin su ayuda. Recogió la carta, se dio la vuelta y caminó hacia la puerta.

—Hablaré con él —oyó que decía lady Constance.

Asintió con la cabeza y se fue sin decir nada más.

Aquella misma tarde el equipaje ya estaba preparado, al igual que los caballos y todas las provisiones. También habían elegido a los hombres que la acompañarían a Carlisle. El viaje les llevaría una semana, llegando primero a Abbeytown y después a Thursby, hasta finalizar en Carlisle. Marguerite aún no había visto a Orrick ni oído nada de él, pero confiaba en que su madre lo hubiera convencido.

Incapaz de enfrentarse a la hostilidad reinante en el comedor contra ella, pues ya todos en Silloth sabían que iba a emprender el viaje y pensaban que volvía con Enrique, hizo que le llevaran una bandeja a su habitación. Esperaba no tener que pagar el precio que le había mencionado a lady Constance, pero sabía que estaría dispuesta a ello con tal de salvar a Orrick de la ira del rey.

¿Y después, qué? ¿Dónde iría? Orrick nunca la volvería a aceptar a su lado. Como ya le había dicho a Orrick en una ocasión, su vida sería destruida. Incluso su leal doncella Edmee la había abandonado al aceptar la oferta de Orrick de un lugar donde vivir.

Marguerite miró por la ventana y reconoció inmediatamente su silueta. Orrick estaba en el patio, hablando con algunos de sus hombres. Cuando ella presionó la cara contra el cristal y susurró su nombre, él miró hacia arriba como si la hubiera escuchado. Sus miradas se encontraron durante algunos segundos, hasta que él se dio la vuelta y terminó de hablar con los soldados. Sin mirar atrás, Orrick montó su caballo y, atravesando las puertas de la fortaleza, se dirigió al pueblo.

Iba a ver a Ardys.

Temblando, Marguerite se dejó caer en los cojines del asiento. Sabía que le debía una explicación por el comportamiento que había tenido ante las palabras del mensajero, pero Orrick tampoco estaba libre de culpa. Si confiara en ella y la amara como decía hacerlo, habría esperado a conocer la razón de su comportamiento en vez de apartarla de su lado y buscar los brazos de otra mujer.

Justo antes de que la desesperación y la desesperanza la invadieran, sintió que la rabia de la antigua Marguerite crecía dentro de ella, y decidió que Orrick la oiría antes de que desechara el precioso regalo que ella le había ofrecido.

¡Maldito fuera! ¿Por qué en esos momentos actuaba como todos los hombres, justo cuando lo que ella necesitaba era lo que lo diferenciaba de los demás?

Se echó la capa sobre los hombros y salió de sus habitaciones, dispuesta a seguirlo y a enfrentarse a él. Nunca habría pensado que los guardias le impedirían salir.

—Apartaos —ordenó a los tres hombres que le bloqueaban el paso en las puertas.

—Mi señora, no podemos hacerlo —le contestó el más alto—. Nadie abandona la fortaleza por la noche sin el permiso de lord Orrick.

—Yo soy vuestra señora y os ordeno que os apartéis.

—Mi señora, no podemos hacerlo.

Marguerite se dio la vuelta para enfrentarse al escocés, que se había acercado al contemplar la escena.

—Me voy a ir, Gavin.

Decidió dirigirse directamente contra los guardias pero estos, apenas sin esfuerzo, la apartaron y ella cayó al suelo. Fue el escocés quien la ayudó a levantarse.

—Mi señora, por favor, no nos obliguéis a reteneros —le pidió otro de los soldados.

—Están cumpliendo las órdenes de su señor y, si los forzáis a heriros, además tendrán que enfrentarse a la ira de Orrick —le dijo Gavin—. Por favor, volved a vuestras habitaciones.

Marguerite se giró hacia Gavin y agarró su túnica, obligándolo a inclinar la cabeza hacia ella.

—Debo hablar con Orrick. Sé dónde está y voy a ir allí ahora.

—¿Estáis segura? ¿Queréis ver con vuestros propios ojos lo que teméis encontrar?

—¿Defendéis su inconstancia? Deberíais... Pero vos sois su amigo en todos los sentidos.

El rostro del escocés se endureció y ella temió haberse propasado con sus palabras. Incluso los soldados contuvieron la respiración.

—Pero yo no estoy con él, ¿verdad? Tal vez sea porque no lo apruebo.

—Entonces, decidles que me dejen pasar. Debo hablar con él antes de partir por la mañana. Al menos, me merezco eso. Podéis consolaros pensando que mañana me habré ido y que todo volverá a ser como antes de que viniera.

—¿Os iréis? —preguntó Gavin.

—Los dos sabemos que Orrick nunca volverá a aceptarme si respondo a la llamada del rey. Y, Gavin, creo que sabéis que debo responder. Así que, decidles que me dejen pasar.

El escocés inspiró profundamente y dejó escapar un suspiro. Asintió con la cabeza.

—Dejadla pasar.

Los guardias se apartaron y ella atravesó las puertas. Bajó corriendo la colina y tomó el camino que sabía que llevaba a la casa de Ardys. La luz de la luna creciente la iluminaba y en pocos minutos llegó a la puerta de la mujer.

Marguerite se quedó allí durante varios minutos, incapaz de dar el siguiente paso. Había muchas cosas de las que hablar. Muchas respuestas que dar y mucho que explicar. Tomó el picaporte de la puerta y, empujándola, la abrió.

«¿Queréis ver con vuestros propios ojos lo que teméis encontrar?».

Recordó las palabras de Gavin al ver a Ardys en brazos de su marido. Orrick la besaba una y otra vez y deslizaba las manos por su cuerpo, igual que había hecho con ella. Marguerite intentó convencerse a sí misma de que Orrick solo lo estaba haciendo para demostrarle que podía hacerlo, y así superar el dolor. Su marido levantó la cabeza y su mirada, llena de pasión, se encontró con la de Marguerite.

Era pasión que sentía por otra mujer.

Sintiendo que el mundo se derrumbaba a su

alrededor, Marguerite se apresuró a salir de la casa. Miró alrededor y se dio cuenta de que no tenía adónde ir.

—Eres más mezquino de lo que nunca habría imaginado, Orrick —le dijo Ardys, apartándolo—. ¿No has visto cuánto la has herido?

Orrick se separó de Ardys y cerró la puerta de la casa. No sabía dónde había ido Marguerite y no le importaba.

No le importaba.

Esas palabras aún no eran ciertas, pero se esforzaría todo lo necesario para creerlas, hasta que fueran verdad. Se dirigió a la mesa y bebió largamente de una jarra de cerveza.

—Orrick, tienes que ir a buscarla y hablar con ella. Debes decirle que esto era solo una farsa. Esa mujer te quiere —dijo Ardys, tomándolo del brazo y haciéndolo girarse para que la mirara—. Te ama.

—Por lo que se ve, eso no es suficiente. Si hubieras visto cómo se le iluminó la cara de alegría cuando supo que el rey la llamaba, no te pondrías de su parte.

La palmada que Ardys le dio en la nuca lo sorprendió y casi le hizo perder el equilibrio.

—Pensé que eras diferente, pero estás siendo un estúpido, y yo no soporto la estupidez.

Orrick se rio. Ardys tenía una mente rápida, era ingeniosa y también tenía una mano rápida. Pero eso no le iba a hacer cambiar de opinión.

—Si me ama, tal y como dices, ¿por qué eso no es suficiente para mantenerla a mi lado y evitar que vuelva a la cama del rey?

—¿Se lo has preguntado, Orrick?

No lo había hecho. Al ver la reacción de Marguerite ante la llamada del rey, se había ido. La mirada de gozo que había visto en los ojos de su mujer y la sonrisa hablaban más alto que cualquier palabra que pudiera decirle. Marguerite quería volver con Enrique.

Ardys le quitó el vaso de la mano, le arrojó la capa a la cara y lo empujó hacia la puerta. Después se quedó mirándolo con las manos en las caderas.

—Tal vez, cuando empieces a pensar con la cabeza y no con la verga, encontrarás la respuesta. Y no vuelvas aquí mientras no se aclaren las cosas con tu mujer.

Orrick se quedó fuera de la casa de Ardys mirando la puerta, que acababa de cerrarle en las narices. No debería atreverse a hablarle así. Debería temer su ira.

Dejó el caballo atado junto a la casa y echó

a andar hacia la fortaleza. Tendría que hablar con Marguerite antes de que se fuera. Su madre se lo había pedido. Ardys se lo había pedido. Pero ninguna de ellas había leído las palabras que Marguerite había escrito contra él.

El rey le había enviado las cartas que ella le había escrito durante los primeros meses y, en vez de ayudarlo a comprender cómo se sentía ella en aquellos días, las palabras le habían roto el corazón. Las mentiras que había escrito sobre él eran horribles e iban empeorando en cada carta. Nadie defendería a Marguerite si supieran lo que había hecho.

Cuando llegó al castillo estaba furioso y decidido a echarle a Marguerite a la cara sus pecados.

Veintidós

Marguerite se sentó bajo la ventana y esperó. No sabía muy bien si esperaba a que llegara Orrick o a que llegara la mañana y, con ella, su marcha de Silloth, pero esperó en la oscuridad.

Gavin la había seguido al pueblo y la había esperado a la salida de la casa de Ardys. Si hubiera mostrado algún signo de lástima o compasión, ella se habría derrumbado. Pero no lo hizo. Simplemente le había ofrecido su brazo y la había acompañado hasta el castillo, y ahora montaba guardia al otro lado de su puerta.

Marguerite había esperado que la puerta se echara abajo o que Gavin gritara para anunciar la llegada de Orrick. Pero lo que ocurrió fue que la puerta que comunicaba sus habitaciones se cerró tras Orrick, que entró en la estancia. Marguerite habría preferido enfrentarse a él de pie, pero le temblaban las piernas y sabía que no la sostendrían.

—¿Ya se han hecho los preparativos para tu viaje de vuelta al rey?

—Debería ser nuestro viaje, Orrick. Nos ha llamado a los dos.

—Pero he descubierto que el hecho de acompañarte de vuelta a su cama no me agrada —gruñó.

—No voy a volver a su cama, Orrick. ¿Por qué no me crees?

—El rey me escribió que, ya que veía en tus cartas que yo mostraba tanto desdén por el regalo que me había hecho, te volvería a llamar a su lado.

Levantó la mano y le arrojó todas las cartas, que cayeron al suelo a su alrededor. Sus cartas. Las reconoció incluso en la oscuridad. Había escrito muchas mentiras, desesperada como había estado durante los primeros meses. Antes de descubrir la verdad. Antes de amar a Orrick.

—Entonces estaba desesperada. Y lo sabes.

—Tan desesperada que me ofreciste tu cuerpo para apaciguarme. Como has dicho que harás ahora con el rey. Por lo que veo, tus mentiras y engaños no han terminado aún.

Así que lady Constance le había contado todo.

—No quiero ofrecerme a él, Orrick, pero si eso te salvará, a ti y a todo lo que aprecias, lo haré.

—¿Incluso sabiendo que eso destruirá lo que hay entre nosotros?

Ella asintió con la cabeza. Esperaba no tener que llegar a eso, poder despertar la clemencia del rey y no pagar el precio. Pero amaba tanto a Orrick que estaba dispuesta a arriesgarlo todo para salvarlo.

—Ven conmigo. No dejes que olvide la persona que soy ahora y que vuelva a la que era antes.

—Qué sacrificio tan noble —espetó sin mirarla—. Sospecho que no te resultará tan difícil aceptar de nuevo la generosidad del rey y volver a la posición para la que te formaron durante tantos años —se giró para mirarla—. Tumbada de espaldas en su cama. ¿O acaso el rey te tomaba como hizo tu bárbaro marido, contra la puerta de tu habitación?

Ella se quedó sin respiración al ver que Orrick intentaba convertir en algo sucio lo que habían compartido. No había esperado ponzoña de su marido. No había visto nunca a aquel Orrick, un hombre que no escuchaba ni atendía a razones.

—Hace varios meses sí lo habría deseado, Orrick. Pero eso fue antes de conocer la verdad sobre lo que hizo el rey y de saber que te amaba.

—Vi cómo se te iluminaba la cara al saber que te llamaba —la acusó—. Vi el júbilo que te embargó al ver que quería que volvieras.

—Soy culpable de sentir eso.

—¡Ah! Por fin me dices una verdad. Lo único que ha hecho ha sido llamarte, ofrecerte un mísero regalo y tú corres hacia él —se acercó a ella y Marguerite pudo ver que apretaba los puños con fuerza—. Te vendes muy barata.

Marguerite se puso en pie y caminó hacia él.

—Te confieso que, durante un momento, sentí triunfo. Pero fue un breve fallo de la razón.

Orrick sacudió la cabeza y se apartó de ella, como si no soportara su presencia. Eso era lo que ella había temido cuando se había ofrecido a él aquella noche en Abbeytown. Que, si llegaba a conocer sus errores y sus pecados, se apartara de ella.

—Durante más de la mitad de mi vida, mi propósito ha sido llamar y mantener la atención del rey. Mi padre me obligó a vivir su propio deseo de poder, e incluso a aceptar sus sueños como si fueran los míos durante años, hasta que creí en ellos y los perseguí por encima de todo —Marguerite volvió a acercarse a él y lo miró—. Por eso, a pesar de que Enrique me abandonara, a pesar de que metiera en su cama a mi hermana y a pesar de todo lo que me quitó, sentí un momento de triunfo. No lo quiero, Orrick. No quiero sus caricias ni sus regalos. Permití, solo por un momento, que todos aquellos años desplazaran lo que tenemos ahora.

Sabía que Orrick estaba manteniendo una lucha interna por creerla o no.

—Ven conmigo. Enfrentémonos al rey juntos. Confía en mí.

Orrick la miró, y el deseo y la necesidad que se reflejaban en la mirada la sorprendieron.

—No lo hagas, Marguerite. Confía en mí y deja que maneje esto como sé que debe hacerse.

—Pero tú no conoces al rey como yo, Orrick. Yo he vivido en su corte y he visto cómo destruía a hombres más poderosos que tú por enfrentarse a sus deseos. Yo confío en ti, Orrick, pero en esto tú debes confiar en mí.

Esperó, sabiendo que aquel era el momento más importante entre los dos, más incluso que cuando le había profesado su amor. Él se dio la vuelta, diciendo con ese gesto más de lo que podría haber dicho con palabras. Marguerite lo observó mientras él se acercaba a la chimenea y se quedaba mirando el fuego.

—Si confiaras en mí, me habrías hablado de lo único que te mantiene atada a Enrique, más de lo que nunca estarás a mí.

—Se llevó mi virginidad, Orrick, pero eso no importa ahora.

—El bebé —susurró él—. Le diste una hija. Y eso no se puede cambiar.

Ella dio un paso atrás y cayó sobre la cama.

—¿Lo sabías?

Él seguía sin mirarla.

—Lo he sabido durante meses y he esperado a que me amaras lo suficiente y confiaras en mí para compartir conmigo ese secreto. No puedo competir con el rey, Marguerite. No puedo competir con su poder, con las riquezas que te ofreció y, sobre todo, no puedo competir con el hombre que fue el primero en tomar tu cuerpo, el primero en tu corazón y el primero en darte un hijo.

—¿Crees que esto es una competición? ¿Por mí?

—¿No lo es? —preguntó él—. Si ahora respondes a la llamada del rey, él habrá ganado.

Ella unió las manos en su regazo y se dio cuenta de que no tendría otra manera de convencerlo que revelarle aquello en lo que no se había atrevido a pensar en tanto tiempo. A pesar de que podría perderlo en sus esfuerzos por hacerle comprender cómo se sentía.

—Nunca he sido capaz de confesar mis pecados de entonces, Orrick. Ni siquiera pensaba que estuviera cometiendo un pecado al estar con Enrique. Así fue como me enseñaron a vivir, pero tú me has enseñado mucho más. Y, aunque podría soportar el desdén de los que viven en el mundo de Enrique, e incluso de los que viven en el tuyo, ni siquiera puedo soportar pensar en cómo me despreciarías si supieras el resto.

—Marguerite, haber dado a luz a una niña no fue culpa tuya. ¿Por qué crees que te odiaría por eso?

—Esto no tiene nada que ver con la confianza, Orrick, sino con enfrentarme a mis pecados y a mis miedos. Si no te lo conté, fue porque no podía. Si te hubiera hablado del bebé, tendría que haberte hablado de… de cómo recé para que muriera.

—¿Para que muriera?

—Era tan egoísta que, cuando supe que no le había dado un varón, lo único que deseé fue volver á él sin la carga de una hija bastarda. Los bebés mueren muy fácilmente y, cuando ella no lo hizo, volví a pecar dándole la espalda y sin permitirme siquiera pensar en su existencia.

—No podías criarla tú sola, Marguerite. Seguramente...

—La pareja que la está criando piensa que es la hija de Dominique, y yo nunca les he contado la verdad. No pensar en ella y negar su existencia era más fácil que recordar mis fervientes plegarias para que se muriera y mi decepción al saber que seguía viva. Es mucho más fácil no pensar en ella que enfrentarme al hecho de que fui estúpida, egoísta y de que estaba equivocada, tanto como para desear la falsedad del rey en vez de a una hija de mi propia sangre.

Se estremeció al pensar en su arrogancia durante aquellos días. Cuando Dominique comentó que podría hacer pasar a la niña por su hija, Marguerite había aprovechado la oportunidad. No quería que nada interfiriera en sus planes de volver con Enrique y recuperar su amor y el poder que ella tenía a su lado.

Nada. Incluida la niña a la que había dado a luz.

Ahora el dolor la paralizaba. Antes de exponerse a Orrick y a su gente, no pensaba en sus actos, pero al aprender de él la bondad, la justicia y el amor, se había dado cuenta de sus errores del pasado. Si ella no podía perdonarse sus propios pecados, ¿podría hacerlo él? Orrick no preguntó nada más, así que ella se levantó para enfrentarse a él y a las consecuencias de haberle desnudado su alma.

—Ahora que conoces mi más oscuro secreto, ¿seguirás profesándome tu amor como prometiste?

La mirada de horror que vio en sus ojos fue todo lo que necesitó saber.

El viaje duraría unos siete días. La parte más lenta sería el camino hasta Abbeytown, atravesando bosques. Después tomarían el antiguo camino romano que conducía a Carlisle desde el oeste. Ya que la mayor parte del viaje transcurría en sus tierras, Orrick no tenía duda de que llegarían sanos y salvos a su destino. Además, el grupo de diez soldados guiados por cuatro de sus caballeros lo garantizaría.

Llevaba dos días y dos noches caminando

impacientemente por sus habitaciones, intentando apartar de su mente la imagen de Marguerite confesándole sus pecados. En aquellos momentos la había odiado, porque sus palabras le habían hecho darse cuenta de que él le había fallado.

No la odiaba. Se trataba más bien de odiarse a sí mismo por no ser el hombre que ella necesitaba. Durante todos los meses en los que Marguerite había deseado regresar con Enrique, Orrick se había convencido de que era lo suficientemente paciente, sabio y fuerte para esperar. Sabía, desde el mismo momento en el que el rey se la había ofrecido como esposa, que ella no iba a volver. Por eso, al ser mayor que ella y más sabio, se había permitido el lujo de enorgullecerse de controlar sus propias reacciones ante el comportamiento de su mujer.

Y había jugado con ella, igual que Enrique había hecho.

No se había contentado con permanecer pasivo mientras el carácter de Marguerite se iba rehaciendo, sino que la había manipulado usando sus necesidades y sus miedos, igual que antes habían hecho su padre y el rey. Después había gozado de los frutos de aquel trabajo cuando ella se había entregado a él en cuerpo y alma.

Igual que Enrique había hecho. Igual que habían hecho todos los hombres que había habido en su vida. A pesar de su supuesta bondad, clemencia y paciencia, no era mejor que aquellos que lo habían precedido.

Y en vez de revelar el secreto que sabía que le quemaba el alma a su mujer, se había quedado quieto, esperando a que ella confiara en él lo suficiente para contárselo.

Orrick se volvió hacia los pergaminos que tenía delante, intentando concentrarse en las cifras que debía examinar con Norwyn. La cosecha había sido buena. Comparó los datos con los del año anterior y se sintió satisfecho con el aumento.

La satisfacción le duró solo un momento, y después esparció los pergaminos por la mesa, sin importarle si se caían. No se engañaba a sí mismo. No podía hacer aquello sin Marguerite. No quería hacerlo sin ella. Pero cuando le había pedido su ayuda y su confianza, él la había rechazado.

No, no era mejor que los que lo habían precedido.

Sin previo aviso, la puerta se abrió con tal fuerza que golpeó la pared. Gavin entró y volvió a cerrar de un portazo. Llevaba una jarra y dos vasos, que dejó en la mesa.

Antes de que pudiera decir nada, Gavin llenó los dos vasos, le dio uno a Orrick y bebió de un trago el contenido del suyo. Con una mirada, le indicó a Orrick que hiciera lo mismo. Orrick se lo bebió en un par de tragos y dejó el vaso en la mesa. Gavin rellenó las copas y se bebió la suya, esperando a que Orrick hiciera lo mismo. Tras repetirlo dos veces, volvió a llenar los vasos, pero no se bebió el suyo.

—Si la hubieras golpeado para que se sometiera a ti, esto no habría pasado —dijo Gavin, en un tono que indicaba que aquellas copas no eran las primeras que se bebía.

—Mantente fuera de esto, Gavin —advirtió Orrick.

—Hay demasiado monje en ti, Orrick. Si la hubieras sometido desde el principio, sabría muy bien cuál es su lugar, y no tendrías que haberla chantajeado con libros —Gavin se bebió su copa—. ¡Con libros! ¡Vaya idea! En realidad sabes de qué va todo esto, ¿verdad?

—¿Me lo vas a decir?

—¿Cuál es la más grande? —Orrick frunció el ceño sin comprender—. ¿La tuya o la de Enrique?

—¿Y esa es la respuesta a mis problemas?

—Ella no te lo ha dicho, ¿verdad? Así que,

cada vez que dice que quiere volver con él, te preocupas porque su verga es más grande. Cuando ella te dice que es feliz aquí contigo, te preocupas porque la tuya es la más grande. ¡Maldita sea, Orrick! Ve a buscar a Enrique y termina con esto.

Si Gavin no estuviera tan serio y tan borracho, Orrick lo habría ignorado. Si aquello no fuera verdad, lo habría hecho, pero su amigo había nombrado sus mayores miedos, aunque no de la misma forma en que Orrick los pensaba. Solo se había permitido nombrarlos unas cuantas veces, y había intentado ocultarlos con un revestimiento de superioridad.

Todo aquello era un asunto de inseguridad masculina.

Cuando Marguerite quería a Enrique, le preocupaba que fuera porque él no era lo suficientemente rico, poderoso o atractivo. Cuando lo quería a él, se preocupaba pensando que era demasiado instruido, paciente y bondadoso, y no lo suficientemente viril.

—Si fuera así de fácil...

—Si dejaras de intentar razonarlo todo y actuaras de acuerdo a lo que sientes por ella, lo verías como yo. Tú la quieres. La amas. Así que ve por ella y tráela de vuelta. Que se joda el rey. Enrique no fue lo suficientemente hombre para mantenerla a su lado, así que ve por ella.

—¿Y si no quiere volver conmigo? —había sido estúpido. Marguerite no merecía que la maltrataran otra vez.

—Tú eres su marido. Vete, alcánzala y tráela de vuelta —le dijo Gavin.

Las palabras de Gavin le hicieron darse cuenta de su error. En los momentos en los que debería haber actuado, había sido demasiado calculador, pensando cada movimiento antes de hacerlo. Orrick sabía que aunque había esperado que Marguerite cambiara completamente, él no había querido cambiar para ser el hombre que ella necesitaba.

—¡Los ingleses estáis locos! —gritó su amigo.

—Dime, ¿a cuántas mujeres has tenido que golpear para que se sometieran a ti?

En el rostro de Gavin se reflejó una expresión de horror.

—Nosotros los escoceses no necesitamos pegar a nuestras mujeres. Y yo nunca le levantaría la mano a la mía.

Orrick se levantó, sabiendo que no podía permitir que Marguerite se enfrentara sola al rey.

—Es la hora, Gavin. ¿Estás conmigo?

Gavin asintió.

—¿Vamos por ella?

—Sí, si quiere volver conmigo.

—¿No has oído una sola palabra de lo que te he dicho, monje? La vas a traer.

—Sí, claro. Y golpearla hasta que no pueda moverse.

—Ahora lo has entendido. Prepararé los caballos.

Veintitrés

Acompañada de François y su nueva doncella, Marguerite atravesó el castillo de Carlisle
en dirección a la habitación que le habían asignado. La ceremonia de inauguración había sido
larga y cansada, y lo único en lo que podía
pensar era en descansar un poco antes de que
requirieran su presencia en la cena.

Oyó que alguien la llamaba y miró alrededor. Reconoció al abad y esperó a que la alcanzara antes de hacerle una reverencia.

—Abad Godfrey, pensé que tal vez estaríais
aquí —dijo, contenta de ver a alguien conocido.

—Cuando el rey viene, todos debemos acudir —respondió Godfrey —observó a los que
los rodeaban y, al no ver a quien buscaba, se
volvió hacia ella—. ¿Dónde está lord Orrick?

Quería hablar con él antes de las celebraciones.

—Lord Orrick está en Silloth. Yo he respondido a la llamada del rey sin él —eran palabras atrevidas, aunque ella no se sentía así. En realidad, estaba insegura sin Orrick a su lado.

El monje frunció el ceño y, tomándola de la mano, la llevó a una alcoba con algo más de privacidad. Marguerite les hizo una seña a François y a la muchacha con la cabeza, y estos se quedaron de pie entre ellos y cualquiera que pudiera acercarse.

—Mi señora, me preocupa vuestra presencia aquí sin lord Orrick. Seguramente habrá gente que… que… —pareció buscar las palabras apropiadas, sin encontrarlas.

—¿Que saque conclusiones equivocadas al verme aquí sin mi marido? —dijo ella.

—Con todos mis respetos, mi señora, sí, así es —la miró con dolor en los ojos—. Pensé que lord Orrick y vos habíais arreglado las cosas. Él parecía muy feliz la última vez que visitó la abadía.

—Las cosas han cambiado, buen abad —suspiró. Se sentía muy acalorada y estaba empezando a marearse un poco—. ¿Podemos hablar de esto más tarde? ¿Tal vez después de la cena? Ahora me gustaría retirarme a mis aposentos.

—¿Estáis bien, mi señora? —le tomó la mano y le tocó la mejilla—. Estáis pálida.

—Gracias por vuestra preocupación, abad. El viaje ha sido más largo y más cansado de lo que esperaba —se pasó un pequeño pañuelo de lino por la frente. Sentía que el sudor también le caía por el cuello y por la espalda—. Anoche llegamos tarde y no nos asignaron las habitaciones inmediatamente. Estoy segura de que me recuperaré con algo de descanso y buena comida.

Mientras se dirigía a sus habitaciones, se preguntó si Godfrey la presionaría sobre lo que debía hacer. Ya podía sentir su desaprobación. ¿Cómo reaccionaría si supiera que el rey la llamaría seguramente a sus habitaciones privadas por la noche?

Cuando llegó a la puerta de su habitación, Marguerite despidió a la doncella con un gesto de la mano. Edmee se había quedado en Silloth y, aunque Marguerite comprendía sus razones, aún no se sentía cómoda con Jolie.

Se soltó el velo y la redecilla que le cubría el pelo y se secó el cuello con el pañuelo. Se desató los lazos del vestido y empezó a refrescarse. Cuando dejó de sudar se tumbó en la cama y, un minuto después, sintió que el sueño la invadía. ¿Estaría enfermando?

Mientras se quedaba dormida, recordó la última vez que había sentido esos síntomas y dejó escapar una risa nerviosa llena de desesperación.

La doncella la despertó con tiempo suficiente para prepararse antes de la cena. Marguerite había llevado a propósito el vestido azul de seda y satén que se había puesto cuando se casó con Orrick, para recordarle a Enrique y a todos los presentes que pertenecía a otro hombre. Llevaba un velo cubriéndole el cabello a juego con el vestido y una diadema de oro para sujetarlo.

François la precedió hasta el comedor y, mientras la guiaba por los pasillos, le dedicaron muchas miradas y sonrisas clandestinas. Una mujer joven se detuvo frente a ella y esperó a que Marguerite la encarara. Aquella debía de ser la última conquista de Enrique.

—Marguerite —dijo la joven con una inclinación de cabeza.

—Adelaide. Tenéis buen aspecto —dijo Marguerite.

—Pensé que estaríais demasiado humillada para aparecer de nuevo en esta corte —murmuró con una voz llena de dulzura y veneno—.

Especialmente desde que vuestro marido os ha abandonado a los caprichos del rey.

—¿Humillada? Creo que no. Mi marido es uno de los grandes señores del norte, pero no le ha sido posible venir conmigo.

Adelaide se rio desdeñosamente mostrando su incredulidad.

—Perdisteis hace mucho tiempo el favor del rey, y el hecho de que ahora os llame a su cama no debilita mi lugar como su favorita.

—No busco la cama de Enrique, Adelaide. Podéis quedaros con ella —se inclinó un poco más hacia ella—. He encontrado una gran felicidad con lord Orrick y no necesito al rey para nada.

—Por lo que parece, vuestro marido no comparte vuestras opiniones. Seguramente está demasiado avergonzado para aparecer aquí, ya que sabe que Enrique os quiere en su cama —Adelaide se rio de nuevo—. Vuestro marido...

—Llega muy tarde y por eso le pide perdón a su mujer.

Orrick le tomó la mano a Marguerite y la besó. Marguerite parpadeó varias veces, convencida de que aquello no estaba ocurriendo realmente.

—¿Orrick?

—Sí, amor. Te pido perdón por mi tardanza y por otras muchas cosas, pero ya habrá tiempo para eso. Vamos, busquemos nuestros asientos en la cena, y me contarás cómo ha ido la ceremonia —enlazó sus dedos con los de Marguerite y empezaron a caminar hacia el comedor. Ella lo hizo detenerse.

—Deberíamos hablar ahora, Orrick. Me han asignado una habitación en el castillo y podríamos ir allí a hablar.

Ahora que estaba allí, quería solucionar los problemas entre ellos antes de que ocurriera nada más.

—Hay mucha gente, Marguerite, y muchas cosas de las que hablar —sonrió y se llevó la mano de su esposa a los labios, besándola suavemente—. Ven. Comamos y afrontemos juntos lo que nos espera.

Ella lo siguió al comedor, donde los recibió uno de los maestros de protocolo que organizaba los asientos en grandes eventos, como aquel.

—Mi señora, hay un asiento reservado para vos en la mesa del rey —dijo, señalando la parte delantera de la estancia.

Ella dudó, ya que el hombre no había mencionado a Orrick.

—¿Y dónde está el asiento de lord Orrick?

El hombre pareció confundido, pero finalmente explicó:

—Mi señor, no teníamos noticias de vuestra llegada. Le encontraremos un lugar en alguna de las otras mesas.

—Eso no es aceptable —exclamó al instante Marguerite—. Lord Orrick de Silloth es uno de los vasallos del norte más importantes de rey y debe ser tratado con el respeto que merece. Si él no se sienta en la mesa del rey, yo tampoco lo haré. Y entonces el rey no estará contento... —dejó la amenaza en el aire.

La mayoría de los hombres no sabía tratar con una mujer enfadada. Para poner más énfasis a sus palabras, Marguerite golpeó el suelo con un pie. Inmediatamente, otro de los hombres se puso a solucionar el problema. Orrick parecía vagamente divertido.

—Los estás asustando. No saben cómo tratar a una Marguerite de Alencon furiosa.

—Pero sus reacciones me dicen que han oído hablar de mí.

Orrick se rio, probablemente recordando los primeros episodios que había vivido con ella en Silloth.

Los hombres de protocolo finalmente los sentaron juntos en la mesa del rey. Ella inspiró profundamente y ofreció una silenciosa plegaria de gracias porque él estuviera allí, a su lado, ya que no se atrevía a tratar con Enrique sola.

El heraldo del rey llamó la atención de la multitud y todos se levantaron mientras Enrique y su séquito entraban en el comedor. Marguerite reconoció a sus consejeros y ministros, que lo seguían intentando mantener el enérgico paso del rey. Cuando se acercó a la mesa su mirada se encontró con la de Marguerite y ella tembló. Pero aquella vez no fue de atracción, sino de miedo, porque las órdenes que diera aquella noche podrían destruir la felicidad que tenía con Orrick.

Orrick debió de haber intuido lo que le ocurría, porque le tocó ligeramente la espalda para hacerle saber que estaba allí con ella.

Enrique se detuvo delante de ellos y Marguerite le hizo una profunda reverencia. Cuando ella levantó la mirada, vio la mano extendida de Enrique, para ayudarla a levantarse. Marguerite le dio la suya, se incorporó y se dispuso a mirar a su antiguo amante ahora que había descubierto la verdad.

Marguerite lo miró a través de los ojos de una mujer enamorada de su marido, una mujer que ya no estaba abrumada por lo que el rey le ofrecía. Su sexualidad y poder innatos seguían siendo innegables, pero Marguerite ya no sintió que se le aceleraba el corazón al mirarlo. ¿Siempre había sido tan viejo? Parecía muchísimo mayor que cuando lo había visto el verano anterior.

Entonces Enrique fijó la mirada en Orrick.

—No os esperaba, mi señor. Me han dicho que no habéis estado presente en la ceremonia de esta mañana.

Marguerite se dio cuenta de que el rey aún no le había soltado la mano y, mientras hablaba con Orrick, Enrique se la llevó a los labios y la besó.

—Confieso mi tardanza, señor, y os pido perdón por ello. Pero, como mi esposa me ha indicado, no debía perderme una obligación tan importante como esta.

Enrique se vio en una difícil situación. Tomar como amante a la hija soltera de uno de sus aliados con el consentimiento de su padre era una cosa, pero tomar a la mujer de un leal vasallo en su presencia y contra sus deseos era otra.

Cuando vio que no podía decir nada más, soltó la mano de Marguerite y se dirigió a su asiento, en el centro de la mesa. Cuando se sentó todo el mundo lo hizo y los sirvientes comenzaron a circular por las mesas con los cuencos de agua y las servilletas para que todos se pudieran lavar las manos antes de cenar.

Orrick se giró hacia ella y le ofreció la copa de vino.

—No haberte acompañado ha sido un error, y te pido que me perdones, por ello y por otras muchas cosas, cuando estemos en privado.

Marguerite se emocionó al oír sus palabras. Orrick estaba a su lado y allí permanecería. La cena pasó rápido, y Marguerite solo deseaba volver a sus habitaciones y arreglar los malentendidos que había entre ellos. Estaba tan feliz que se olvidó de lo que tenía que haber recordado.

Uno de los hombres de confianza del rey le dio el mensaje antes de que terminara la cena. Se acercó por detrás y, haciendo que hablaba con el hombre que Marguerite tenía a la derecha, le susurró a ella al oído:

—A las once, mi señora. Tomad, como signo de su estima por vos.

Intentó no sobresaltarse cuando el hombre dejó caer un pequeño paquete en su regazo. No tenía que abrirlo para saber lo que contenía: un joyero, o tal vez algún anillo o brazalete para impresionarla.

Si Orrick lo vio, no dio muestras de ello.

Continuaron comiendo, pero para Marguerite la cena ya estaba arruinada, aunque se esforzó por no parecer preocupada. Finalmente el rey se levantó y, una vez se hubo marchado, todos pudieron seguir divirtiéndose durante el resto de la noche, ya fuera en el castillo o en la ciudad. A pesar del tamaño y de la importancia de la catedral, Carlisle era una ciudad centrada en el comercio de todo tipo, y muchos de los hombres que atendían al rey buscaban en ella los entretenimientos que ofrecía. Incluso se sabía que Enrique solía visitar su prostíbulo.

Pero aquella noche, Marguerite sabía que la puta del rey acudiría a él.

Veinticuatro

—Tenías razón, Marguerite. No confié en ti —Orrick esperó a que su mujer se sentara en el pequeño taburete y después se inclinó sobre ella, tomándole la mano. Estaba temblando y tan pálida que él supo que había recibido algún mensaje—. Ahora estoy intentando demostrarte mi confianza. Me pediste que viniera y aquí estoy.

—Me sorprendes, Orrick. Tanto en tu reacción ante su llamada como en todo lo que ha habido después.

—Estaba haciendo lo mismo que hiciste tú, Marguerite. Ignoraba todas las señales y pensé que podría mirarte, a ti y a tu pasado, como si fuera algo lejano y ajeno a mí. Cuando el mensajero trajo esas cartas y me enfrenté a los sentimientos que tenías hacia mí, hacia mi familia y mi pueblo, todo el dolor y la rabia que había estado conteniendo salió a la luz.

—Pero esas palabras no eran ciertas, Orrick. Lo sabes, ¿verdad? —susurró ella.

—Me dije a mí mismo que no eran verdad y que entendía por qué las habías escrito. Pero cuando me enfrenté a ellas, me desgarré por dentro. Después, al ver tu mirada cuando Enrique te llamó, no pude contener los celos y la rabia. Durante días no pude pensar en la verdad ni en lo que deberíamos hacer. Lo único que podía hacer era sentir dolor.

—Orrick, sabes que he sido fiel a nuestros votos. Admito que ha sido tu amor lo que me ha convertido en la persona que ahora soy, dejando atrás a la antigua Marguerite.

A Orrick se le contrajo el estómago al darse cuenta de que debía completar su confesión. Él no era mejor que los otros hombres que habían pasado por la vida de su esposa, y ella debía saberlo antes de seguir adelante.

—Marguerite, yo también te he usado. Maquiné y te chantajeé para conseguirte. ¿Qué diferencia hay entre mí y tu padre o el rey?

—Tú me amas.

Él la miró sintiendo la culpabilidad en su interior.

—Te estoy utilizando como un hombre utiliza a una mujer, como un marido a su esposa. Siempre me llevo algo de valor de ti.

—Y a cambio me das amor, Orrick. No tienes ni idea de lo importante que es eso. Tú creciste en una familia que te amó y te aceptó. Tuviste amigos e incluso profesores y mentores que te quisieron. Yo no tuve nada de eso. Mi padre no se dio cuenta, y nunca lo hará, de que habría hecho cualquier cosa que me hubiera pedido si yo hubiera sentido que me quería. Pero nunca mostró afecto por mí.

Marguerite apoyó la cabeza en su hombro y él la abrazó, acercándola más a su cuerpo.

—La diferencia contigo, con nosotros —continuó Marguerite—, es que en vez de ver disminuido mi valor, contigo crece. Tengo la posibilidad de usar todo lo que he aprendido, todo lo que sé y todo lo que siento en nuestro matrimonio. Si no tuviera tu amor en el que apoyarme, me habría visto destruida por lo que aprendí de Enrique. En lugar de eso, lo que me has dado me ha fortalecido y me ha permitido ver al rey como realmente es, y darme cuenta de cómo era yo.

Orrick la besó en la frente y le preguntó en un susurro:

—¿Y ahora qué va a pasar? ¿Te ha llamado el rey?

Ella dudó un segundo, pero después contestó:

—Sí, el mensaje me ha llegado durante la cena.

—Iré contigo. Eres mi esposa y debo estar a tu lado, igual que tú al mío.

—No me voy a acostar con él, Orrick. Por favor, confía en mí.

—¿Cuándo tienes que acudir a él?

Marguerite volvió a dudar.

—A medianoche. Sola.

Él se inclinó hacia atrás y esperó a que Marguerite lo mirara a los ojos. Ella comenzó a llorar.

—Confío en ti. Es en el rey en quien no confío, y por eso estaré contigo.

Una llamada a la puerta interrumpió su conversación. François llevaba una petición de Godfrey para hablar con Orrick lo antes posible. Aunque no quería dejar a Marguerite, sabía que debía hacerlo.

—Godfrey me llama. Quiere hablar conmigo ahora, pero puedo decirle que me encontraré con él por la mañana. ¿Tú qué dices?

—Estoy cansada, Orrick, y me gustaría descansar un poco. Si quieres hablar con él, ve. Parecía ansioso por verte cuando lo encontré esta tarde.

Se inclinó hacia ella y la besó.

—Volveré antes de que tengas que ir a ver a Enrique. Espérame.

Ella asintió con la cabeza sin mirarlo a los ojos y Orrick fue en busca del monje, sabiendo que Marguerite le había mentido.

Algunas horas más tarde, después de haber mantenido una larga conversación con Godfrey, Orrick caminaba por el pasillo en dirección a las habitaciones de Enrique. Justo antes del último giro en el pasillo había una pequeña alcoba que era perfecta para sus propósitos. Cualquiera que fuera a ver al rey debía pasar por delante de ella.

Sabía que Marguerite acudiría sola, pensando que podría manejar bien al rey. Sabía que ella no quería ofrecerse de nuevo al rey, pero también sabía que su mujer haría cualquier cosa por proteger el amor y la vida que había encontrado a su lado. Y si eso significaba creer más mentiras del rey, lo haría.

Él era su marido y pretendía detener aquello.

Las horas pasaron y él esperó. Cuando la oleada de visitantes al rey disminuyó, solo algunos sirvientes entraron en esa ala del castillo. Parecía que Enrique estaba siendo todo lo discreto posible para atraer a Marguerite a su lado.

Entonces las suaves pisadas de una mujer resonaron levemente en el pasillo y Orrick se asomó desde su escondite. Llevaba la cabeza inclinada hacia abajo y vestía una de las capas de los sirvientes, pero él la habría reconocido en cualquier lugar. Marguerite pasó delante de la alcoba en la que él se encontraba y siguió hacia las habitaciones de Enrique.

Orrick sintió que el dolor crecía en su corazón. Tenía razón: Marguerite le había mentido. Planeaba enfrentarse a aquello sola. Pero aquel no era el momento de sentir lástima por uno mismo. Tenía que darle a Marguerite el tiempo y el espacio necesarios para que ella se diera cuenta de su error. Y solo esperaba que, cuando Enrique resultara de nuevo no ser merecedor de Marguerite, ella supiera que podía regresar a él.

Comenzaba a salir de la alcoba cuando ella regresó por el pasillo y lo vio. Había pasado hacía solo unos momentos, y no podía haber llegado a las habitaciones del rey. Asombrado, Orrick frunció el ceño al verla.

—¿Qué estás haciendo aquí, Orrick?

—Sabía que me habías mentido sobre la hora en la que debías verlo, y sabía que acudirías a él sola y desprotegida. Pensé en estar aquí cuando regresaras, en caso de que me necesitaras. Pero, ¿por qué has vuelto tan pronto? —contuvo la respiración hasta que ella habló.

—No quería enfrentarme a él sola.

Orrick la miró a los ojos y ninguno de los dos habló. El amor y la vergüenza que vio en la expresión de Marguerite le hizo un nudo en la garganta. Después, ella empezó a llorar y se arrojó a sus brazos. Él la abrazó, acunándola, y, para no llamar la atención, la metió en la pequeña alcoba, se sentó en un banco de piedra que allí había y la puso en su regazo. Algunos minutos más tarde, ella se tranquilizó y se apoyó en su pecho.

—No quiero ir a él, Orrick. Quiero ir a casa contigo y ser solo tu mujer —susurró.

—Marguerite —le contestó él, besándole la frente—. Todo saldrá bien. No temas.

—No puedo ignorar sus órdenes, Orrick. Te castigará si piensa que me has impedido ir a verlo esta noche. Ya lo he visto hacerlo otras veces.

Él le enjugó las lágrimas de las mejillas y la besó en los labios.

—Estaré a tu lado. Sécate las lágrimas y que no se dé cuenta de tus miedos. Jugará con ellos si ve que puede hacerlo.

Orrick la ayudó a levantarse y ella se secó

los ojos y la cara con el borde de una manga. Orrick apartó la cortina que hacía de puerta y salieron al pasillo.

—¿Y si él… si él quiere…?

—Es rey y puede hacer lo que quiera, Marguerite. Pero yo haré todo lo que esté en mi poder para impedir sus deseos si es a ti a quien quiere —le tendió la mano y, sin dudarlo, Marguerite posó la suya sobre ella—. Vayamos a ver al rey.

Veinticinco

—No habéis venido sola.

Las palabras del rey le helaron el alma, pero sintió que Orrick le apretaba la mano, dándole el apoyo que necesitaba. Cuando ella dio un paso hacia delante y le soltó la mano, pudo sentirlo detrás de ella.

—Mi marido pensó que era su deber acompañarme, majestad.

Enrique entornó los ojos mientras los contemplaba.

—Estáis diferente, querida. No es solo vuestra apariencia, sino algo más. Aunque no puedo decir qué es.

—No soy la persona que compartió vuestra cama, majestad. La puta del rey ya no existe.

—Nunca fue así entre nosotros, Marguerite.

Yo nunca os maltraté. ¿Os hice sentir como una puta?

—Majestad, cuando os pedí más, me apartasteis de vuestro lado como si fuera una prostituta que os hubiera pedido demasiado dinero por sus servicios.

Enrique paseó por la habitación y luego se dejó caer en un diván.

—Tengo una esposa, y no necesito una nueva —dijo Enrique.

—Y yo un marido, y no quiero reemplazarlo.

El rey se levantó y se acercó a ellos.

—Eso no es lo que me decíais en vuestras cartas. Cada una era peor que la anterior. Pensé que este matrimonio sería bueno para vos, pero empecé a dudar de mi sabiduría cuando llegaron las cartas.

—Majestad —empezó a decir ella, haciendo una pausa para mirar a Orrick—, cuando escribí esas cartas me sentía terriblemente infeliz y muy enfadada por lo que creía que era un castigo. Quería volver a vuestro lado, sin saber todo lo que había ocurrido mientras estuve alejada de vos el año pasado.

—¿Sabéis lo de vuestra hermana? —durante un breve instante, en sus ojos se reflejó la culpa. Entonces señaló a Orrick con la cabeza—. ¿Sabe él lo que pasó entonces?

—Sabe que di a luz a una niña.

—¿Y qué decís a eso, lord Orrick? —preguntó Enrique.

—M señor, es un hecho que no puede cambiarse. Sé lo de la niña y las disposiciones que se hicieron para criarla. Y pronto, Dios lo quiera, tendremos un hijo para llenar el vacío que en el corazón de mi esposa ha dejado la ausencia de su hija.

Al oírlo, Marguerite sintió que las lágrimas amenazaban con inundarle los ojos. A pesar de conocer todos sus pecados, Orrick quería que fuera la madre de sus hijos. Enrique se dio la vuelta. Se dirigió a una mesa y se sirvió un vaso de vino.

—Debo admitir, Marguerite, que cuando empecé a recibir esas cartas el mes pasado, yo...

—¿El mes pasado? Pero, majestad, empecé a enviarlas poco después de la boda, y dejé de hacerlo... hace más de un mes.

Las cartas se habían retrasado varios meses. Seguramente su tío se habría deshecho de las que le había enviado a él, ya que apoyaba cualquier cosa que dijera el padre de Marguerite. Pero, ¿su amiga Johanna? ¿Por qué querría que volviera a la corte precisamente ahora?

—¿Quién os las dio, majestad? —preguntó Marguerite.

—Esa mujer que era amiga vuestra. ¿Joan?

—Johanna. No había pensado en esto hasta ahora. ¿Vuestra nueva... amante es lady Adelaide?

Enrique se quedó atónito ante su pregunta y ella se rio.

—Mi señor Orrick me ha enseñado nuevos modales. Y, Enrique, también sé lo de las otras mujeres que compartieron vuestra cama y vuestro corazón.

—Lady Adelaide se ha ganado algunos de mis favores —respondió de mala gana, como si hubieran agraviado su honor, en vez del de ella.

—Son primas y Adelaide quiso que enviaran a Johanna a su casa justo antes de que yo me marchara. Esta es la forma de Johanna de minar el poder de Adelaide. Si yo vuelvo a vos, la posición de Adelaide estaría en peligro y no podría afectar a Johanna.

—¡No me gusta que jueguen conmigo! —exclamó Enrique—. Haré que las dos se marchen. Aprenderán que...

—Nada. Aprenderán a ser más calculadoras que antes y nunca descubriríais sus maquinaciones.

—¿Me estáis diciendo que no haga nada mientras se crean todas esas intrigas a mi alrededor?

—Ellas son vuestros peores enemigos, majestad. Provocarán vuestra caída cuando llegue el momento.

Marguerite sabía ahora por qué las cartas habían llegado tarde, pero no por qué Enrique había decidido actuar.

—Majestad, ¿por qué habéis decidido intervenir ahora? Dejasteis claro que yo había salido de vuestra vida al elegirme marido y enviarme lejos de la corte.

Enrique tomó un largo trago de vino y se sentó, haciéndole una seña para que se sentara a su lado. Marguerite miró a Orrick antes de seguir al rey al diván. Cuando se hubo sentado, Enrique dejó el vaso en la mesa y le tomó una mano.

Marguerite no sintió chispas cuando la tocó, ni ningún tipo de deseo. Sorprendida al ver que en ella no había ningún tipo de respuesta ante el contacto de una mano que antes solía llevarla al éxtasis, le permitió que se la tomara.

—Sé que no me vais a creer, pero os amaba. Sin embargo, el amor de un rey no es lo mismo que el de otros hombres, y no podía daros todo lo que deseabais. O mejor dicho, todo lo que vuestro padre había planeado. Cuando me dijisteis que estabais embarazada, supe que había llegado el momento de apartaros de mí. No quería que volvierais a estar bajo el control de vuestro padre, así que busqué el consejo de aquellos en los que confío y me recomendaron a lord Orrick como posible marido para vos —los rostros de Marguerite y Orrick reflejaron la sorpresa que sentían—. No quería que os hirieran, así que arreglé vuestro matrimonio. ¿No era lo que esperabais escuchar?

—No, majestad —dijo ella, negando con la cabeza.

—Vamos, después de todo lo que hemos compartido, puedes llamarme Enrique.

—Estoy sorprendida... Enrique.

—Cuando recibí las cartas de Marguerite, pensé que había cometido un error al juzgaros, Orrick. Y hoy os he hecho venir a los dos para decidir si debo apartarla de vos al desdeñar el regalo que os hice.

Orrick miró directamente al rey, como si sus palabras significaran mucho más de lo que realmente querían decir.

—¿Y ahora, Enrique? ¿Qué va a ocurrir ahora? —preguntó Marguerite.

Esperó con miedo su respuesta, pues aún

era rey y todo lo que ordenara se cumpliría, a pesar de las objeciones que pudieran poner.

—Esta nueva Marguerite es aún más intrigante que la que yo conocí, y confieso que no ha desaparecido mi deseo por ti. Sin embargo, no quiero luchar a muerte con tu marido, como probablemente pedirá por tu honor —Enrique se levantó y le hizo un gesto a Orrick para que se acercara mientras llenaba otros dos vasos de vino—. Así que, en vez de llevarte a mi cama como había planeado, ofreceré buenos deseos por la salud de vuestro primer hijo, y os haré volver a Silloth para que allí esperéis su nacimiento.

Marguerite y Orrick lo miraron a la vez.

—¿Qué quieres decir? —preguntó ella, conteniendo la respiración. Nadie sabía aún de sus sospechas.

Enrique se acercó a ella y le pasó un dedo por el escote del vestido, que quedaba a la vista bajo la capa.

—La piel de tus pechos se pone de un atractivo color rosado cuando estás encinta, querida. Así ocurrió la primera vez y ahora está pasando. Lo vi en el comedor esta noche, cuando te inclinaste ante mí.

Marguerite se llevó las temblorosas manos al pecho. ¿Sería posible que llevara en su interior al hijo de Orrick? Lo miró y vio que su marido estaba aún más sorprendido que ella por las palabras del rey. Entonces Orrick sonrió y todo estuvo bien.

Ella lo abrazó, dejando ver su sorpresa y felicidad, y él le dio un beso que la dejó sin respiración. Cuando volvió a besarla de nuevo, el rey los interrumpió.

—Creo que deberíais iros a vuestras habitaciones.

—Sí, majestad —dijo ella, mientras los dos le hacían una reverencia.

Orrick le tomó la mano y se dirigieron a la puerta, pero cuando estaban a punto de abrirla, Enrique lo llamó. Ella esperó fuera a su marido, sorprendiéndose al oír una risa. Entonces Orrick volvió a tomarle la mano y la llevó a sus habitaciones.

—¿Por qué se ha reído Enrique? —preguntó Marguerite mientras atravesaban los distintos corredores.

—Me ha preguntado qué habría hecho yo si él hubiera querido pasar la noche contigo.

—¿Y qué le has dicho que le ha hecho reír?

—Que nunca he dudado de él, ya que creo que es un buen hombre y un rey mejor que aquel que necesita robarle la mujer a otro hombre. Me ha dicho que ya había oído esas misma palabras y se ha reído.

Cuando estaban llegando a sus habitaciones Orrick la tomó en brazos y la besó. Si François se sorprendió al verlos, no lo demostró, limitándose a abrirles la puerta y a cerrarla detrás de ellos.

Sé que una jarra de vino y un viejo amigo no son buenos sustitutos de una mujer ardiente, pero es lo único que puedo ofrecerte, Enrique.

Enrique aceptó la copa y se sentó a la mesa, esperando a que Godfrey se uniera a él. Mostró una pequeña bolsa llena de monedas de plata y oro y se la dio al hombre que le había cubierto tantas veces las espaldas.

—¿Es difícil hacer siempre lo correcto? —le preguntó—. ¿Vas a humillarte como corresponde a un hombre de Dios o vas a mirarme por encima del hombro durante los siguientes años?

—Eso depende de cuántas monedas haya aquí —dijo Godfrey, aceptando la bolsa y sopesándola en una mano—. Si tu regalo es generoso, por esta vez lo olvidaré.

—¡Bah! No lo olvidarás. Y a veces me pregunto si la información que tenías sobre el paradero de la reina durante todos estos años fue una bendición o una maldición.

Había sido Godfrey de Poitiers, un caballero de la casa de Leonor, duquesa de Aquitania, quien había servido de intermediario en las negociaciones matrimoniales entre la casa de Anjou y la recién abolida reina de Francia. Sus esfuerzos y su discreción le habían hecho ganar a Enrique la reina y todas sus tierras. En su lucha contra Stephen y los largos años de espera por el trono inglés, la riqueza había marcado la diferencia.

Y a pesar de todas las intrigas en las que había formado parte y de su decisión de servir a Dios, Godfrey seguía siendo un verdadero amigo, el único en el que Enrique podía confiar cuando los demás le fallaban.

—¿Dirías que no si pudieras volver atrás y cambiarlo? —preguntó Godfrey—. Esa es la mejor prueba.

—Me he hecho esa pregunta a menudo, a veces cada día, pero la respuesta sigue siendo la misma. Aunque hay muchas cosas que cambiaría, volvería a hacerlo todo.

—¿La liberarías de su custodia?

—Sé que la primera persona a la que debes lealtad es a ella, Godfrey. Sé cuánto te duele, pero solo Dios sabe cuándo acabará la lucha entre nosotros —terminaron el vino en silencio, ya que el tema de Leonor era demasiado doloroso para los dos.

—¿Hay algo más que pueda hacer para serviros, majestad?

Cuando Godfrey se dirigía a él formalmente, significaba que el tiempo de simples amigos se había terminado. Pero antes de que finalizara, tenía que comentar algo que lo preocupaba, algo que no le había mencionado a Marguerite.

—Sobre la hermana de Marguerite...

—¿Dominique?

—Sí. Me arrepiento de lo que pasó. Pensé que estaba aceptando lo que se me ofrecía libremente, pero desconocía hasta qué punto estaba involucrado su padre. Si se te ocurre alguna forma en la que pueda... —se interrumpió, sin estar seguro de lo que podía hacer por la chica.

—Eres un buen hombre, Enrique, y como rey eres mejor —dijo Godfrey.

Enrique se levantó y le dio unas palmadas al monje en la espalda.

—Alguien más me ha dicho eso mismo esta noche. Y sospecho que lo ha aprendido de ti.

Godfrey se ató la bolsa de las monedas en el cinturón y asintió con la cabeza.

—Me ocuparé del tema de Dominique. Ve con Dios, Enrique.

La puerta se cerró tras el monje y Enrique volvió a sentarse. En momentos como aquel, cada vez más escasos, se sentía un buen hombre.

Epílogo

Noviembre de 1179, año de Nuestro Señor

—¿Mi señora? Lord Orrick ha vuelto —dijo Edmee, mirando por la ventana de la habitación de Margaret—. ¿Me llevo al bebé? —la doncella frunció el ceño.

Margaret miró a su hijo, que estaba dormido en la cuna, y sonrió. Podía dormir con cualquier ruido, pero después de la ausencia de Orrick durante más de dos semanas, podía imaginar lo que ocurriría.

—Sí, Edmee. Llévaselo a lady Constance y discúlpate por mi ausencia —su suegra había ido a visitarla, después de haberse instalado en Ravenglass.

La doncella tomó al bebé en brazos y prácticamente salió corriendo de la habitación en su deseo de evitar a Orrick. Aparentemente, el ver al señor de Silloth desnudo y erecto a su regreso la última vez era algo que Edmee no deseaba repetir. Orrick las había pillado desprevenidas y no se había dado cuenta de que la doncella estaba atendiendo al bebé en la habitación de su mujer.

Margaret se desató los lazos con una rapidez que había desarrollado en los últimos meses. Se quitó el vestido por encima de la cabeza, se deshizo de los suaves zapatos de piel y se bajó los calcetines mientras se sentaba en la cama. Oyó a Orrick gritar mientras subía las escaleras, y sintió que su cuerpo ya estaba preparado. Margaret se quitó el velo y la redecilla de la cabeza y se metió en la cama.

—¡Apartaos! —gritó Orrick a los hombres que lo seguían, esperando su atención.

Margaret se estremeció al oír el tono de su voz. La puerta se cerró tras él y ella esperó.

—¿Mujer? —susurró, una vez en la habitación—. Te deseo ahora.

Los pechos de Margaret anhelaban sus caricias, y el calor aumentaba en su interior con cada paso que Orrick daba hacia ella. Él le sonrió pícaramente y se lamió los labios al llegar al borde de la cama.

Se quitó la túnica y la camisa interior aún más rápido de lo que había hecho ella y después, llevando aún los calcetines atados a la correa que los sujetaba, se inclinó hacia delante y le apartó la sábana.

Sin apartar la mirada de sus ojos, Orrick empezó a reptar por su cuerpo, acariciándole la piel con la lengua, los dientes y los labios. Cuando llegó a su boca, ella ya le estaba rogando. Margaret le abrió su cuerpo y, con un solo movimiento de caderas, Orrick entró en ella y la llenó.

—Al fin en casa —le oyó suspirar cuando alcanzaron juntos el borde el placer. Cuando sus respiraciones se normalizaron, Orrick salió de ella rodando hacia un lado, llevándola con él y abrazándola.

—Bienvenido, mi señor —dijo Margaret riendo.

—Gracias por esta bienvenida tan cálida, mi señora. ¿Cómo estás?

Cada vez que llegaba a casa decía lo mismo. Y en el mismo orden, porque nunca tenían tiempo para hablar hasta que él la tomaba. Y ella no tenía ninguna objeción.

—Estoy bien, igual que tu hijo.

Orrick levantó la cabeza y miró la cuna vacía.

—¿Edmee se lo ha llevado? —ella asintió con la cabeza y se rio de nuevo—. Intenté disculparme, Margaret. De verdad.

—Tal vez si hubieras estado vestido cuando lo intentaste, Edmee habría aceptado tus disculpas.

—Fue culpa de Gavin. Él me dijo que debía someterte —Orrick se sentó y se apoyó en el cabecero de la cama—. Hablando de él, he recibido carta suya. Deja que la saque de la bolsa —saltó de la cama y se dirigió a sus habitaciones.

Margaret se apartó el pelo del rostro y se cubrió con una sábana. Orrick volvió y se sentó a su lado. Revolvió la bolsa y encontró la carta. Ella la abrió y la leyó, riéndose de la descripción que Gavin hacía de su noche de bodas y de su esposa.

—Me alegro de que sea una mujer que sepa manejarlo.

En el viaje de vuelta desde Carlisle el año anterior, Gavin y ella habían forjado una buena amistad, y Margaret se alegraba de que Gavin hubiera encontrado una buena mujer. Se llamaba Nessa y, por lo que parecía, sabía hacerle feliz.

—Sé que es tarde para celebrar el aniversario de tu nacimiento, pero espero que te guste.

Le dio una pequeña caja de cuero y las manos de Margaret temblaron al abrirla. Dentro había un collar de pequeñas gemas y cuentas de oro. Era perfecto. Los colores eran sus favoritos y la joya tenía el tamaño ideal.

—Muchas gracias por este regalo. Lo cuidaré.

—Ah, pero ese no es el verdadero regalo. Es este —sacó un paquete más grande, envuelto en lienzo.

A Margaret se le llenaron los ojos de lágrimas, ya que sabía lo que era. Cuando había comentado que tenía intención de ser su verdadera esposa inglesa y adoptar la versión inglesa de su nombre, Orrick le había prometido algo especial para celebrar esa ocasión.

Desenvolvió el paquete y ante ella apareció un nuevo Libro de Horas con su nombre, *lady Margaret de Silloth*, en relieve en la primera página. Pero fueron las palabras que había bajo su nombre las que le hicieron llorar: *Amada esposa de Orrick*.

—Se supone que tienes que estar feliz. Si lloras cada vez que te traigo algo, tendré que dejar de hacerlo.

Orrick le tendió el borde de la sábana y ella se secó las lágrimas. Él tomó el libro y lo dejó sobre la mesa labrada de lectura que había ordenado fabricar; después abrió el estuche de cuero, sacó el collar y se lo puso alrededor del cuello. Ella se levantó el cabello para que pudiera abrochárselo. Cuando él se inclinó hacia atrás y la miró con amor, Margaret volvió a llorar.

—Yo no tengo nada que darte cuando eres tan generoso —dijo ella, acariciando las piedras que ahora le adornaban el cuello.

—No es cierto. Me has dado un hijo, un regalo espléndido. Lo que me recuerda... —volvió la bolsa del revés, hasta que de ella cayó un pergamino—. Hemos hablado de ella, pero tengo noticias para ti.

—¿Genevieve? —preguntó Margaret.

La hija que había tenido con el rey era un año mayor que su hijo y no la había visto desde el día de su nacimiento. No había ninguna posibilidad de que ella la criara, así que permanecía con la hermana de Margaret, en el convento donde Dominique servía a Dios.

—Godfrey me ha dicho que se ha abierto un nuevo convento gilbertino en el este de Carlisle y que han nombrado a Dominique ayudante de la madre reverenda.

—¡Pero es muy joven!

—Por lo que parece, ha tenido el apoyo de alguien lo suficientemente importante como para influir en aquellos que deben tomar las decisiones.

Enrique. El rey estaba detrás de todo aquello.

—Y también tienen una comunidad laica, como en los demás conventos.

Ella lo miró, intentando descifrar su mensaje. La importancia de sus palabras la sorprendió.

—¿Genevieve está allí?

—Sí, ahora está allí.

—¿Yo podría...? —no pudo terminar la frase. Se le hizo un nudo en la garganta y los ojos volvieron a llenársele de lágrimas—. ¿Me permitirías...?

—Como buen marido temeroso de Dios que soy, no veo ningún inconveniente a hacer un retiro anual, por ejemplo, al convento. Siempre que me prometas decir una plegaria por mi alma malévola.

—¿Tu alma malévola? Creo que no —se enjugó los ojos y lo miró, esperando que Orrick pudiera ver en sus ojos el amor que sentía por él.

—Si tuvieras idea de los pensamientos impíos que cruzan mi mente a pesar de estar hablando de conventos y oraciones, ya estarías rezando por mi alma.

—O rezando para que tú... —lo acercó a ella y le susurró al oído lo que pensaba.

Él levantó la sábana y se puso sobre ella mientras Margaret continuaba describiéndole todas las cosas que había echado de menos en su ausencia. Y le demostró su amor, igual que Orrick hizo con ella.

A los señores de Silloth se los oyó, pero no se los vio en dos días.

Y todo estuvo bien en Silloth.

BLYTHE GIFFORD
Secretos en la corte

Anne de Stamford era depositaria desde hacía años de los secretos de su señora, pero cuando lady Joan se desposó con el hijo del rey, la vida en la corte se volvió todavía más peligrosa. Sir Nicholas Lovayne había llegado para descubrir la verdad sobre el pasado de lady Joan, y Anne debía hacer algo, lo que fuera, para distraerlo... Ansiando escapar a las intrigas de la corte, Nicholas no había contado con la manera en que Anne lo distraería. ¿Sería capaz de cumplir con su deber cuando cada fibra de su ser le ordenaba proteger a aquella joven tan especial?

TERRI BRISBIN
La amante del rey

Había cosas peores que verse obligada a casarse con un caballero guapo y poderoso que la deseaba, pero Marguerite de Alencon había sido educada para convertirse en consorte de un rey y no podía tolerar lo que le deparaba el destino. Como amante de Henry Plantagenet, disfrutaba de demasiado poder como para permitir que la prometieran al noble Orrick de Silloth.

Orrick sabía que su reticente prometida ocultaba numerosos secretos, pero también sabía que sería la compañera perfecta, inteligente y elegante...

No. 90

¡YA EN TU PUNTO DE VENTA!

BIANCA™

LUCY KING

DÍSELO CON DIAMANTES

A sus treinta y cinco años, Bella era una experta en diamantes, pero le seguía faltando uno en el dedo anular de la mano izquierda. Al menos su negocio de joyería era un éxito, y tenía un nuevo cliente muy interesante: nada menos que William Cameron, duque de Hawksley.

Will era alto, moreno y tan atractivo que a Bella le resultaba difícil concentrarse en las joyas que él le había llevado. Lo más sorprendente de todo era que entre ellos había una química muy especial… y urgente, que les hizo perder por completo el control en el asiento trasero del coche de William. Tal vez fuera siendo hora de que Bella se arriesgara en el amor…

N.º 510

FALSA REPUTACIÓN

Se ha visto a la famosa Imogen Christie muy arrimada al guapo empresario Jack Taylor. Señorita Christie, ¿le parece una actitud inteligente? Todos sabemos lo que le pasó con su último novio… ¡ahora está prometido a su mejor amiga! Teniendo en cuenta la fama de *playboy* de Jack, resultaría sorprendente que duraran más de una noche. Pero los periodistas les habían visto por Londres la noche anterior y la mañana siguiente, todo un récord para Jack, así que tal vez él tuviera que añadir una nueva palabra a su vocabulario: «relación».

¡YA EN TU PUNTO DE VENTA!

BIANCA.

HELEN BROOKS
UNA ÚLTIMA NOCHE

La tentación de una última noche de pasión con su esposo era demasiado fuerte para que Melanie Masterson se resistiera a ella. A la mañana siguiente, lo besó a modo de despedida y dio por terminado su matrimonio, pues creía que Forde se merecía a una esposa mejor que ella.

Al descubrir que Melanie se había quedado embarazada, Forde decidió recuperar a su esposa y a su hijo, aunque eso significara volver a seducirla…

JULIA JAMES
EMBOSCADA DE PASIÓN

Athan Teodarkis sospechaba que el marido de su hermana tenía una aventura con Marisa Milburne. Athan conocía bien a ese tipo de mujeres, por lo que estaba decidido a ponerle freno.

Seguro de que podría distraer a la cazafortunas, Athan trazó un sencillo plan: seducirla y abandonarla. Pero, al contrario de lo que él esperaba, Marisa no era una mujer fría y sin corazón…

N.º 511

LINDSAY ARMSTRONG
ENTRE VINO Y ROSAS

Los Theron eran una de las familias más poderosas y no creían que Reith Richardson, un empresario que se había hecho a sí mismo, fuera digno de negociar con ellos. Hasta que la situación cambió y Reith se convirtió en el único que podía salvarlos de la ruina. Pero si Francis Theron quería que lo ayudara iba a tener que pagar un alto precio…. su hija Kimberley.

¡YA EN TU PUNTO DE VENTA!

DESEO

KRISTI GOLD
NOCHE DE LOCA PASIÓN

Nada más ver a aquel hombre moreno de ojos negros, Miranda Brooks deseó que él hiciera que perdiese su inocencia. La increíble noche pasada a su lado le hizo reconsiderar sus propósitos de permanecer soltera. Pero a pesar del intenso deseo de que aquel fuera su amante para siempre, pensó que nunca volverían a verse...

Él, por su parte, al descubrir que ella era su nueva enfermera, intentó resistir el deseo que lo invadía. No era un hombre al que le interesara el amor. Entonces, ¿por qué deseaba volver a abrazar a Miranda?

N.º 575

MAUREEN CHILD
UN BAILE PERFECTO

¡Ninguna mujer iba a atrapar al sargento Nick Paretti! Y eso incluía a Gina Santini. Habían aceptado hacer creer en público que eran pareja, pero Nick jamás había tenido intención de mantener la farsa en el dormitorio de Gina. Sin embargo, su boca sensual lo dejaba ante un precipicio de placer que no fue capaz de resistir. De modo que se lanzó al vacío, y en el proceso se llevó la virginidad de Gina. La hermosa joven afirmaba que buscaba obtener experiencia, no conseguir un marido, aunque su corazón no estaba de acuerdo. Mientras tanto, algo le dijo a Nick que los guardias que tenía apostados ante su corazón habían soltado sus armas y se habían rendido...

BIANCA.™

Primero llegó el bebé, y luego…
la pasión

UNIDOS POR
UN ERROR

ABBY GREEN

N.° 3206

Cuando Tara descubrió que la clínica de fertilidad que tenía sus óvulos guardados había cometido un error y los habían usado sin querer, empezó a buscar desesperadamente al bebé. Su búsqueda la llevó hasta una fiesta, pero lo último que esperaba Tara era acostarse con un desconocido en el evento y que aquel desconocido resultara ser Dionysios Dimitriou, el padre de su hijo.

Dion se había encaprichado de ella, pero desconfió cuando Tara afirmó que era la madre de Niko, su hijo. Él solo quería un heredero, no una familia; pero al ver el amor que había entre Tara y el niño, sus defensas se empezaron a hundir.

BIANCA.

SIETE DÍAS EN EL PARAÍSO

LOUISE FULLER

N.º 3207

Tras una noche de pasión con un desconocido, la publicista Eden Fennell huyó para evitar un nuevo desengaño amoroso. Pero pasar página no resultaría tan sencillo. El hombre misterioso era su nuevo jefe, Harris Carver. Y con el final de su contrato, se encontró con otra sorpresa que le cambiaría la vida...

¡Eden estaba embarazada de Harris! Antes de que volviera a desaparecer, el multimillonario se la llevó a su paraíso privado en el Caribe. Sin embargo, fuera de la oficina, resultaba más difícil recordar que nunca había confiado en las relaciones. ¿Será solo la paternidad lo que Harris busque... o una vida con Eden?

BIANCA™

Un lío de una noche…
¡que termina en matrimonio!

UNA NOCHE
EN VENECIA

SHARON KENDRICK

N.° 3208

Odiseo Diamides no esperaba una cálida bienvenida al regresar a la casa familiar. Pero lo que jamás habría imaginado era que la mujer que lo recibiría sería Grace Foster, ¡la misma que había compartido su cama la noche anterior! Decidido a no permitir que su abuelo le controle, decide sacrificar su libertad convirtiendo a Grace en su esposa…

La proposición de Odiseo se convierte en el salvavidas que Grace tanto necesita. Gracias al acuerdo matrimonial, podrá escapar del control de su despiadado jefe y asegurar el bienestar de su abuela. Sin embargo, tras la boda, Grace comienza a descubrir lo que se esconde tras la fría fachada de Odiseo. ¿Habrá huido de un infierno solo para caer en otro, aún más ardiente y lleno de deseo?

¡YA EN TU PUNTO DE VENTA!